BASTEI
LÜBBE
TASCHENBUCH

Weitere Titel der Autorin:

Frau Schick räumt auf

Titel auch als Hörbuch und E-Book erhältlich

Über die Autorin:

Ellen Jacobi, 1960 am Niederrhein geboren, entdeckte als Tochter einer Bibliothekarin und Märchenbuchsammlerin früh ihre Liebe zu Büchern und zum Geschichtenerzählen. Nach einem Literatur- und Anglistikstudium arbeitete sie als Reiseleiterin und Lehrerin in England. In Deutschland war sie als Redakteurin für Tageszeitungen und Magazine tätig. Heute lebt sie mit ihrer Tochter in Köln.

Ellen Jacobi

FRAU SCHICK MACHT BLAU

Roman

BASTEI LÜBBE
TASCHENBUCH

BASTEI LÜBBE TASCHENBUCH
Band 16 829

1. Auflage: Juli 2013

Dieser Titel ist auch als Hörbuch und E-Book erschienen

MIX
Papier aus verantwortungsvollen Quellen
FSC® C006701

Originalausgabe

Lektorat: Dr. Stefanie Heinen
Titelillustration: © Gisela Kullowatz, Köln
Umschlaggestaltung: Gisela Kullowatz
Satz: Urban SatzKonzept, Düsseldorf
Gesetzt aus der Goudy
Druck und Verarbeitung: CPI – Eber & Spiegel, Ulm
Printed in Germany
ISBN 978-3-404-16829-3

Sie finden uns im Internet unter
www.luebbe.de
Bitte beachten Sie auch: www.lesejury.de

Was ich suche, ist der Spalt im Gobelin,
wo ganz bestimmt Kobolde wohnen.
Herman van Veen

Für die beste Maryse von allen

1.

Eins steht fest: Auf die Frage »Wie geht es Ihnen heute?« sollte man Psychiatern nie, niemals eine Antwort geben. Zumindest keine ehrliche und erst recht keine, in der eine verstorbene Schreckschraube mit Hut, Stalin und ein Kleiderschrank vorkommen. So etwas bringt Psychiater vollkommen durcheinander. Das ist Frau Schick, geborener Freifrau Rosalinde von Todden, inzwischen klar.

Leider zu spät.

Sie war so erleichtert über ihr negatives Alzheimergutachten, das druckfrisch vor diesem Doktor Grünschnabel auf dem Schreibtisch liegt, dass sie sich ihm freimütig anvertraut hat. Dabei hat sie noch beim Reinkommen gedacht, dass so ein Milchgesicht in zu großem Arztkittel nichts von Kobolden, Geistern und verdammten Seelen versteht. Schon gar nicht von ostpreußischen! Und es muss sich um ein Gespenst handeln. Alle vernünftigen Erklärungen hat sie durchprobiert. Es gibt keine. Frau Schick rutscht unruhig auf ihrem Stuhl herum.

Eine Schande, dass Professor Dr. Ludrikeit heute nicht da ist, der hätte vielleicht Bescheid gewusst und ein Gegenmittel gekannt. Sie haben sich letzte Woche so reizend über seine Vorfahren aus Schernuppchen beim ehemaligen Insterburg unterhalten. Das lag zwar eine Ecke weg von Gut Pöhlwitz in Masuren, wo Frau Schick ihre ersten elf Lebensjahre verbracht hat, aber Gespenster gab es in Ostpreußen überall. Kaum ein Dorf, in dem bei Gewitter nicht geweihte Kerzen entzündet wurden. Pöhlwitzens Kutscher haben vor jeder Ausfahrt dreimal kreuzweise mit der Peitsche geknallt und die Räder beim Wagenschmieren linksrum gedreht, damit der Leibhaftige nicht mitfährt. Dorfschuster Popesch hat seine tote Mutter im rechten Knie verspürt, wenn ein Todesfall bevorstand, im linken, sobald eine Hochzeit fällig war, und Frau Schicks Amme, die olle Schemutat, hat nie ein Brot verschenkt, ohne zuvor ein Eckchen abzuschneiden. Damit der Segen im Haus zurückbleibt.

Aber von so was hat dieser hektische Doktor Pillermann, der heute hinter dem Professorenschreibtisch sitzt und gerade nach einem neuen Kugelschreiber sucht, weil er einen bereits leer geschrieben hat, keine Ahnung. Außerdem hört er ihr zu ihrem Ärger nicht richtig zu. Womit fast 78-jährige Damen wie sie leider immer rechnen müssen.

Darum ist ihr Gespräch bislang gründlich schiefgelaufen. So schief, dass Frau Schick sich langsam plemplem vorkommt. Ist sie aber nicht. Das hat Professor Ludrikeit, *der* Kölner Spezialist für Gerontologie und Nervenheilkunde, vor einer Woche zweifelsfrei festgestellt.

Eigentlich ist sie heute nur hergekommen, um das Gutachten abzuholen und es umgehend an die Schick und von Todden Parkhausbau GmbH weiterzuleiten. Damit in der Firma, *ihrer* ehemaligen Firma, niemand mehr behaupten kann, sie habe den Geschäftsvorsitz aufgegeben und den gesamten Sums ihrem Patensohn überschrieben, weil sie an *Altersschwachsinn* leide. Pah!

Sie hat auch nicht – das ist die jüngste Frechheit aus Reihen des Geschäftsvorstands – jahrelang wichtige Papiere verschlampt, wodurch nun ein Millionengeschäft auf der Kippe steht. Frau Schick verzieht verächtlich das Gesicht. Hinter derart unverschämten Anwürfen steckt bestimmt wieder Intrigant Pottkämper, den sie von ihrem Verstorbenen, Kölns Parkhauskönig Paulchen Schick, leider mitgeerbt hat. Als persönlichen Referenten.

Noch mal pah!

Pottkämper ist ein Kuckucksei von Schwerenöter Paulchen. Ein nutzloser Lackaffe, der in teuren Anzügen und handgenähten Budapestern an den Füßen den Baulöwen markiert, dabei versteht er vom Geschäft so viel wie eine Kuh vom Stricken. Trotzdem hat er sich als Pauls illegitimer Sohn Hoffnung auf ihren Chefsessel gemacht und zu diesem Zweck an einem Märchen über ihr angeblich morsches Oberstübchen gebastelt.

Diesen Grüßaugust in Lackaffenschuhen hätte Frau Schick vor der Firmenübergabe natürlich am liebsten gefeuert oder – weit besser – zum Pförtner degradiert, aber ihr Patensohn Johannes war dagegen. Er hat sich für eine friedliche Lösung ausgesprochen, weil »sich nicht zu rächen auch eine Rache ist«. Das soll der mal Pottkämper beibringen, der hartnäckig an den Gerüchten über ihren Geisteszustand festhält.

Also wirklich! Fast hätte Frau Schick ihrer Empörung lauthals Luft gemacht. Sie verschludert oder verhindert doch keine Millionenverträge! Sie hat weiß Gott Besseres zu tun. Vor allem gilt es, eine Hochzeit vorzubereiten, aber stattdessen muss sie sich hier einem Verhör unterziehen.

Herrje, Doktor Grünschnabel hat einen frischen Kuli gefunden und überfliegt seine bisherigen Notizen. Auf zur nächsten Fragerunde.

»Jetzt noch mal von vorn, Frau Schick. Verstehe ich Sie richtig? *Stalin lebt in ihrem Kleiderschrank, trägt einen Hut, leuchtet grün und hinterlässt nachts Fußabdrücke auf dem Schlafzimmerteppich?*«

Frau Schick seufzt ergeben. Wenn man es auf diese Weise zusammenfasst, klingt es wirklich bedenklich nach Dachschaden. »Junger Mann, Sie haben überhaupt nichts verstanden«, sagt sie. »Auf Stalin tippt meine Haushälterin, aber die Fußstapfen auf meinem Teppich können nicht von ihm gewesen sein. Erstens lasse ich ihn nie ins Haus, zweitens trägt er keinen Damenhut, und drittens lebt er nicht bei mir, sondern beim Weihnachtsmann.«

»Stalin lebt beim *Weihnachtsmann?*«

Der klingt ja immer irrer! Und klickt wie besessen am Kugelschreiber herum, macht sie ganz nervös, dabei ist er es offenbar.

»Hören Sie, ich nenne den Kerl nur den Weihnachtsmann, weil er eine rote Bommelmütze trägt und einen grauen Wallebart hat, der aussieht wie ein geplatztes Sofakissen. Dass ein Mann in diesem Alter noch derartig viele Haare hat, sogar in der Nase! Und die Frisur! Wenn ich es mir recht überlege, sieht er mehr aus wie Karl Marx auf Stütze. Er trägt zur Bommelmütze nämlich Blaumann.«

»Wer?«

»Der Weihnachtsmann, Herrgott im Himmel noch mal!«

»Das ist ... äh ... wirklich interessant. Erzählen Sie weiter, Frau Schick.« Der Jungpsychologe klickt erneut mit seinem Kugelschreiber. »Der Weih-nachts-mann ... sieht aus ... wie Karl Marx!«

Jemine, jetzt fängt der auch noch an, laut buchstabierend, kompletten Unsinn aufzuschreiben! Frau Schick bemüht sich um Contenance. Dabei ist diese Begriffsstutzigkeit wahrlich schwer zu ertragen. »Junger Mann, es geht hier doch gar nicht um den Weihnachtsmann!«

»Nicht?«

»Nein! Der Weihnachtsmann ist nur irgendein verdrehter Stadtstreicher oder Rumstreuner, der seit einiger Zeit jede Nacht bei mir klingelt, um ...«

Halt, nein, das mit dem Schrebergarten, den der alte Zauselbart ihr andrehen will, sagt sie jetzt besser nicht, sonst kommen sie nie zum eigentlichen Thema zurück. »Der Weihnachtsmann kommt, um zu betteln!«, sagt sie schließlich. »Immerhin bin ich nicht unvermögend und für meine Wohltätigkeitsarbeit bekannt.«

Komischerweise will der Kerl allerdings nie etwas annehmen. Na, seine Sache. Sie will auch keinen Schrebergarten.

Irritiert schaut der Arzt von seinen Notizen auf. Er sieht fast ein bisschen enttäuscht aus. »Es gibt also gar keinen Weihnachtsmann?«

Der müsste sich mal selber reden hören! Solche Fragen stellen gewöhnlich Sechsjährige. »Selbstverständlich gibt es den Weihnachtsmann«, sagt Frau Schick geduldig, »aber er ist kein Gespenst, sondern ein alter Rumtreiber.«

»Und Stalin?«

»Ist sein Hund!«

»Und den haben Sie Stalin getauft?«

»Nein, das war Karl Mar ..., also dieser Stadtstreicher. Ich glaube, es macht ihm Spaß, dem betagten Kläffer Befehle wie ›Platz, Stalin!‹ zuzurufen. Am Anfang fand ich das übrigens recht drollig. Es zeugt von Esprit und Fantasie. An guten Tagen kann Stalin sogar noch Männchen machen, wissen Sie.«

Jetzt fängt der wieder an, hektisch auf dem Kugelschreiber rumzuklicken!

»Dann gibt es also überhaupt keine Gespenster in Ihrer Villa?«

Herrje, ist dieser Grünschnabel schwer von Kapee!

»Doch. Meine Tante Freda von Todden, der die Villa früher mal gehört hat.«

Klick-klick macht es wieder. Nur leider nicht im Kopf des Grünschnabels. »Verstehe«, sagt er langsam. »Und Ihre Tante lebt also in Ihrem Kleiderschrank.«

»Junger Mann. Gespenster *leben* nicht mehr, sie sind tot, das macht die Sache ja erst grauenhaft.«

Na, wenigstens benutzt er seinen Kugelschreiber jetzt wieder zum Schreiben, und sie sind beim Thema!

»Das war Freda von Todden allerdings auch, solange sie lebte«, ergänzt Frau Schick. »Ich meine grauenhaft, nicht tot«, setzt sie hastig hinzu. Wenn der sich nicht konzentrieren kann, muss sie es wenigstens versuchen, dabei würde sie jetzt wirklich lieber über Hochzeitskleider nachdenken. Und die Torte! Die Torte ... Sie muss gleich dringend zu Printen Schmitz, um zu probieren. Nelly könnte Nougat mögen. Schon dumm, dass sie nicht einfach nachfragen kann, aber das Hochzeitsfest soll eine Überraschung für sie sein. Bräutigam Herberger ist bestimmt nicht so fürs Süße oder – Gott bewahre – Sahnekringel! Herberger hasst falsche Verzierungen. Das muss sie sich notieren.

»Kann ich mir kurz mal Ihren Kugelschreiber ausborgen?«

Der Grünschnabel blickt unwirsch von seinen Notizen auf, rückt den Kuli aber nicht raus. »Ist diese Frieda erst kürzlich verstorben?«, fragt er stattdessen.

»Welche Frieda?«, hakt Frau Schick spitz nach. Sie weiß natürlich, wer gemeint ist, aber der Grünschnabel soll endlich merken, wie unkonzentriert er zuhört.

»Ihre Tante.«

»Die hieß nicht Frieda, sondern *Freda*! Freda von Todden war die Schwester meines Vaters. Sie ist seit 1965 tot und auf eigenen Wunsch verbrannt worden. Ich nehme an, sie wollte dem Teufel ein Schnippchen schlagen, damit fürs Höllenfeuer nichts übrig bleibt, aber zum dumm Herumspuken reicht es anscheinend allemal. In meinem Kleiderschrank war sie noch knapp über einen Meter groß.«

»1965 verstorben. Hm, aha«, wiederholt dieser Grünschnabel, runzelt die Stirn, klickt wieder mit dem Kugelschreiber und blättert in Professor Ludrikeits Gutachten, als müsse er es auf Rechtschreibfehler prüfen. Wenn das der Herr Professor wüsste!

»Über Freda steht da nichts drin«, ist Frau Schick behilflich, um ihm unnütze Arbeit und sich das Kugelschreiberklicken zu ersparen.

»Typisch, Professor Schludrigkeit«, murmelt sein Assistent Grünschnabel abfällig. »Sollte sich endlich zur Ruhe setzen.«

Frau Schick würgt empört den Griff ihrer Handtasche. »Junger Mann, das habe ich gehört! Freda kann in dem Gutachten nicht drinstehen, weil sie erst gestern Nacht bei mir aufgetaucht ist. In den Nächten zuvor hat sie nur unsichtbar im Keller rumgeächzt, wahrscheinlich auf der Suche nach ihrem Scheusal von Hut. Ohne den hätte ich sie ja gar nicht erkannt.«

Der Grünschnabel liest weiter Korrektur, klickt mit dem Kuli.

Einfach unverschämt! Herr Ludrikeit hat sie gründlich untersucht und keine Faxen mit seinem Kugelschreiber veranstaltet. Eine halbe Stunde lang hat sie eingeklemmt wie ein Spatz im Rauchfang in einer Kernspin-Röhre gelegen und die *Pastorale* von Beethoven gehört. Armer Beethoven, nur gut, dass er seine akustische Hinrichtung nicht mitanhören musste und bereits zu Lebzeiten stocktaub war. Dabei hat der liebe Gott es hoffentlich belassen. Die heiter getupften Pastelltöne von Beethovens Meistersinfonie wurden nämlich vom Henkersbeil-Klacken, mit dem die Maschine Schnittbilder ihres Gehirns anfertigte, zu einem Tonsalat zerhackt, der Frau Schick beruhigen sollte. Das Gegenteil war der Fall gewesen. Statt an eine Landpartie mit murmelnden Bächen und Goldammergesang hat sie an Lämmer unter Trommelfeuer gedacht. Und als das Klack-klack kein Ende nehmen wollte, an ihre Flucht aus Ostpreußen.

Mit elf Jahren ist sie unter dem Beschuss der angreifenden Russen und dem bellenden Gegenfeuer letzter deutscher Einheiten mit einem Säugling auf den Armen bis nach Köln geflohen. Allein. Die meiste Zeit zu Fuß, und das ausgerechnet in die Villa von Schreckschraube Freda. Die letzte überlebende von Todden hat sie samt Baby kurzerhand im feuchten Waschkeller einquartiert. Dabei stand die Villa darüber wie durch ein Wunder noch. Wer so was überlebt, fürchtet keine Gespenster mehr, er hat nämlich die Hölle auf Erden durchquert. Damals hätte sie Grund gehabt, verrückt zu werden, ist sie aber nicht.

Nach dem Ausflug in die Kernspin-Röhre hat der Professor noch Hirnflüssigkeit abgezapft und sie musste Rechenaufgaben lösen und Uhren malen. Ihre Uhren gingen alle richtig. Was 156 minus 39 ergibt, hat sie auch fix herausbekommen, und zwar im Gegensatz zum Nervenprofessor ohne Taschenrechner.

Das hat Herrn Ludrikeit sehr beeindruckt und ein bisschen gefuchst, weshalb sie wie ein Schulkind nachsitzen und noch drei Aufgaben lösen musste. Im vierstelligen Bereich. Malnehmen und Teilen mit großen Zahlen haben sie auch noch einmal durchgenommen.

Dafür hätte ihr Verstand ein Fleißbildchen verdient und der Herr Professor eins hinten drauf. Aber gegen diesen Grünschnabel ist er ein Heiliger.

»Wollen wir doch einmal sehen …« Der Grünschnabel beugt den Rücken vor und rollt mit seinem Drehstuhl zu einem Computer mit Riesenbildschirm. Er sieht aus wie eine Schildkröte auf Rädern und klickt nun statt auf dem Kugelschreiber auf einer Maustaste herum. Auf dem Bildschirm erscheint die Aufnahme eines Gehirns. Muss ihres sein. Igitt, sieht das grauenhaft aus! Wie Wurmgewimmel und unverdaute Erdnussflips! Da waren ihr die alten Röntgenbilder von Totenschädeln aber erheblich lieber.

Grünschnabel kriecht fast in den Bildschirm und schüttelt

besorgt den Kopf. »Da ist tatsächlich nichts zu sehen«, murmelt er fassungslos, »rein gar nichts.«

»Junger Mann, zügeln Sie sich. Sie sprechen von meinem Gehirn! Und da ist eine Menge drin.« Jedenfalls mehr als bei ihm. »Außerdem wusste bereits Arthur Schopenhauer, dass nur wer Verstand besitzt, ihn auch verlieren kann. Andersherum geht's nicht. Merken Sie sich das.«

Grünschnabel forscht stumm weiter.

Frechheit! Ihr Dachstübchen ist trotz – oder besser gesagt – wegen des regen Gebrauchs erstaunlich intakt und hochintelligent, hat Professor Ludrikeit letzte Woche gesagt. Er hat lediglich ein »unbedenkliches Nachlassen des Kurzzeitgedächtnisses ohne Beeinträchtigung des Denk- oder Wahrnehmungsvermögens« diagnostiziert. Mit anderen Worten: Sie ist etwas tüdelig, verbummelt Brillen und Handtaschen und muss lange nach Namen von flüchtigen Grußbekanntschaften kramen. Das wiederum war für Frau Schick nichts Neues. Darum denkt sie sich ja andere Namen für sie aus – wie »Weihnachtsmann«. Den kann man sich immer merken.

Professor Ludrikeit hält allerdings auch nichts von den gedächtnisfördernden Ginkgotabletten, die sie gelegentlich einnimmt. Wenn sie es nicht vergisst oder die blöden Dinger mit ihrer Brille auf Wanderschaft gehen.

Herrje, sie ist eben tüdelig, na und? Das liegt in der Familie. Ihr Großonkel Taddäus von Todden hat schon vor seinem Siebzigsten begonnen, sämtliche Namen und Menschen auf Gut Pöhlwitz in Masuren munter zu verwechseln. Schuld daran war bei Taddäus neben den Genen allerdings seine Vorliebe für Meschkinnes, Ostpreußens Nationalgetränk, auch »Bärenfang« genannt.

»Schnapske mott sö, Brot wenn sö kann«, war sein Motto. »Schnaps muss sein, Brot, wenn's geht.«

Bei Festreden vor dem Gutspersonal hat Onkel Taddäus in seinen Neunzigern und nach drei, vier Gläschen Meschkinnes die olle Schemutat gern für ihren todesmutigen Einsatz an der Seite der Pommerschen Ulanen im Deutsch-Französischen Krieg und unter seinem Kommando gelobt. Ausgerechnet die herzensgute Schemutat, die sogar verletzten Fliegen am liebsten die Flügel oder Beinchen wieder angeleimt hätte, »weil unser Herrjott sich bei jedem Geschöpf was bei jedacht haben muss«.

Ach ja, und erst Taddäus' Reden zu Führers Geburtstag! Frau Schick muss schmunzeln. Die waren legendär, weil er sie stets mit »Heil – wie hieß dieser Anstreicher noch? Ach, zum Teufel, Waidmannsheil« beendete. Daran waren nicht nur der Meschkinnes oder ein morsches Oberstübchen schuld. Onkel Taddäus war sein Leben lang ein listiger Schlawiner.

Auch das liegt in ihrer Familie.

Frau Schicks Vater, der Herr von Gut Pöhlwitz, hat dem tüdeligen Taddäus das Waidmannsheil gern durchgehen lassen. Er hatte nicht viel übrig für Herrn Hitler, aber umso mehr für seine Butzi – die Mutter von Frau Schick –, die halb von österreichischem Adel und halb jüdisch war und das Talent hatte, so zu leben, wie Mozarts heiterste Musik klingt.

Natürlich gab es auch unter den von Toddens und auf Pöhlwitz flammend begeisterte Nazis, die das mit dem Waidmannsheil verpetzen und die glücksbegabte Butzi ans Messer liefern wollten.

Vor allem Tante Freda. Sogar aus dem fernen Köln, wo sie sich ein ganz hohes Tier in der Gauleitung an Land gezogen hatte. Frau Schick schluckt tapfer. Butzi, ausgerechnet Butzi, ist dann schließlich mit einem Röhrchen Veronal dahin entflohen, wohin kein Verräter oder Mörder oder Tante Freda sie verfolgen konnte.

Schluss, Schluss, Schluss!, mahnt sich Frau Schick. Egal, wie begabt ihr Gedächtnis dafür ist, sich an versunkene Kindertage in Masuren zu erinnern, es muss sofort damit aufhören, sonst fängt es an, scheußlich wehzutun.

»Kindchen, fürs Jewesene gibt der Deiwel nuscht nich«, hat die olle Schemutat ihr beigebracht. »Leben musste von Momentche zu Momentche.« Recht hatte sie, wie mit so vielem – und wer nur noch in Erinnerungen lebt, der ist so gut wie tot. Das könnte Freda so passen.

Grünschnabel wirbelt wieder zu ihr herum und fixiert sie mit einem stechenden Blick aus stachelbeergrünen Augen. Sehr ungesunde Farbe.

»Frau Schick. Hatten Sie unmittelbar vor dieser ... hm ... Erscheinung im Kleiderschrank ein Schockerlebnis?«

»Ganz im Gegenteil! Vor drei Wochen war ich noch auf dem Jakobsweg. Ein wundervolles Erlebnis. Danach ging es mir so gut wie seit Langem nicht, bis meine tote Tante im Kleiderschrank ...«

Grünschnabel geht unwirsch dazwischen. »Hatten Sie kürzlich einen Unfall oder irgendein anderes verstörendes Erlebnis? Hat Sie zum Beispiel jemand tätlich angegriffen? Sind Sie gestürzt und auf den Kopf gefallen?«

Das sollte der sich mal fragen!

»Junger Mann, Sie verstehen es wirklich, schlechte Stimmung zu verbreiten. Verstört war ich, bevor ich den spanischen Camino gegangen bin, weil meine verstorbene Freundin ein Kind von meinem Mann bekommen hat. Völlig unerwartet.«

Herrje, jetzt guckt dieser Kerl wieder völlig kariert. Kein bisschen wie ein angehender Nervenheilarzt, eher wie das glatte Gegenteil.

»Bei der verstorbenen Freundin handelt es sich jetzt aber nicht um diese Frieda, oder?«

»*Freda*, sie heißt *Freda*, Herr Doktor und war nie meine Freundin, geschweige denn die Geliebte meines Verstorbenen. Selbst ein Schwerenöter wie Paulchen Schick hätte diese Schreckschraube nicht mit der Kneifzange angefasst. Meine tote Freundin hieß Thekla. Aber der habe ich längst verziehen. Schließlich bin ich dank Thekla den Camino gegangen und habe dort lauter reizende neue Bekanntschaften gemacht. Den Herrn Herberger, Bettina Blauauge, die mit den Bäumen spricht, den transzendentalen Theodor, und nachdem ich Gott begegnet bin, habe ich in einem baskischen Wald auch noch meine Lumpen-Nelly entdeckt. Hinreißende Frau, so hübsche Beine, nur ganz verheult vor Liebeskummer …«

»Moment, Moment. Bitte langsam. Sie sind *Gott* begegnet?

»Ja.«

»Wo?«

»Auf dem Jakobsweg natürlich. In einer Kirche. Obwohl ich da zuletzt mit ihm gerechnet hätte. Zumal das Gotteshaus von Burguete innen recht verhunzt ist, aber dafür gab es in dem Hotel, in dem unsere Pilgergruppe geschlafen hat, eine berühmte und schmackhafte Bohnensuppe von Hemingway, der war schon vor uns da. Aber bevor Sie jetzt wieder auf dumme Gedanken kommen: Hemingway ist tot, *mausetot*!«

»Und Gott?«

Meine Güte, stellt der auf einmal Fragen! »Ob Gott lebt, muss seit Nietzsche jeder für sich entscheiden, Herr Doktor«, sagt sie ungeduldig. »Ich hatte auf dem Camino anfangs selbst erhebliche Zweifel an seiner Existenz, weil ich wütend auf meine tote Freundin Thekla und meinen Verstorbenen war. Mir vierzig Jahre ihr folgenreiches Fistanöllchen zu verschweigen! So was tut man nicht, und das habe ich den beiden auch gesagt.«

»Frau Schick, verstehe ich wenigstens *das* richtig: Sie reden häufiger mit Toten?«

»Ich rede keineswegs häufiger mit Toten, außer mit Thekla und wenn ich bete, aber mit Thekla ist alles geklärt. Mit Freda von Todden – diesem Miststück – würde ich im Leben kein Wort mehr wechseln. Was sollte die außerdem von mir wollen?«

»Bleiben wir zunächst bei dieser Thekla.« Der Grünschnabel lehnt sich zurück und verschränkt die Hände hinter seinem Kopf. Er ist noch immer sichtlich verwirrt. »Hat die Ihnen auch mal geantwortet?«

»Das ist schwerlich möglich, sie ist schließlich tot.«

»Gut, gut, lassen wir das. Zurück zu Ihrer Begegnung mit Gott.«

»Welcher? Ich hatte mehrere.«

»Wann war die erste?«

»Das habe ich doch gerade gesagt: in der Kirche von Burguete. Ich habe es erst selbst nicht glauben wollen, weil sein Sohn so fürchterlich abstehende Ohren hatte.«

»Welcher Sohn?«

Also jetzt schlägt's dreizehn. Der weiß ja gar nichts!

»Jesus. Ich hoffe, Sie haben wenigstens von ihm schon einmal gehört?«

Dem Kerl springen die Stachelbeeraugen aus dem Kopf. Hektisch klickt er mit seinem Kugelschreiber. »Ihnen sind also Gott *und* Jesus begegnet.«

»Das ist doch alles eins, junger Mann. Haben Sie wirklich noch nie im Leben eine Bibel aufgeschlagen? Ich glaube, wir lassen das besser. Von Gott kann man nicht reden, sondern nur schweigen, denn alles, was wir von Gott sagen, ist er nicht. Kennen Sie das? Meister Eckehart!«

Jetzt haben nicht nur die Augen des Kerls eine ungesunde Farbe, sondern das ganze Gesicht. Knallrot, muss am Blutdruck liegen.

»Frau Schick, Sie haben gerade selbst erzählt, sie seien Jesus begegnet ...«

»Im Ge-be-het!«

»Aber sie sagten, er habe abstehende Ohren! Also haben Sie ihn doch auch *gesehen*, oder?«

»Solche Ohren kann keiner übersehen! Da hat der Madonnenschnitzer von Burguete furchtbar gepatzt. Man soll sich eben kein Bildnis von Gott machen, geht immer schief, steht ja schon in der Bibel. Aber ich finde, wir entfernen uns wieder gewaltig vom Thema Gespenster. Passiert Ihnen so was eigentlich öfter?«

2.

Sonores Triebwerkbrummen, Gähnen, Reck- und Streckbewegungen, Tischchen klappen, Sichtblenden werden hochgeschoben. Das Flugzeug erwacht mit den dazugehörigen Nebengeräuschen. Vor den Toilettenkabinen stehen Passagiere in Gratisschläppchen und mit Zahnbürsten Schlange, andere schwenken den Stewardessen ihre Kaffeebecher zwecks Nachfüllung entgegen.

Kurz hinter Grönland hat die Sonne mit spektakulärem Farbenspiel die Nacht verdämmern lassen. Nun triumphiert sie über einen Himmel in monochromem Blau, Wolkenflor und das Wellengeriffel des Atlantiks. Das Übliche eben, stellt Herberger übernächtig und mit einem gereizten Blinzeln durch das Fenster fest. Kein Grund, darüber eine vertonte Dokumentation in Spielfilmlänge zu drehen. Noch dazu auf Hessisch.

Eine Digicam schwebt direkt über seinem Kopf. »Is des schee. Nä, is des schee, oder, Herr Gast?«

Herberger schließt flugs wieder die Augen. Über den Wolken ist die Freiheit für ihn momentan leider alles andere als grenzenlos. Karl-Dieter, Rentner aus Pfungstadt, hat sich ihm direkt nach dem Start in Los Angeles vorgestellt, um *seine* Entdeckung Amerikas zu erläutern und hat – nach kurzem Stutzen – in Herberger leider Eckehart Gast, und zwar *den* »Eggehart Gast«, den »beschde Reisereporter iwwerhaupt«, erkannt.

Seit sein wechselvolles Leben in Asien unter dem Titel *Buddha für Anfänger* für das Kino verfilmt und vor allem seit der Film kürzlich im Fernsehen ausgestrahlt wurde, nutzt ihm sein privates Pseudonym Herberger bei weltreisenden Rentnern und jungen Backpackern leider gar nichts mehr, auch wenn er sich noch so damit identifiziert. Sein einprägsam vernarbtes Kinn und Talkshows zum Filmstart haben den Wiedererkennungseffekt noch erhöht. Zudem führen seine Klassiker *Amerika für einen Dollar* und *Back from Outback* wieder die Bestenliste der Reiseliteratur an. Seine Homepage *Gast-Reportagen* verzeichnet bis zu zehntausend Besucher am Tag.

Ein flüchtiger Effekt, wie Herberger weiß, denn er hat immer wieder einmal Warhols berühmt-berüchtigte fünfzehn Minuten Ruhm erlebt. Als gefragter Geologe und Diamantenjäger, als Kriegsreporter, in australischen Zeitungen kurzfristig sogar als vermeintlicher Mörder und jetzt als Reiseautor.

Völlig übermüdet konnte sich Herberger erst in Höhe Chicago hinter seinem Laptop verschanzen und den begeisterungsfähigen Karl-Dieter mitsamt Cowboyhut wieder seiner nicht ganz so begeisterten Gattin Hedwig überlassen.

Jetzt bannt Karl-Dieter die Entdeckung des Himmels auf den Speicherchip. »Hedwisch! Jetz gugk doch auch emol! Des is einmalisch!«, jubelt er.

»Karl-Dieder, mer häwe de goanze Keller voll vunn dein Sunnaufgänge in Flugzaischen.«

»Den aber ned!«

»Jetzt setz dich mol hie. Du hoggsd dem arme Herrn Gast bald uffm Schoß! Der muss doch schaffe!«

»Noa, der schläft, suunschd täte mer uns unnerhalde.«

»Der dudd blous sou, weil du so uffdringlisch bist.«

»Der schlä-hä-ft!«

»Der hot sain Laptop uffgeklappt, Karl-Dieder.«

»Psst, Herr Gast? Herr Ga-ha-st, schlafe Se oder schaffe se?«

Weder noch, denkt Eckehart und hebt schicksalsergeben Augenlider und Mund zu einem Lächeln. Immerhin verdankt er Menschen wie Karl-Dieter sein beträchtliches Einkommen, mit dem er sich demnächst zur Ruhe setzen will. Er rappelt sich in seinem Sitz und aus gespieltem Schlaf hoch, unterdrückt seine gereizte Stimmung. Sie hat wenig bis nichts mit Karl-Dieter zu tun, sondern mit Nelly. Verflixtes Frauenzimmer!

Er wünscht »Guten Morgen«.

Karl-Dieter beginnt entzückt, ihm sein Fachwissen über Wolkenformationen kundzutun und eine Wettervorhersage zu improvisieren. »Reschts wird's finster.« Karl-Dieter glaubt, auf »Eurobba« kommt ein »Gewidder« zu.

Eckehart nimmt sich vor, künftig nur noch sein Alias Herberger zu verwenden und bittet Karl-Dieter, das ebenfalls zu tun.

»Woaanse moin, dann ebbe Herberjä«, willigt der Cowboy aus Pfungstadt ein. Er ist sichtlich enttäuscht darüber, seinen berühmten Reisegefährten wieder zu verlieren.

»So nennen mich meine Freunde«, besticht ihn Eckehart, und in Karl-Dieters Gesicht geht zum zweiten Mal an diesem Morgen die Sonne auf.

Das wäre geschafft. Herberger ist wieder Herberger und fühlt sich in dieser Rolle wohl, wenn auch keinesfalls entspannt. Als Herberger quält ihn nämlich ein Gemütszustand, der Eckehart Gast in dieser Intensität jahrelang fremd war. Als Eckehart Gast wäre er jetzt übernächtigt, überarbeitet oder damit beschäftigt, über die nächste Reise nachzudenken. Als Herberger ist er verliebt, weiß nicht, ob glücklich oder unglücklich, und klemmt im Schraubstock Sehnsucht fest. Verflixte Nelly! Nicht an sie zu denken scheint unmöglich zu sein! Darum hat er Tahiti vorgestern und nach sehr unvollständiger Drehortrecherche den Rücken gekehrt. Es war auch ein Abschied von Eckehart Gast, den er abstreifen will wie ein abgetragenes Lieblingshemd. Im Moment fühlt er sich ohne dieses Hemd allerdings nackt und hilflos wie ein frisch geschlüpftes Küken.

Eine Stewardess mit Rollwagen unterbricht seine Gedanken und Karl-Dieters Dreharbeiten. Sie serviert das Frühstück. Herberger nimmt Kaffee, Karl-Dieter das ganze Programm. Nicht um es zu essen, sondern um es nach kurzer Gaumenprobe zu verfilmen und eine hessische Restaurantkritik zum kulinarischen Angebot der Air France beizusteuern.

»Also französische Kisch is des natürlisch nedd.«

Herberger ist dankbar für die Ablenkung, nimmt einen Schluck Kaffee und verzieht das Gesicht. Schmeckt tatsächlich wie ein Gemisch aus »Badderriesäure und Bidderrsalz«. Flugzeugkaffee eben.

Der unverwüstlich fröhliche Flugexperte Karl-Dieter empfiehlt seinem neuen Freund stattdessen den Tomatensaft, weil der »iwwer de Wolke ein-ma-lisch legger« ist. »Wisse Se aa, warum?«

Ja, Herberger weiß es, sagt aber »Nein«. Er hat eine Pause von Nelly nötig und hört sich deshalb bereitwillig an, wie Karl-Dieter einen Magazinartikel zusammenfasst, den er selbst als Reporter Gast verfasst hat. Der niedrige Luftdruck lähmt und verwirrt die »Geschmacksnärffe«. Dreimal mehr Salz braucht es in »Flugzaischkost«, damit man etwas schmeckt. Einzig Tomatensaft, den die meisten Menschen am Boden weiträumig meiden und »muffisch finde«, entfaltet in Flughöhen ab 24 500 Fuß ein besseres, höchst fruchtiges Aroma. Deswegen ist er über den Wolken so begehrt, dass allein die Lufthansa fast »zwaa Millione Lidder« pro Jahr davon ausschenkt, »samt Pfeffertütschen und Servieddsche«, schließt Karl-Dieter.

Hat mich so was tatsächlich einmal interessiert?, fragt sich Eckehart verwundert. Ja, hat es, und für gewöhnlich findet er verschrobene Babbelköpfe wie Karl-Dieter, den seine Hedwig gerade noch einmal zum Stillschweigen und Stillsitzen verdonnert, amüsant. Anders als Business-Vielflieger, die an ihrer *Financial Times* wie Fixer an der Nadel hängen und Sonnenaufgänge für eine überbewertete Begleiterscheinung halten, hat sich der Columbus mit Cowboyhut Fähigkeiten bewahrt, ohne die kein Weltenbummler auskommt und die jede Zumutung des Lebens entschärfen: Begeisterung, Abenteuerlust und Entdeckerfreude.

Herberger sind diese Fähigkeiten auf Tahiti abhanden gekommen. Dort, im Paradies unter wiegenden Palmen und an Postkartenstränden, wartete es sich nämlich besonders ungemütlich – weil vergeblich – auf einen Anruf aus Düsseldorf. Ein Anruf, der über eine Kursänderung seines Lebens entscheiden wird.

Ein Anruf von Nelly.

Zum Teufel, warum kann sich dieses sture Frauenzimmer nicht zu einer Antwort durchringen? Tahiti liegt zwar am Ende der Welt, ist aber per Fax, E-Mail, Telefon, Handy, Skype oder seinetwegen auch per Telegramm zu erreichen. Mehr als zwei Buchstaben bedarf es doch nicht, um ihn von Schlafmangel, gereizter Stimmung und einer Vorliebe für Schmachtballaden wie *Miss you like crazy* zu kurieren, die ihn überallhin zu verfolgen scheinen. Etwa ins Programm des Bord Entertainments.

Er hat noch nie, niemals in seinen 54 Jahren, einer Frau einen Heiratsantrag gemacht, noch dazu schriftlich. Warum lässt sie ihn so zappeln? Warum erreicht er bei anonymen Testanrufen auf ihrem Handy – zugegeben lächerlich, aber er hat seinen Stolz – nur ihre Mailbox oder ihre ihm unbekannte Tochter Becky? Eine unbekümmert klingende Becky, was ihm zumindest Visionen von Unfall, Krankheit oder Schlimmerem erspart, aber seinen Hang zu ungesunden Pulsfrequenzen nicht vermindert.

Nelly ist seit Langem die erste Frau, bei der ihn die Vorstellung, sie könne nur an einer Liaison interessiert sein, einen anderen kennenlernen oder sich entscheiden, mit niemandem eine Beziehung einzugehen – was sie nach ihrer Scheidung tatsächlich jahrelang vermieden hat –, Panik einjagt. So wie jetzt.

»Ihre Hand ziddert, Herr Herberjä«, schaltet sich prompt Karl-Dieter ein. »Isch sage doch, der Kaffee is nix.« Er hebt die Hand, um Herberger einen Tomatensaft zu »beschdelle«.

»Karl-Dieder«, geht Hedwig dazwischen. »Jetz hald de Gosch! Wie peinlisch willschde denn noch werrn?«

Die Frage sollte Hedwig besser ihm stellen, findet Herberger und stellt seinen Kaffeebecher auf dem Tischchen vor sich ab. Ein Mann im besten Alter mit Liebeskummer wie ein pickeliger Teenager. Das ist doch lächerlich!

Sein Blick flüchtet zum Bildschirm seines Notebooks. Lustlos stottern seine Finger irgendeinen Unsinn über Lagunen und die Magie der Tropen in die Tasten. Ziemlich öde Tropen kommen dabei heraus. Gegen so ein Geschreibsel klingt jeder Flyer für Aldi-Reisen, als stamme er aus Prousts Feder.

Arbeit bringt ihn auch nicht weiter. Er hat die Aufmerksamkeitsspanne einer Fliege für alle Themen außer Nelly.

In seiner Sturm- und Drangperiode, den frühen Zwanzigern, war Verliebtheit ein willkommener Treibstoff, der ihn beim Herumreisen und Schreiben befeuerte. Er konnte sich gar nicht oft genug verlieben – am liebsten gleich mehrfach. Bis ihm im Alter von 27 Jahren eine Spanierin mit dem mythisch schönen Namen Penelope das Herz brach – ebenfalls mehrfach. Sie heiratete nicht nur seinen besten Freund, sondern schenkte diesem überdies einen Sohn. *Seinen* Sohn, wie Herberger erst viel später erfuhr.

Eine Weile hat er zu Tode betrübt einfach weitergelebt. Danach interessierte ihn die debile Glückseligkeit frisch Verliebter nicht mehr. In seinen mittleren Jahren hat er es vorgezogen, es mit Jean Paul zu halten. »Wenn Frauen lieben, lieben sie in einem fort. Männer haben dazwischen zu tun.«

Er hatte viel zu tun, besonders wenn die Objekte seiner flüchtigen Begierden Dinge wie die Anmietung von Immobilien oder Bausparverträge ins Spiel brachten. Kein Thema für ihn, den Hannes Wader der Reisereportage. *Heute hier, morgen dort, bin kaum da, muss ich fort.* Waders melancholische Frage, ob es »Zeit wär zu bleiben und nun was ganz anderes zu tun«, passte jahrzehntelang nicht in seine Lebensmelodie. Jetzt drängt sie sich auf.

Herberger schüttelt den Kopf. Falsch. Er hat die Frage für sich beantwortet. Nur Nelly nicht.

Warum nur? Sie kann ihre Begegnung doch unmöglich als Reiseflirt abgehakt haben. Oder doch? Herbergers Puls beschleunigt sich, rast auf einmal wie der eines Formel-1-Gewinners in der Finalrunde oder – treffender – kurz vor einem Zusammenstoß mit der Bande.

Weil Hedwig gerade einen Boxenstopp in der Toilette einlegt, kann Karl-Dieter ihn vor dem Aufprall retten. »Kumme Se mit Ihrer Arbeit nedd vornewegg?«, erkundigt er sich verschwörerisch, »trete Se uff der Stell?«

Ja, nickt Herberger mehr für sich als zur Antwort und steckt sich die Kopfhörer in die Ohren.

»*Unchain my heart! Baby set me free*«, röhrt fordernd Joe Cockers Reibeisenstimme. Herberger schließt ergeben die Augen. Fluchtversuche scheinen zwecklos zu sein. Er tritt wirklich »uff der Stell«, und das tut weh, seit Nelly seine erstarrte Gefühlswelt entfrostet hat.

Noch nie in seinem Leben hat er einen derartig überwältigenden Start in eine Beziehung erlebt. Er kennt Nelly erst seit drei Wochen – natürlich dank einer Reise. Einer Rundreise auf dem spanischen Jakobsweg, die er beileibe nicht angetreten hatte, um sich so heftig zu verlieben wie in seinen Zwanzigern, sondern um Nachforschungen über seinen verlorenen Sohn anzustellen. Unter seinem Alias Herberger und in der Rolle des Chauffeurs einer grantigen Unternehmerswitwe.

»Verrückter Drachen« wäre die treffendere Beschreibung für Frau Schick. Die geborene Freifrau Rosalinde von Todden hat ihn mit gespielten Herzattacken und ihren Walkingstöcken traktiert, wenn er nicht wollte, wie sie wollte. Gleichzeitig hat sie eine komplette Pilgergruppe, an die sie sich angeschlossen haben, auf Abwege vom Camino, an den Rand des Wahnsinns und letztlich alle Mitglieder des Wandertrupps zu erstaunlichen Erkenntnissen über sich selbst geführt. Der verrückte Drachen ist auf verquere Art sehr feinfühlig, manchmal fast weise.

Frau Schick hat er es auch zu verdanken, dass sie in einem baskischen Wald Nelly entdeckt haben. Ein schniefnasiges Persönchen mit wirrer Frisur und in Designerlumpen. Nach Jahren der Liebesabstinenz war Nelly gerade ein Latin Lover namens Javier samt ihrem Mietauto und sämtlichem Bargeld abhanden gekommen. Frau Schick hat sich sofort in ihr Findelkind verliebt, Herberger erst später, auf Umwegen, die Frau Schick ersonnen hat.

Lange vor ihm hat die alte Dame gespürt, dass seine verschanzten Gefühle und Nellys Festhalten an naiven Märchenträumen von der Liebe das oberste physikalische Wirkprinzip erotischer Leidenschaft in Gang setzen mussten: das Gesetz von Abstoßung oder Anziehung. Gleichgültigkeit füreinander war zwischen ihm und Nelly ausgeschlossen.

Nun, die Physik der Liebe hat es gut mit ihnen gemeint: Die Anziehungskräfte waren stärker als die der Abstoßung. Die sture Nelly, die mit sämtlichen Herzkammern atmen *und* bei Bedarf einen Mistkerl wie Javier mit einem Pilgerstab verprügeln kann, die Nelly, die hinfallen und wieder aufstehen kann, um sich dem Glück erneut bedenkenlos in den Weg zu werfen, die manchmal zuckersüße und dann gänzlich zuckerfreie, kurzum die unberechenbare Nelly hat sein Herz zum Flimmern gebracht.

Bilder eines einsamen Gewalt- und Schweigemarschs mit ihr steigen in ihm hoch. Das war, nachdem Nelly dem unverhofft wieder aufgetauchten Windhund Javier ein bemerkenswertes Veilchen verpasst hatte. Herberger kamen im Gehen Gefühle und Gedanken in die Quere, von denen er nicht mehr gewusst hatte, dass sie noch existierten.

Ein Lächeln entspannt seine Züge. Seine Liebe zu Nelly im Schweigen und Gehen zu entdecken war das größte Geschenk. »Wenn die Liebe unermesslich ist, wird sie sprachlos«, so hat Nelly es – mit ihrem Hang zu großer Sehnsuchtslyrik und Khalil Gibran – später umschrieben.

Vornehmlich schweigsam war auch ihre Mittagsrast am Rand des Camino. Unvergesslich der Zustand glückseliger Benommenheit, der ihn überkam, als er unter einem silbern flirrenden Olivenbaum neben – und keinesfalls *mit* – Nelly geschlafen hat. Die körperliche Seite ihrer Liebe kam erst Nächte später ins Spiel, angemessen gründlich und glutvoll, aber verliebt hat er sich in die schlafende Nelly unter dem Olivenbaum. Entspannt und in Einverständnis mit allem nebeneinander einzuschlafen ist nun einmal intimer, als das Kamasutra der Körper durchzudeklinieren. Im Schlaf posiert man nicht, im Schlaf liefert man sich aus.

Na ja. Herberger schüttelt ein wenig den Kopf. Dass er eher nüchtern über die erotische Seite ihrer Liebe nachdenkt, liegt daran, dass Einschlafen neben Nelly seiner Vorstellung vom

Paradies momentan näher kommt als Sex mit ihr oder die verfluchte Südsee. Vierzig Stunden Flugzeit in zehn Tagen zwischen diversen Zeitzonen und über Datumsgrenzen hinweg, davor die Camino-Reise, sind kein Pappenstiel. Er will endlich nach Hause. Nicht in seine leere Kölner Wohnung. Dieser begehbare Habitat-Katalog ist teuer, aber – das muss er zugeben – lustlos eingerichtet und darum seelenlos. Sein wirkliches Zuhause hat keine vier Wände, sondern grünbraune Augen mit Goldsprenkeln und bemerkenswerte Fältchen über der Nasenwurzel, die weniger zu Skepsis als zu Aufruhr neigen.

Nein danke, er will auch keinen ausgedehnten »Zwischestopp in de Stadt der Liebe oilege«, den Karl-Dieter gerade mit einer sehr einverstandenen Hedwig plant und auch ihm empfiehlt.

Das einzig Spannende an dieser Reise ist die verbleibende Flugzeit, bis er Nelly wiedersieht, zum ersten Mal seit ihrem Abschied am und vom Camino. Die Trennung kam plötzlich. Er musste Frau Schick nach Hause chauffieren und danach in die Südsee, und Nelly musste zurück zu ihrer Tochter Becky. Auf die ist er ebenfalls sehr gespannt. Eine reichlich kesse Göre scheint das zu sein – hat mit knapp sechzehn bereits eine pubertäre Meisterleistung vollbracht. Während Nelly auf dem Jakobsweg war, ist Becky ihrem Herrn Vater ausgebüchst und war tagelang unerreichbar.

So wie jetzt Nelly.

Herbergers Blick streift die Flugroutenanzeige auf einem ausgeklappten LED-Bildschirm. Bedauerlicherweise trennen ihn noch vier Stunden von Paris Orly und – samt Wartezeit, Anschlussflug und Taxistrecke – mindestens drei weitere Stunden von Düsseldorf und dem Beginn seines gemeinsamen Lebens mit Nelly.

Vor 19 Uhr wird er kaum bei ihr sein, um mündlich zu wiederholen, was er ihr noch von Santiago de Compostela aus via Fleurop mit einem Olivenbäumchen und einem beigefügten Briefchen gesagt hat: »*Casaté conmigo* – Heirate mich.« Nach allem, was sie erlebt haben, ist »Sì« oder »Ja« doch wohl die einzig mögliche Antwort?

Ja, Ja, JA, verflixt! Reisen ist leicht, aber Ankommen anscheinend Schwerstarbeit.

Nun, zumindest Frau Schick wird ein Nein von Nelly nicht gelten lassen, versucht er sich zu beruhigen und muss schmunzeln. Frau Schick hat ihn auf ihrer gemeinsamen Rückfahrt nach Deutschland bereits gezwungen, über Brautkleider und Hochzeitstorten zu diskutieren, nachdem sie ihm seine Heiratsabsichten entlockt hatte.

Man darf gespannt sein, was sie sich inzwischen so ausgedacht hat.

3.

Frau Schick sitzt immer noch bei Psychiater Grünschnabel. Der will zwar das Gespenst loswerden, sie aber anscheinend nicht. Dabei muss sie wirklich weg, das Gutachten auf die Post bringen, Hochzeitstorten probieren, und – was war ihr eben noch eingefallen? – ach ja, eine Reitgerte besorgen.

Die hätte sie jetzt schon gern parat, um Dr. Grünschnabel auf Trab zu bringen. Allmählich versteht er wenigstens, wie lästig Freda von Todden ist, weniger allerdings, dass man die Mutter aller Schreckschrauben nicht mit »vernünftigen« Fragen vertreiben kann. Trotzdem holt Dr. Grünschnabel gerade zur nächsten aus.

»Frau Schick, ich lese in Professor Ludrikeits Gutachten etwas über ›Kurzsichtigkeit und zwei Operationen wegen grünen Stars‹. Trugen Sie Ihre Brille, als Sie diese ... äh ... befremdliche Erscheinung im Kleiderschrank hatten?«

»Ja«, lügt Frau Schick. Sie muss dem doch nicht auf die Nase binden, dass sie auch in ihrem gesegneten Alter ungern als Eule mit zwei Glasbausteinen rumläuft.

»Sind Sie sicher? Jetzt tragen Sie die Brille schließlich auch nicht.«

Stimmt. Das muss Frau Schick zugeben. Allein wegen des charmanten Professors Ludrikeit, aber das geht den Grünschnabel nichts an. »Ist das hier ein Verhör oder ein Patientengespräch?«, fragt sie spitz. »Ich weiß, was ich gesehen habe. Schließlich hat Fredas Gesicht grün wie eine Verkehrsampel geleuchtet. Schreckliche Fratze, dazu der Hut.«

»Haben Sie das Licht eingeschaltet, bevor Sie zum Kleiderschrank gegangen sind?«

»Halten Sie mich für eine Bangbüchs? Ich bin eine preußische Offizierstochter und mehr als dreimal vier Jahre alt. Ich brauche kein Nachtlicht, und, wie gesagt, Freda hat geleuchtet.«

»Zu den Nebenwirkungen Ihrer blutdrucksenkenden Mittel gehört eine lebhafte Traumtätigkeit. Waren Sie wirklich wach, als Sie Ihren Kleiderschrank geöffnet haben?«

»Hellwach! Wenn es nächtelang im Keller ächzt und rumpelt, kann kein Mensch fest schlafen.«

»Haben Sie die Heizungsrohre überprüfen lassen?«

»Rohre und Kessel werden regelmäßig gewartet und halten derzeit brav und still ihre Sommerpause, Herr Doktor. Schließlich holt der September gerade den Sommer nach, der im August ausgefallen ist. Sehr schwül draußen, finden Sie nicht?«

Der Arzt legt eine Schweigepause ein und blättert im Gutachten über ihren Geisteszustand.

Frau Schick mustert ihn empört. Das ist ja so was von unkollegial gegenüber seinem Professor! Grünschnabel ist bestimmt ein heimlicher Zwilling von Grüßaugust Pottkämper. Könnte glatt beim Geschäftsvorstand der Schick und von Todden GmbH anfangen, der ihr, *ihr*, Hausverbot erteilt hat, weil sie wichtige Geschäftsverhandlungen behindern könnte. Gerne wäre Frau Schick dennoch jeden Tag ins Büro gegangen. Jetzt erst recht! Aber ihr Patensohn Johannes hat ihr geraten, der Firma fernzubleiben – »einfach einmal blaumachen«, hat er gesagt – und in der Zwischenzeit Professor Ludrikeits Gutachten einzuholen. Er will sich um alles kümmern, sobald er aus China zurück ist, wo er eine Gastdozentur als Wirtschaftsjurist innehat.

Das soll ihr auch recht sein. Parkhausbau und Pottkämpers Intrigen interessieren sie nicht die Bohne, seit sie auf dem Jakobsweg war. Seither hat sie wahrlich Spannenderes zu tun.

Etwa mit dem Hochzeitskuchen und der – verflixt, was war das noch mal? – passte irgendwie nicht zur Hochzeit. Ach ja, die Reitgerte! *Reitgerte.*

Dafür muss sie sich auch mal eine Eselsbrücke ausdenken. Hoho! Eselsbrücke ist gut. Sehr gut! Schließlich braucht sie die Reitgerte für einen. Ihre Pilger- und Tierfreundin Bettina Blauauge hat ihr am Telefon nämlich von einem erzählt, der entsetzlich gequält wird. Direkt bei Frau Schick um die Ecke. In Hürth-Knapsack. Da muss sie sich auch mal drum kümmern.

Bettina hat an einen Eselkauf oder ein Protestschreiben gedacht, aber handfeste Nächstenliebe liegt Frau Schick mehr und Tierquäler bezahlen geht ja mal gar nicht. Verprügeln schon. Frau Schick reibt sich die Hände. Das könnte Herberger übernehmen oder Nelly, die kann sehr schön zuschlagen, wenn es darauf ankommt. Hat zwar kleine Fäuste, aber die Kraft sitzt im Herzen, wie mal ein Boxweltmeister gesagt hat. Der Name ist Frau Schick leider entfallen.

Grünschnabel meldet sich wieder zu Wort. »Hier steht auch etwas von einer – ich darf zitieren – ›ausgeprägten Fantasie und einem intuitiv arbeitenden Gedächtnis mit Hang zu unvermittelten Gedankensprüngen, die für die Außenwelt schwer nachzuvollziehen sind‹.«

Frau Schick errötet. »Wirklich charmant, der Professor Ludrikeit, ein richtiger Kavalier. Von dem können Sie noch viel lernen, aber selbst meine Fantasie kann keine Fußstapfen auf dem Teppich hinterlassen! Meine Haushälterin brauchte eine ganze Flasche Tuba-Teppichschaum und Waschbenzin, um sie wegzubekommen.«

»Tuba, aha!«, ruft Grünschnabel begeistert. »Frau Schick, ich will Sie jetzt nicht zusätzlich verängstigen, aber ...«

»Junger Mann, ich habe keine Angst vor Gespenstern, ich will sie nur loswerden!«

»Aber«, fährt Grünschnabel unbeirrt fort, »könnte es nicht sein, dass ein Einbrecher diese Abdrücke hinterlassen hat?«

Schlaumeier!

»Daran habe ich natürlich als Erstes gedacht, ich lese nämlich gerne Kriminalromane. Aber warum sollte ein Einbrecher Tante Fredas Hut – noch dazu dieses scheußliche Modell mit Hühnerfedern und Mottenlöchern – aus dem Keller mopsen, um sich dann in meinem Kleiderschrank zu verstecken und grün zu leuchten? Das ergibt ja nun überhaupt keinen Sinn.«

»In der Tat«, murmelt Grünschnabel und fällt in sich zusammen wie Tuba-Teppichschaum. »Versuchen wir es anders. Gab es in Ihrer Familie bereits vor Ihnen Fälle von ... äh ... nun ja ...«

»Schwachsinn?«, schlägt Frau Schick vor.

»Das ist ein unwissenschaftlicher Terminus, den Neurologen schon lange nicht mehr verwenden.«

»Ich schon, junger Mann, und ich erkenne einen Schwachsinnigen, wenn er vor mir sitzt.« Ach nein, zu viel der Ehre, der arme Kerl ist nur furchtbar fantasielos. »Herr Doktor Grünschnabel ...«

»Ich heiße Kleinemann. Dr. Benjamin Klei-ne-mann.«

»Ach, darum bin ich auf Grünschnabel gekommen! Pardon. Kleiner Mann passt natürlich noch besser. Um auf den Schwachsinn in meiner Familie zurückzukommen: Da wir von Toddens von sehr altem Adel sind und entfernt mit dem britischen Königshaus verwandt, sind wir natürlich einiges gewöhnt. Verwandtenehen, exzentrische Vorfahren, Prinzen, die mit Blumentöpfen reden, ausgemachte Trunkenbolde – Sie wissen schon. Aber auf unsere Gespenster konnten wir immer stolz sein! Die hatten Benimm. Mein Großonkel Taddäus etwa hätte sich nach seinem Tod allenfalls auf den Dachboden, aber nie und nimmer in den Schlafzimmerschrank einer Dame verirrt. Dabei hat er zu Lebzeiten gern mal die Unterröcke seiner verstorbenen Gattin getragen. Natürlich nur, weil er sie schrecklich vermisste, und außerdem war Taddäus wirklich *sehr* tüdelig, was aber weniger an den Genen als am Meschkinnes lag.«

»Meschkinnes?«

»Bärenfang, ostpreußischer Honiglikör, ausgesprochen süffig und gehaltvoll. Ich nehme ab und an gern ein Gläschen, bevor ich zu Bett gehe.«

Grünschnabels Stachelbeeraugen beginnen glasig zu leuchten. »Nur eins oder vielleicht ein paar mehr?«

»Was wollen Sie denn damit wieder andeuten, Herr Doktor? Ich denke, wir sollten das Gespräch beenden. Sie haben mich mit allen erdenklichen Mitteln beleidigt, und ich muss jetzt wirklich los, um meine Hochzeitskuchen vorzukosten.«

Grünschnabel reagiert fassungslos. »Sie wollen *heiraten*?«

»Halten Sie mich für komplett durchgedreht? Ich bin fast 78! Heiraten werden Herberger und Nelly. Jedenfalls, wenn es nach mir geht, und zwar in meinem Haus. Deswegen muss ich doch das Gespenst loswerden. Auf unserer Hochzeit hat Freda von Todden nichts verloren. Schon gar nicht mit dem Hut!«

Genau, und weil dieser Grünschnabel ihr nicht helfen kann, braucht sie jetzt auch noch weißen Zwirn und Pimpinelle. Dass sie da nicht längst drauf gekommen ist! Uraltes Hausmittelchen von Schuster Popesch.

Die olle Schemutat, ihre Amme, hat ebenfalls drauf geschworen. Könnte ja funktionieren. Ach was, das wird todsicher funktionieren! Von Schopenhauer hatten Popesch und die Schemutat zwar keine Ahnung, aber wie der große Philosoph wussten die beiden, dass der Welt mit Logik nicht beizukommen ist, weil ihr ein unvernünftiges Prinzip zugrunde liegt.

»Herr Doktor, ich bräuchte jetzt wirklich Ihren Kugelschreiber! Die Pimpinelle vergesse ich sonst bestimmt.«

4.

»Mama, lass den Scheiß!«, empfiehlt Becky genervt. »Du brauchst dir für den neuen Job keinen Abfall aus Erdöl und Silikon ins Gesicht zu schmieren. Etwas kräftiger Schminken reicht völlig.«

»In meinem Alter offenbar nicht«, widerspricht Nelly. Ganz beklommen ist ihr angesichts der riesigen Auswahl an Liftingserum, Hautglättern und Rillenfillern für die Haut ab vierzig. *Rillenfiller?* Klingt nach Baumarkt. Was sie über Anti-Age-Kosmetik alles nicht weiß und nie wissen wollte! Sie braucht anscheinend eine Komplettsanierung. Am liebsten würde sie kehrtmachen und auf Frau Schicks Schönheitstipp vertrauen. »Quark tut's auch.« Aber manchmal irrt sogar Frau Schick. Heute Morgen etwa hat sie ganz früh angerufen, um von einem Gespenst in ihrem Kleiderschrank zu berichten.

Nelly schüttelt den Kopf. Was da nur wieder hintersteckt? Egal. Momentan hat sie keine Zeit für Frau Schicks Verrücktheiten, selbst wenn oft Interessantes dabei herauskommt.

»Mama? MAMA!«

»Ja?«

Becky verdreht die Augen. »Du träumst wieder. Ich check schon mal die Make-up-Abteilung. Irgendwelche Farbwünsche in Sachen Lidschatten und Lippenstift?«

»Alles außer Rosa mit Glitter.«

»Mama! Ich bin sechzehn und heiße nicht Lillifee. Außerdem brauchst du für morgen Abend und die Kölner ›Bond Bar‹ knallige Farben. Gibt da 'ne neue Serie von *Circus Glamour.*«

Nelly hebt erstaunt die Brauen. »Zirkusglamour für Vertragsverhandlungen?«

Schon ist Becky weg.

Kopfschüttelnd wendet sich Nelly wieder der Abteilung Faltenpflege zu. Sie fingert ein Glitzertütchen aus einem Karton. *Liftolino – Innovative Antifalten-Maske mit Sofortwirkung.*

Nelly studiert das Silbertütchen, kraust zweifelnd die Stirn und mustert sich in einem Kosmetikspiegel, der am Regal klebt. Es ist ein Vergrößerungsspiegel mit integrierter Lupe. Hoppla! So wie sie darin aussieht, braucht sie wirklich dringend etwas mit Sofortwirkung.

Liftolino wandert ins Gitterkörbchen an ihrem Arm und gesellt sich zu Kapseln mit dem vielversprechenden Namen *Forever-Young-Fluid mit Champagnerextrakt* und zu Augenabschwellpads mit Kaviaröl.

Nelly lächelt schief. Anti-Age-Kosmetik klingt lecker, aber dekadent und irgendwie saublöd. Fassungslos entdeckt sie Schokolademasken für Gesicht *und* Füße!

Ihre Augen tasten sich weiter, bleiben starr vor Staunen an einer Creme namens *Matrix Nutrition Atomic Logics DNA Illuminating Serum* hängen. Auf dem Karton umkreisen Elektronen, die aussehen wie Ostereier auf Koks, die Doppelhelix des menschlichen Genoms.

Als Übersetzerin von Gebrauchsanleitungen für landwirtschaftliche Nutzfahrzeuge hat Nelly ein Herz für Technologie, aber diese Creme muss dem Hirn eines durchgeknallten Nuklearforschers entsprungen sein.

Wer braucht denn so was?

»Du zum Beispiel«, mahnt der Vergrößerungsspiegel.

Herrje, sie hat gar nicht gewusst, welche Verwüstungen die Sonne über dem Camino in ihrem Gesicht angerichtet haben muss. Auf dem Weg hierher hat sie sich für wunderbar gebräunt und für das glühende, blühende Leben gehalten. Ihr Leben ist zurzeit so unfassbar herrlich. Sie hat endlich wieder einen Job in Aussicht und ist verliebt, sooo verliebt! Nein, wie man sich täuschen kann. Also in Sachen Falten, nicht in der Liebe, und schon gar nicht in Herberger.

Ach, Herberger.

Nelly wird faltenfrei und federleicht ums Herz. So leicht, dass ihre Gedanken sie an einen Südseestrand tragen und unter Palmen absetzen. Direkt neben Herberger. Da liegen sie bei malvenfarbiger Dämmerung und atmen den süßen Duft der Kokosnuss und den strengen Salzgeruch des Meeres. Wie einem Kind fährt ihr das Glück durch den Leib. Alohaklänge kuscheln sich in ihre Ohrmuschel und Nelly kuschelt sich an Herberger.

Alohaklänge?

Moment mal, unterbricht sich Nelly streng, Alohaklänge gehören nach Hawaii, nicht nach Tahiti, und sie hat im Moment Wichtigeres zu tun, als zu kuscheln und Kokosnüsse einzuatmen, wenn sie nicht als wandelnder Offenbarungseid enden will. Für ihren neuen Job muss sie frisch und entspannt aussehen, jedenfalls frischer als in dem blöden Kosmetikspiegel vor ihrer Nase. Ach, du lieber Himmel, auf der hat sie ja auch Falten!

Die Weltraumcreme wandert ins Gitterkörbchen.

Ach, Herberger! Ob er gelegentlich ebenso sehnsüchtig an sie denkt wie sie an ihn? Wenigstens ein bisschen? Sie verlangt ja keine Alohaklänge in seinem Kopf, ein »Ach, Nelly!« als Pendant zu Ihrem »Ach, Herberger!« würde genügen. Aber leider kann sie keine Gedanken lesen, schon gar nicht über diese Entfernung. Eine E-Mail von ihm wäre mal nett, es kommt aber keine. Und dummerweise hat sie ihr Handy verloren oder verlegt und damit vielleicht eine SMS von Herberger.

Na, sie will nicht nörgeln. Er hat sicher schrecklich viel zu tun und immerhin via Fleurop einen kleinen Olivenbaum geschickt. Das Bäumchen könnte Liftolino allerdings mittlerweile noch besser brauchen als sie. Ganz verschrumpelt sieht es aus, fast schon tot. Dabei hat Becky es direkt ins Herz geschlossen. Sie hat das Bäumchen in ihrer Abwesenheit entgegengenommen, es in ihr Zimmer entführt und behauptet, es gründlich gegossen zu haben. Offenbar nicht gründlich genug.

Nur gut, dass Herberger dem Baum keine Liebesnachricht beigelegt hat. Becky hätte sicherlich Fragen gestellt, und die will Nelly erst beantworten, wenn Herberger zurück ist. Becky weiß nämlich noch gar nichts von seiner Existenz, und das ist gut so.

Nelly will Herberger behutsam in Beckys und ihr Leben einführen, das 14 Jahre lang eine nahezu männerfreie Zone war. Als Teenager hat Becky genug mit den schmerzlichen Achterbahnfahrten ihrer eigenen Gefühle zu tun. Sie braucht Halt und keine Mutter, die sich nach jahrelanger Liebesabstinenz seit zwei Monaten rasend und in Serie zu verlieben scheint. Erst in einen spanischen Internetbekannten und kompletten Idioten wie Javier – wovon Becky leider etwas mitbekommen hat – und dann in einen, einen … Ach … Herberger eben. Durch ihn wird Becky erleben, dass ihre geschiedenen Eltern nicht nur Beziehungen mit gespielten oder eingebildeten Gefühlen hinbekommen.

Im Vorspielen von Gefühlen war Jörg Barfeld, Beckys Vater, Weltmeister. Er spielte sie so perfekt, dass er damit nach der Scheidung im Fernsehen Karriere gemacht hat. Etwa als singender Frauenversteher an Bord des Traumschiffs und als Wäschemodell für die Edelslip-Marke *TrueLove*. Jörg war tatsächlich einmal die männliche Anna Nicole Smith der Plakatwände.

Wahre Liebe, ha!, das wüsste ich aber!, zürnt Nelly kurz. An Jörgs gespielten Gefühlen und seinem Hang zu Privatvorführungen von *TrueLove* in fremden Betten ist ihre Ehe gescheitert. Und – zugegeben – an ihrem Hang, sich grandiose Gefühle für selbstverliebte Taugenichtse wie Jörg oder Javier herbeizufantasieren. Nach einem seelischen Kassensturz auf dem Camino hat sie sich geschworen, sich nie mehr in Trugbildern der Liebe zu verirren. Das ist vorbei. Auch dank Herberger. Der ist unvergleichlich und für immer und ewig.

Ach, Herberger!

So, nun aber Schluss mit den mentalen Sehnsuchtswalzern!, ruft Nelly sich zur Ordnung. Ihr Gehirn muss auf Arbeitstakt umschalten. Spätestens morgen Abend muss sie vier oder fünf Jahre jünger aussehen. Nicht für Herberger, sondern für den neuen Job.

Nellys Blick gleitet nochmals prüfend zum Klebespiegel. Ein Wunder ist geschehen, freut sie sich, fast alle Falten sind verschwunden. Liebe und Herberger, das sollte man in Cremetiegel abfüllen. Die Zornesfurchen und die verknautschte Miene haben nur das Nachdenken über Faltenkiller und das Kunstlicht in ihr Gesicht gehext – zwecks Verkaufsförderung von Liftolino. Ha! Sie ist doch nicht doof. Sie weiß, wie Werbung funktioniert, sie wird schließlich demnächst selbst welche machen.

Trotzdem bleibt Liftolino im Gitterkorb. Nelly darf morgen Abend kein Risiko eingehen. Das hat ihre Freundin und Werbepsychologin Ricarda ihr direkt beim ersten Briefing eingetrichtert. Ziemlich turbulentes Briefing, vor allem nach der zweiten Flasche Prosecco. Da ging es um die ungeschminkte Wahrheit.

»Nelly, in unserer Branche wird ab 45 gnadenlos aufgerundet«, hat Ricarda ihr erklärt. »Vergiss den Mist von wegen

›Fünfzig ist die neue Vierzig‹. Deine 48 Jahre klingen bedenklich nach fünfzig. Selbst eine hübsche Frau wie du kann sich mit fünfzig ...«

»Achtundvierzig.«

»Fünfzig!«

»ACHTUNDVIERZIGEINHALB.«

»Willst du Skat spielen oder den Auftrag für eine Imagekampagne der deutschen Friseurinnung?«

»Ich will den Auftrag!«

Nelly seufzt. Sie braucht ihn sogar dringend. Ihre Unabhängigkeit ist ihr doppelt wichtig, seit sie verliebt ist. Sie will mit Herberger, der erschreckend viel Geld verdient, auf keinen Fall das Märchen vom Aschenbrödel nachspielen und Becky damit ein falsches Bild vermitteln. Erstens ist sie über das Alter nun wirklich hinaus, und zweitens hat sie einen Erziehungsauftrag.

So ein Armes-Mädchen-trifft-reichen-Mann-Käse ist kein Ersatz für einen vernünftigen Beruf. Es sei denn, man heißt Barbie und strebt eine Karriere als Botoxjunkie an. Nein, sie muss Becky ein Vorbild bleiben. Darum hat sie seit Tagen nichts als Lockenwickler, Föhnwellen und Foliensträhnen im Kopf. Zwecks Werbung für Friseure, versteht sich.

Stichwort Friseure: Shampoo braucht sie auch noch.

»Gut«, meldet sich Ricarda zurück, während Nelly suchend durch die Regalreihen irrt. »Dann male und frisiere dich samt Lebenslauf wenigstens ein bisschen mehr auf jugendlich. Mit *fast* fünfzig kannst du dir einen Auftrag bei Gut & Edel Communication sonst abschminken. Erst recht als völlige Newcomerin.«

Ricardas Grausamkeit war freundlich gemeint. Sie arbeitet schon eine halbe Ewigkeit bei Gut & Edel und feiert seit ihrem 45. Geburtstag konsequent ihren vierzigsten. »Reine Notwehr«, nennt sie das und erklärt bei jeder Gelegenheit: »In der Werbebranche überlebt nur, wer die Tricks eines Guerillakämpfers mit Heidi Klums Lächeln zu garnieren weiß. Leider bist du in etwa so gerissen wie der Bussibär.«

Nelly stoppt vor einer Regalwand voller Nagelscheren. Bussibär war gemein! Dagegen hat sie sich gewehrt und gegen den Begriff »völlige Newcomerin« auch. »Ich habe immerhin früher auch mal Drehbücher für Sitcoms geschrieben! Das sollte für einen kleinen Imagespot der Friseurinnung reichen.«

Friseuren vielleicht, aber nicht Ricarda Revolverschnauze. »Deine Drehbuch*entwürfe* stammen aus der *Tutti Frutti*-Periode von RTL, als Nackedeis in Bananen-Bikinis und mit ein bisschen Schakalaka noch Länderpunkte und Werbepausen einbrachten. Vergiss es! Und erzähl meinem Chef ja nichts über die zwanzig Jahre, in denen du Gebrauchsanleitungen für Rasenmäher übersetzt hast. Das klingt nach ›Kreativ wie ein Fotokopierer‹.«

Nelly fixiert wütend einen Satz Nagelfeilen, mit denen sie ihre Freundin gern bewerfen würde. Rasenmäher! »Traktoren, Ricarda. Es waren Traktoren und landwirtschaftliche Nutzfahrzeuge der High-Tech-Generation«, hat sie versucht, ihrer Freundin zu erklären. »Und man muss verdammt kreativ sein, um ein spanisches Wort für ›extern gekühlte Abgasrückführungen‹ zu ersinnen. Außerdem sind Traktoren nützlich.«

»Beeindruckende Leistung, Nelly, und das meine ich ernst. Ich habe dich immer darum beneidet, dass du dich mit nützlichen Dingen beschäftigen kannst. Aber wer etwas verkaufen will, das eher unnütz ist – und davon leben wir Werber an erster Stelle –, muss zunächst sich selbst verkaufen. Deine Berufserfahrung klingt dummerweise so spannend wie eine vierstündige Dokumentation über Sandkörner auf Sylt.«

»Und du wie Meister Proper als Amokschütze«, hat Nelly entgegnet. »Wenn ich derart untalentiert bin, warum will mich dein Chef Rottländer dann bitte kennenlernen und direkt mit dem Kampagnenstar bekannt machen?«

Das hat gesessen, nickt Nelly sich und einem Satz Hornhautraspeln zu. Es war mal wieder an der Zeit, Ricarda den Kopf zu waschen. Oh ... Kopfwaschen! Sie wollte doch Shampoo und keine Fußbäder! Nelly biegt zur nächsten Warengondel ab.

Ricarda zuckt in ihrem Kopf ratlos mit den Schultern. »Ehrlich gesagt ist mir völlig schleierhaft, warum du so ratzfatz für einen Auftrag von Gut & Edel eingekauft wirst. Noch dazu für die Friseurinnung, die macht gewöhnlich keine teure Werbung. Ich hab zwar immer mal deinen Namen bei Rottländer ins Spiel gebracht, aber rumgekriegt hat ihn Becky.«

Nellys Verblüffung war grenzenlos. Ist es immer noch. »*Becky?!* Was hat Becky damit zu tun?«

»Schon vergessen? Sie macht ihr 14-tägiges Schulpraktikum bei uns.«

»Ja, aber das heißt gewöhnlich Kaffee kochen, kopieren und Klappe halten, wenn die Großen spielen.«

Ricarda lächelte. »Rottländer hat einen Narren an Becky gefressen und lässt sie an allen möglichen Sitzungen teilnehmen. Na ja, sie hat gelegentlich höchst originelle Ideen und kennt sich mit Web 2.0 und dem ganzen Facebook-Kokolores bestens aus. Für Rottländer ist die Nutzung des Social Network *das* neue Feld, und Becky wohnt als Sechzehnjährige ja praktisch im Internet. Hat sie dir das alles denn nicht erzählt?«

Nelly hat den Kopf geschüttelt und schüttelt ihn auch jetzt wieder – über sich selbst, weil sie in der Abteilung für Waschpulver gelandet ist, und über Becky, weil die wirklich nichts erzählt hat.

Nun, Mütter in Grund und Boden zu schweigen, sie zu beleidigen oder ihre Existenz mitunter zu ignorieren gehört zu einer gründlich absolvierten Pubertät dazu. Genau wie die Momente, in denen Becky mit angezogenen Knien in ihrem Drehkugelsessel hockt wie ein betrübtes Baby, das sich weigert, geboren zu werden, und das Nelly rasch in die Arme schließen muss.

»Hab dich lieber als vierhundert Biber, Mama«, flüstert ihre große Kleine in solchen Momenten. »Glaubst du mir das?«

Das glaubt Nelly nicht, das weiß sie. Ihr geht es umgekehrt ja genauso. Aber ist es zu glauben, dass Baby Becky Biberherz ihr einen Job verschafft hat?

Möglich wäre es. Wenn Nelly früher einmal die Tränen nicht unterdrücken konnte, weil Aufträge und Kindesunterhalt von Jörg ausblieben und sie i-Dötzchen Becky nicht einmal das Kakaogeld zustecken konnte, hat Becky ihr Sparschwein geschlachtet, um Nelly Schokoküsse zu kaufen. Einmal – da war Becky acht – ist sie sogar mit der Blockflöte und in zuvor zerlöcherter Strumpfhose zu Edeka marschiert. Vor dem Ladeneingang hat sie eine Stunde lang *Stille Nacht* gespielt. Besser gesagt: Sie hat geübt, es zu spielen. Im Hochsommer.

Nelly hat davon durch eine Nachbarin erfahren, die Becky samt Blockflöte und empörtem Sie-sollten-sich-was-schämen-Blick bei ihr abgeliefert hat. Becky war sagenhaft stolz auf 14,70 Euro Stundenlohn und darauf, *Stille Nacht* nunmehr auswendig zu können. Ersonnen hat sie die Verdienstmöglichkeit nach der Lektüre von Kästners *Pünktchen und Anton*.

Nelly sucht Halt an einer Warengondel und zwinkert die aufsteigenden Tränen weg. Nur gut, dass Augenabschwellpads im Körbchen liegen.

»Mama? MAMA!«

»Oh, Becky. Du, ich hab dich lieber als …«

»Lass das. Was suchst du vor einem Regal mit Weichspüler und Waschpulver? Willst du dir das auch ins Gesicht schmieren?«

»Ich finde kein Haarshampoo«, bemüht sich Nelly um Haltung und findet es sehr peinlich, das als künftige Werbefachfrau für Coiffeure zugeben zu müssen.

»Nimmste halt meins. Wir müssen weiter.«

Nelly staunt. »Weiter? Wohin? Musst du nicht mal langsam los zum Praktikum?«

Ihre Tochter verdreht die Augen. »Wir müssen ein Kleid kaufen. Für morgen Abend. Das gehört zu meinem Praktikum.«

»Wie bitte?«

»Auftrag von Kreativboss Rottländer. Er meint, ich hätte ein Händchen für coole Outfits.«

»Für ein neues Kleid habe ich kein Geld.«

»Ab morgen Abend hast du reichlich Flocken, und das Kleid geht auf Kosten des Hauses. Du kannst Rottländer die Rechnung schicken.«

»Rottländer will mir ein Kleid für die Vertragsverhandlungen bezahlen?«

»Da gibt's nichts mehr zu verhandeln, Mama, echt! Das Kleid ist ein Lockmittel für den Kampagnenstar, der morgen dabei sein wird. Du weißt schon: *Sex sells* und so.«

»Ich will keinen Sex verkaufen, sondern meine Arbeitskraft! Und wer ist überhaupt dieser geheimnisvolle Kampagnenstar?«

»Weiß ich doch nicht!«

Schon ist Becky weg und Richtung Kasse verschwunden.

So was. Nelly muss heute Abend unbedingt noch mal mit Ricarda reden. Die wird den eingeplanten Star ja wohl kennen. Nachdenklich wickelt sich Nelly eine Haarsträhne um den Finger. Was geht nur in Beckys Kopf vor? Und was in ihrem?

5.

Eine Nacht so schwarz wie Teer und Tinte. Am Himmel ist kein Zipfel Mond zu sehen. Wie ärgerlich!

Frau Schick späht mit gerunzelter Stirn durch ein Flurfensterchen im Treppenaufgang zu ihrem Schlafzimmer. Zwölf Uhr ist es auch nicht, sondern eben mal halb neun durch.

Na, es wird auch ohne Mitternacht und Vollmond gehen, ermuntert sie sich. Schließlich hält sich Freda von Todden selbst nicht an die Geisterstunde. Eben hat es im Keller leise geseufzt und getrippelt. Das muss ein Ende haben, sonst wird sie am Ende wirklich noch plemplem. Wenigstens kündigt sich von Westen mit Grollen ein Gewitter an. Der schwüle September holt den deutschen Sommer wirklich gründlich nach.

Frau Schick kneift abwartend die Augen zusammen. Da – ein Blitz! Und gleich noch zwei weitere. Wie in einem Comic gehen sie am Horizont als gezackte, goldgelbe Schwerter nieder und reißen Schlitze ins dunkle Nachtgewand. Frau Schick nickt zufrieden. Gewitter ist gut.

»Wenn der Herrgott blitzt und donnert, kriegt der Deiwel eins aufs Dach, min Röschen«, hat die olle Schemutat immer gesagt, sodann mit Schuster Popesch ein »Schlubberchen Machandel« – ihren berüchtigten Wacholderschnaps – gekippt und den Besen rausgeholt, um zusammen mit Popesch im Speicher die Gespenster auszukehren. Da hatten die beiden reichlich zu tun; Pöhlwitzens Dachboden zog sich über beide Flügel des herrschaftlichen Anwesens und war über zweihundert Jahre alt. Kein Wunder, dass er bis unter den Giebel angefüllt schien mit Mauerflüstern, Balkenächzen und Ahnengeseufze. Den Geräuschen nach zu urteilen, hausten sämtliche Dämonen und Nachtfratzen Ostpreußens zwischen Hinkebeinstühlen, ausgestopften Elchköpfen und einer gefälschten Mumie, die sich der tüdelige Taddäus in Kairo hatte aufschwatzen lassen.

Wenn Gewitter war und die Eltern nicht daheim waren, durfte Röschen Schlag zwölf samt Puppenbesen mit aufs Dach. Rosalinde »Röschen« Schick, geborene von Todden, findet Gewitter seither grandios. Schwungvoll schlägt sie das buntverglaste Fensterchen zu. Glas klirrt leise zitternd nach. Sie blickt sich suchend in der hell erleuchteten Eingangshalle ihrer Gründerzeitvilla um. Wo hat sie nur diesen vermaledeiten Besen hingestellt?

Ihre Kölner Villa ist zwar deutlich kleiner als Pöhlwitz, hat aber viel zu viele Zimmer für jemanden mit leichten Gedächtnisschwächen. Frau Schick schüttelt seufzend den Kopf. Na, wenigstens handelt es sich nicht um Alzheimer, da ist sich sogar Grünschnabel inzwischen sicher. Trotzdem ist es neu und bedenklich, dass sie außer ihren Brillen jetzt auch Besen verbumfidelt. Das muss die Aufregung sein.

Ha, da ist er ja! Hat sich in der Bodenvase neben dem scheußlichen Garderobenungeheuer auf Löwenklauen versteckt und spielt mit ihrer neuen Reitgerte Spazierstock oder Regenschirm. Frau Schick stiehlt sich mäuschenstill auf die Vase zu wie ein Dieb im eigenen Haus. Was sie vorhat, ist ihr doch ein wenig peinlich, schließlich ist sie kein Röschen mehr und Pöhlwitz samt der Schemutat und Ostpreußen seit über einem halben Jahrhundert perdu.

Das Schleichen klappt trotz zwei künstlichen Hüftgelenken noch immer gut, freut sich Frau Schick. Wenn sie nur im Kopf noch so flink wäre wie mit den Füßen. Die haben ja sogar den Camino geschafft – in Häppchen zumindest und dank Herberger. Hoffentlich kommt der bald mal aus Tahiti zurück. Schon wegen der Hochzeit, und weil er Nelly den Unsinn mit der Lockenwickler-Werbung ausreden muss.

Frau Schick hält entrüstet inne. Also wirklich, sie hätte doch für Nelly genug zu tun! Nelly könnte zum Beispiel gegen gutes Geld ihre Memoiren schreiben, die vakante Chauffeurstelle von Herberger übernehmen, die unzähligen Akten ihres Verstorbenen im Keller sortieren und – falls Herberger bockt – mit ihr in Hürth-Knapsack den misshandelten Zirkusesel befreien, von dem ihre Pilger- und Tierfreundin Bettina Blauauge berichtet hat.

Wirklich, es gäbe reichlich zu tun, und Gesellschafterin war früher ein höchst schicklicher Beruf. Aber nein, Trotzkopf Nelly will sich am eigenen Schopf aus dem Finanzsumpf ziehen. Mit Lockenwicklern und lockeren Sprüchen.

Sehr undankbar und widerspenstig, ihre Nelly. Dabei hat Frau Schick sie im Wald aus einem Schlammbach gerettet und über manches Hindernis hinweg in Herbergers Arme geführt.

Ach ja. Frau Schick wird ein wenig wehmütig ums Herz. Auf dem Jakobsweg war jeder Tag ein Abenteuer. Sie hatte zu tun und ständig Menschen um sich. Alle waren mit ihrem eigenen Lebensroman unterwegs und auf der Suche nach einem neuen Kapitel oder einem gelungenen Abschluss. Sie hat an so einigen mitgeschrieben und für fabelhafte Happy Ends gesorgt. Leider haben fast alle ihre Tippelfreunde jetzt so viel zu tun oder sind so verliebt, dass sie sich kaum noch melden. Happy Ends sind ein Ärgernis. Irgendwie muss es danach auch mal weitergehen.

Frau Schicks Lächeln wackelt wie eine brüchige Leiter, der ein paar Sprossen fehlen. Nur Bettina Blauauge meldet sich zuverlässig aus Spanien, wo die gescheiterte Ärztin mit dem Helfersyndrom eine neue Aufgabe gefunden hat: vierbeinige

Camino-Streuner retten und nach Deutschland exportieren. Frau Schick unterstützt sie dabei, obwohl sie Zweibeiner, gern auch verwaiste und zerzauste, erheblich amüsanter findet. Nun gut, die Eselbefreiung dürfte interessant werden, aber dafür bräuchte sie eben Herberger oder Nelly. Am besten beide.

Frau Schick seufzt. Seit ihrer Rückkehr in die Villa lastet das Alleinsein doppelt. Wie ein Goldfisch in einer zu engen Glaskugel ist sie in den letzten Tagen durch die Villa geirrt. Immer im Kreis und mit zerzausten Flossen. Die Welt erschien ihr oft so totengrau, als sei über allem eine Staubsaugertüte explodiert. Zu allem Überfluss macht ihr nachlassendes Kurzzeitgedächtnis, das mühelos Brillen und Besen verschwinden lässt, ihrem zähen Langzeitgedächtnis mehr und mehr Platz, und nicht alle Erinnerungen, die dabei zum Vorschein kommen, sind erfreulich.

Auf dem Jakobsweg war das heilsam, aber in diesem Haus arbeitet ihr Gedächtnis schonungslos wie Lackentferner. Es legt Schicht um Schicht Erinnerungen frei, die unerträglich sind, wenn Freda von Todden sich leibhaftig einmischt und die Hauptrolle darin spielt. Ganz wie damals, nach dem Krieg, als Frau Schick, damals noch Röschen, in dieser Villa mit ihr leben musste. Freda – allein der Name klingt nach Frost und Freudlosigkeit. Wenn sie sich dazu noch ihr Gesicht vorstellt, bekommt sie einen Kälteschock. So sehr hat sie sich mit elf Jahren vor Freda gefürchtet, dass sie das Gefühl noch heute mühelos abrufen kann.

Frau Schick schreckt aus ihren Gedanken hoch. Draußen bellt ein Hund. Heiser, wie alte Raucher husten. Stalin!

Das Bellen kommt näher, Kies knirscht unter schweren Schuhen. Die Schritte kennt sie. Offenbar stapft der Weihnachtsmann mal wieder das Eingangstreppchen hoch.

»Mach Platz, Stalin«, murmelt es vor der Tür, dann klopft es.

Wirklich lästig der Kerl, nicht mal in Ruhe Gespenster vertreiben kann sie. Will der wieder über Schrebergärten faseln? Sie hat ihr Leben lang nichts an der Haustür gekauft, keinen Staubsauger, und Grundstücke von Weihnachtsmännern schon gar nicht.

»Frau Schick, bitte, Sie müssen mich anhören!«, ruft der Kerl vor der Tür. Stalin bellt zustimmend.

»Nein«, hält Frau Schick – unterstützt von erfreulich nahem Donnergrummeln – dagegen. Der Kerl soll verschwinden, sonst verpasst sie den richtigen Zeitpunkt, um Freda von Todden den Garaus zu machen.

»Es ist wirklich dringend. Ich muss Ihnen was von Ihrem Mann ausrichten. Wegen der Schrebergärten.«

»Da kommen Sie reichlich zu spät. Mein Mann ist tot. Und zwar seit fünf Jahren.«

»Ich weiß, und es tut mir leid, dass ich erst jetzt komme, aber Ihr Mann hat mir zugesagt, dass ich jederzeit vorbeikommen könne, wenn es Ärger wegen der Gärten gibt, und jetzt gibt es welchen. Bitte, Frau Schick, Sie sind unsere letzte Hoffnung. Sehen Sie sich Ihre Gärten doch wenigstens mal an«, dringt es dumpf durch die Tür.

Ihre Gärten? Was meint der denn damit? Sie hat doch keine Schrebergärten. Oder doch? Herrje, nein, das wäre ihr ganz sicher nicht entfallen. Ihr Gedächtnis ist manchmal ein Sieb, aber kein Fass ohne Boden.

»Ihr Mann und ich waren sozusagen Geschäftsfreunde. Bitte enttäuschen Sie mich nicht«, behauptet der nächtliche Besucher draußen vor der Tür.

Das wird ja immer besser! Mit so einem Hausierer hat ihr Paulchen ganz sicher keine Geschäfte gemacht. Obwohl, so als Sohn eines Schrotthändlers? Und Spelunken, die mit Fäusten, Fusel und zwielichtigen Gestalten vollgepackt waren, hat er bis an sein Lebensende geliebt.

Frau Schick schüttelt energisch den Kopf. Trotzdem. Nein! Unmöglich. Spinner und Zottelbrüder wie dieser Weihnachtsmann fielen stets in ihr Ressort – Wohltätigkeit. Aber die will der Kerl ja gar nicht.

»Um die Geschäfte kümmert sich mein Patensohn Johannes!«, ruft sie. Schön wär's, denkt sie. Schön wär's. Tatsächlich leitet der die Firma bislang nur aus der Ferne und nebenbei. Noch hat der Geschäftsvorstand samt Dussel Pottkämper Prokura.

»Wo finde ich Ihren Patensohn?«

»Meine Güte, ist der aufdringlich«, murmelt Frau Schick entnervt. Laut sagt sie: »In China.«

Reisen ist wirklich eine dumme und völlig unnütze Beschäftigung. Warum muss Johannes Gastvorträge in China halten, wo er doch hier in Köln ihre Firma hat? Noch dazu hält er Vorträge über Wirtschaftsethik. Das wird in China bestimmt ewig dauern, bis die das kapieren. Na, Europa ist auch nicht besser.

»China?«, fragt es hinter der Tür. »Das ist mir jetzt ein bisschen weit.«

Sie sagen es, denkt Frau Schick und nickt zustimmend. Moment, das will sie doch nicht mit diesem durchgedrehten Tippelbruder diskutieren. Nicht einmal in Gedanken. »Ich rufe jetzt die Polizei!« Der Satz wirkt immer.

Vor der Tür seufzt und jault es. Das Seufzen kommt vom Weihnachtsmann, das Jaulen vom Hund. »Frau Schick, bitte machen Sie auf. Ich habe hier auch etwas für Sie«, lockt der Weihnachtsmann.

Hält der sie für blöde wie Rotkäppchen oder für eins von den sieben Geißlein?

»Ich wähle bereits die 112«, behauptet sie. Sie klopft die Taschen des Kimonos, den sie trägt, nach ihrem extragroßen Seniorenhandy ab. Ha, da ist er ja der verdammte Ziegelstein!

Sie zieht ihn wie eine Waffe und kann ihn direkt wieder wegstecken.

Mit den Worten »Wir kommen wieder« stapfen und trippeln ihre Besucher die drei Eingangsstufen hinab. Es trippelt ganz gehörig. Hat der Kerl jetzt zwei Hunde? Wie wohl der andere heißt? Lenin? Trotzki? Gorbatschow? Gorbatschow wäre ein sehr schöner Hundename. Etwa für einen nussbraunen Spaniel, die haben auch so herrlich tiefgründige Samtaugen mit Goldsprenkeln und ... Herrje, dieser Weihnachtsmann lenkt sie gewaltig vom Wesentlichen ab!

Frau Schick blinzelt zu einem protzgoldenen Bilderrahmen hoch, der über der Vase mit dem Besenstiel hängt. »Sag mal, hast du diesen Knallkopf wirklich gekannt?«

Aus dem Schnörkelrahmen linst in Lebensgröße Paulchen, ihr verstorbener Mann, auf sie herab, guckt verdrossen und schweigt. Was sonst? Verdrossen sieht er aus, weil er nie gern nutz- und tatenlos rumgesessen hat – nicht für einen Kunstmaler und schon gar nicht, wenn sein Röschen, also sie, Kummer hatte. »Wenn dir dem Leben tritt, dann tritt ihm zurück«, hat er immer gesagt und aufmunternd gegrinst.

Das Paulchen in Öl grinst nicht. Es ist überhaupt misslungen. Der Maler hat ihm die Himmelfahrtsnase gestutzt und die markant abstehenden Ohren angelegt, damit der Ehrenkonsul und Parkhauskönig Schick nach erhabenem Firmenpatriarch und nicht nach dem Schlitzohr aus der Schemmergasse aussieht, das er war und das sie – seinen Kuckuckseiern wie Pottkämper zum Trotz – über ein halbes Jahrhundert geliebt hat. »Mal unter Schmerzen, aber immer von Herzen«, würde es im Poesiealbum heißen.

Vorbei. Auf immer vorbei.

Draußen frischt der Wind auf, Böen jagen dem Gewitter voraus, eine besonders vorwitzige prallt auf das Flurfenster, rüttelt am Glas, fährt zurück und rauschend in eine der alten Ulmen, die das Haus bewachen. Ob das Paul war?, wagt sein Röschen zu hoffen. Hat immer gern viel Wind um sich gemacht, und über Menschen, die seinem Röschen Böses wollten, ist er hinweggefegt wie ein Orkan. Aber jetzt muss sie sich selbst helfen, und das kann sie.

Frau Schick zerrt energisch am Besenstiel. »Willst du wohl!«

Pardauz und Klirr. Der Kampf mit dem Besen hat die Vase das Leben gekostet. Pech gehabt, aber sie hat die Vase sowieso nie leiden können.

Entschlossen umklammert Frau Schick mit der Linken den Besenstil. Jetzt aber! Mit der rechten Hand greift sie nach einem Kräutersträußchen, das auf dem Dielentisch bereitliegt. Ihre Haushälterin hat es heute Mittag nach ihren Anweisungen gebunden. Vorschriftsmäßig mit dem weißen Zwirn, den Frau Schick im Kölner Dom klammheimlich ins Weihwasserbecken getunkt hat.

Wenn schon, denn schon. Dabei ist sie von Haus aus Protestantin. Das war die olle Schemutat auch, aber als kurische Fischertochter von der Nehrung war sie außerdem eine Spökenkiekerin vor dem Herrn. Dafür waren die Kuren seit jeher so berüchtigt wie für ihre Krötenstöcke, die sie jahrhundertelang auf die Gräber gesetzt und mit Kreuzen verziert haben, damit die Kirche die heidnischen Kröten schluckte. Wenn es um Spuk und Nachtgesichte ging, hat die Schemutat allerdings auf echtes Weihwasser geschworen.

»Vom Deiwel und seinen Spießgesellen versteh'n die Kathol'schen mehr als wir«, war die alte Amme sich sicher.

Hoffentlich stimmt's.

»Salbei, Rosmarin, Beifuß, Thymian, Pimpinelle, Löwenzahn und Lavendel«, zählt Frau Schick das duftende Sträußchen durch.

»Wollen Sie etwa kochen?«, hat ihre Haushälterin beim Kräuterbinden gefragt. So entsetzt, als habe Frau Schick sich zu einer spontanen Südpolexpedition entschlossen, und zwar in Hausschuhen. »Ich kann doch heute Abend länger bleiben und Sie und Ihre Gäste bewirten.«

»Ich erwarte keine Gäste«, hat Frau Schick erwidert und still für sich hinzugefügt: »Leider.«

»Ich bleib gern da und mach uns ein paar schöne Schnittchen zurecht«, hat ihre Perle angeboten und skeptisch den Löwenzahn beäugt.

Pah, was die Leute immer so denken! Wenn sie wollte, könnte Frau Schick auch kochen. Will sie aber nicht. Sie hatte ihr Leben lang wichtigere Dinge zu erledigen, wie jetzt.

Ein Besen, die Kräuter ... Hoffentlich hat sie nichts vergessen. Doch: ein Feuerzeug.

Sie fischt in den Taschen ihres antiken Kimonos herum. Ein prachtvolles Museumsstück, in dem sie fast ertrinkt. Hat Paulchen gehört. Ihre Haushälterin hat ihn vom Dachboden geholt und den brüchigen, nachtblauen Stoff mit Lavendelwasser aufgebürstet. Anscheinend nicht besonders gründlich. Beim Taschenabklopfen steigt Frau Schick Paulchens unverwechselbare Geruchskomposition aus Havannas und *Eau savage* in die Nase. Erstaunlich, dass die sich nach all den Jahren nicht schon ganz verflüchtigt hat.

Ein Stichflämmchen durchzuckt ihr Herz, das stolpernd Reißaus nehmen will vor den Erinnerungen an Schmerz und Verlust. Feiges Ding, beschimpft Frau Schick es und holt extra tief Luft. Durch die Nase. Das ist, nein, *war* schließlich Paulchens Geruch und hat nichts mit spukenden ostpreußischen Schreckschrauben zu tun. Paulchen hat den protzigen Hausmantel, der mit pseudojapanischen oder chinesischen Schriftzeichen durchwirkt ist, mal aus dem Kostümfundus des Schauspielhauses geschenkt bekommen, für das er zu günstigen Konditionen eines seiner Parkhäuser errichtet hat. Davor hat den Mantel ein längst verblichener Mephisto getragen – damals, als Mephisto auf der Bühne noch wie der Höllenfürst persönlich und nicht wie ein psychopathischer Börsenmakler oder Mafioso aussehen durfte.

Sie schmiegt sich kurz in den Kimono, der ihre schmalen Schultern wie eine Zwanzig-Kilo-Hantel niederdrückt. Der vertraute Paulchen-Geruch ersetzt keine Umarmung, aber er schenkt ihr ein Gefühl von Unverwundbarkeit. Das wird sie brauchen.

Entschlossen strafft sie den Rücken und reckt das Kinn. Der Mephisto-Kimono passt perfekt zu ihrem Vorhaben und ist durch seine Schriftzeichen ein kleines Zugeständnis an Bettina Blauauges Buchtipp in Sachen Gespenster. Das Buch handelt von etwas, das nach Raumfahrt und einem Gericht aus dem Chinarestaurant klingt.

Wie war noch der Titel? *Space shuttle?* Nein: *Space Clearing*, eine Art spirituelle Raumreinigung. Und dazu irgendwas mit Chop suey. Nein, auch falsch.

Ha, jetzt hat sie es wieder: *Heilige Orte schaffen mit Fengshui & Space Clearing – so vertreiben Sie negative Energien*. Fengshui soll ja unter anderem eine Wissenschaft über den Umgang mit lästigen Vorfahren sein. In Asien vertreibt man die symbolisch mit Glöckchenbimmeln, Händeklatschen und Blümchenstreuen. Fehlt nur noch der Tipp, seine Ahnen mit Glückskeksen zu bewerfen.

Pah! Frau Schick schüttelt den Kopf. Schöner Blödsinn, soll aber sehr in Mode sein. Na, immerhin weiß sie jetzt, dass sie – falls sie doch plemplem und Freda von Todden eine temporäre Wahrnehmungsstörung ist – damit weltweit nicht allein dasteht.

6.

»Meine Mutter ist nicht da«, faucht Becky.

»Hör zu, Becky, du kennst mich nicht«, versucht es Herberger so besonnen und freundlich, wie es in seinem übermüdeten Zustand möglich ist, noch einmal. Er schwankt unter dem Gewicht eines Hightech-Rucksacks und muss sich am Treppengeländer festhalten. »Ich muss deine Mutter wirklich sehen. Es ist wichtig.«

»Nicht wichtig genug«, schnappt Becky. »Und fremde Männer darf ich sowieso nicht in den Wohnung lassen.«

Herberger nickt. Das ist plausibel. »Gut, dann warte ich hier im Treppenhaus auf ihre Rückkehr.« Er streift den Rucksack ab und stellt ihn an einer Wand ab.

Becky stemmt die Hände in die Hüften. »Hören Sie mal, das ist völlig vergeblich. Meine Mutter kommt heute Nacht nicht wieder. Sie schläft bei einer Freundin.«

»Könntest du mir die Adresse der Freundin geben?«

Becky zieht die Stirn in Falten. »Nein. Meine Mutter bereitet sich mit ihr auf dringende Vertragsverhandlungen für einen neuen Job vor. Dabei darf sie nicht gestört werden, hat sie extra gesagt.«

Herberger gibt sich geschlagen. »Kannst du deiner Mutter wenigstens sagen, dass ich hier war und sie unbedingt sehen will? Oh, verzeih, ich habe dir meinen Namen ja noch gar nicht genannt. Ich bin ...«

»Lästig. Ihren Namen will ich gar nicht wissen, und jetzt verschwinden Sie.« Mit einem Knall ist die Tür zu.

Herberger hievt seufzend den Rucksack wieder auf die Schultern. Das nennt man abgeblitzt. Herrje, dass Teenager rebellisch sein können, ja müssen, hat er gewusst, aber diese Becky tut ja geradezu so, als sei er Freddy Krüger. So schrecklich sieht sein Narbenkinn nun auch wieder nicht aus. Aber die Bartstoppeln … Er reibt sich resigniert das Kinn und wendet sich mit bleischweren Füßen wieder der Treppe zu.

Bei welcher Freundin Nelly wohl übernachtet? Frau Schick könnte es wissen. Ja, das wäre möglich. Er zückt sein Handy. Ach was, er fährt am besten direkt zu ihr. Es ist gerade erst halb neun durch, da wird sie noch wach sein. Frau Schick ist eine Nachteule. Er wählt die überregionale Taxinummer, nennt Nellys Adresse und stapft drei Treppen hinab.

Über ihm wird noch einmal die Tür aufgerissen und das Flurlicht angeknipst. »Wenn Sie meine Mutter unbedingt sehen wollen, kommen Sie morgen in die ›Bond Bar‹. ›Bond‹ wie ›James Bond‹. In Köln. Kennen Sie Köln? COLONIA.«

Natürlich kennt er Köln, da wohnt er schließlich. Und warum buchstabiert sie es extra noch mal auf Latein und mit spanischem Akzent?

»So gegen halb zehn«, ruft es von oben. »Das würde uns alle sehr freuen!«

Herberger reckt verdutzt den Hals. Eine geradezu begeistert freundliche Becky lugt zu ihm hinunter und flötet: *»Hasta la vista!«*

Schon ist das Gesicht verschwunden. Na egal, Nellys Tochter kann also auch lächeln. Und wie. Kopfschüttelnd nimmt Herberger die letzten Stufen.

Erst als die Haustür mit deutlichem Klacken hinter ihm ins Schloss fällt, zieht Becky den Kopf zurück. Gerade noch mal gutgegangen! Den wäre sie los, und ihre Mutter ist ihn spätestens ab morgen ebenfalls quitt. Ob sie will oder nicht.

Eigentlich hat sie sich diesen Javier anders vorgestellt, und dass der Kerl so erstaunlich gut Deutsch kann, wundert sie auch. Selbst das H kommt fehlerfrei aus seinem Mund. Wird wohl nur eine halber Spanier sein, dafür ein Lügner durch und durch. Ihre Mutter hat ihn in einem Internetforum für Dolmetscher und Übersetzer kennengelernt. Dort fischt dieser miese Betrüger und vorgebliche Finca-Erbe seine Opfer mit Gedichten, die er von Pablo Neruda abschreibt. Auf so was steht ihre Mutter leider. Wie war das noch?

Hungrig bin ich, will deinen Mund, deine Stimme, dein Haar, und durch die Straßen zieh ich ohne Brot, ohne Nahrung . . .

Becky grinst abfällig. Soll der mal schön weiter einsam durch die Straßen ziehen ohne Brot. Vor allem ohne das ihrer Mutter. Die hat für den Spanientrip zu diesem *Latin Loser* vor einem Monat ihre letzten Flocken lockergemacht. Das passiert ihr nicht noch mal, darauf wird Becky achtgeben. Erst recht, weil Nelly morgen einen Auftrag einheimsen wird, der mehr als trocken Brot einbringt. Viel mehr. Die Zeiten der finanziellen Verzweiflung werden endgültig vorbei sein und die Gerechtigkeit wiederhergestellt.

Ups! Sie muss dringend noch das Festnetztelefon ausstöpseln. Dieser halbspanische Stalker ruft garantiert auch mitten in der Nacht an, um ihrer Mutter Neruda-Kitsch ins Ohr zu schleimen. Nur gut, dass sie Mamas Handy konfisziert hat.

7.

Frau Schick durchwühlt auf der Suche nach einem Feuerzeug noch immer die Taschen des Kimonos und betrachtet sich flüchtig im goldgerahmten Garderobenspiegel. Bäh! Sie sieht in dem Kimono aus wie ein Kuhstall mit Gardine. Und weiß der Kuckuck, was die eingestickten Schriftzeichen wirklich bedeuten. Vielleicht »Gute Nacht« oder »Träum süß« auf Japanisch? Egal, das können Gespenster nicht wissen. Jedenfalls nicht die dusselige Freda. Die konnte ja nicht einmal Englisch, von Japanisch ganz zu schweigen.

Mister! Du want prima Knolli-Brandy?

Frau Schick hält im Klopfen inne, reißt den Kopf herum und starrt in Richtung Kellertür, die sich im Schatten unter der Treppe verbirgt. Ach was, der selten blöde Satz kommt nicht aus dem Keller, sondern sitzt in ihrem Kopf und drängelt sich durch die leeren Korridore ihres Kurzzeitgedächtnisses nach vorne.

Du want prima Knolli-Brandy? – So hat Freda anno 1945/46 erst den Amis und später den Tommys auf dem Kölner Schwarzmarkt ihren heimlich gebrannten Rübenschnaps angepriesen. Von wegen ihren! Den Schnaps hat sie – Röschen – bei Bauern aus dem Umland organisiert und musste ihn in Einmachgläsern in einem umgebauten Kinderwagen durch Felder und Wälder nach Köln hineinschmuggeln. Trotz strikter Ausgangssperre. Mitten durch die Sperrzone, vorbei an zerschossenen Kübelwagen, ausgebombten Flakstellungen und verkohlten Bäumen einer verwaisten Schrebergartenanlage hat sie sich damals an Militärposten vorbeigestohlen.

Die Bäume durchwuchern seit einigen Nächten mit schwarzverbrannten Ästen ihre Träume. Träume, in denen sie nicht mehr aus dem Wald und dem Krieg hinausfindet.

Verdammt, wo ist denn nur das Feuerzeug! Der Kimono hat doch Paulchen gehört, und der hatte als gewissenhafter Kettenraucher immer ein Feuerzeug dabei.

Sie tastet weiter. Wie ein Kanonenschlag entlädt sich in der Nähe ein Donner. Frau Schick zuckt zusammen und fröstelt. Ein Eiswind weht sie an, der kommt von innen, nicht von draußen, und reißt sie mit sich fort, zurück in klirrkalte Nächte. Da hilft nichts, da muss sie durch, weiß Frau Schick. Erinnerungen muss man wie den Teufel an die Wand malen, um sie zu bannen.

Knapp zwölf war sie bei ihren einsamen Streifzügen über verschneite Schlachtfelder und durch Kölns Trümmerlandschaft.

»Auf Kinder schießen die Tommys nicht, und Gehen bist du doch gewohnt«, hat Freda entschieden. Das stimmte zwar, und außerdem hatte Röschen auf ihrer Flucht aus Ostpreußen weit Entsetzlicheres gesehen und hinter sich gebracht, aber unheimlich war es wegen der vielen Blindgänger, Patronen und Handgranaten im schneebedeckten Waldboden trotz alledem. Der Tod war stets an ihrer Seite.

Freda hat derweil daheim – in diesem Haus! – die Nylons gezählt, die sie neben Zigaretten, Kohlen, Speck und Graupen beim lukrativen Knolli-Brandy-Tausch für sich ergattert hat, und ihren puppenblauen Frolleinblick verfeinert. Glanzbeseelte Führerverehrung passte ja nicht mehr. Die Villa hat Freda nur behalten dürfen, weil sie kurz nach dem Einmarsch der amerikanischen Truppen rasch Flüchtlingsmütter mit ordentlich viel Kindern aufgenommen hat, die sie – nachdem die Gefahr einer Beschlagnahmung der Villa gebannt war – mühelos wieder hinausgeekelt hat.

Gieriges, verlogenes, grauenhaftes Weibsstück! Hat in der Beletage residiert und Röschen samt Baby und Rübenschnaps im Waschkeller einquartiert. Über Jahre! Und so was nannte sich Tante. Schöne Tante! Völlig aus der Art geschlagen. Schämen muss man sich, dass sie eine von Todden war.

»Du want prima Knolli-Brandy«, äfft Frau Schick sie nach, während sie mit Besenstil und Kräuterstrauß durch die imposante Halle ihrer Gründerzeitvilla tappt. Hach, ein Schlückchen Knolli-Brandy wäre jetzt gar nicht schlecht, denkt sie mit Blick auf die Kellertür und klopft wieder auf den Kimonotaschen herum.

Endlich! Ihre Finger ertasten einen kleinen, harten Gegenstand in einer Seitentasche. Sie nimmt den Strauß in die rechte Hand zum Besenstil und zieht ein goldenes Feuerzeug hervor. Paulchen wird es recht sein. Der konnte die Freda schon gar nicht leiden und hat ihr Mitte der Fünfziger umgehend Hausverbot erteilt, nachdem sie genug Geld verdient hatten, um Tante Freda die Villa unter dem knochigen Hintern wegzukaufen. Den Waschkeller hat sein Röschen danach nie mehr betreten müssen.

Ja, so war Paulchen. Frau Schick seufzt leise. Nicht immer treu, aber seinem Röschen von Herzen ergeben. Er war ja so stolz darauf, eine echte Freifrau geheiratet zu haben. »Röschen, ich kann nur Parkhäuser, aber du verleihst unseren gesammelten Werken Glanz«, hat er mehr als einmal gesagt.

Frau Schick klappt das Feuerzeug auf und drückt an der Zündtaste herum. Klick, klick, klick. Leiser Benzingeruch steigt ihr in die Nase. Beim dritten Mal sprühen Funken, ein blaues Flämmchen zuckt auf und mästet sich gierig am Benzin.

Frau Schick lässt die Zündtaste hochschnappen und probiert es gleich noch einmal. Diesmal schießt eine rußige Stichflamme hoch. Fast hat sie sich die Nase versengt, und es riecht ein bisschen nach verkokelten Haaren. Nicht so schlimm. Hauptsache, es brennt.

»Los geht's«, kommandiert sie sich mit fester Stimme, die sich in der Eingangshalle so hohl anhört, als sei sie selbst das Gespenst. Am Besenstiel festgeklammert arbeitet Frau Schick sich über die geblümten Jugendstilfliesen voran. Noch drei Reihen Lilienkacheln, dann ein Linksschwenk unter die Treppe und sie ist am Ziel.

Sie drückt einen Lichtschalter herunter. Sofort wird es in der Halle zappenduster. Sogar doppelt zappenduster vor ihren Augen, weil sie mit ihrem grünen Star schon bei Licht schlecht sieht. Ein Blitz wäre jetzt willkommen, aber draußen rauscht nicht einmal mehr die Ulme. Ist das die Ruhe vor dem Sturm, oder ist das Gewitter einfach weitergezogen?

Frau Schick tastet nach der Messingklinke. Bevor sie die schwere Kellertür aufzieht, lehnt sie den Besenstil an die Wand, holt tief Luft und hält sie an. Jetzt muss es schnell gehen. Mit einem Ruck ist die Tür offen. Frau Schick nimmt die Kräuter in die linke, das Feuerzeug in die rechte Hand.

Klick, klick, zisch.

Die Flamme schießt hoch. Mit zitternden Fingern führt Frau Schick das Feuer zum Sträußchen, die Rosmarinnadeln glimmen als Erstes, dann fängt der Beifuß zögernd Feuer. Rauch kräuselt sich in Frau Schicks Nase und beißt sich fest. Sie schnappt nach Luft.

Riecht ein bisschen nach Weihnachten und ... igitt! Aus dem Keller schlägt ihr feuchter Waschküchenmuff entgegen. Sie erstarrt. Ach was, ach was, den bildet sie sich ein. Der Keller ist seit Jahrzehnten nicht mehr die Waschküche, in der sie als Kind hausen und Schnaps in Einmachgläsern bunkern musste.

Vorsichtig schnuppert sie noch einmal. Könnte nasser Putzlappenduft sein. Ihre Haushälterin stellt ihre diversen Eimer samt Wischmopp und Reinigungsmitteln gern auf der Kellertreppe ab.

Oder ist das etwa Modergeruch? Von Freda?

Au! Über den Schock hat sie das glimmende Sträußchen glatt vergessen, es brennt bereits lichterloh. Sie schleudert es in Richtung Kellertreppe, wirft das Feuerzeug gleich hinterher. Scheppernd schlägt es zwischen irgendwelchen Metallbüchsen auf. Egal. Frau Schick kneift die Augen fest zu. Was muss sie noch mal sagen?

In ihrem Kopf beginnt es zu flüstern. Wunderbar, die Schemutat souffliert. Frau Schick spricht stockend nach:

Salbeikraut und Löwenwahn
befreit das Haus vom Geisterzahn.

»Nein, andersrum!«, schilt Schuster Popesch. *Löwenzahn befreit vom Geisterwahn.* Na ja, große Dichtung geht anders. Trotzdem. Weiter geht's.

Beifuß, Rosmarin und Pimpinelle,
helft dabei und macht es schnelle,
Thymian, du Teufelsdreck …

Auch Quatsch. Noch mal.

Thymian, du Teufelsschreck,
nimm das Böse von hier weg.
Lavendelzweiglein, duftend fein …

Herrje, wofür war noch mal Lavendel gut? Außer als Badezusatz? Frau Schick reißt die Augen auf. Hat sie glatt vergessen. Nein, doch nicht.

Lavendelzweiglein, duftend fein,
lass das Gute zu uns ein,
lass die Engel zu uns kommen,
dann haben wir gewonnen.

Jetzt noch drei Besenstriche in jede Himmelsrichtung. Sie schnappt nach dem Besen und beginnt rasch zu kehren. Dreimal links, dreimal rechts, einmal umdrehen und nach vorn. Geschafft. Der Besen fliegt in den Keller. Scheppernd kippen auf der Treppe ein paar Eimer um. Wird Freda eben von Putzeimern erschlagen, Hauptsache, sie verschwindet. Wumms, Tür zu und drei Kreuze schlagen.

Ob das Kreuzschlagen wirklich dazugehört, weiß Frau Schick nicht. Die olle Schemutat hat ständig Kreuze geschlagen. Bei Gewitter sogar über dem Hefeteig, damit er aufgeht.

»Schaden wird's nuscht, min Röschen, und den Deiwel tut's ärjern«, versichert die Schemutat in ihrem Kopf.

Genau.

Und was passiert jetzt?

Nichts.

Oder doch: Regen rauscht auf, schlägt mit wütendem Prasseln und Trommeln gegen Tür und Fensterscheiben.

Und das soll alles gewesen sein?

Nein, denn jetzt klingelt, bimmelt und schellt es mit einem Mal zeitgleich Sturm an der Haustür, auf dem Festnetztelefon und in Frau Schicks Kimono. Der Kimono klingt am schönsten, weil er Mozarts Arie vom Vogelfänger Papageno trillert.

Frau Schick reißt ihr flötendes Handy aus der Kimonotasche. »Hallo?... Grundgütiger! Herr Herberger! Sie schickt der Himmel. Wann kommen Sie endlich aus Tahiti zurück?... Sie sind nicht mehr auf Tahiti?... Bei mir um die Ecke ... Ja, ich weiß, wo Nelly sein könnte. Moment, bleiben Sie dran, mein anderes Telefon klingelt auch.«

Frau Schick eilt geschäftig zum Garderobentisch, legt das Handy in die Linke, reißt mit der Rechten den Hörer von der Festnetzstation. Hach, ist das herrlich, endlich wieder Leben in der Bude, sie bräuchte glatt eine telefonische Warteschleife.

»Hallo, hier Rosalinde Schick? ... Guten Abend, Bettina ... Nein, mit Glöckchen habe ich nicht gebimmelt, aber mit Schuster Popeschs Pimpinelle und einem Engelsspruch von der Schemutat hat's geklappt! Und wie. Raten Sie mal, wer aus Tahiti zurück ist. Herberger!... Ja, das ist wirklich fantastisch, jetzt können wir alle heiraten und zusammen den Esel befreien. Ich muss Schluss machen, an der Tür schellt es auch. Mal sehen, wer das ist.«

Frau Schick summt den Papageno und legt beschwingt den Hörer auf, kommandiert kurz: »Bleiben Sie dran, Herberger, wir haben zu tun«, ins Zauberflötenhandy und reißt die Haustür auf.

Ach nein, der wieder, und da heißt es, aller guten Dinge wären drei.

»Sie sollen endlich verschwinden, Sie Weihnachtsmann!«, faucht Frau Schick. »Ich hab hier jemanden am Apparat, der Ihnen was auf die Bommelmütze gibt, wenn Sie nicht abhauen! Wagen Sie es ja nicht, reinzukommen!« Sie hält dem triefregennassen Zauselbart das Handy vors Gesicht.

»Hallo!«, schreit es aus dem Hörer und dann: »Frau Schick, was ist bei Ihnen los? Frau Schick? Ich bin in fünf Minuten da!«

Ja, das ist ihr Herberger! Triumphierend gleitet Frau Schicks Blick vom Weihnachtsmann zu einem sehr feuchten Stalin und weiter zu …

»Das gibt es doch gar nicht!«, schreit Frau Schick schrill und wahrhaftig entsetzt.

Neben dem Weihnachtsmann und seinem Hund steht Freda von Todden. Kaum anderthalb Meter groß und mit leuchtend grünem Gesicht.

»Frau Schick, ich kann das erklären«, beginnt der Weihnachtsmann und reißt Freda den Hut samt Gesicht vom Kopf. Weiter kommt er nicht, denn vom Keller her ertönt ein ohrenbetäubender Knall.

8

»Das kann ich unmöglich tragen«, protestiert Nelly, zerrt am Saum eines sehr bunten Häkelminikleids herum und dreht ihrem Schlafzimmerspiegel verschämt den Rücken zu.

»Mom, das ist Missoni! Zwar secondhand und mit kleinen Maschenfehlern, aber ... wow!«

Nelly stöhnt. »Das Muster sieht aus, als habe der Designer bewusstseinsverändernde Drogen geschluckt.«

»Das ist Sixties-Retrostil und voll angesagt!«

»Schon wieder?«, murmelt Nelly entsetzt. Gute Güte, wie oft muss man mit 48 denn noch die Revivals grausamer Modesünden erleben?

»Mama, du bist ein Hingucker und passt prima zur ›Bond Bar‹. Echt. Du bist ein Knaller.«

Nelly versucht, die Stirn in strenge Falten zu ziehen. Das geht aber nicht, weil die Lockenwickler darüber sehr stramm sitzen. »Becky, ich bewerbe mich nicht als Bondgirl. Das Kleid ist zu kurz. Was soll denn Rottländer von mir denken?«

»Dass deine Beine ein hervorragendes Argument dafür sind, dir einen Werbespot zuzuschanzen«, erwidert Becky ungerührt. »Vertrau mir, Mama. Und jetzt setz dich und hör auf zu zappeln. Ich muss mehr Wimperntusche auftragen. Falsche Wimpern würden zu dem Kleid natürlich noch echter rüberkommen.« Sie drückt ihre Mutter aufs Bett und zückt ein Spiralbürstchen.

Nelly schlüpft unter Beckys Armen und dem Bürstchen weg. »Es reicht. Ich sehe bereits aus, als hätte ich in Lady Gagas Kosmetikkoffer übernachtet.«

»Falsch«, kontert Becky. »Du siehst aus wie dieser Ekel-Alex aus *Uhrwerk Orange*, der nur rechts falsche Wimpern und Lidstrich trägt. Bislang habe ich nämlich erst ein Auge getuscht.« Sie greift nach Nellys Arm und zerrt sie in Richtung Bett.

Nelly zerrt Richtung Tür und gewinnt. »Du darfst nachher weiter Kosmetikerin spielen«, sagt sie streng. »Ich muss noch mal das Exposé für den Spot durchgehen und mir die DVD mit dem Beispielmaterial anschauen, sonst kann ich das Konzept nicht erläutern.«

Sie schiebt Becky beiseite und eilt zu ihrem Schreibtisch im Wohnzimmer. »Willst du die DVD nicht auch noch mal sehen? Ist wirklich klasse geworden.«

»Nein!«, ruft es aus dem Schlafzimmer. »Ich will dir die Wimpern tuschen! Das ist wichtiger.«

Teenies, denkt Nelly resigniert. Als ob es darauf ankäme! Sie schiebt die DVD, die Ricardas Freund und IT-Fachmann Ferdinand Fellmann gestern nach ihren Anweisungen aus Filmszenen zusammengeschnitten hat, ins Laufwerk ihres Computers.

Die sägenden Mundharmonikaklänge von *Spiel mir das Lied vom Tod* zittern unheilschwanger aus den Lautsprechern. Sehr schön, das baut sofort Spannung auf, selbst sie bekommt wieder Gänsehaut. Auf schwarzem Bildschirm leuchtet der hochbetagte Slogan der Friseurinnung auf: »Was Friseure können, können nur Friseure.«

Nelly spult schnell vor, der Spruch ist arg schlicht. Aber was dann kommt, hat sie sich ausgedacht, und es gefällt ihr immer noch.

In rasanter Bildfolge treten Friseure neben Actionhelden, Casanovas und Komödianten von Weltklasse an und zeigen großes Kino mit Rasierpinsel, Schere und Lockenwicklern. Revolverhelden wie Gary Cooper und Clint Eastwood legen sich im Wilden Westen unter Barbiermesser und schießen während einer Nassrasur Auftragskiller tot. Charlie Chaplin seift im *Großen Diktator* und zu Mozarts *Figaro*-Musik Kunden ein, Johnny Depp schnippelt und schneidet als *Edward mit den Scherenhänden* Meisterwerke auf Frauenköpfen zurecht, Mr. Bean tut das Gegenteil. Julia Roberts wird zur Magnolie aus Stahl frisiert, und Robert Redford wäscht Meryl Streep jenseits von Afrika so hingebungsvoll die Haare, dass es gar keinen Zweifel mehr geben kann, wie leidenschaftlich Friseure bei ihrem Handwerk zur Sache gehen. Es folgt der Abspann und der neue Slogan der Innung: »Im Herzen Friseur!«

Sehr schön, lobt sich Nelly stolz, besser kann man das Image von Coiffeuren kaum aufpolieren. Leider ist eine Kampagne mit geklauten Kinoszenen natürlich nicht erlaubt. Deswegen soll ja ein Kampagnenstar einige Szenen mit Komparsen nachspielen.

Aber wer? Wer könnte mit Johnny Depp oder Clint Eastwood mithalten? Niemand, den sie aus dem deutschen Fernsehen kennt. Ricarda rätselt auch und kann überdies nicht glauben, dass die Friseurinnung eine so aufwendige Imagekampagne will oder zahlt. Nun, ihre Einwände sind unwichtig, denn Rottländer ist von Nellys Idee hingerissen.

Stolz betrachtet Nelly das letzte Standbild ihres Filmchens. Werbung kann ein wirklich wunderbarer Job sein. Sie durfte nächtelang, und das gegen Bezahlung, Filme anschauen. Eine Arbeit, die ihrem Traum von einer leichten, liegenden Tätigkeit sehr nah kommt. So eine Tätigkeit, findet Nelly, lässt sich hervorragend mit einer Beziehung kombinieren. Schließlich will man selbst mit der Liebe seines Lebens einfach mal zusammen im Bett liegen, Eis essen und Filme gucken. Gut, gelegentlich darf es auch eine Reisedokumentation sein, wenn Herberger darauf besteht. Beim Reisen zuzuschauen ist allerdings langweiliger, als selbst unterwegs zu sein. Na, sicher werden sie das auch in echt hinbekommen. Herberger hat ihr am Camino versprochen, den Südseetrip mit ihr zusammen zu wiederholen. Hoffentlich sucht er auf Tahiti gerade nach verschwiegenen Buchten.

Kokosnussduft steigt ihr in die Nase. *Ach, Herberger!*

»Autsch!«

»Hör auf zu trödeln und zu träumen, Mama!« Becky hat sich hundsgemein von hinten angeschlichen und zupft und rupft Lockenwickler aus Nellys Haar.

»Muss das jetzt sein?«, protestiert Nelly.

»Ja, es muss. Ich will dich einmal ordentlich kämmen, Schneewittchen.« Becky zückt einen Stielkamm. »Wir haben gleich sechs Uhr, und du musst um kurz nach sieben mit der S-Bahn los, damit du entspannt um acht in der ›Bond Bar‹ ankommst.«

Nelly winkt ab. »Kein Grund zur Panik. Ich kann Ricarda anrufen, dann holt sie mich mit dem Auto ab und …«

»Ricarda!« Beckys Stimme klingt entsetzt. »Wer hat der erlaubt, in die ›Bond Bar‹ zu kommen?«

Nelly dreht sich empört zu ihrer Tochter um. »Na, ich natürlich! Sie ist meine beste Freundin, langjährige Mitarbeiterin von Gut & Edel und hat mich optimal auf alles vorbereitet!«

Becky rupft weitere Lockenwickler heraus und schüttelt energisch den Kopf. »Mama, das musst du allein machen. Ricarda mischt sich schon genug in deine Angelegenheiten ein.«

»Erlaube mal! Wer rennt denn hier mit Wimperntusche und Haarbürsten hinter mir her und drängt mir Häkelkleider auf, die aus mehr Luft als Maschen bestehen? Mit dir verglichen ist Ricarda zurückhaltender als der Dalai Lama. Sie wird mir sehr nützlich sein. Ricarda kennt Rottländer und seine Verhandlungstaktiken so gut wie niemand anders.«

Becky betrachtet sinnierend Nellys Wuschelkopf und beginnt ihn sehr, sehr zartfühlend zu frisieren.

Nelly schließt entspannt die Augen. Jaaa, das kann Becky gut. Früher haben sie sehr oft zusammen Friseur gespielt. Dabei konnte Nelly nach anstrengenden Arbeitstagen unbemerkt ein wenig dösen, während Klein-Becky Barbiefrisuren an ihr ausprobiert hat. Schönes Spiel, in etwa so schön wie der Wettbewerb »Wer kann am allerlängsten mal gar nichts sagen«. Den hat Klein-Becky natürlich immer verloren, aber fünf Minuten Sendepause sprangen hin und wieder für Nelly heraus.

Jetzt kämmt ihre große Becky zehn Minuten stumm vor sich hin, schiebt Locken in Nellys Stirn und wieder zurück und scheint intensiv über Frisurprobleme nachzudenken. Tja, Schweigen hat das ehemalige Plappermäulchen inzwischen gelernt.

»Mama«, sagt sie endlich. »Um noch mal auf Ricarda zurückzukommen ...«

»Mmmmh.«

Beckys Stimme bekommt einen halb quengelnden, halb flehenden Ton. »Sag ihr bitte ab. Sie gehört echt nicht in die ›Bond Bar‹, okay? Vertrau ausnahmsweise einmal ganz auf dich. Du hast so viel zu bieten.«

Nelly öffnet ein Auge und antwortet sanft mahnend. »Was hast du denn auf einmal gegen Ricarda?«

Becky kaut auf ihren Lippen herum, als müsse sie eine sehr schwere Entscheidung treffen. Sie seufzt. »Mama, ich wollte es eigentlich für mich behalten, weil ihr so gut befreundet seid, aber ... na ja, weißt du, nicht ich habe etwas gegen Ricarda, sondern Rottländer. Und wie.«

Nelly richtet sich lächelnd im Schreibtischstuhl auf. »Ach, Schätzchen, das weiß ich doch, und die Abneigung ist so herzlich wie gegenseitig.«

Becky nickt. »Ja, und darum will ich, dass Rottländer und du und ... na ja, dass ihr ungestört seid. Heute Abend geht es um jede Menge Kohle. Ricarda könnte mit einem ihrer dummen Sprüche und ihrem Misstrauen gegen innovative Werbekonzepte alles verderben, okay?«

»Aber Becky, so innovativ sind meine Ideen nun wirklich nicht!«

»Aber ... äh ... Rottländers. Und so wie ich Ricarda kenne, hält sie gar nichts von *Below the line*-Kampagnen und Guerillamarketing.«

»*Gorillamarketing?* Was ist das denn schon wieder?« Nelly fährt samt ihrem Drehstuhl zu Becky herum. Völlig verblüfft und mit der deutlichen Ahnung, dass auch sie davon nichts hält.

Becky zückt eine Spraydose. »Mach mal die Augen zu«, kommandiert sie und zieht sich hinter einen Nebel aus Haarspray zurück.

Nelly muss blinzeln, niesen und sehr heftig husten. Was Friseure können, können wirklich nur Friseure. Au, beißt das Spray in den Augen!

»Sorry, Mama, tut mir echt leid«, entschuldigt sich ihre Tochter. »Ich hol mal eben einen Waschlappen und neue Wimperntusche.«

Schon ist sie weg. Nellys Augen tränen und brennen. Jetzt braucht sie nicht nur neue Wimperntusche, sondern erst mal eine Doppelpackung Augenabschwellpads. Himmel, es ist schon halb sieben, sie sieht aus wie eine Vogelscheuche und hat ihre Bewerbungsunterlagen noch nicht sortiert. Jetzt muss Ricarda sie wirklich abholen.

Nelly tastet nach dem Telefon auf ihrem Schreibtisch, tippt mit halbblinden Augen Ricardas Nummer ein, drückt den Hörer ans Ohr. Nanu? Die Leitung ist tot. Verdammt! Sie kriecht unter den Schreibtisch, wühlt sich panisch durch Computerkabel und Staubmäuse bis zur Telefonbuchse. So was, der Stecker ist rausgerutscht. Sie stöpselt ihn wieder ein, wählt erneut und doch vergeblich. Ricarda ist bereits weg, teilt ihr Freund Ferdinand mit.

Mist, Mist, Mist! Jetzt muss sie sich aber wirklich beeilen, damit sie die S-Bahn noch erwischt. Und dieses verdammte Häkelkleid anlassen. Umziehen überlebt ihre Frisur nicht, und außerdem ist Nachschminken angesagt.

»Becky!«, brüllt sie unter dem Schreibtisch hervor. »Jetzt brauche ich wirklich Wimperntusche.«

»Komme sofort, Mamilein! Übrigens … Was hältst du davon, wenn *ich* mit in die ›Bond Bar‹ komme?«

9.

Herberger träumt. Von Palmen, auf denen Oliven in der Größe von Kokosnüssen wachsen. Ein tropisches Gewitter kommt auf, schüttelt und rüttelt die Kokosnussoliven wie Geschosse auf ihn herab. Hilfe, wo ist Nelly? Ist sie in Gefahr? Sie lag doch gerade neben ihm am Strand. Sie darf auf keinen Fall getroffen werden. Es wird schwarz. Herberger erhebt sich in die Lüfte, sitzt mit einem Mal hinter dem Lenkrad eines Flugzeuges. Unter der Bettdecke drückt er das Gaspedal ins Leere. Lenkrad und Gaspedal in einem Flugzeug? Ach so, das ist ja Frau Schicks Jaguar und ein Traum. Oder nicht? Herbergers Lider flattern. Halt, nein, nicht aufwachen, es geht noch weiter.

Am Nachthimmel zucken mit einem Mal Blitze. Eine der drei Hexen von Eastwick tanzt in lichterloh brennendem Kimono Foxtrott mit dem Weihnachtsmann und einem Besen. Ein kleines grünes Gespenst irrlichtert vorbei und zieht einen Damenhut. Regen rauscht auf, dann detoniert eine Ladung Sprengstoff mitten in Herbergers Gesicht.

Aus der Traum.

Herberger schreckt auf, sein Puls rast bedenklich. Er hasst Träume, die mit Explosionen enden. Vor Jahren ist ihm in einer australischen Opalmine tatsächlich eine Sprengladung mitten im Gesicht detoniert und hat sein Kinn in eine Kraterlandschaft verwandelt. Die gestrige Explosion war harmloser, aber auch nicht von schlechten Eltern.

Herberger rappelt sich aus schneeweißer Bettwäsche hoch und entdeckt Vorhänge mit Rosenmuster, die sich in milder

Brise blähen und golden leuchten. Flache Sonnenstrahlen tasten sich unter dem Vorhang ins Zimmer. Benommen schüttelt er letzte Traumreste samt Kokosnussgeschossen ab. Dann erst wird er gewahr, wo er sich befindet: in einem stark geblümten, ebenerdigen Gästezimmer – dem Gartenzimmer von Frau Schick.

Sein Blick sucht einen Wecker. Kurz vor sechs. Morgens oder abends? Abends natürlich, er ist ja wieder in Deutschland und dank Jetlag auf einmal mit einem Schlag hellwach.

Herberger schiebt das Plumeau zurück und fischt nach seiner Jeans, die wie erschossen vor dem Bett liegt. Schnell schlüpft er hinein, nestelt seinen Rucksack auf und zieht ein frisches T-Shirt heraus. Dann eilt er barfuß zur Tür und reißt sie auf. Eine Ahnung von brutzelndem Speck kräuselt sich ihm entgegen. Na, dann immer der Nase nach zur Küche, dort scheint die Hausherrin gerade beschäftigt zu sein. Und das wohl kaum allein, denn kochen kann Frau Schick nicht mal ein Ei. Herberger erinnert sich noch lebhaft an einen Eintopf, den sie in einer Pilgerherberge am Camino fabriziert hat. Unter anderem aus Katzenfutter.

Er durchquert die Eingangshalle mit den hübschen Jugendstilfliesen, von denen einige noch immer rußverschmiert sind. Die von einer Druckwelle verformte Kellertür hängt schief in den Angeln.

»Ich wollte eine sehr tückische Ratte ausräuchern«, hat Frau Schick ihr Feuerexperiment mit Besen, brennendem Dornbusch und einem Eimer hochexplosiver Putzmittel gestern Abend schreckensbleich erläutert. Da war das Schlimmste überstanden, die hell aufschlagenden Flammen auf der Kellertreppe waren gelöscht, die Glas-, Metall- und Steinsplitter beiseitegekehrt.

Herberger schüttelt den Kopf und umgeht auf bloßen Füßen

einen schmierigen Rußfleck. Dieser verrückte Drache hätte sich beinahe mit dem eigenen Keller in die Luft gejagt und sah dabei aus wie die Hexe von Eastwick aus seinem Traum. Nur weit zerbrechlicher und sehr, sehr schutzbedürftig. Sich wegen einer Ratte beinahe selbst umzubringen! Unfassbar. Sobald er sich mit Nelly verlobt hat, werden sie sich regelmäßig um Frau Schick kümmern. Das hat sie verdient. Einsamkeit bekommt ihr nach all den Jahren als umtriebige Firmenchefin schlecht, und ihr Patensohn in China scheint kein großer Trost zu sein.

Nur gut, dass dieser alte Hausierer mit der roten Bommelmütze und dem Professorenbart gestern geistesgegenwärtig reagiert und gemeinsam mit ihm, einem Feuerlöscher und Frau Schicks Kimono den Brand restlos ersticken konnte.

Seither sind der kleiderschrankgroße Klinkenputzer und sein merkwürdiger kleiner Begleiter Frau Schicks allerneueste und allerbeste Freunde. Engels heißt der Alte, was Frau Schick über die Maßen erstaunt und gefreut hat: »Ach, darum musste ich bei Ihnen immer an Karl Marx denken! Aber Friedrich heißen Sie nicht mit Vornamen, oder? Da sieht man es mal wieder. Ich bin kein bisschen plemplem, ganz im Gegenteil.«

Hoffen wir's, denkt Herberger. Alleine lassen wollte er Frau Schick nach der Explosion nicht mehr, zumal sie gar nicht wusste, wo Nelly sich aufhielt. Die Einladung auf ein Gläschen Honiglikör zur Feier des Tages hat er allerdings abgelehnt und sich nach dem aufreibenden Feuerwehreinsatz hundemüde ins Bett verzogen.

Gut möglich, dass Herr Engels und Frau Schick die halbe Nacht miteinander auf ihre Rettung angestoßen haben. Und auf – was war das noch gleich? – Schrebergärten und Zirkusesel! Herberger schüttelt wieder den Kopf. Willkommen zurück in Frau Schicks Welt.

Was Schrebergärten und Esel mit der Spontanparty zu tun

hatten, hat er nicht mehr mitbekommen, er musste wirklich dringend ins Bett. Er wollte und will fit sein, um heute Abend – punkt halb zehn – Nelly in der »Bond Bar« zu treffen. Dort will er seinen Antrag endlich angemessen vortragen, nicht auf Knien, aber mit viel Zartgefühl.

Ach, Nelly! Sein Puls eilt ihm voran in die Küche, im Magen wird ihm richtig flau. Was er jetzt erst einmal braucht, ist eine kräftige Mahlzeit. Herberger biegt in einen Korridor, um eine Ecke und in eine riesige Wohnküche ab, die – wie bei vielen Menschen, die nicht kochen können – mit allen Raffinessen moderner Küchentechnik ausgestattet ist.

»Guten Abend, Herr Herberger«, begrüßt ihn von einem Herdblock in der Mitte des Raumes eine quietschfidele Frau Schick in Blümchenschürze. »Stellen Sie sich nur vor, ich lerne extra kochen, damit Sie etwas in den Magen bekommen. Sie sind sicher halb verhungert.« Mit freudestrahlendem Gesicht wendet sie sich ihrem zauselbärtigen Lebensretter zu. »Glauben Sie, das Wasser für die grünen Bohnen ist jetzt gut, Herr Engels?«

»Wohl kaum, die Platte ist nicht angeschaltet«, murmelt der Mann mit dem imposanten Bart. Seine graue Lockenmähne hat er zum Zopf zurückgebunden, er trägt ebenfalls eine Blumenschürze und sieht darin aus wie ein sehr später Hippie. Muss um die siebzig sein, schätzt Herberger, ein wenig jünger als Frau Schick. Interessantes Gesicht, Charakterkopf, wenn auch schwer durchschaubar. Der Mann scheint ein außergewöhnliches Leben geführt zu haben.

Der späte Hippie zieht einen von Frau Schick mit Argusaugen bewachten Stieltopf auf ein anderes Ceranfeld, greift mit einer schaufelgroßen Pranke nach einer Handvoll grüner Bohnen, kappt die Enden mit fliegendem Messer und dem Geschick eines Sternekochs. »Das sind die letzten Neckarköniginnen aus meinem Garten. Sehr ertragreiche Sorte«, erläutert er. »Schmeckt kurz blanchiert, mit einem Hauch Apfelminze und viel frischem Bohnenkraut am besten.«

Frau Schick lächelt verzückt in Herbergers Richtung. »Ist es zu fassen? Bohnen züchten und Kochen kann der Weihnachtsmann auch! Er steckt wirklich voller Überraschungen.«

»Engels«, brummt der Mann am Herd und zieht kurz seine beeindruckenden Altmännerbrauen zusammen. »Ich heiße Engels.«

Nicht, wenn Frau Schick anders entschieden hat, denkt Herberger mit solidarischem Schmunzeln in Engels' Richtung. Er hat da einschlägige Erfahrungen. Frau Schick hat sich auf dem Jakobsweg eisern geweigert, ihn jemals mit seinem wirklichen Namen Gast anzusprechen.

»Kommt nicht infrage, Herr Herberger«, hat sie insistiert. »Gast klingt ganz grässlich nach Gastspiel oder Gastauftritt. Das will ich nicht zulassen, und unsere Nelly sicher auch nicht! Sie sind ein Herberger, und damit basta.«

»Butter«, fordert Herr Engels und dreht den Kopf in Richtung des Esstischs, der neben einer bodentiefen Terrassentür platziert ist.

Herberger folgt seinem Blick und entdeckt auf einem Stuhl am Tisch den kleinen Begleiter des Zauselbarts. Er starrt unter der viel zu großen Hutkrempe gebannt in den Villengarten. Seine Füße sind in Stalins Hundefell vergraben, und seine Augen huschen mit einem Eichhörnchen den Stamm einer Ulme hoch. Herberger zieht die Stirn kraus. Nimmt der denn nie diesen scheußlichen Hut ab?

Überhaupt hat der Junge einen merkwürdigen Geschmack für einen Sechs- oder Siebenjährigen. Die Freude an der grell phosphoreszierenden Monstermaske, die der Kleine mit dem Elfenblick gestern Abend trug, kann Herberger nachvollziehen, die Vorliebe für den alten Damenhut mit Hühnerfedern nicht. Sehr jung und zugleich sehr alt sieht der spillerige Knirps darunter aus, jedenfalls älter, als er sein kann. Wie ein komprimierter Erwachsener. Und was zum Teufel versteckt er unter dem Tisch? Eine Reitgerte! Hm, so was.

Nun ja, mit Kindern kennt er sich wohl noch weniger aus als mit Teenagern. Anders als Becky ist der Junge am Küchentisch allerdings bedenklich still und in sich gekehrt. Hat er überhaupt schon mal ein Wort gesagt? Nicht, dass Herberger sich entsinnen könnte. Und wie hieß er noch gleich?

Herberger kramt vergeblich in seinem übernächtigten Hirn.

»Niklas, die Butter bitte«, mahnt Herr Engels nochmals in Richtung Tisch.

Niklas! Richtig, so heißt der Kleine. Er ist der Enkelsohn vom Zauselbart. Niklas Engels. Seine Eltern müssen einen seltsamen Humor haben oder einen bedauerlichen Mangel an Feingefühl, denkt Herberger. Mit so einem Namen und den honigbraunen Lockenkringeln, die sich unter dem Hut hervorstibitzen, dürfte der verhuschte Kleine bereits im Kindergarten einigen Hänseleien ausgesetzt gewesen sein.

Frau Schick hingegen hat sich über den Vornamen von Zauselbarts Enkelsohn gestern noch mehr gefreut als über den Nachnamen Engels. »Niklas wie Nikolaus«, hat sie gerufen, »das ist wirklich haarscharf am Weihnachtsmann vorbei! Also, manchmal ist mein Gehirn geradezu beängstigend hellsichtig und rege.«

Niklas verträumt auch die dritte Aufforderung seines Großvaters. Herberger eilt zum Tisch, holt die Butterdose und liefert sie am Herdblock ab.

Herr Engels nimmt sie mit betrübtem Seufzer entgegen. »Danke. Niklas ist in den letzten Wochen besonders schwer zugänglich, redet so gut wie nie, aber zuhören kann er normalerweise sehr gut. Das hat er im Wald gelernt. Es gibt keine Tierstimme, die er nicht kennt.«

Frau Schick beobachtet andächtig, wie ihr neuer Küchenchef einen Stich Butter in einem Pfännchen zergehen lässt und gleichzeitig eine andere Pfanne mit Speck und herrlich glänzenden Spiegeleiern rüttelt, um zu verhindern, dass etwas anbrennt.

»Ist Herr Engels nicht ab-so-lut fantastisch?«, schwärmt Frau Schick.

Ihr Kavalier greift verlegen nach einer Pfeffermühle. »Sie dürfen mich Ludwig nennen, Frau Schick.«

Frau Schick errötet, guckt aber streng. »Nein, das gehört sich nicht. Nicht, solange wir noch ein paar entscheidende Geheimnisse voreinander haben, nicht wahr? Könnte immerhin sein, dass Sie doch ein Strolch sind! Und Strolche duze ich nicht.«

»Welche Geheimnisse?«, erkundigt sich Herberger, dankbar für den roten Faden, den Frau Schick ihm endlich hinwirft.

Frau Schick lächelt entzückt. »Herr Engels sagt, er habe eine große Überraschung für mich! Er will mir nachher meinen neuen Schrebergarten zeigen und dann alles erklären – etwa Niklas' kleinen Spuk im Kleiderschrank und den Hutdiebstahl. Nun ja, Kinder kommen mitunter auf die absonderlichsten Ideen!«

Worin Frau Schick ihnen in nichts nachsteht, findet Herberger. »Sie haben einen Schrebergarten?«, fragt er.

»Ich kann es selbst noch gar nicht richtig fassen! Aber ein Schrebergarten kommt mir wirklich gelegen. Schopenhauer hat wie immer recht: ›Selbst das Zufälligste ist ein auf Umwegen gekommenes Notwendiges.‹ Ein Schrebergarten ist momentan geradezu ein Geschenk des Himmels!«

»Um genau zu sein, ist es ein privat verpachteter Kleingarten in unberührtem Waldgelände, Frau Schick«, mischt sich Herr Engels ein. »Das ist ein beachtlicher Unterschied. Schrebergärten gehören der Stadt, sind recht klein und unterliegen strengen Verordnungen. In privat verpachteten Gärten ist weit mehr möglich, etwa ordentlich bewohnbare Lauben und sogar Tierhaltung, wenn der Grundeigentümer es duldet.«

»Oh«, macht Frau Schick. »Glauben Sie, er könnte es mir verbieten?«

Herr Engels mustert sie kurz. Sein Mund hebt sich zu einem undurchsichtigen Lächeln. »Nein, Ihnen eigentlich nicht. Bislang hat er sich um die Gärten keinen Deut gekümmert.«

Herberger runzelt die Stirn. Das dubiose Lächeln gefällt ihm nicht, überhaupt gefällt ihm nicht, wie merkwürdig begeistert die zwei einander mit Komplimenten und Gefälligkeiten umgarnen. Wirkt irgendwie gespielt. Von beiden.

Und was will Frau Schick mit einem Schreber- oder Kleingarten samt bewohnbarer Laube? Sie besitzt eine Villa mit halbem Park drum herum, und weder Bohnenzucht noch Tierhaltung gehören zu ihren Hobbys. Nun ja, wahrscheinlich war die Ärmste in letzter Zeit wirklich sehr einsam.

Frau Schick stößt Zauselbart in die Seite und legt verschwörerisch einen Zeigefinger an ihre Lippen. »Pst, das mit der Tierhaltung ist *mein* Geheimnis! Herberger soll doch auch etwas von der Überraschung haben.«

»Welcher Überraschung?«, will Herberger wissen.

»Das sag ich Ihnen nach dem Essen«, entscheidet Frau Schick und legt ihre Schürze ab. Darunter trägt sie ihre Hightech-Wanderkluft vom Jakobsweg und dazu passende trittfeste Schuhe.

Nanu, warum zieht sie sich zum Kochen an, als gälte es einen Gewaltmarsch zu absolvieren?

Frau Schick lächelt ihm aufmunternd zu. »Sie müssen zu

Kräften kommen, bevor Sie unsere Nelly in der ›Bond Bar‹ treffen.«

Nelly, genau, nickt Herberger stillvergnügt. Etwas anderes interessiert ihn gar nicht. Außer vielleicht die Spiegeleier. Er wirft einen sehnsüchtigen Blick in die Pfanne.

Zauselbart fängt ihn auf und deutet ihn richtig. Wer stumme Enkel hat, muss so was wohl können. »Der Mann braucht einen Teller«, kommandiert er.

Frau Schick fühlt sich nicht angesprochen. Fremder Leuts Befehle liegen ihr nicht. Sie zeigt vage auf einige Hängeschränke. Herberger öffnet mehrere, wird fündig und setzt sich mit einem Teller und Besteck neben Niklas zu Tisch. Schmal und wie ausgesetzt hockt der Kleine über den Resten eines Nutellabrotes.

Anrührendes Kerlchen, stimmt einen auf merkwürdige Weise weich. Man möchte ihn sanft wecken und aus seinem fernen Traumland abholen, in dem es vornehmlich einsam zu sein scheint.

Niklas beobachtet stumm die Ulmenkrone, wartet wohl auf die Rückkehr des Eichhörnchens – ganz so, als hinge sein Leben davon ab. Wirklich anrührend, diese Fähigkeit, sich so zu sehnen und alles durch und durch zu fühlen. Sogar die Zuneigung zu Eichhörnchen.

Herberger muss an Paolo denken, seinen erwachsenen Sohn, den er dank Penelopes Liebesverrat nicht hat aufwachsen sehen und von dem er nie wissen wird, ob er mit sechs oder sieben Jahren einmal so sehnsuchtsvoll einem Eichhörnchen nachgeschaut hat. »Du magst Tiere«, wendet er sich vorsichtig an Niklas.

Der senkt den Blick und knibbelt unter dem Tisch heftig am ledergeflochtenen Griff der Reitgerte herum.

»Natürlich mag er Tiere, sogar lieber als Hüte«, bestimmt

Frau Schick, während sie die Pfanne mit den Eiern herbeibalanciert. »Und Sie hoffentlich auch! Ich meine natürlich Tiere, keine Hüte. Sie haben kein Hutgesicht, Herberger. Aber Ihre Tierliebe käme uns bei der Sache mit dem Esel sehr entgegen.«

»Welchem Esel?«, fragt Herberger verdutzt, während Frau Schick mit einer Spaghettizange nach Spiegeleiern fischt.

»Verdeckst, wie kriegt man diese glitschigen Dinger nur aus der Pfanne?«

»Hiermit«, sagt Hippie Zauselbart und reicht ihr galant einen Pfannenwender.

»Sie sind wirklich ein Engel. Darauf wäre ich nie gekommen. Erstaunlich, was es in meiner Küche alles gibt ...«

»Frau Schick«, unterbricht Herberger leicht alarmiert das übertriebene Tête-à-Tête von Küchenfee und Küchengott, »welcher Esel?«

»Ach verflixt, habe ich den jetzt doch schon erwähnt? Ich wollte Sie eigentlich nach dem Essen damit überraschen!«

»Nicht nötig, ich möchte keinen Esel.« Wie ungezählte andere Reisereporter hat sich auch Herberger einmal mit einem dieser bockigen Huftiere auf eine Wanderschaft begeben. In den Pyrenäen. Ein Buch hat er darüber nie geschrieben, da es eine Aneinanderreihung von Flüchen geworden wäre.

»Aber ich will einen«, sagt Frau Schick heiter. »Und Herr Engels meint, ein Esel stört in meinem Schrebergarten nicht, sondern wäre eine willkommene Ergänzung. Obwohl eine Ziege zum Rasenmähen sicher praktischer wäre. Auf Pöhlwitz haben unsere Ziegen ganze Stallwiesen kurz und klein gefressen! Aber ein Esel hat so viel schönere Augen, finden Sie nicht?«

Herberger greift kopfschüttelnd nach dem Brotkorb. »Frau Schick, Esel sind äußerst obstinate Kreaturen.«

»Wie liebenswert«, freut sich Frau Schick. »Aber jetzt langen Sie erst mal tüchtig zu.« Sie piekt mit einer Gabel einzelne Bohnen aus einem Topf auf seinen Teller, bis Herr Engels mit einem Servierlöffel nachhilft.

Herberger spießt hungrig Bohnen auf und kaut genüsslich. Wirklich wahr, kochen kann Frau Schicks neuer Küchengott. Bohnen, Spiegeleier und Speck sind auf den Punkt gebraten. An den einfachen Gerichten erkennt man die wahren Meister. Er nickt anerkennend, und Herr Engels legt großzügig nach.

Ach, tut das gut, und gleich nachher eine Dusche und ein frisches Hemd! Es gibt ein paar Erfindungen in der Menschheitsgeschichte – nicht viele –, an denen es nichts auszusetzen gibt. So wie Spiegeleier und Duschen. Herbergers Blick gleitet zur Küchenuhr. Ja, er hat noch reichlich Zeit, um sich frisch zu machen. Es ist erst halb sieben, und die »Bond Bar« ist lediglich fünfzehn Taximinuten entfernt. Er wird sich sehr ausführlich duschen, damit die letzte Wartezeit vor dem Beginn seines neuen Lebens rasch vergeht.

»Sind Sie satt?«, fragt Frau Schick fürsorglich.

Herberger nickt.

»Hätten Sie gern noch Kaffee und ein Probierstück von meiner Hochzeitstortenauswahl?«

Herberger stutzt. »Hochzeitstorten?«

»Man muss so etwas rechtzeitig vorbestellen, schließlich wollen wir doch eine Spezialanfertigung mit drei Stufen, oder möchten Sie lieber fünf? Nein fünf ist protzig. Ich habe auch schon mit einer Zeltvermietungsfirma gesprochen. Wenn Sie sich mit dem Aufgebot beeilen, können wir angesichts dieses herrlichen Spätsommers unter freiem Himmel feiern, und wegen der kirchlichen Trauung werde ich mit dem hiesigen Pfarrer sprechen. Herr Beuscher ist da sehr entgegenkommend und hat ein Händchen für Predigten, die nicht nach

Drohbotschaft, sondern nach froher Botschaft klingen. Sehr guter Mann …«

»Frau Schick, ich habe bislang noch nicht einmal ein Ja von Nelly«, wirft Herberger heftig ein. Frau Schick hat seinen wundesten Punkt getroffen.

»Selbst schuld, wenn Sie sich auf Tahiti herumtreiben. Nur gut, dass ich für Sie mitdenke. Ich habe hier übrigens einen Verlobungsring für Sie.« Fast beiläufig zieht sie einen dezent gefassten Opalring aus der Hosentasche. »Den haben Sie sich nach gestern Abend redlich verdient.«

Herberger betrachtet überrumpelt den Ring. Er ist meisterlich gearbeitet. Der Stein muss ein Vermögen wert sein. »Den kann ich nicht annehmen.«

»Sie haben mir gestern das Leben gerettet, und außerdem ist der Ring nicht für Sie, sondern für unsere Nelly«, weist Frau Schick ihn zurecht.

So unverschämt und übereilt Frau Schicks Planungen auch sind, in Herberger glimmt ein Hoffnungsfunke auf. »Was … was sagt denn Nelly zu Ihren bisherigen Vorbereitungen?«

Frau Schick hebt tadelnd die Brauen. »Nichts, Sie Schlauberger. Wir wollen sie schließlich mit dem Antrag überraschen, sonst kauft sie ihr Hochzeitskleid bei H&M und es gibt selbst gebackenen Marmorkuchen. Sie kennen doch Nelly! Man muss sie überlisten, um sie zu beglücken. Erst recht, wenn es um Geld geht. Also: Welche Torte möchten Sie? Sacher mit Marillensahne? Den hatte meine Mutter, und ihre Ehe ist sehr glücklich geworden. Es gibt auch spanische Mandelsahne mit ordentlich Brandy drin. Wir könnten sie mit kleinen Camino-Muscheln aus Marzipan verzieren lassen.«

»Nein, danke«, lehnt Herberger – mit einem Gefühl plötzlicher Ernüchterung – ab. Die Hochzeit ist bislang wohl nur ein reines Fantasieprodukt von Frau Schick.

»Schön«, sagt die, »obwohl ein bisschen Brandy im Blut bei Ihrem Auftrag heute nicht schaden könnte.«

Herberger runzelt alarmiert die Stirn »Welcher Auftrag? Frau Schick, ich habe momentan keine Zeit für einen Ihrer Einfälle. Ich will zu Nelly.«

Frau Schick nimmt Herberger den Teller weg und zieht einen Schmollmund.

»Herr Herberger, ich bin doch wohl die Letzte, die sich Ihnen und Nelly in den Weg stellt. Ich habe Ihre Hochzeit fix und fertig geplant! Samt Torte. Beim Probieren ist mir gestern beinahe schlecht geworden, bis ich endlich eine hatte, die ohne Sahnekringel oder Buttercreme auskommt. Nach allem, was ich für Sie getan habe – von diesen fantastischen Spiegeleiern und dem Verlobungsring ganz zu schweigen –, ist es doch nicht zu viel verlangt, dass Sie mir einen kleinen Gefallen erweisen, bevor wir heiraten.«

»Wann?«

»Sobald Sie sich Schuhe angezogen und meinen Jaguar vorgefahren haben.«

»Frau Schick, ein anderes Mal spiele ich gern wieder Ihren Chauffeur, aber heute müssen Sie sich ein Taxi bestellen!« Herberger wischt sich erbost den Mund mit der Serviette.

»Ein Taxi? Sie hatten zwei Wochen Urlaub auf Tahiti und jetzt soll ich mir ein Taxi nehmen? Schämen Sie sich!«

»Ich hatte keinen Urlaub, Frau Schick. Ich habe gearbeitet.«

»Ferienaufsätze für Illustrierte schreiben und Urlaubsfilmchen drehen ist doch kein Beruf für Sie!«

»Wenn ich Sie daran erinnern darf: Ich bin Reisereporter und war nie Ihr Chauffeur!«

»Doch, das waren Sie, und das bei fürstlichem Gehalt.«

»Das war nur mein Inkognito für den Jakobsweg, und der

liegt hinter uns! Gönnen Sie den Kollegen von der Taxiinnung ihr karges Brot.«

Frau Schick setzt mit wütendem Klirren seinen leer gegessenen Teller auf einer heißen Kochplatte ab. Herr Engels, der sich bislang an einem Stahlbecken der Reinigung von Pfannen hingegeben hat, rettet den Teller flugs in Richtung Spülmaschine und sich aus der Schusslinie des Blickduells, das sich zwischen Tisch und Herd entspinnt.

»Ein Taxifahrer wird kaum den Pferdeanhänger mitnehmen, Herberger!«, faucht Frau Schick. »Außerdem müssen wir diskret vorgehen. Wir können uns keine Zeugen leisten.«

»Wozu um alles in der Welt brauchen Sie einen Pferdeanhänger und keine Zeugen?«, zischt Herberger und ärgert sich im selben Moment, dass er so dumm ist, nachzufragen, statt auf der Stelle die Küche zu verlassen.

»Für den Eeeeesel!«

Herberger schiebt seinen Stuhl zurück. »Ihren spontanen Eselkauf müssen wir auf ein anderes Mal verschieben. Und ich würde mir die Sache an Ihrer Stelle gründlich überlegen. Esel brauchen viel Platz, bis zu sieben Kilo Heu am Tag, dazu Hafer und regelmäßige Hufpflege. Sie neigen zu lautem Geschrei, sind oft bissig und haben einen legendären Hang zu Blähungen, Parasitenplagen und Wurmbefall in jeglicher Körperöffnung. Was dem Besitzer unappetitliche Behandlungsmethoden abverlangt.«

Frau Schick dreht sich begeistert zu Herrn Engels um. »Ist er nicht sensationell? Herberger weiß einfach alles. Wie gut, dass er uns hilft und ...«

»Frau Schick, ich helfe Ihnen auf keinem Fall bei einem Eselkauf. Schon gar nicht heute Abend.«

»Ich will den Esel nicht kaufen, sondern klau... also ... befreien natürlich! Bettina hat mir vorhin per Eilanruf mitgeteilt, dass der Zirkus heute Abend weiterzieht und der arme Zerberus höllische Qualen leidet. Er steht hungernd auf einer Wiese mitten in einem Gewerbepark«, empört sich Frau Schick. »Wir müssen sofort eingreifen. Haben Sie denn gar kein Herz?«

»Nicht für einen Zerberus. Und jetzt entschuldigen Sie mich bitte, ich muss mich duschen und rasieren.«

Der Drachen in Wanderkluft verstellt ihm den Weg. »Dazu bleibt hinterher reichlich Zeit. Unser kleiner Ausflug nach Hürth-Knapsack dauert maximal eine halbe Stunde, sagt Herr Engels, und mein neuer Schrebergarten liegt praktisch um die Ecke.«

»Dann kann ja Herr Engels Ihren Jaguar samt Hänger nach Hürth-Knapsack fahren.«

»Herr Engels fährt aus Prinzip kein Auto, und schon gar keinen Jaguar. Außerdem braucht er Ihre tatkräftige Unterstützung, um Zerberus von der Wiese zu holen und in den Garten zu bringen! Sie selbst haben gesagt, dass Esel eigenwillige Kreaturen sind.«

»Dann haben Sie ja Ihr ideales Haustier gefunden.« Herberger schiebt seine Kontrahentin zur Seite und dreht sich zur Tür. Nichts wie weg hier!

»Bitte«, piept und zittert ihm ein Stimmchen hinterher. So zart und zittrig, dass man friert.

»Herr Engels!«, jubiliert Frau Schick in Herbergers Rücken. Ganz so, als wringe sie als Zeugin eines Erweckungserlebnisses die Hände. »Haben Sie das gehört? Ihr Enkel *redet* wieder. Er *redet*!«

»Tja«, seufzt Niklas' Großvater betrübt, »wenn es um Tiere geht, überwindet er sich gelegentlich.«

»An dem Kind sollten Sie sich ein Beispiel nehmen, Herberger.« Frau Schicks Stimmung ist schon wieder umgeschlagen. »Niklas hat in seinem jungen Leben und als Waisenkind sehr,

sehr viel Kummer erlebt, aber wenn es um einen gequälten Esel geht, fasst er sich ein Herz. Keine Sekunde würde dieses tapfere Kerlchen zögern, um die Qualen einer leidenden Kreatur zu beenden. Sie können ein so mitfühlendes Kind doch unmöglich enttäuschen.«

»Nein«, begehrt Herberger entschieden auf. »Ich meine natürlich: doch.« Er wirbelt herum und schaut in tellergroße Elfenaugen. Dieser Niklas sieht wirklich aus wie ein Waisenknabe, der einem hundertfünfzig Jahre alten Dickens-Roman entsprungen ist. Etwa *Oliver Twist*. »Ach, verflucht! Ich will mit diesem Unsinn nichts zu tun haben. Ich gehe duschen.«

Damit flüchtet er aus der Küche.

Frau Schick schweigt und lauscht den sich entfernenden Schritten nach. Dann wendet sie sich Niklas zu. »Alle Achtung, das hast du fabelhaft hingekriegt. Du solltest wirklich öfter den Schnabel aufmachen. Ich wette, Herberger ist mit von der Partie. Und jetzt rück meine Reitgerte heraus. Ich weiß, dass du sie aus dem Schirmständer gemopst hast.«

Niklas presst die Lippen aufeinander und die Reitgerte auf seine dürren Knie. Stalin erhebt sich knurrend unter seinen Füßen.

»Hör mal, Bürschchen, den Hutdiebstahl kann ich dir durchgehen lassen, aber die Reitgerte gehört mir! Wir wollen uns das Klauen doch nicht zur Gewohnheit machen, oder?« Frau Schick greift unter den Küchentisch. Kurzes Tauziehen, dann gehört die Gerte wieder ihr.

Stalin knurrt, Niklas Augen flüchten zurück zur Ulme.

»Du hast den Griff ja völlig zerknibbelt, schäm dich«, schimpft Frau Schick.

»Bitte, lassen Sie ihn doch«, brummt vom Spülbecken her

der Großvater. »Niklas liebt Tiere über alles. Er will nicht, dass Sie eine Gerte mitnehmen.«

»Ich brauche die Gerte!«

»Nicht, wenn wir Niklas dabeihaben, der versteht sich auf Tiere wie kein Zweiter.«

»Niklas, was hältst du nur von mir?«, zetert Frau Schick. »Ich würde die Reitgerte nie gegen den Esel einsetzen, allenfalls gegen seinen Besitzer.«

»Ich hasse Sie!«, bricht es unverhofft aus Niklas hervor. »Ich bin kein Waisenkind. Ich habe eine Mama im Himmel und Opa! Und irgendwo auch einen Vater. Den müssen wir nur noch finden.«

»Niklas«, wirft mahnend sein Großvater ein.

Mit funkelnden Elfenaugen springt sein Enkel auf und flitzt aus der Küche, als sei er auf der Flucht vor seiner eigenen Stimme. Stalin folgt ihm mit wildem Gekläff, sein Großvater mit wehenden Schürzenbändern.

Frau Schick nickt zufrieden. Sehr schön, das war endlich ein ganzer Satz von Niklas. Sein erster Satz überhaupt, seit er über ihre Türschwelle getreten ist. Wut ist ein guter Anfang, aus Wut lässt sich mit ein bisschen Geschick Mut machen, da kennt sie sich aus. Oh ja, diesen wunderlichen kleinen Schweigemönch wird sie noch ans Reden bringen. Und sein Großvater kann was erleben, sollte sie rausfinden, dass er Niklas nicht nur in einem Schrebergarten hausen lässt, sondern auch auf Einbrüche und Diebeszüge trainiert hat!

Bei traurig verstummten Kindern, deren Väter verschollen sind und deren Mütter im Himmel wohnen, hört für Frau Schick jeglicher Spaß auf. Sie war selbst ein solches Kind, nachdem ihre Familie tot, Pöhlwitz perdu und sie nach einer Flucht durch Schnee und Panzerfeuer mit Schnapsschmuggel für Tante Thekla befasst war. Kein Kind kann je fassen, dass es sich ohne Liebe zurechtfinden muss, und das soll es auch nicht, solange sie ein Wörtchen mitzureden hat.

Herr Engels kehrt in die Küche zurück. Sein Gesicht sieht so wutverzerrt aus, als müsse es gebügelt werden. »Das haben Sie fabelhaft hingekriegt. Jetzt sitzt Niklas wieder in der Ulme und will nicht herunter! Wenn ich nicht auf Sie angewiesen wäre, dann ...« Er bricht ab und ertränkt eine Pfanne in Spülwasser, packt sich eine Spülbürste und beginnt wütend zu schrubben. So als habe die Pfanne eine Abreibung verdient.

Frau Schick zaubert flugs ein zuckriges Lächeln auf ihr Gesicht. »Ach, das mit Niklas wird schon wieder. Spätestens, sobald Herberger mit dem Hänger für den Esel vorfährt. In meiner Garage finden Sie einen Seitenschneider und eine Eisensäge. Für Zerberus' Weidezaun«, flötet sie.

»Nicht nötig«, blafft Herr Engels und trocknet sich die bedrohlich großen Pranken an einem Küchentuch ab. »Ich komme überall hinein, wo ich rein will.«

Aha!, denkt Frau Schick. Aha! Und wenn dieser Weihnachtsmann irgendwo nicht reinkommt, schickt er anscheinend Niklas auf Ulmen und in fremder Leuts Kleiderschränke. Entschlossen umklammert sie die Reitgerte. Sie wird dem Kerl schon noch auf die Schliche kommen, und dann kann er was erleben.

Und das Beste ist – sie auch!

10.

»Nelly, du summst!«

»Was?«

»*True love* von Cole Porter, um genau zu sein«, zischt Ricarda und schaut sich verstohlen in der gut besuchten »Bond Bar« im Esplanade-Hotel um. »Die Leute gucken schon. Es ist peinlich genug, dass du Becky zu einer Vertragsverhandlung mitnimmst!«

»Becky stört doch niemanden«, verteidigt Nelly ihre Tochter. »Sie sitzt brav in der Hotelhalle und wartet auf Rottländer. Du sagst doch selbst, dein Kreativchef habe einen Narren an ihr gefressen.«

»Wollen wir's hoffen. Und du überlässt jetzt endlich die musikalische Untermalung dem Pianisten. Der wird dafür bezahlt und trifft im Gegensatz zu dir die Töne.«

»Pardon.«

»Und halt die Füße still. Du klapperst einen halben Flamenco aufs Parkett.«

Nelly versteckt sich und ihr tiefes Dekolleté fröstelnd hinter der Getränkekarte. Passend zu den arktischen Temperaturen, die eine Klimaanlage in die hallenhohe Kölner Hotelbar bläst, ist die Karte als Eisschrank gestaltet. Der ist bis an den Rand mit Killer-Cocktails wie »Liebesgrüße aus Moskau« (sieben Wodkasorten, Wermut und Gin), »Lizenz zum Töten« (noch mehr Wodka, Wermut, Gin und Rum) und »Stirb an einem anderen Tag« (das Gleiche mit Absinth) gefüllt. Allein das Lesen verursacht bohrende Kopfschmerzen.

Nelly lässt die Karte auf einen niedrigen Loungetisch gleiten und fragt sich, wie man nach dem Genuss von nur einem dieser Cocktails aus den extrem niedrigen Sitzmöbeln wieder in die Senkrechte gelangen soll.

Ricarda kippt gereizt ihren letzten Schluck Champagner und winkt einem Kellner im 007-Dinnerjackett. »Ich hasse Themengastronomie. Fehlt nur noch, dass sie die Cocktails aus Wasserpistolen nachfüllen und Miss Monneypenny erscheint, um *Moonraker* in die Tasten zu hauen. Und was sollen die albernen Türsteher mit Knopf im Ohr? Die tun so, als gälte es, Fort Knox vor Mr. Blofeld zu beschützen.«

»Die Damen?« Der Kellner unterbricht sie mit Latte-Macchiato-Schmelz in der Stimme und fragt Nelly – genauer gesagt ihr Dekolleté – nach den Getränkewünschen.

»Mhm. Ja, also haben Sie auch Tee? Ich meine heißen Tee«, fragt Nelly zaghaft.

Ricarda rollt mit den Augen.

»Gerührt oder geschüttelt?«, scherzt der Kellner und zwinkert Nelly, nein, wieder ihrem Dekolleté zu. »Welche Sorte darf es für Sie sein? Der grüne First Flush aus Korea ist sehr gut. Oder vielleicht ein Herbstdarjeeling?«

»Haben Sie Pfefferminztee?«, erkundigt sich Nelly verschämt.

»Selbstverständlich, wir brühen ihn mit frischer Minze.« Der Kellner zwinkert nochmals und wendet sich Ricarda zu. »Und für die andere Dame? Noch mehr Champagner?«

Ricarda nickt und entlässt ihn mit einem Eiswürfelblick. Wahrscheinlich nimmt sie der kellnernden Bondkopie die »Dame« übel. »Pfefferminztee?! Wie wäre es, wenn du Wolle und Nadeln für eine Strickjacke dazu bestellst?«, hakt sie gereizt nach. »Dann wird es richtig gemütlich!«

»Tut mir echt leid, aber ich bin entsetzlich nervös, und mir ist lausig kalt.«

Ricarda stöhnt. »Kein Wunder bei den Klamotten, die du anhast oder genau genommen *nicht* anhast. Mit dieser stoffgewordenen Sehstörung kannst du dich als Testbild beim WDR bewerben.«

»Das ist ein Cocktailkleid von Missoni«, verteidigt Nelly sich halbherzig. Sie will Ricarda auf keinen Fall verraten, dass Becky den entsetzlichen Fummel ausgesucht hat, weil die beiden ohnehin so grandios schlecht aufeinander zu sprechen sind. »Das Kleid passt doch ganz gut zum 007-Design der Bar.«

Nellys Blicke tasten sich zu einigen auf Wandhöhe vergrößerten Filmplakaten, auf denen James Bond alias Sean Connery, alias Pierce Brosnan, alias Timothy Dalton, alias Daniel Craig umringt und umschlungen von sparsam bekleideten Gespielinnen mit gezückter Waffe posiert. Man muss keine Doktorarbeit über Freud verfasst haben, um zu wissen, wofür die Waffe steht.

Nelly zieht an ihrem Rocksaum und legt ihre brandneue Dokumentenmappe von Bugatti über die nackten Knie. Wärmt leider kaum, obwohl mindestens ein halbes Kilo Papier drinsteckt. Sie legt Beckys Rucksack noch obenauf. »Besser so?«

Ricarda schüttelt verärgert den Kopf. »Mensch, Nelly! Warum zum Teufel trägst du kein Kostüm oder wenigstens einen Hosenanzug?«

»Nun ... ähm ... Draußen sind es noch fast 25 Grad, und ich neige manchmal zu tsunamiartigen Hitzewellen«, improvisiert Nelly. Verflixte Wechseljahre. Das Gehirn arbeitet auch langsamer und versagt komplett, wenn es darum geht, glaubwürdige Ausflüchte zu erfinden.

Ricarda bleibt misstrauisch und beim Thema. »Jetzt mal raus mit der Sprache. Hat Becky das Kleid ausgesucht?«

Mist. Ricarda betrügt so schnell keiner. »Wie kommst du denn darauf?«

»Nur so eine Ahnung. Ich weiß, wie sehr ihr aneinander hängt, aber das ist noch lange kein Grund, dass du dich auch wie sie anziehst.«

»In so einem Kleid würde ich Becky niemals aus dem Haus lassen«, protestiert Nelly entsetzt.

»Ach ja? An Becky wäre das Kleid verzeihlich, aber für eine 48-jährige Frau – ganz egal wie sonnenbraun und attraktiv – ist so ein schenkelkurzes Hängerchen jenseits von Ibiza ein Missgriff. Erst recht in einer Barlounge, deren Farbgebung sich auf Cremeweiß, Eierschalenweiß und Milchkaffeebeige beschränkt.«

Nelly zieht die Schultern hoch. Ricarda hat nicht ganz unrecht. Sie fällt hier auf wie ein bunter Hund, wohingegen sich Ricardas Business-Anzug so makellos ins unterkühlte Ambiente fügt, dass Ricarda beinahe mit dem Loungesessel verschmilzt. Wenn Ricarda allerdings wüsste, was ihr Boss und Lieblingsfeind Rottländer – laut Becky – über ihre Business-Outfits und, schlimmer noch, über Ricardas Arbeit gesagt haben muss ...

Nelly schluckt. Gut oder edel war nichts davon. »Voraussehbar«, »öde«, »einfallslos« lauteten die netteren Umschreibungen. Darf man der besten Freundin so etwas verheimlichen? Nur, um einen Auftrag zu ergattern? Ach, zum Teufel, sie braucht den Job! Sie will und darf nicht als wandelnder Offenbarungseid enden. Nach all den Jahren, in denen sie sich allein durchgeschlagen hat, tut eine Pleite ganz hässlich weh.

»Auch das noch«, stöhnt Ricarda hinter einer Cocktailserviette hervor.

»Was?«

»Die Klatschpresse läuft auf.«

Tatsächlich. Nelly entdeckt ein wackeres Trüppchen Fotografen, die auf Barhockern Platz nehmen und Kameraausrüstungen auf dem Tresen ablegen, für die man einen Waffenschein verlangen müsste. Einige Gäste kramen wie auf Kommando nach ihrem Handy und suchen offenbar den Fotomodus. Zwei oder drei packen sogar Digicams aus.

Ricarda schüttelt entnervt den Kopf. »Hier scheint heute B-Promi-Gerangel angesagt zu sein. In Köln läuft die Herrenmodemesse. Ich möchte wissen, warum Rottländer ausgerechnet diesen Laden ausgesucht hat. Und wenn der Pianist nochmal *True love* in diesem Schmelzkäsesound spielt, erschieße ich ihn!«

»Also, die Livemusik finde ich nett«, wirft Nelly ein, froh darüber, dass das Modethema abgehakt zu sein scheint.

11.

»Esel zu verschänken. Bitte vil Futtern. Gracias!!!!!«

Stirnrunzelnd und im milden Abendlicht liest Herberger den in abenteuerlicher Orthographie hingeworfenen Warn- und Hilferuf. Er ist auf die Rückseite eines Plakats mit grinsendem Zirkusclown gemalt, das am Gittertor einer riesigen Bauwiese baumelt. Neben dem Plakat leuchtet gelb ein Blechschild, das Unbefugten das Betreten mit Ausrufungszeichen untersagt. Ein grinsender Totenkopf auf orangefarbenem Grund und mit gekreuzten Knochen rundet die Liste der Warnhinweise ab. Das brachliegende Grundstück grenzt an den leeren Parkplatz eines Chemiewerks.

Herr Engels hat ihn, Frau Schick und Niklas samt Jaguar über ein Gewirr aus landwirtschaftlichen Nutzwegen, Reitpfaden und Ackerland von hinten auf das Werksgelände gelotst. Die Haupteinfahrt ist mit Schranken gesichert.

Es braucht eigentlich keine »Betreten verboten«-Schilder, um klarzustellen, dass sie auch auf dem Parkplatz nichts zu suchen haben. Und überdies nichts zu finden – bis auf zertretene Popcornbecher und den leisen Duft nach Sägespänen ist von dem Zirkus, der hier gastiert oder campiert zu haben scheint, genauso wenig zu entdecken wie von einem Zerberus.

»Sehen Sie unser Eselchen schon?«, will Frau Schick wissen.

»Nein«, grollt Herberger. Er lässt seinen Blick noch einmal über das Baugrundstück schweifen, dann dreht er den Kopf nach rechts. Sein Blick gleitet über die spiegelnde Fensterfront eines knapp hundert Meter entfernt liegenden Verwaltungsgebäudes. »Aber ich denke, man kann *uns* perfekt sehen!«

Mehrere Fenster sind gekippt. Hinter dem Gebäude qualmt bis zum Horizont ein Wald aus Schloten.

»Sind Sie sicher?«, fragt mit beunruhigtem Unterton in der Stimme Herr Engels hinter ihm. »Ich will keinen Ärger.«

Herberger nickt. »Gut möglich, dass auch die Verwaltung am Wochenende arbeitet und ganz sicher der Werkschutz.«

»Wie aufregend«, frohlockt Frau Schick. »Da kann sich mein Jaguar mal als Fluchtwagen bewähren. Paulchen hat immer geraten, ihn hin und wieder ordentlich zu beschleunigen. Soweit ich ihn verstanden habe, ist es mit Automotoren wie mit Gehirnen: Wenn man sie nicht regelmäßig nutzt und zur Höchstleistung zwingt, rosten sie und gehen kaputt.«

Herberger schüttelt verärgert den Kopf. Er muss verrückt sein, dass er sich auf diesen Dr.-Doolittle-Klamauk unter Regie von Frau Schick eingelassen hat. »Hier gibt es keinen Esel«, entscheidet er. Außer mir, setzt er in Gedanken hinzu. Er schultert eine Seilrolle und wendet sich zum Gehen. »Wir verschwinden besser.«

»Ganz meine Meinung«, pflichtet ihm ein erleichterter Herr Engels bei. Er klemmt den Seitenschneider unter seinen Arm und streckt Niklas auffordernd die Hand entgegen. Der linst trotzig unterm Hühnerhut hervor, weicht aus und presst eine Tüte Haferflocken extra kernig vor die magere Brust.

»Kneifen gilt nicht«, rebelliert auch Frau Schick. Sie hebt die Reitgerte wie einen Tambourstab und verstellt Herberger und Engels den Rückweg zum Jaguar. »Irgendwo muss Zerberus stecken. Sonst hinge das Bittplakat nicht am Zaun! Wir werden das Gelände genauer inspizieren!«

Niklas nickt.

Herberger und Engels schütteln simultan die Köpfe.

Frau Schick ist von der Reaktion ihrer Begleiter augenscheinlich alles andere als begeistert. »Muss ich wirklich alles alleine machen, Sie alte Bangbüchs?«, herrscht sie Herberger an.

Nein, offenbar nicht, denn jetzt drängelt Niklas sich mit seiner Tüte Haferflocken ans Tor. Der Knirps steckt erst die Nase, dann einen dünnen Zeigefinger durch das Gittergeflecht und schnalzt leise mit der Zunge. »Da kommt Zerberus«, piepst er triumphierend.

Herbergers Augen folgen widerwillig der Richtung, die Niklas' Zeigefinger angibt. Ein Gebüsch am hinteren Ende der Brachwiese gerät heftig in Bewegung.

»Der Junge versteht sich wirklich auf Tiere«, schmeichelt Frau Schick in Herrn Engels' Richtung und marschiert freudestrahlend los.

»Hat Ohren wie ein Luchs und Augen wie ein Adler«, bestätigt der widerwillig, aber mit unverhohlenem Stolz.

Herberger kneift die Augen zusammen, um Zerberus in der einsetzenden Dämmerung zu entdecken. Tatsächlich, da ist er. Pechschwarz wie sein Namensvetter, der Höllenhund, taucht ein junger Eselhengst rupfend und kauend unter einem ausladenden Bauernjasmin auf, zwischen einem Satz Autoreifen, Schuttbergen, leeren Plastikfässern und dem Gerippe eines Schaufelbaggers. Das umzäunte Gelände ist wahrhaftig keine Bilderbuchidylle, aber Zerberus auch kein Bilderbuchesel in Grau mit putzigem Mehlmaul und herzig weißen Augenringen.

»Gute Güte, ist der groß!«, jauchzt Frau Schick. »Wie gut, dass ich beim Kauf des Pferdeanhängers nicht geknausert habe.«

Einem Schutzreflex gehorchend, schiebt Herberger sich an ihr vorbei, eilt zum Gittertor und legt eine Hand auf Niklas' Schulter. Ohne den Eselhengst am anderen Ende des Grundstücks aus den Augen zu lassen, zieht er den Jungen hinter sich.

Zerberus entstammt eindeutig der Gattung Riesenesel. Er besitzt ein stolzes Stockmaß von an die 1,65 Meter und muss um die 350 wohlgenährte Kilogramm wiegen. Ein ehrfurchtgebietendes Geschöpf. Mit empfindsamen Ohren. Sein linkes stellt sich eben senkrecht auf und dreht sich mit Radargenauigkeit in Richtung Tor. Ein gigantischer Hengstschädel folgt der Ohrbewegung. Zerberus scheint schlecht gelaunt zu sein, so viel erkennt Herberger selbst auf eine Entfernung von über zweihundert Metern. Kein Wunder, dass den niemand haben will, auch nicht »geschänkt«.

»Ich glaube, da brauchen wir doch meine Reitgerte«, befindet selbst Frau Schick und nähert sich von hinten. »Oder können Sie aus Ihrem Seil ein Lasso knoten, Herberger?«

»Frau Schick, das ist ein schwarzer Katalane, noch dazu ein besonders missmutiger«, erläutert Herberger entnervt. Ein Glück für Stalin, dass sie ihn im Auto gelassen haben, damit er den Esel nicht verschreckt. Dieser Esel aus dem Vorhof der Hölle hätte wohl eher ihn erschreckt. »Das Tier ist nicht nur hässlich, sondern eindeutig aggressiv.«

»Wir nehmen ihn trotzdem mit«, meldet sich Frau Schick in seinem Rücken zu Wort. »*Die Unvollkommenen und nicht die Vollkommenen brauchen unsere Liebe*, das war schon immer mein Motto als Wohltäterin. Dass Zerberus hässlich ist, ist kein Grund, ihn im Stich zu lassen. Was meinst du, Niklas?«

Der Knirps tritt hinter Herbergers Rücken hervor, und Herberger erkennt aus den Augenwinkeln, dass er den Kopf schüttelt. Verflixt beharrlich das Kerlchen! Er ist vorhin einfach durch das Gästezimmerfenster zu ihm geschlüpft, hat sich auf sein Bett gehockt, Elfenaugen gemacht und gleich dreimal so einsam ausgesehen wie Frau Schick.

Am Ende ist Herberger weich geworden, weil ihn jäh und mit eiserner Zange ein überwunden geglaubter Schmerz gepackt hat: der Schmerz darüber, dass er nie wissen wird, wie sein Sohn Paolo in Niklas' Alter war. Besser, er schaut jetzt nicht zu Niklas, sonst wird er wieder schwach. Hier gilt es, Vernunft zu wahren und zu verschwinden.

»Frau Schick, dieser Zerberus gehört zu einer seltenen Rasse, die vom Aussterben bedroht und für ihr heftiges Temperament bekannt ist«, versucht er zu erklären. »Die Katalanen haben diese Riesenesel nicht umsonst zu ihrem heimlichen Wappentier erkoren, um den Rest Spaniens zu reizen und den Stierkult zu verhöhnen.«

»Zerberus ist vom Aussterben bedroht? Dann ist es umso wichtiger, diesen einsamen Hengst zu befreien, damit er seinen Pflichten zur Arterhaltung nachkommen kann. Jetzt zieren Sie sich nicht so.«

»Ich ziere mich nicht, ich bin lediglich vernünftig. Außerdem steht dieses Tier unter Artenschutz.«

»Papperlapapp! Ein bisschen Unvernunft hat der Welt noch nie geschadet«, raunzt Frau Schick und stupst ihm die Reitgerte so beherzt in den Rücken, dass Herberger frontal auf das Gittertor prallt. Mit rostigem Seufzen schwingt es nach innen auf. Herberger muss sich stolpernd ins Gittergeflecht krallen, um einen unsanften Sturz zu vermeiden.

»Das Tor ist ja offen«, jubelt Frau Schick. »Wenn das kein Zeichen ist!«

Herberger stoppt energisch die Torbewegungen und dreht sich zu ihr um. Bislang war er nur gereizt. Jetzt ist er zornig wie ein Kampfstier. Er hat ganz vergessen, was für eine heftige körperliche Wirkung Zorn haben kann, und muss mehrmals tief durchatmen, bis sich sein Schwindelgefühl legt und er eine Antwort formulieren kann.

»Es langt! Wir gehen! Um dieses Monster einzufangen, braucht es Profis!«

»Wir sind Profis«, entrüstet sich Frau Schick. »Ich bin immerhin Ehrenvorsitzende von Bettinas spanischem Hundeasyl!« Sie stößt mit der Reitgerte das Gittertor sperrangelweit auf und setzt bereits den ersten Fuß auf die Weide.

»Vorsicht!«, brüllt Herr Engels. »Der Esel nimmt Anlauf.«

Herberger wirbelt wieder zur Wiese herum. Verdammt. Er hat es geahnt. Zerberus löst sich mit einer Art Bocksprung und infernalischem iah!-Geschrei aus seinem Gebüsch, schlägt aus und trabt an.

Herberger und Engels zerren fluchend am Gittertor. Es schwingt kreischend auf sie zu, während Zerberus als gelernter Zirkuskünstler zunächst eine Galopprunde um die Wiese einlegt und grüßend nickt.

Der Torrahmen verkantet sich mit einem Stein. Herberger und Engels ziehen und schleifen es mit vereinten Kräften über den vermaledeiten Bremsklotz. Gleich ist es geschafft.

»Halt!«, schreit Herberger in letzter Sekunde. Durch den kaum zwei Hand breiten Spalt zwischen Pfosten und Tor entwischt Niklas auf die Wiese. Er schwenkt seine blaugelbe Haferflockentüte. Zerberus bremst mitten in der Galopprunde ab, reißt den Schädel in die Luft und schreit und brüllt mit gebleckten Eselgebiss Mordlust in die Luft.

»Bleib stehen!«, brüllt Niklas' Großvater in panischer Verzweiflung seinem Enkel hinterher und wirft sich mit Herberger gegen das Tor, um es wieder zu öffnen. Erneut verhakt es sich mit dem Stein.

Für Herberger ist die Öffnung groß genug, er zwängt sich hindurch, stolpert auf die Weide.

»Komm zurück, Niklas!«, brüllen in seinem Rücken Herr Engels und Frau Schick im Chor.

Niklas denkt nicht dran. Seine Beinchen gehen wie Trommelstöcke, während er auf Zerberus zuläuft. Gleich werden die beiden in der Mitte der Wiese aufeinandertreffen. Vor seinem inneren Auge sieht Herberger den Kleinen bereits unter Zerberus' Hufen verschwinden oder wie eine Lumpenpuppe durch die Luft wirbeln, aufgebockt von einem Rieseneselschädel. Im Laufen klaubt er ein rostiges Moniereisen vom Boden auf, schwenkt es in Richtung Zerberus und stürmt mit besinnungslosem Kriegsgebrüll auf ihn zu. Ein von ferne aufgellendes Martinshorn untermalt sein dramatisches Geschrei.

Zerberus' Ohren folgen Gebrüll und Sirenengeheul, der Rest seines massigen Körpers nicht. Er stoppt lediglich kurz ab, dann hält er weiter auf Niklas zu und Niklas auf ihn.

»Herberger, werfen Sie sich dazwischen!«, schrillt Frau Schick.

Herberger benötigt keine Aufforderung. Er hat längst zum verzweifelten Hechtsprung angesetzt, fliegt einem Rugbyspieler gleich über eine Distanz von knapp zwei Metern und landet in einer uferlosen Schlammpfütze, die der gestrige Gewitterregen im Boden hinterlassen hat.

Zerberus umrundet sie und ihn mit einem Wiehern, das in Herbergers Ohren verdächtig nach Gelächter klingt, dann trifft er auf Niklas.

12.

»Nelly! Du summst schon wieder. Beherrsch dich endlich.«

»Singen beruhigt mich. Diese Warterei ist nervenzehrend, Ricarda. Wir haben schon zwanzig nach acht!«

»Rottländer kommt gerne zu spät. Das erhöht die Wirkung des Auftritts und gehört in einem Hotspot wie der ›Bond Bar‹ zum guten Ton.«

»Hot?«, fragt Nelly nach. Sie fröstelt noch immer. »Unter heiß verstehe ich was anderes.« Nicht einmal der Pfefferminztee hilft gegen die Zumutungen der Klimaanlage.

»Brad Pitt soll kürzlich hier gewesen sein, daher der Hype«, bemerkt ihre Freundin abfällig.

»Das glaubst du ja wohl selbst nicht«, lacht Nelly.

Ricarda schüttelt verärgert den Kopf. »Natürlich glaube ich das nicht, aber es war so überzeugend gut gelogen, dass Deutschlands Halbprominenz sich seitdem hier trifft. Ich möchte nur wissen, wer für den Laden die PR macht; das muss ein Könner sein. So viele Möchtegern-It-Girls und Szene-Idioten, die sich auf der Suche nach Promis stundenlang an einem Drink festklammern, muss man erst einmal zusammenbekommen. Die reinste Freakshow. Hungerhaken mit Schlauchbootlippen à la Daisy Duck kommen wohl nie mehr aus der Mode.«

»Ricarda«, wirft Nelly bittend ein. »Wenn du nicht bei dem Termin dabei sein willst, ist das okay. Ich weiß, dass du solche Bars und deinen Boss nicht leiden kannst.«

»Allerdings«, sagt Ricarda bestimmt, »und darum lass ich dich hier auf keinen Fall allein. Nicht mit Wulf, dem Wolf

Rottländer. Irgendetwas stimmt hier nicht, und ich will wissen, was. Unser fabelhafter Kreativchef bevorzugt für ernstzunehmende Meetings normalerweise verschwiegene Restaurants.«

Nelly zuckt mit den Schultern. »Jetzt sei doch nicht immer so misstrauisch. Vielleicht will er mehr mit der Zeit gehen!« Schließlich geht es um innovative Werbekonzepte, setzt sie in Gedanken hinzu, sagt es aber nicht, weil sie Becky auf der Hinfahrt eidesstattlich versichern musste, Ricarda gegenüber nichts von Innovationen bei Gut & Edel zu erwähnen.

Nelly wüsste ohnehin nicht, wie sie das tun sollte. Beckys Palaver über virale Videos, *Seeding Marketing* und *Social-Media-Branding* ist für sie ein unknackbarer Code.

Ricardas Blick fixiert den Pianomann hinter Nellys Schulter, als wolle sie auf ihn anlegen. »Was soll das nun wieder?«, zischt sie. »Die bauen Mikros und Verstärker neben dem Flügel auf!«

Nelly verdreht den Kopf. Tatsächlich, da wird ein Showact vorbereitet. Ein Roadie schleppt Schlagzeugteile herbei. Sieht nach mächtig viel Lärm aus. »Sollten wir uns nicht besser einen ruhigeren Platz suchen?«

»Gibt keinen mehr«, sagt Ricarda missmutig. »Sag mal, haben Rottländer oder Becky dir inzwischen wenigstens verraten, wie, mit wem und für was genau du werben sollst?«

Fassungslos reißt Nelly den Kopf herum und die Augen auf. »Für *was* ich werben soll? Na, für die Friseurinnung natürlich! Du kennst doch mein Exposé und den Beispielfilm am allerbesten.«

Ricarda Augen werden schmal. »Nelly, ich raube dir ungern deine Illusionen, aber dieser Friseurquatsch war nur einer von Rottländers typischen Testläufen für Anfänger. Mir kam die Sache direkt merkwürdig vor. Die Friseurinnung wirbt nicht mit extravaganten und astronomisch teuren Kinospots, in denen irgendein überteuerter TV-Star Szenen aus *Spiel mir das Lied vom Tod* nachstellt.«

»Nicht?«

Ricarda setzt sich entschlossen und bemerkenswert elegant in ihrem Clubsessel auf. »Ganz sicher nicht! Ich habe heute Morgen die Pressesprecherin einfach mal privat angerufen. Sie hat mir versichert, dass die Friseurinnung mit ihrer bisherigen Werbung höchst zufrieden und das Budget erschöpft ist. So, und jetzt weißt du, warum ich heute Abend hier und so nervös bin!«

Nelly will wie ein Springteufel nach oben schnellen – schafft aber nur einen bescheidenen Hüpfer. Aus diesem bodentiefen Loungesofa kommt man allenfalls per Badewannenlift wieder in die Senkrechte. »Aber, was mache ich dann hier?«

»Gute Frage.« Ricarda nickt. »Wir sollten versuchen, sie zu beantworten, bevor Rottländer und der ominöse Kampagnenstar aufkreuzen. Wie wäre es, wenn du mir jetzt endlich die Wahrheit und nichts als die Wahrheit über dein Kleid und Beckys Anteil an diesem Meeting erzählst?«

Nelly windet sich. Kann Beckys seltsame Geheimniskrämerei tatsächlich der Schlüssel zur Lösung des Rätsels sein?

Ja, kann sie.

»Sag mal …«, beginnt Nelly zögernd, während Ricarda mit Pantherblick den Barraum nach Rottländer und Indizien für den Grund dieses Meetings durchjagt. »Weißt du, was Guerillamarketing ist?«

»Ach du Scheiße!«, stößt Ricarda so entsetzt aus, dass der Pianist und *True love* von Cole Porter vollends aus dem Takt geraten.

Nelly folgt Ricardas Blick zur Tür und trifft auf einen Mann, der in lässiger Bondmanier die Schwingtür aufgestoßen hat. Er trägt Smoking und löst ein kleines Blitzlichtfeuerwerk aus.

Ach du Scheiße – in der Tat.

Jetzt weiß Nelly, mit wem und für was sie Werbung machen soll, und ahnt vage, was Guerillamarketing bedeutet. Nichts Gutes. Sie ballt die Hände zu Fäusten, stemmt sie in das verflixte Loungesofa und will sich nach oben drücken.

Nichts wie weg. Der Mann im Smoking ist ihr Exmann, Jörg Barfeld, und ein Exmann, der sich aus dem Hinterhalt in ihr Leben einschleicht, bedeutet Ärger.

Von oben legen sich Hände auf ihre Schultern und drücken sie erbarmungslos in den Sitz zurück. »Du bleibst, Mama«, zischt Becky, während die Band in ihrem Rücken einen Soundcheck beginnt, die der Pianist mit Tönen von *True love* einleitet.

»Lass mich los!«, faucht Nelly.

Becky schüttelt den Kopf. »Hier geht es um zehntausend Euro. Deine Gage für eine knappe Stunde Arbeit! Und das ist nur der Anfang. Papa hat es versprochen, und ich finde, er schuldet dir weit mehr. Wie viel, handeln wir später mit Rottländer aus, der wollte ihn unbedingt für die neue europaweite Unterhosenkampagne von *TrueLove* haben. Was meinst du, warum er so freundlich zu mir war? So, und jetzt muss ich deine Wimpern nachtuschen.«

13.

Rattatong. Rattatong. Rattatong.

Gelbe Fahrbahnmarkierungen schreiben einen Schlingerkurs durch eine Straßenbaustelle und über schlecht verfugte Betonplatten vor. Richtige Stolpersteine sind das, ärgert sich Herberger. Der Jaguar schwebt nicht, er hoppelt. Dabei hat Herberger es brandeilig. Gas geben kann er trotzdem nicht, sonst hüpft der Pferdeanhänger wie ein ausgebüxtes Fohlen hinterdrein. Lästiges Ding, bockig wie Zerberus, der darin mitfährt.

Rattatong. Rattatong.

Verdammt, wo hat Frau Schick dieses windschiefe Hängermodell aus den Anfängen der Automobilherstellung nur aufgetrieben? Kurz summt frisch geteerter Fahrbahnbelag unter den Reifen, aber kaum hat Herberger auf das Gaspedal getippt, blinken neue Baustellenabsperrungen, und weiter geht es über provisorische Bodenplatten.

Rattatong, Rattatong.

Das ist das reinste Hindernisrennen. Herberger hat die Nase endgültig voll von dieser aberwitzigen Eselentführung. Sein Blick streift Niklas, der verbotenerweise neben ihm auf dem Beifahrersitz thront, in seinen Hosentaschen kramt und ihm mit einem um Entschuldigung heischenden Blick ein verklebtes Bonbon auf die Ablagefläche neben dem Schaltknüppel legt.

Der Kleine war partout nicht bereit, bei seinem Opa im Fond Platz zu nehmen. Herberger ist sein neuer Held, dabei ist dieser spillerige Knirps selbst einer. Und was für einer!

Niklas hat sich dem wutschnaubenden Zerberus nicht nur in den Weg gestellt, er hat ihn zum Stehen gebracht. Einfach so. Nicht einmal Haferflocken waren nötig, um den schwarzen Riesen zur Räson zu bringen. Nur ein Elfenblick. Kaum zu glauben, aber wahr.

Zerberus hat direkt vor Niklas angehalten, eine kurze Trabrunde um den Knirps gedreht, am Hühnerhut geschnuppert, ihn für nicht essbar befunden und den Schädel schief gelegt. Dann hat er Niklas das Maul in den Bauch gestupst, und eine Freundschaft fürs Leben war geboren. Zumindest zwischen Niklas und Zerberus.

Herberger, der sich mühselig aus der Pfütze hochrappeln und seine Knochen sortieren musste, hat sich beim Anlegen des Führungsseils heftige Huftritte und einen posaunenstarken Eselsfurz eingefangen. Das sich nähernde Martinshornjaulen verkomplizierte die Lage zusätzlich. Mit Mühe und Not konnte Niklas Zerberus mit den Haferflocken noch in den Hänger locken, und Herberger hat in letzter Sekunde mit quietschenden Reifen und ausbrechendem Heck einen Fluchtweg vom Parkplatz und vor dem heranjagenden Polizeiauto gefunden. Dafür und für seinen Hechtsprung in den Schlamm bekommt er jetzt wohl das Bonbon.

»Himbeere«, sagt Niklas. »Mag ich.«

Stalin, der auf Niklas' Schoß liegt, auch. Er schnappt das Bonbon weg und erwischt dabei Herbergers Hand am Schaltknüppel.

Herberger unterdrückt ein Fluchen, konzentriert sich weiter auf die blinkenden Baulaternen vor sich und die satte Finsternis im Rückspiegel. Blaulicht scheint zum Glück nicht darin auf. Dafür schaltet vor ihm eine Behelfsampel auf Rot. Auch das noch! Er muss bremsen und den Gegenverkehr abwarten. Den es hier in der Mitte von Nirgendwo überhaupt nicht gibt.

»Das darf doch nicht wahr sein!« Herberger wirft einen Blick auf die Uhr am Armaturenbrett. Es ist halb neun, er stinkt infernalisch nach Esel, starrt vor Dreck, und Nelly sitzt in der »Bond Bar«. Ihm bleibt nur noch eine Stunde, und wenigstens das T-Shirt muss er noch wechseln.

Im Fond diskutiert Frau Schick mit dem Zauselbart lebhaft darüber, ob der tobsüchtige Zerberus wohl etwas Falsches gefressen hat. Die Blähungen, deren Geruch Herbergers T-Shirt entsteigt, meint Frau Schick, legen den Verdacht nahe.

»Im Garten werden wir ihn mit Fallobst und biologisch angebauten Möhren verwöhnen. Dazu gibt es eine Wiese, die so groß ist wie ein Fußballfeld«, verspricht ihr Herr Engels. »Ich zimmere ihm gleich morgen einen Unterstand. Bauholz liegt genug herum.«

Nervös trommelt Herberger auf dem Lenkrad herum. Die Ampel leuchtet beharrlich rot durch den einsamen Abend. Welche Idioten haben beschlossen, inmitten von Rübenäckern einen landwirtschaftlichen Nutzweg zur Zubringerstraße auszubauen? Es führen doch schon mehr als genug Verkehrsachsen von Westen nach Köln, und kaum zwanzig Meter weiter weg verlaufen Straßen- oder S-Bahngleise. Das sollte doch reichen, um in die Stadt zu kommen.

Endlich! Grün. Herberger legt einen Gang ein und fädelt auf die Gegenspur. Wieder Betonplatten und Rattatong.

»Ist es noch weit bis zu diesen Schrebergärten?«, erkundigt er sich mit angespanntem Blick in den Rückspiegel bei Herrn Engels.

Der schüttelt das Lockenhaupt. »In etwa 800 Metern müssen wir rechts in einen Feldweg abbiegen, dann weiter bis zum Waldrand.« An Frau Schick gewandt fährt er fort: »Die Gärten liegen mitten in einem alten Laubmischwald. Sie haben zwar nur knapp drei Hektar Grund, aber dafür ist die Kolonie Waldfrieden völlig abgeschieden. Wir haben sogar Füchse. Es ist ein wunderbares Stück Natur.«

»Hoffen wir's. Hier sieht es jedenfalls furchtbar aus«, zürnt Frau Schick mit Blick auf die Straßenbaustelle. »Die reinste Mondlandschaft.«

»Warten Sie ab. Es kommt noch schlimmer«, verkündet Herr Engels grimmig.

Herberger sieht im Rückspiegel seinen wütenden Blick, der Frau Schick offensichtlich sehr zusagt. Kopfschüttelnd konzentriert er sich auf die letzten Meter dieses Himmelfahrtskommandos.

Frau Schick ist in der Tat entzückt von Engels' Zorn. Steht ihm ausgezeichnet. Scheint so, als flösse doch Rebellenblut in seinen Adern, auch wenn er sich bei Zerberus' Befreiung anfangs nicht mit Ruhm bekleckert hat.

Ihre Augen gleiten mit solidarisch entflammter Wut über das Aufgebot von Pistenwalzen und Flachbaggern, die Krater ins Feld gewühlt haben, als gälte es, der Erde ihr Herz zu entreißen. Sieht aus wie auf einem Schlachtfeld, findet sie.

Schlachtfeld? Sie erstarrt und richtet sich im Lederpolster auf. Mit einem Mal kommt ihr das verwüstete Ackerland bekannt vor. Schrecklich bekannt.

Herberger biegt ab. Der Jaguar schaukelt über den angekündigten, stark zerfurchten Feldweg. Schlamm spritzt auf. Na endlich, da vorne fängt der Wald an. Er will das Lenkrad links einschlagen und hineinfahren.

Herr Engels beugt sich vor. »Ich untersage Ihnen, hier reinzufahren. Halten Sie zweihundert Meter weiter vorne an! Noch ist das hier keine Zufahrtsstraße.«

»Was machen all diese Monstermaschinen vor dem Wald?« Frau Schick erwacht aus Schockstarre und Schweigen. Ihre Stimme ist überraschend leise.

»Ärger«, knurrt Herr Engels, fährt sich durchs Haar und zu ihr herum. »Das müssten Sie sich doch denken können!«

»Das muss ich mir nicht denken, das sehe ich«, murmelt Frau Schick und zwingt Herrn Engels' Wut mit Wehmut in die Knie.

»Dann ist es ja gut«, murmelt er.

Herberger parkt den Jaguar zwischen eingezäunten Baufahrzeugen und Schlammfurchen.

Zauselbart Engels drückt seine Tür auf, springt hinaus und eilt ums Auto. Er öffnet Frau Schick galant die ihre und hilft ihr hinaus.

Herberger schnallt Niklas los und beeilt sich, zum Hänger zu kommen. Er will den Zirkus um Zerberus zügig beenden. Rasch öffnet er den Anhänger, klappt eine Rampe herab und fährt mit einem Satz zurück. Zerberus holt aus und führt mit Schwung vor, was eine kraftvolle Hinterhand ist.

Niklas schiebt Herberger beiseite und piepst: »Komm.«

Der Esel senkt die Hufe und wechselt freiwillig in den Rückwärtsgang. Herberger greift nach der Seilrolle, die innen an der Tür hängt, aber Niklas schüttelt den Kopf und streicht sanft über Zerberus' linke Flanke, die sich prompt auf die Rampe zubewegt.

Der Esel schnaubt entzückt und verlässt sein Gefängnis auf Rädern ohne weitere Kampfhandlungen. Draußen angekommen linst er unternehmungslustig gen Wald, dann schmiegt er seinen Kopf in Niklas' mageren Arm und Niklas seinen Kopf an Zerberus' Schädel.

Herberger ist das Gegenteil von einem Mann, der an Wunder glaubt, aber das ist eins. Schon für dieses Bild, räumt er vor sich selbst ein, hat sich der Ausflug gelohnt. Trotzdem muss er jetzt weiter. Ungeduldig dreht er sich zum Zauselbart um. »Wo genau sind diese verdammten Gärten?«

Statt einer Antwort kramt Herr Engels eine Taschenlampe aus seinem Blaumann und leuchtet den Waldeingang aus.

Frau Schick betrachtet sichtlich entsetzt weitere Erdbagger und eine Planierraupe, die zwischen Ahornbäumen und Buchen in Stellung gegangen ist. Die Ketten des Monsters haben sich tief in den Waldboden gegraben. Ein Stahlschild in U-Form zur Bewegung großer Erdmassen schwebt einsatzbereit über dem Grund. Kalkweiß leuchtet Frau Schicks Gesicht im fahlen Widerschein der Taschenlampe. »Hier sieht es aus wie direkt nach dem Krieg«, wispert sie.

Der Zauselbart nickt. »So könnte man es ausdrücken. Die wollen eine Schneise in den Wald fräsen.«

»Warum denn das?«

Er wendet sich zu den Äckern um. »Dort entsteht ein neues Wohngebiet, was völlig in Ordnung ist, und hier«, er dreht sich wieder zum Wald, »angeblich nur eine Zufahrtsstraße zu einem geplanten Wanderparkplatz, aber wir befürchten ein weit größeres Bauvorhaben.«

»Von wem?«, will Frau Schick wissen.

Engels zuckt mit den Schultern. »Das wissen wir nicht genau. Vielen unserer Kleingärtner sind unter der Hand und von dubiosen Mittelsmännern bereits Entschädigungssummen und Ersatzgärten für die Aufgabe ihres Pachtlandes aufgedrängt worden. Irgendjemand hat großes Interesse daran, die Kolonie ohne lästigen Widerstand zu räumen. Der Wald wäre für jeden Bauunternehmer ein Filetstück für ein Villenviertel in Bestlage. Ein Millionenprojekt.«

»Ein Bauvorhaben in diesem Wald wäre ein Verbrechen«, entrüstet sich Frau Schick und umklammert grimmig ihre lädierte Reitgerte. »Wenn ich hier etwas zu sagen hätte, würde ich das verbieten!«

»Ach, tatsächlich?«, hakt Zauselbart freundlich, fast zu freundlich, nach. Sein Ton lässt Herberger – aller Ungeduld zum Trotz – aufhorchen.

Frau Schick mustert rebellisch die Planierraupe. »Dieser Wald hat einen Angriff mit Kettenfahrzeugen kein zweites Mal verdient. Wenn ich mich recht erinnere, sind es bis zu den Gärten noch zwanzig Minuten Fußweg, nicht wahr?«

»Mit dem Esel brauchen wir eher eine halbe Stunde«, bemerkt Engels. »Wir müssen einige Wegsperren umrunden, die ein paar Kleingärtner wegen der Planierraupe angelegt haben. Nichts Großartiges, nur einige Gitter und Gräben, aber Esel springen bekanntlich nicht über Hindernisse.«

Das darf nicht wahr sein! Herberger unterdrückt unter Mühen ein Stöhnen. »Es ist Viertel vor neun, Frau Schick«, meldet er sich entschlossen zu Wort. »Ich habe keine Zeit für weitere Feld-Wald-und-Wiesen-Aktionen oder eine Nachtwanderung mit Zerberus. Diese verdammten Gärten können warten. Den Esel nehmen Niklas und Herr Engels mit, und ich bringe Sie in Ihre Villa zurück.«

Frau Schick wendet sich zu ihm um. In Gedanken ist sie sichtlich woanders. »Danke, Herberger, Sie sind vorerst entlassen. Ich gebe Ihnen den Abend frei. In diesem Wald komme ich sehr gut allein zurecht.«

»Das müssen Sie nicht«, schaltet sich Herr Engels ein. »Schließlich haben Sie Niklas und mich.«

»Und Zerberus«, piept Niklas und wirft seinem Großvater einen raschen Bittblick zu.

»Du willst reiten«, stellt der lächelnd fest.

Niklas nickt. Herr Engels hebt ihn hoch und setzt ihn auf Zerberus' breitem Rücken ab. Schaukelnd setzt der Esel sich in Bewegung und folgt Frau Schick, die bereits im Wald verschwunden ist, um der Planierraupe einen Klapps mit der Reitgerte zu verabreichen. Herr Engels und Stalin bilden den Abschluss der Expedition.

»Komm aber wieder«, piepst es kurz aus dem Wald in Herbergers Richtung, dann herrscht Schweigen. Irgendwo rauscht die Autobahn Richtung Köln.

Herberger zögert kurz.

Nein, zur Hölle, er wird nicht mitgehen. Sein Lebensglück wartet nicht im Schrebergarten, sondern in der »Bond Bar«. »Ich hole Sie später wieder ab, Frau Schick!«, ruft er der Waldkarawane nach. Dann koppelt er den Hänger vom Jaguar ab, öffnet rasch den Kofferraum und nestelt sein letztes frisches Hemd und eine Jeans, die nach Tahiti und nicht nach Zerberus riecht, aus dem Rucksack.

Er knöpft seine Jeans auf, schiebt sie über die Hüften und zieht sie in Windeseile wieder hoch. Von der Straßenbaustelle her jault kurz ein Martinshorn auf. Es ist eine unmissverständliche Aufforderung, stehen zu bleiben, wo er ist. Verdammter Mist, die Polizei ist klüger als erlaubt!

Herberger reißt rasch den Kopf herum. Blaulicht streicht knapp fünfhundert Meter entfernt über den Feldweg. Er wirft die frische Kleidung zurück in den Kofferraum, springt in den Jaguar, startet, kuppelt und gibt Gas.

14.

Nelly sitzt wie eingefroren auf ihrem Loungesofa zwischen Becky und Ricarda, die in befremdlicher Eintracht zu der Überzeugung gelangt sind, dass eine Stunde Arbeit mit ihrem Exmann von Nelly nicht zu viel verlangt sind. Nicht für zehntausend Euro und die Aussicht auf mehr.

Um das Mehr will sich neben Becky nun auch Ricarda bei Rottländer einsetzen, denn eine europaweite Kampagne des französischen Slipdesigners, so Ricardas Überschlagsrechnung, bedeutet einen Millionenetat. Immerhin geht es hier nicht um Friseure und Lockenwickler.

Nur, was zum Teufel, fragt sich Nelly, soll sie tun, um ein Häppchen davon abzubekommen? »Nur gucken«, hat Becky gezischt, dann ist das Licht ausgegangen.

Jetzt geht es wieder an, und ihr Loungesofa mausert sich zum Logenplatz. Stroboskopblitze zucken wie Suchscheinwerfer durch die »Bond Bar«. In Nellys Rücken fetzt und dröhnt die Band eine Rap-trifft-Funk-Version von *True love* in den Raum, dessen Temperatur schlagartig um mehrere Grad ansteigt.

Die Blitze irrlichtern über Barhocker, schießen in verschwiegene Nischen, werfen Schlaglichter auf Loungesitze. Da, wo das Licht ein paar Sekunden verweilt, springt jedes Mal ein männlicher Adonis auf, zerrt sich die Smokingjacke vom muskolösen Leib, zeigt einen Hüftschwung, führt eine Hiphopfigur vor und fräst oder fädelt sich sodann rappend und tanzend durch die Menge zum Bartresen durch.

Das Publikum bildet zögernd, aber mit wachsender Begeisterung Gassen für die Spontantänzer. Einer entblößt sich bis auf sehr eng sitzenden Hüftpanties, hechtet in den Raum, schlägt auf dem Weg zum Tresen Saltos, erklimmt ihn im Panthersprung und röhrt *»Bad Boys need true love«* in ein Headset.

Hinter der Bar schnellen fünf weibliche Models in Häkelminis, die noch kürzer als Nellys sind, wie Springteufel nach oben, klatschen ekstatisch und rappen mit. *»Bad, bad boys«*, singen sie mit Jubelstimmen.

Die Gäste weichen ehrfurchtsvoll vom Tresen zurück. Der Saltoakrobat macht ihn zum Tanzparkett, hip-hopt zwischen Flaschen und Cocktailgläsern, während weitere Tänzer mit nackter Brust zum Tresen drängen, in Formation gehen und sensationelle Sprünge und Figuren vorführen.

Die Raumtemperatur erreicht den Siedepunkt. Aufgedonnerte It-Girls kreischen, versuchen, sich zur Bar durchzutanzen, und beginnen, den Rhythmus mitzuklatschen. Die Presse feuert ein Blitzlichtgewitter in Richtung Tresen.

»Was soll das?«, brüllt Nelly in Beckys rechtes Ohr, als ein blendender Stroboskopblitz sie von Kopf bis Fuß abtastet. »Ich bin doch kein Gogo-Girl!« Sie sucht verzweifelt Deckung.

»Entspann dich, Mama. Du musst nicht tanzen, nur sehr überrascht gucken, das wird alles aufgezeichnet«, frohlockt Becky und gibt ihr einen Stups nach vorn. »Das ist ein Flashmob.«

Überrascht zu gucken fällt Nelly nicht schwer – sie macht seit Beginn der Tanzdarbietungen nichts anderes. Zu ihrer grenzenlosen Erleichterung wandert der Blitz nach einer kurzen Gesichtskontrolle endlich weiter.

»Was ist ein Flashmob?«, versucht sich Nelly mit einer Frage an Ricarda gegen das Lärmen durchzusetzen.

»Scheinbar spontane Tanz- oder Gesangsdarbietungen an unerwarteten Orten«, erläutert ihre Freundin von rechts. »Die

Telekom hat mit Videos von Flashmobtänzen in europäischen Bahnhöfen bis zu dreißig Millionen Klicks auf Internetvideokanälen eingefahren. Eine legendäre Imagekampagne. Gute Flashmobvideos erreichen mehr Zuschauer als jeder TV-Spot, noch dazu solche, die derartigen Schwachsinn wirklich sehen wollen. Gott, die ziehen sich ja alle bis auf die Unterhosen aus!«

»Aber was hat das mit mir zu …«, setzt Nelly an, als die Musik schlagartig verstummt. Die Fahndungsscheinwerfer bündeln sich zu einem Lichtstrahl, der in sphärischem Blau ihr Sofa und das Piano hinter ihr ausleuchtet. Zart getupfte Klaviertöne gebieten einem sich ankündigenden Beifallssturm Einhalt – und Jörg Barfeld eine Bühne.

Mühelos findet Nellys Exmann den Schmelzkäseton, in dem Bing Crosby in *High Society* dereinst Grace Kelly wahre Liebe und pausenloses Eheglück versicherte. Nelly dreht vorsichtig den Kopf. Wie immer von seiner Kunst ergriffen, schmachtet Jörg die Ballade ins Mikrofon und in ihre Richtung. Sein Gesicht ist mit einem perfekten George-Clooney-Zwinkern garniert. Gerade richtig ironisch, um *True love* à la Crosby in die Moderne zu retten.

Nelly ist so baff wie der Rest des Saals. Jörg umrundet samt kabellosem Mikrofon und in blütenweißem Jackett das Loungesofa. Seine silbern ergrauten oder gefärbten Schläfen schimmern metallisch. Er bleibt seitlich zum Publikum und somit in perfekter Bühnenposition vor Nelly stehen.

Nelly krümmt sich wie angeschossen im Sofa zusammen und sieht damit wahrscheinlich unfreiwillig wie hingegossene Bewunderung aus, während Jörg Möchtegern-Clooney sich dem Refrain nähert.

»I give to you, what you give to me …«

Zehntausend Euro hin oder her – Nelly findet, dieser Auftritt hat das Maß alles Erträglichen überschritten. Sie irrt sich, Jörg Barfeld kennt – wie immer – Steigerungsmöglichkeiten.

»... *true love* ...«, beteuert er und geht in Zeitlupe vor ihr auf die Knie.

Nelly will nur noch eins: hier weg. Mit olympiareifer Kraftanstrengung entkommt sie mit einem Satz den Klauen des Kuschelsofas. Nichts kann sie hier festhalten.

Doch. Der ohrenbetäubende Krach, mit dem die Band wieder loslärmt, und Jörg, der das Mikrofon einem herbeiturnenden Tänzer zuwirft, geschmeidig nach oben federt und seine Smokingjacke mit der Entschlossenheit eines Exhibitionisten vor ihr aufreißt.

Nelly ist star vor Fassungslosigkeit.

»Genau so bleiben, Mama«, souffliert Becky aus dem Hintergrund. »Und einfach hingucken.«

Ein Laserspot erübrigt die Frage nach dem Wohin. Er leuchtet Jörgs durchtrainierte, haarlose Brust taghell aus. Darauf prangen ein blutrot aufgemaltes Tattoo-Herz und der innovative Refrain der Slip-Kampagne: *»Bad boys need true love.«*

»Cut«, zischt Becky. »Und aus.«

Nicht für Jörg Barfeld. Der hat noch eine Zugabe in petto. Er reißt die vollends verwirrte Nelly an sich, schwingt und zwingt sie mit dramatischer Drehbewegung in seine rechte Armbeuge.

Nelly muss sich in sein Dinnerjackett krallen, um nicht den Boden unter den Füßen zu verlieren, während Jörg ihr einen vollendeten Leinwandkuss auf den Mund drückt.

Das muss er sich von Rhett Butler alias Clark Gable abgeguckt haben, denkt Herberger abgekämpft und auf einen Schlag todmüde. Er befreit seinen rechten Arm mit dem Geschick des geübten Aikido-Kämpfers aus dem Klammergriff eines Türstehers, der ihn von einem Bullaugenfenster in der Schwingtür zur »Bond Bar« wegzerren will. Dieser Vollpfosten mit Knopf im Ohr blafft seit fünf Minuten SOS-Sprüche (»Brauche Beistand. Randalierer auf Position eins, beherrscht Kampfsport«) in ein Headset.

»Geben Sie auf, Mann«, schnauzt der Kleiderschrank mit Glatzkopf, will noch einmal nachfassen und winkt erneut nach Verstärkung. »Das ist eine geschlossene Gesellschaft.«

»Keine Bange«, weicht Herberger ihm aus und wendet sich zum Gehen. »Ich will gar nicht hinein.«

Nicht mehr.

Noch nie im Leben hat er eine derart exaltierte Liebeswerbung gesehen und eine von der ach so wahren Liebe und von einem Kuss derart hingerissene Frau wie Nelly.

Darum also hat sie sich nicht gemeldet. Selbst ihr Handy hat sie ihrer Tochter überlassen, um sich ein unbequemes Geständnis zu ersparen, konstatiert Herberger mit schockbetäubtem Herz. Später, das weiß er, wird es höllisch schmerzen. Dann, wenn die innere Kernschmelze einsetzt. Er wird morgens mit einem glühenden Messer in der Brust aufwachen, und sein Hirn wird es um- und umdrehen. Der Wachzustand wird über Wochen, vielleicht Monate eine Qual sein. Seine Gedanken werden sich, falls er sie nicht bewacht oder sich ablenkt, einer nutzlosen Wiederholung des immer Gleichen hingeben: *Es kann nicht wahr sein, ich kann mich nicht so getäuscht haben.* In schwachen Momenten oder vor dem Einschlafen wird er in Endlosschleife den Kuss sehen, und sein Kopf wird wütende, verzweifelte, flehende Gespräche mit Nelly führen, die am Ende nur eine Erkenntnis zulassen: Er ist ein Idiot.

Nellys Liebe zu ihm war nicht sprachlos, weil sie unermesslich ist, sondern nicht vorhanden. Vielleicht war sie es nie.

»Einer stirbt dabei immer«, hat Hemingway mal über Liebeskummer gesagt. Jetzt also ist er dran. Mal wieder, wie damals nach Penelope.

IDIOT.

Mit Träumen ist es wie mit allen Drogen: Die Ankunft auf der Erde, wenn der Rausch vorbei ist, ist unbarmherzig hart. Erst recht, wenn man nach einem tumultartigen Auftritt in einem Hotelfoyer zwei Polizisten mit knarzenden Funkgeräten und Böser-Bulle-Mimik in die Arme läuft.

»Gehört der Jaguar in der Feuerwehreinfahrt Ihnen?«

»Ja«, knurrt Herberger unwirsch und besinnt sich. »Nein, nicht wirklich. Der Jaguar gehört Frau Schick.«

»Aha! Den Führerschein und die Fahrzeugpapiere, bitte.«

15.

In was für eine Räuberhöhle ist sie hier nur hineingeraten?

Frau Schick liegt dick eingemummelt in Wolldecken auf einem Ausklappsofa. Auf ihrer Nase sitzt – ganz ausnahmsweise – ihre Brille. Sieht ja keiner.

Ihr Blick wandert über mit Holzpaneelen und Prilblumen beklebte Wände zu einer Küchenzeile Baujahr zirka 1974. Von oben her wird sie durch einen zwinkernden Gartenzwerg bewacht, der in seiner Linken eine Laterne trägt und in der Rechten eine Gießkanne, mit der er eine Klopapierrolle mit Häkelmütze wässert.

Ihre Augen gleiten hinab zu einem Resopaltisch mit orangefarbener Plastikdecke, die um die dreißig Jährchen auf dem Buckel hat. Immerhin hat Herr Engels eine Vase mit violetten und gelben Ringelblumen draufgestellt. Eine verriegelte Metalltür, an der eine grüne Latzhose und eine rostende Grabgabel baumeln, gibt es auch.

Also wirklich, geschmacklich ist die Räuberhöhle das reinste Gruselkabinett und die in einem Einmachglas flackernde Kerze auf dem kalten Gasöfchen neben ihr bringt sämtliche Schatten zum Tanzen.

Trotzdem ist diese Laube sagenhaft gemütlich, befindet Frau Schick und kuschelt sich in die Decken. Oh ja, sie fühlt sich geborgen wie lange nicht. Die Räuberhöhle ist ihr nämlich wohlvertraut, obgleich sie früher vollkommen anderes eingerichtet war. Viel, viel bescheidener war die Möblierung direkt nach dem Krieg.

Holzverkleidete Wände wären undenkbar gewesen. Das Holz

hätte jeder im klirrkalten Jahrhundertwinter 1946 sofort und mit Freuden verfeuert – ganz so, wie es der galgenhumorige Ringelnatz es in seinem Gedicht *Draußen schneit's* mit dem Schaukelpferd Bubi tut, dem er fröhlich den Rumpf zersägt, dem er die Beine rausdreht und das Fell abschält, um ein Feuerchen zu entfachen, »dass die Esse kracht und die Anna singt und die Anna lacht«.

Paulchen hat ihr im Winter '46 in dieser Laube oft Ringelnatz aufgesagt und Wilhelm Busch, damit sie was zu lachen hatte. »Lachen tötet die Furcht«, hat Paulchen gemeint. Recht hatte er. Und obwohl sie noch ein Kind war und bei Bubi Schaukelpferds Flammentod nicht nur Lachtränen vergoss, wurde *Draußen schneit's* ihre allerallerliebste Gutenachtgeschichte. Weil es dank Bubi mit ihrem Leben weiterging und sie genau wie Ringelnatz fand: »Die Freiheit ist auch was wert.«

Frau Schick schließt die Augen, entfernt im Geiste rigoros die Holzpaneelen von den Wänden, reißt die Küchenzeile ab und stellt Paulchens verschwundenes Behelfsmobiliar zurück an seinen Platz.

Ja, so dürfte es stimmen: nackte, weiß verputzte Wände beklebt mit Zeitungsfetzen, die zum Feuermachen nicht taugten, davor ein geklautes Bunkeröfchen, ein Wackeltisch, zwei Hinkebeinstühle, Munitionskisten als Vorratsschränke und ein als Kochtopf dienender Soldatenhelm. Fertig ist Paulchen Schicks heimliches Hauptquartier für Schwarzmarkthandel en détail und en gros.

Im Soldatenhelm hat er Muckefuck aus Bucheckern gebraut und später – als der Handel in Schwung kam und echte Schätze einbrachte – sogar Nescafé mit Zucker. Getrunken haben sie ihn aus Granathülsenbechern. Das war der beste Kaffee ihres Lebens. In dieser Laube konnte sie hin und wieder Zuflucht suchen vor Tante Freda, hier haben sie und Paulchen den Grundstock für ihr Vermögen gelegt. Ja, sie hat diesem Wald sehr viel zu verdanken: den Beginn einer großen Liebe und ein langes und erfülltes Leben.

Frau Schick bettet selig lächelnd den Kopf auf ein Kissen, das etwas muffig riecht, obwohl Herr Engels es ausgeklopft und frisch bezogen hat. Mit Sonnenblumenwäsche. Getrocknetes Lavendelkraut und Baldrian hat er auch hineingestreut.

Ihre Nase sucht schnuppernd nach dem Kräuterduft. Wunderbar, jetzt kann sie ihn riechen. Also den Kräuterduft, nicht Herrn Engels, der schläft ein paar Häuser weiter in einem Doppelgarten in seiner formidablen Blockhütte mit zwei Räumen, einem kleinen Bad und Solarstromanlage. Alles selbst gebaut. Niklas haust in einem Bauwagen direkt nebenan.

Ein Glucksen stiehlt sich in ihr hoch und wächst zum Kichern, weil ihr dazu ein ganz und gar alberner Kindervers einfällt. Er zwingt sich regelrecht auf: »Das ist das Haus vom Nikolaus, und nebenan wohnt Weihnachtsmann.«

Ein Nachtlager beim Weihnachtsmann hat sie allerdings strikt abgelehnt, weil sich das nicht schickt und sie außerdem einer Nacht mit Erinnerungen an Paulchen und den abenteuerlichen Beginn ihrer Liebesgeschichte nicht widerstehen konnte.

Vor über einem halben Jahrhundert hat sie in dieser Gartenlaube ihr Paulchen kennengelernt. Auf der Flucht vor einer britischen Militärpatrouille, die das Rumpeln und Klirren ihrer Knolli-Brandy-Fuhre vernommen hatte. Genau wie Paulchen. Ohne den wäre sie den Häschern mit den angelegten MPs nie und nimmer entwischt. Paulchen – der indianerschlaue Waldläufer – ist jedoch plötzlich aus dem Unterholz gesprungen, hat das vor Angst und Eiseskälte erstarrte Röschen vom Kinderwagen weg in einen Granattrichter gezerrt und »Klappe halten« geraunt.

Die Militärpatrouille hat sich mit der Erbeutung des schnapsgefüllten Kinderwagens zufriedengegeben, Paulchen aber hat sie mucksmäuschenstill durch die Finsternis und den leuchtenden Schnee in die damals schwarz bewohnte Gartenkolonie und seinen Unterschlupf gerettet.

Von da an waren sie – das zwölfjährige Röschen und der knapp zehn Jahre ältere Paul – Geschäftspartner. Jahre später wurde mehr daraus. Ein Bund fürs Leben. War das ein Segen!

Soll Bummelant Herberger ruhig bei Nelly bleiben, sie schläft ja heute Nacht selbst in einem Paradies, das sie für immer verloren glaubte.

Paulchen, Paulchen, für Überraschungen warst du immer gut!

Sie streichelt ihr Sonnenblumenkissen behutsam, wie man Kinder- oder Greisenwangen streicheln muss. Schenkt dieses Schlitzohr ihr doch glatt eine komplette Gartenkolonie samt dem Knolli-Brandy-Wald aus ihren Schnapsschmugglertagen! Er hat den Wald dem Weihnachtsmann abgekauft, als der vor Jahren einmal knapp bei Kasse war, und hat nie, nie einen Ton davon gesagt.

Sie schluckt hart. Das war auch schlecht möglich. Paulchen ist nämlich kurz vor Frau Schicks 72. Geburtstag und der Geschenkübergabe zum sechzigsten Jahrestag ihrer ersten Begegnung verstorben. Fünf Jahre ist das her.

Herr Engels hat ihr den Entwurf einer Schenkungsurkunde auf ihren Namen gezeigt und einen Brief von Paulchens Lieblingsnotar, in dem alles haargenau erläutert ist, unter anderem, dass der Wald von der Schick und von Todden GmbH nicht zu Bauzwecken erworben wird und allein ihr gehören soll.

Herr Engels hat sich natürlich all die Jahre gewundert, dass Frau Schick Paulchens letzte Überraschung nie angeschaut und scheinbar ignoriert hat. Er hat sie für hochnäsig und herzlos gehalten, sich aber nichts weiter dabei gedacht, bis vor vier Wochen die Bagger und Planierraupen beim Waldeingang aufgefahren sind. Wer die geschickt hat, werden sie am Montag klären. Sie war das jedenfalls nicht.

»Wirklich nicht?«, hat sich Herr Engels gewundert und misstrauisch geguckt. Geradezu beleidigend misstrauisch.

»Auf keinen Fall, und die Schick und Todden GmbH kann es auch nicht gewesen sein. Die baut keine Villenviertel, sondern Innenstadtparkhäuser«, hat Frau Schick klargestellt und ihr Ehrenwort gegeben.

Weil allerdings Ehrenwörter von Bauunternehmerinnen – wie Herr Engels zu Recht anmerkte – noch unglaubwürdiger klingen als die von Politikern, hat sie spontan einen Bibelschwur vorgeschlagen. Leider hatte Herr Engels keine Bibel zur Hand, obwohl er in seiner Blockhütte neben einem beachtlichen Sammelsurium von Gemüsesamen auch Bücher hortet, vor allem zentnerschwere Naturkundeschwarten. Wirklich erstaunlich der Mann, aber auf fünf verstaubte Bände *Käfer des Deutschen Reichs mit farbigen Bildtafeln* wollte Frau Schick ebenso wenig schwören wie auf den *Taschenatlas aussterbender Kartoffelsorten* oder einen *Symposionsbericht über das Verschwinden der europäischen Honigbiene* Apis mellifera mellifera.

Fündig geworden sind sie schließlich in Engels Abteilung für Philosophie. Nach einem kurzen Disput über Schopenhauer – den Herr Engels zu pessimistisch findet – konnten sie sich auf Ernst Blochs *Prinzip Hoffnung* einigen. Frau Schick hat allerdings eingewendet, dass hoffen und harren bekanntlich manchen zum Narren machen. Erst recht, wenn es um skandalöse Bauprojekte geht.

»Wenn wir zu hoffen aufhören, kommt, was wir fürchten, bestimmt«, hat Engels mit Bloch stur dagegengehalten und darauf bestanden, dass Bloch alles andere als ein Tagträumer war.

Frau Schick hat ihm – also Herrn Engels, denn Herrn Bloch kennt sie nicht so genau – trotzdem einen gehörigen Rüffel verpasst, weil er die Baumaschinenbrigade tatenlos hat aufmarschieren lassen und sich nur zu nächtlichen Bittgesuchen bei ihr aufraffen konnte. Da hätte er weit beherzter einschreiten müssen – bei ihr und vor allem bei Behörden, Ämtern und zur Not vor Gericht. Nur gut, dass sie sich mit Bauskandalen auskennt. Ihr Paulchen war selbst in ein paar verwickelt, was in dieser Branche und erst recht in Köln praktisch unvermeidbar ist. Aber Wälder hätte er nie und nimmer abgeholzt, schon gar nicht diesen. Auch nicht für Wanderparkplätze, in so was steckt überhaupt kein Geld.

Bei den Worten »Ämter« und »Gericht« hat sich urplötzlich Engels' Fell gesträubt. Statt nach Karl Marx sah er wie ein sehr verzweifelter Einstein aus, der gerade entdeckt hat, dass seine berühmte Weltenformel zur Entwicklung von Kernfusion und Atombombe missbraucht wird.

Einstein?

Frau Schick unterbricht sich verwundert und richtet sich kurz im Baldriankissen auf. Moment mal! Der Vergleich ist jetzt aber neu. Das muss sie auch noch aufklären. Warum sie nur bei Herrn Engels plötzlich an Einstein denkt? Ihre nebulösen Ahnungen haben immer einen handfesten Grund, und wo jede Logik versagt, funktioniert ihr Verstand erfahrungsgemäß am besten. Aber was will ihr Verstand ihr nur mit Einstein sagen? Dass Zeit eine relative Sache ist? Hm.

Zugegeben, die einsamen Nächte in ihrer Villa waren zuletzt ellenlang, während die Zeit in dieser Hütte wie im Flug zu vergehen scheint und sie sich noch dazu mit einem Mal wieder ganz jung vorkommt. Nein, das kann jetzt nicht die Lösung sein. Sie nickt und klopft energisch ihr sonnengeblümtes Kissen auf. Na egal, wie sie auf Einstein kommt; es wird sich wie alles, was in ihrem bemerkenswerten Gehirn so vorgeht, irgendwann von selbst erklären.

Das wechselhafte Flämmchen von Engels' Rebellenmut jedenfalls verlosch gänzlich. Sein kühn zerfurchtes Gesicht sah plötzlich nach unüberwindlichem Kummer aus. Mit anderen Worten: An diesem Punkt wurde es sagenhaft interessant.

Und Herr Engels still wie ein Kirchhof am Karfreitag.

Warum er vom Schwert der Justitia nichts hält, hat »höchst private Gründe«, hat Engels barsch beschieden und behauptet: »Die gehen Sie nichts an.«

Papperlapapp! Das lässt Frau Schick natürlich nicht gelten. In ihrem Wald gibt es ab sofort keine Privatangelegenheiten mehr. Zumal sie den Verdacht hegt, dass Herrn Engels' private Gründe Hühnerhüte tragen und Niklas heißen. Und Niklas geht sie sehr wohl etwas an. Es scheint ja praktisch ihre Lebensaufgabe zu sein, Findelkinder im Wald aufzulesen.

Niklas ist jedenfalls ein Lausejunge, ein goldrichtiger noch dazu. »Jawohl«, nickt sie der Kerze im Einmachglas zu. Dass Herr Engels nicht anders denkt, haben ihr seine gellenden Verzweiflungsschreie verraten, als Zerberus stur auf seinen Enkel zuhielt. Diese Schreie kamen aus der tiefsten Kammer eines großen Herzens. Genau wie Engels' Freude über die Freundschaft zwischen seinem Enkel und ihrem Esel.

»Das bringt Niklas endlich auf andere Gedanken«, musste er zugeben.

Frau Schick hat eben noch Striegelbürste, Hufkratzer, Zaumzeug, Entwurmungssalbe und ein Eselhandbuch bei Nelly bestellt. Besser gesagt, bei ihrer Mailbox. Wäre doch gelacht, wenn sie Nelly mit einem Esel und lukrativer Gartenarbeit nicht von ihren dämlichen Lockenwicklern weglocken könnte. Sie hat Nelly dafür ein sehr, sehr gutes Gehalt angeboten.

Frau Schick setzt ihre Brille ab und legt sie neben das beleuchtete Einmachglas auf dem Gasofen. Zum Träumen braucht man keine Brille.

16.

»Wahnsinn, Mama!«, kreischt Becky. Sie sitzt an Nellys Schreibtisch im Wohnzimmer und scrollt begeistert eine Suchmaschinenseite herunter, klickt die nächste an. »Unser Flashmob ist schon auf allen wichtigen Videopages und mehreren Fanseiten abrufbar. Unter ›News zu Jörg Barfeld‹ steht es ganz oben. 547 neue Treffer! Sogar auf *Promiflash*, *Promipranger*, *gossip.de* und *TMZ Deutschland*. Du und Papa, ihr kommt direkt nach Heidi Klum. Wow! Wenn die Story samt Film ab morgen von einer professionellen Seedingagentur im Netz gesät wird und die Zeitungen online und gedruckt nachlegen, geht die Post ab.«

»Mach sofort meinen Computer aus!«, schreit Nelly aus dem Schlafzimmer zurück. »Du hast vier Wochen, nein, ein halbes Jahr Handy- und Internetverbot!«

Becky zieht eine Schnute. »Hey, sei nicht so biestig. Deine Ohrfeige zum Abschluss war der Knaller. Viel überzeugender als Papas Kuss. Du kommst tierisch echt rüber, die Schlussaufnahme ist super verwackelt, genau wie Papas Gesichtsausdruck. Da merkt kein Schwein, dass das der Startschuss für eine Werbekampagne ist. Sieht aus wie *real life*.«

»Becky hörst du nicht? Mach den Computer aus!«, brüllt Nelly noch einmal. »Das Internetverbot gilt ab JETZT, und dein Praktikum bei Gut & Edel ist beendet!«

Becky verdreht die Augen. »Das Praktikum ist Pflicht! Wer sagt denn immer, ich soll meine Hausaufgaben machen, damit aus mir was wird?«

»Ricarda kann dir ein Zeugnis schreiben, und ich werde dir

für die verbliebene Woche ein Praktikum besorgen, bei dem du etwas anderes lernst, als Handys zu klauen, zu lügen und Leute hinters Licht zu führen!«

Becky hört nicht hin. Sie hat eine kleine Randnotiz der Lokalpresse zum gestrigen Abend entdeckt. Es geht um einen Polizeieinsatz im Foyer des Esplanade-Hotels und einen »randalierenden Fan bei spektakulärer Promiparty mit Jörg Barfeld«. Haha, von wegen Fan!

Sie kann sich denken, wer da unbedingt mit Rucksack in die »Bond Bar« wollte und als mutmaßlicher Autodieb verhaftet wurde. Das passt zu dem unrasierten *Latin Loser*. Ihrer Mutter hat dieser Windhund in Spanien ja auch den Mietwagen geklaut. Schön, dass der endlich dingfest gemacht worden ist. Das nennt man gut gelaufen. Jetzt kann sich Nelly ganz auf die Arbeit konzentrieren. Es gibt reichlich zu tun.

Ein Handy klingelt. Es ist Nellys.

Becky geht ran. »Oh, hi. Ja, sie ist jetzt wach«, sagt sie betont geschäftlich. Sie saust samt Handy ins Schlafzimmer.

Nelly liegt wie erschossen in ihrem Bett.

»Papa will dich sprechen!«

Nelly zieht sich entnervt die Decke über den Kopf. »Ich ihn aber nicht. Nie wieder! NIE WIEDER.«

Becky reißt ihr die Decke weg und presst das Handy zwecks Schalldämpfung gegen ihre Brust. »Jetzt hab dich nicht so! Du kannst Papa doch nicht ewig abwimmeln. Immerhin hat er gestern unter meiner Aufsicht die ersten zehntausend Euro online überwiesen. Er nimmt die Ohrfeige sportlich. Jetzt müssen wir nur noch euer Happy End durchplanen.«

Nelly schnellt aus dem Kissen nach oben. *»Happy End?«* Sie reißt Becky das Handy aus der Hand und funkelt ihre Tochter wie eine gereizte Hornisse an. Dann drückt sie kurz das Telefon an ihr Ohr. »Wag es ja nicht, hier jemals wieder anzurufen.

Und halt dich vorerst von Becky fern!«, schreit sie und drückt ihren Exgatten weg. Sie wirft das Handy auf die Decke und fixiert ihre Tochter mit Stahlblick. »Welchen Unfug hast du dir noch ausgedacht? Raus mit der Sprache.«

Becky lässt sich auf die Bettkante fallen und angelt mit Schmollmund nach dem Handy, das erneut bimmelt.

Nelly kommt ihr zuvor und drückt den Anruf weg. »Lass die Finger davon. Mein Handy gehört ab sofort wieder mir, und zwar mir allein, verstanden? Raus mit der Sprache: Was haben du und dein windiger Vater noch geplant?«

»Vor allem eine zwanzigprozentige Beteiligung an allen Einnahmen für dich«, kontert Becky und reckt zufrieden das Kinn. »Ricarda will Gut & Edel sogar auf 25 Prozent hochhandeln, schließlich geht es nicht nur um die dämlichen Unterhosen, sondern auch um Paps Memoiren. Dafür hat er bereits einen fünfstelligen Vorschuss kassiert, und *TrueLove* hat auf sechs Stellen aufgerundet, wenn sie ausführlich erwähnt werden. Macht insgesamt EINE MILLION EURO! Wegen des Synergieeffekts. *Win-win*, verstehst du? Die Unterhosen und Papas Karriere als Schauspieler und Sänger kriegen dank gemeinsamen Marketings einen entscheidenden Push.«

»MEMOIREN!« Nelly ist mit einem Satz aus dem Bett.

Becky springt ebenfalls wieder auf die Füße. Wie zwei asiatische Kampfhähne stehen sie sich vor der Bettkante gegenüber. Nelly mit gesträubtem Lockenkopf, die trotzige Becky auf Krawall gebürstet.

»Mama, das ist ein Riesending. Das Buch wird ebenfalls *Bad boys need true love* heißen. Aufs Cover kommt das neue Wäscheplakat mit Papa oder deine Ohrfeige. Die passt auch prima. Rottländer will sie im Fotostudio noch mal mit euch nachstellen. Da darfst du ein Dutzend Mal zuhauen. Am Ende vom Buch müsst ihr allerdings zusammenkommen. Wenigstens vorübergehend. Was hältst du übrigens von einem Duett von *True love*? Könnte sein, dass der Song knallt. Wir engagieren für dich eine Ghostsängerin und ...«

»*Zusammenkommen!*«, stößt Nelly fassungslos aus und tastet haltsuchend hinter sich und ins Leere. »Mein Gott, Becky! Wie kommst du auf eine derartig abgedrehte Idee? Hast du wieder mal Erich Kästner gelesen?«

»Mama, ich bin doch kein doppeltes Lottchen!« Becky schüttelt entnervt den Kopf. »Papa und du sollt das Happy End nur spielen! Was meinst du, was das für Interview- und Publicitymöglichkeiten ergibt. Vor allem, wenn Papa echt beim nächsten Bond-Film mitspielt. Als Bösewicht. Dafür nehmen die ja gern Deutsche, und Papa ist bereits angefragt. Das ist deine Chance auf die längst fällige Profitbeteiligung. Du hast Papa immerhin mal seine Schauspielausbildung finanziert, oder? Jetzt ist Zahltag!«

Nelly plumpst von einem Schwindelanfall überwältigt zurück aufs Bett und stöhnt. »Becky, ich will von diesem Unsinn nichts mehr hören. Geh sofort in dein Zimmer.«

»Was soll ich denn da?«

»Wie wäre es mit aufräumen?«

»Hab ich schon.«

»Dann mach es wieder durcheinander, nur lass mich bitte, bitte allein, ich muss nachdenken.«

Maulend schlurft Becky aus dem Schlafzimmer.

Nellys Kopf gleicht einem Rummelplatz am ersten Sommerferientag. Ein Königreich gäbe sie für ein landwirtschaftliches Nutzfahrzeug mit besonders kniffliger Gebrauchsanweisung und für einen Abend still, einsam und allein an ihrem Schreibtisch! Sich mit nichts beschäftigen als 26 lautlosen Buchstaben und drei spanischen Sonderzeichen. Gott, war sie all die Jahre glücklich mit Frontzapfwellen, Schwingungstilgungen und Ladeluftkühlung!

Sie will nie, nie mehr aufstehen. Jedenfalls nicht, bevor sie einen Ausweg aus diesem Wirrwarr gefunden hat, das sich derzeit ihr Leben nennt. Wenn sie an die hysterischen Leute am gestrigen Abend denkt, an das Gedränge aller möglichen It-Girls, Fast-Nackttänzer und Fans, an Rottländers Gratulationen und Jörgs Reuiger-Sünder-Miene, mit der er Klatschkolumnisten seine ewige Liebe zu Nelly in den Block log, wird ihr übel. Sie will hier weg. Nur weg. Und keinesfalls ein Bestandteil von Jörgs Memoiren sein.

Moment mal!, schießt es ihr durch den Kopf, Memoiren, Memoiren, woran erinnert sie das bloß? Aber natürlich, an Frau Schick! Die hat ihr doch neben diversen anderen Jobs angeboten, für sie ihre Memoiren aufzuschreiben.

Die Jobs hat Nelly bisher allesamt ausgeschlagen, weil Frau Schicks Aufträge fantasievoll getarnte Wohltätigkeitsaktionen sind und sie sich wie eine Erbschleicherin vorkäme, wenn sie absurde Honorare von einer alten Dame nähme, die neuerdings Gespenster in Kleiderschränken sieht. Darüber kann sie doch unmöglich gegen Geld schreiben! Und was sollte die gestern spätabends eingegangene Mailboxnachricht über dringende Korrespondenzarbeiten und Schrebergärten?

Zögernd gibt sie die Nummer für die Nachrichtenabfrage ein. »22 alte Nachrichten«, knarzt eine elektronische Frauenstimme. Nelly will nur die erste hören, die folgenden 21 sind von Jörg. Mit geschlossenen Augen lauscht sie einer quietschfidelen Frau Schick, die von Engeln – halt nein! – von einem *Herrn Engels* losplaudert, von einer Kolonie Waldfrieden bei Hürth und einem Sanierungskonzept, das Nellys vollen Einsatz erfordere. Frau Schick stellt ihr ein atemberaubendes Gehalt und eine Bonuszahlung in Aussicht, weil »neben der Schreibarbeit auch leichte gärtnerische Tätigkeiten und etwas Eselpflege anfallen«.

Nelly spart sich den Rest der wirren Ansage, drückt das Diktat einer seltsamen Einkaufsliste weg und umklammert unschlüssig ihr Handy. Gärtnerarbeit und Tierpflege und dafür so viel Geld, hm, das klingt nicht mal schlecht.

Sie seufzt. Sollte sie Frau Schick tatsächlich einschalten? Nein, jedenfalls nicht um diese Uhrzeit und solange ihr Kopf Karussell fährt. Am liebsten würde sie Herberger anrufen und sich trösten lassen. Der gleichmütige, gelassene, besonnene Herberger könnte das Karussell bestimmt anhalten. Sie schielt zu ihrem Nachttisch. Darauf liegt sein Bestseller *Buddha für Anfänger*, in dem er eindringlich schildert, wie man durch Meditation lernen kann, selbst schwierigste Situationen mit Gleichmut hinzunehmen.

Ach, Herberger.

»Nein, in keinem Fall rufst du Herberger an«, ermahnt sie sich streng. Ihm will sie als Letztem gestehen, wie lächerlich sie sich gestern gemacht hat. Noch dazu mit ihrem Exmann. Sie darf dem Schicksal dankbar sein, dass Herberger ganz weit weg auf Tahiti weilt und hoffentlich niemals und nirgends eine Aufnahme oder ein Video von ihrem unfreiwilligen Fehltritt zu Gesicht bekommt.

Jörg ist ein Idiot, ein heimtückischer Mistkerl, ein ... Sie würgt ihr Handy, schade dass es keine Pistole ist. Eine Walther P99, das wäre passend, damit erledigt James Bond seit Dr. No verlässlich alle Kontrahenten. Nur zu gerne würde sie jetzt auf Jörg anlegen. Aber das Handy kann nicht schießen, nur schon wieder klingeln.

Genug ist genug! Nelly drückt mit hartem Daumen auf Empfang, hört ein heiser geräuspertes »Nelly, ich bin's«.

»Verschwinde aus meinem Leben!«, zischt sie in den Hörer. »Kapierst du's nicht? Du bist der mit Abstand größte Idiot, der mir je im Leben begegnet ist.«

Darin kann Herberger ihr am anderen Ende der nunmehr toten Leitung nur zustimmen. Ja, er ist ein Idiot.

Ein Idiot, der in einem Vernehmungszimmer einem verdrießlichen Polizisten gegenübersitzt. Ein Idiot, der eine Nacht in der Arrestzelle einer Wache in einem Hürther Gewerbepark hinter sich hat – zwischen voll verkachelten Wänden und einer Toilettenschüssel, auf einer Pritsche mit nässedichtem Gummibezug und unter einem vergitterten Fenster, an dessen Kreuz ein Wunderbäumchen der Duftnote Vanille vergeblich gegen die Ausdünstungen einer Ausnüchterungszelle anstinkt.

Er ist ein Idiot, der gehofft hat, dass Nelly ihm zumindest bei der Suche nach Frau Schick behilflich sein würde, die seit gestern Nacht nicht erreichbar, dafür aber die Einzige ist, die seine Festnahme als Auto- und Viehdieb rückgängig machen könnte.

Der von Nelly grausam abgewürgte Notruf reicht, um sie ab sofort zu verabscheuen. Nein, zu viel der Ehre. Das Gegenteil von Liebe ist nicht Hass, sondern Gleichgültigkeit. Herberger nickt grimmig. Von wem hat er diese Weisheit noch mal? Oh, ach. Von Nelly. Verdammte Kalendersprüche, die braucht er auch nicht mehr.

Was er braucht, ist eine Verbindung mit Frau Schick. Wo steckt dieser verrückte Drachen, der sein Leben inklusive seines Gefühlslebens in einen einzigen Schlamassel verwandelt hat? Langsam sorgt er sich – wenn auch widerwillig – ein wenig um die alte Dame. Es könnte ja sein, dass sie nicht nur ihn, sondern vor allem sich selbst in einen Schlamassel hineingeritten hat. Mit Zerberus und ihrem Weihnachtsmann.

»Darf ich noch mal telefonieren?«, bittet er den Polizeibeamten, der ihm am Schreibtisch gegenübersitzt.

Der Mann in Blau schüttelt sichtlich gestört den Kopf, weil er auf einer anderen Leitung einen spanischen Zirkusdirektor zum Thema Zerberus verhört. Parallel fahndet er in Internetwörterbüchern nach den passenden Vokabeln. Gerade probiert der wackere Beamte mit wachsender Verzweiflung spanische Wortschöpfungen für »Esel« durch. Sein Gesprächspartner scheint jedoch weder von einem *asno*, *burro*, *burrito* noch von einem niedlichen *burriquito* je gehört zu haben.

»Hören Sie, Señor«, herrscht der Beamte endlich den Telefonhörer an und kneift die Augen zusammen, um stoppelnd einen Klassiker des Touristenvokabulars vom Bildschirm abzulesen. »*Habla usted aléman?* Sprechen Sie deutsch?«

Herberger verdreht die Augen, es ist ziemlich offensichtlich, dass der Señor Zirkusdirektor am anderen Ende es vorzieht, mit der Polizei weder Spanisch noch Deutsch zu sprechen.

»Darf ich mal?« Herberger greift über den Tisch und entwindet seinem verdutzten Gegenüber den Hörer. Er feuert eine Salve spanischer Sätze hinein und reicht das Gerät zurück über den Tisch. »Jetzt können Sie es noch einmal versuchen. Sagen Sie einfach, Zerberus müsse sofort abgeholt werden! Und keine Bange, der Kerl versteht Sie verdammt gut.«

Misstrauisch gleitet der Blick des Beamten zwischen Hörer und Herberger hin und her. Dann versucht er es schulterzuckend noch einmal. »Ist Ihnen ein Esel namens Zebulon gestohlen worden?«

»ZERBERUS«, geht Herberger entnervt dazwischen.

»Sie ... äh ... können diesen Zerberus bei uns abholen«, korrigiert sich der Beamte unwillig, aber mit Erfolg.

Mit einem Seufzer der Erleichterung vernimmt Herberger einen deutsch-spanischen Wortschwall, der aus der Sprechmuschel dringt und in dem die Worte *regalo* und *presente* – für Geschenk – und *donnativo* – für Schenkung – die Hauptrolle spielen.

Nach zwei, drei weiteren Fragen legt der Beamte auf. »Sie haben unzulässigerweise in meine Ermittlung eingegriffen«, belehrt er den vermeintlichen Delinquenten Herberger indigniert. »Diese Zeugenaussage darf ich so nicht verwerten.«

»Sie können das Gespräch gerne morgen mit einem vereidigten Übersetzer und vor Ort wiederholen«, erwidert Herberger ungerührt und beugt sich in seinem Plastikstuhl vor. »Wie oft soll ich es noch sagen: Die wollten den Esel aus guten Gründen loswerden. Das stand sogar am Zaun! Dieses Vieh ist bissig und vollkommen unberrechenbar!«

»Mag ja alles sein, aber Sie haben sich einer polizeilichen Kontrolle durch Fahrerflucht entzogen und in der ›Bond Bar‹ randaliert.«

Herberger nickt. »Ganz richtig, und nicht zu vergessen: Ich habe eine Feuerwehrzufahrt blockiert. Sie haben mir mit gutem Grund den Führerschein für den Abend entzogen, alles zu Protokoll genommen, und ich bin geständig. Aber – mit Verlaub – das langt kaum aus, um mich weiter festzuhalten und morgen einem Haftrichter vorzuführen! An Ihrer Stelle würde ich lieber mit Hochdruck daran arbeiten, Frau Schick zu erreichen. Die Dame ist fast 78 Jahre alt und – wie ich befürchte – in etwas zwielichtiger Gesellschaft unterwegs.«

»Und Sie mit Ihrem Jaguar«, versucht der Beamte, erneut Boden zu gewinnen.

»Der nicht als gestohlen gemeldet ist, für den ich den Fahrzeugschein vorgewiesen habe und der sicher verwahrt auf Ihrem Parkplatz steht«, geht Herberger in die Offensive. »Also, was ist?

Soll *ich* es noch mal bei Frau Schick versuchen, oder wollen Sie es selbst tun?«

»Ein einziges Mal noch«, knurrt sein Bewacher unfreundlich. »Aber wenn ich wieder niemanden erreiche, würde ich Ihnen dringend zu einem Telefonat mit einem Anwalt raten, Herr ...« Er macht eine süffisante Pause. »Wie war der Name jetzt genau? Es gibt da ja offenbar einige Varianten.«

»Ich heiße Gast, Eckehart Gast«, grollt Herberger. Er muss sich endlich wieder an seinen richtigen Namen gewöhnen und an ein Leben, das sich überall in der Welt abspielen wird, nur nicht auf dieser Wache und nicht in Köln, am besten nicht einmal in Deutschland.

Der Beamte greift zum Hörer.

»Versuchen Sie es mal auf dem Handy«, empfiehlt Herberger zögernd und nennt die Geheimnummer, die er zum Schutz von Frau Schick bislang für sich behalten hat.

Der Polizist tippt sie mit betont amtlichem Gesichtsausdruck in den Apparat.

Nach ein paarmal klingeln hebt tatsächlich jemand ab und scheint sich mit Schick zu melden, denn der Beamte stellt sich betont harmlos vor, wie Kriminaler es bei älteren Damen zu tun pflegen.

Oder bei Kindern.

»So, du bist also der Niklas«, nimmt der Polizist soeben zu Protokoll.

Mit wachsender Verblüffung verfolgt Herberger das zweite Vernehmungsgespräch dieses Morgens. Es verspricht noch chaotischer zu werden als Verhör Nummer eins.

»Darf ich auch wissen, wie alt du bist?«

Anscheinend muss Niklas das erst an seinen Fingern abzählen und dreimal nachrechnen. Die für Herberger unhörbare Antwort fällt erstaunlich langatmig aus. Merkwürdig, als Plappermaul hat sich der Knirps bislang nun wahrlich nicht gezeigt.

»Ab heute sieben Jahre alt«, freut sich der Kripobeamte endlich. »Na dann herzlichen Glückwunsch, junger Mann. Könntest du jetzt trotzdem bitte mal die liebe Oma Schick an den Apparat holen?«

Anscheinend nicht, stellt Herberger dank des nächsten Gesprächsbeitrags des Polizisten fest.

»Nein, Niklas, ich habe eigentlich nicht nur angerufen, um dir zu deinem Geburtstag zu gratulieren.«

Der auch bestimmt nicht heute ist, mutmaßt Herberger. Niklas weiß trotzdem einiges davon zu berichten und ist gegen Unterbrechungsversuche weitere zwei Minuten immun.

»Niklas, NIKLAS!«, kann sich der Ermittlungsbeamte endlich dazwischenschalten. »Hör mal, das klingt alles sehr schön, und ich freue mich wirklich für dich, und ... ja ... Ja. Bestimmt ... Ein Esel ist ein sehr schönes Geburtstagsgeschenk ... aber könntest du jetzt mal kurz von diesem Zebulon absteigen und ... Nein, ich möchte nicht *Happy Birthday* mit dir singen.«

Niklas schon und das mit instrumentaler Begleitung. Nach kurzer Gesprächspause quietscht und sägt sich ein atonales Geigensolo durch den Hörer.

»Das ... das machst du wirklich schön«, bemüht sich der Polizist um eine Beendigung des Ständchens. Aber da man zum Geigen beide Hände braucht und nicht gleichzeitig telefonieren kann, muss er drei Strophen erdulden, bevor er die Befragung fortsetzen kann.

Herberger beginnt zu ahnen, woher der Wind weht. Auf der Violine ist Niklas kein Virtuose, im Erfinden von Märchen und Ablenkungsmanövern zur Rettung von Eseln und Behinderung polizeilicher Nachfragen schon.

»Niklas«, bettelt der Polizist in den Hörer. »Kannst du mir jetzt bitte Oma Schick an den Apparat holen?«

Herberger richtet sich gespannt im Stuhl auf. Niklas scheint den Hörer wieder abgelegt zu haben.

Der Beamte hat Zeit für einen Vorwurf in seine Richtung. »Das mit dem Geschenk hätten Sie mir ruhig früher verraten können! Ich bin doch kein Unmensch, der Kleine ist ja völlig aus dem Häuschen vor Glück.«

»Ich *habe* Ihnen von Anfang an gesagt, dass der Esel zu verschenken war.«

»Aber nicht, dass es sich um eine Geburtstagsüberraschung für den Kurzen handelt! Meine Güte kann das Kerlchen sich freuen, richtig ansteckend, hab selber zwei von der Sorte und ...« Er unterbricht sich.

Niklas ist offenbar zurück und macht Meldung.

»Ach, sie schläft noch.«

Und wo, bitte schön?, fragt sich Herberger.

»Könntest du deine Oma vielleicht wecken?«, fragt hingegen der Polizist im Tonfall des geduldigen Kinderfreundes. »Wir haben hier nämlich einen Herrn Herberger ... äh ... zu Gast, ich meine einen Herrn Gast, der behauptet, ihr Auto geliehen zu haben.« Pause und misstrauischer Blick Richtung Herberger.

Der erhebt sich drohend vom Stuhl. »Halten Sie den Kleinen da raus. So etwas bespricht man nun wirklich nicht mit Kindern«, warnt er. Was sollte Niklas denn auch bitte dazu sagen können?

Wie es scheint, eine Menge.

»Frau Schick ist nicht deine leibliche Oma? Sag mal, Niklas, wer bist du dann überhaupt?«

Ein Hut-, Reitgerten- und Handydieb, der sich bei Bedarf in eine Quasselstrippe verwandeln und das Blaue vom Himmel herunterzirpen kann, wenn es darum geht, Zerberus vor einem Abtransport zu retten. So viel ist Herberger klar. Aber warum zum Teufel holt Niklas nicht Frau Schick an den Apparat? Sie wäre bei Gott die Letzte, die seine Flunkereien aufdecken würde!

Oha, was passiert denn gerade mit dem Vernehmungsbeamten? Sein Gesicht nimmt erkennbar weiche Züge an. Es scheint, als funktioniere Niklas' Elfenblicktaktik sogar fernmündlich.

»Da hast du recht, mein Junge. Deine richtige Oma hat es im Himmel bestimmt sehr schön. Ja, auch wenn sie nicht zu deinem Geburtstag kommen kann.«

Niklas scheint am anderen Ende gehörig auf die Tränendrüse zu drücken.

»Deine Mama wohnt auch im Himmel?«

Die Miene des Beamten wechselt, während er weiter in den Hörer lauscht, von Verlegenheit zu tief empfundenem Mitgefühl. Zuletzt muss er seine Kehle frei räuspern. »Ja, was soll ich da sagen, mein Junge, das ist wirklich tapfer, dass du nicht weinen möchtest. Das darfst du aber, hörst du? Sag mal, du bekommst doch sicher heute noch ganz viel Besuch, und deinen Papa gibt es doch auch noch ... Nein? ... Wegen mir? ... Ach so ist das ... Na gut, aber nur ausnahmsweise und weil du Geburtstag hast!«

Der Beamte nimmt den Hörer vom Ohr und reicht ihn mit bedrückter Miene über den Schreibtisch. »Ihr Sohn möchte wissen, wann Sie in Oma Schicks Schrebergarten kommen, um mit ihm den Esel einzureiten.«

17.

Frau Schick hat es wie die Schemutat gemacht. Sie ist mit den Hühnern aufgestanden, genauer gesagt mit zwei Türkentauben. Ergriffen steht sie auf Socken und in eine Decke gehüllt im Türrahmen ihrer Gartenlaube, lauscht Liebeskukuruku und Amselflöten und atmet den mit Waldgeruch gewürzten Morgendunst. Fein wie Elfennebel verschwebt er über ihrem Garten und weicht dem ersten Sonnenfunkeln, das einen warmen Spätsommertag ankündet. Frau Schick blinzelt zum Himmel, der die Dämmerung in zarten Seidentönen verklingen lässt und preußisch Blau zum Taggewand wählt.

Schopenhauer hat wie immer recht: »Der Morgen ist die Jugend des Tages, und am Baum des Schweigens wächst die Frucht des Friedens.«

Die Vögel beenden ihr Frühkonzert mit den fünf Flötentönen von Mozarts Vogelfänger Papageno. Frau Schick stutzt. Nanu, das kann nicht sein. Sie spitzt die Ohren erneut. Das klang doch ein bisschen wie ihr Handy. Nein, das war ein Irrtum, aber das entfernte Kläffen von Stalin ist keine Einbildung.

Sie blinzelt, streift mit unscharfem Blick eine unfrisierte Ligusterhecke und entdeckt auf dem weiten Wiesengrund, der sich an ihren Garten anschließt und gleichsam den Dorfanger der Waldkolonie bildet, Zerberus.

Braves Tier! Er trappelt muntere Kreise und trägt Niklas mit dem Hühnerhut auf seinem Rücken. Stalin umspringt mit fröhlichem Bellen Zerberus' Hufe. Mit der linken Hand klammert sich Knirps Niklas in die Bürstenmähne des Esels, die rechte presst er seitlich gegen Fredas Hut. Den will er wohl nicht verlieren, während er im Eselgalopp zur Rückkehr in seinen Garten ansetzt.

Der Kleine springt ab, erklimmt die Treppe zu seinem Bauwagen und taucht mit einer Geige wieder auf, setzt sich auf die Treppe des Wagens und beginnt zu fiedeln. Reichlich krumm und doch wunderschön. Ein Anblick vollkommener Unschuld. Ihre Kolonie Waldfrieden ist wirklich und wahrhaftig ein kleines Paradies.

Wenn alle Menschen einen Garten hätten, dann sähe die Welt bestimmt gleich besser aus, denkt Frau Schick. Kein Mensch, der mit Hingabe gärtnert, kann auf Dauer ein Schurke sein oder bleiben. Mürrisch vielleicht, eigenbrötlerisch und kauzig, aber doch nie von Grund auf schlecht. Da ist sie sich sicher.

Ihre Augen durchwandern neugierig den eigenen Garten.

Hoppla, bisschen wüst der Gute, aber was es im Hellen alles zu entdecken gibt! Nein, wie schön! Lauter tapferer Löwenzahn wächst auf der ungemähten Rasenfläche. Sie erinnert sich noch, wie erfreut die Koloniebewohner nach dem Krieg seine Ankunft begrüßten, weil er den ersten Salat verhieß.

Eine Armee aus Gänseblümchen, lila Taubnesseln in Kompaniestärke und viele, viele Gänsedisteln unterstützen den Löwenzahn im Kampf um jeden Quadratzentimeter Rasen. Frau Schick macht einen Schritt vor und schnell wieder zurück. Sie blickt nach unten und entdeckt vor ihren Füßen einen Distelhorst, der die Terrassenplatten aufgesprengt hat.

Zu blöd, wenn man auf Socken in so etwas hineintritt. Hoffentlich mag Zerberus Gänsedisteln. In Socken pieken die nämlich ganz grässlich und in Salaten sicher auch. Überhaupt verträgt sie in ihrem Alter Salat sehr schlecht. Es führt zu lästigen Darmstreichen, wenn sie es mit der Rohkost übertreibt. Fazit: Etwas von dem ganzen Salat muss weg.

Tja, und die Brennnesseln, die linker Hand zur Eroberung ihrer Laubenterrasse ansetzen, ergeben zwar einen Tee, auf den die Schemutat geschworen hat, um Schuster Popeschs gichtige Knie zu kurieren, aber so viel Brennnesseltee kann kein Mensch trinken und Gicht hat sie nicht. Immerhin, stellt Frau Schick mit Blick nach rechts erleichtert fest, immerhin besitzt sie neben der Laube eins, zwei, drei, vier Apfelbäume. Es sind knorrige, mit Flechten bewachsene, prall gefüllte Apfelbäume. Der süßlich herbe Duft von mehreren Pfund Fallobst gemahnt allerdings an die faule Pechmarie auf dem Weg zu Frau Holle.

Ach, rüttel mich, ach, schüttel mich, meine Äpfel sind doch alle reif, tönt es in Frau Schicks Ohren.

Später, verspricht sie den Bäumen. Später.

Das Apfelpflücken kann Nelly erledigen, sobald sie eine Leiter aufgetrieben hat. Beim Apfelpflücken und mit einem Korb am Arm wird Nelly reizend aussehen. Leiter merken!, befiehlt sich Frau Schick. Nein, besser erst mal nur Bleistift. BLEISTIFT. Sie muss ihre Einkaufs- und Besorgungsliste schriftlich anlegen, weil die sicher ellenlang wird. Hach, wäre Nelly nur schon da, dann könnte die das Diktat aufnehmen. Ein bisschen Sekretariatsarbeit ist nämlich nötig, vor allem wenn der Papierkrieg mit den Behörden und wegen der Bagger losgeht. Sie ist wirklich gespannt, welche dreisten Idioten die Baumaschinen zu ihrem Waldeingang geschickt haben. Na, morgen weiß sie mehr, und jetzt muss sie dringend ihre Kolonie besichtigen.

Nur gut, dass sie früh aufgestanden ist.

Leicht ist ihr das nicht gefallen. Zum einen, weil das Klappsofa ihren Rücken über Nacht in ein Brett verwandelt hat, zum anderen, weil sie sich von einem jugendlichen Traum-Paul losreißen musste, der sie leidenschaftlich küsste. Und sie ihn. Weil Paulchen dabei allerdings ein wenig wie Curd Jürgens – der normannische Kleiderschrank – aussah und entfernt an Herrn Engels ohne Bart erinnerte, hat sie die Küsserei rigoros beendet. Nicht einmal im Traum möchte sie Paulchen untreu werden. Schon gar nicht zum Liebesgesang von Türkentauben, die bekanntlich lebenslang verbandelt bleiben. Gleichgültig, was für ein Schwerenöter und Kuckuckseierzeuger Paulchen war, Fremdküssen gehört sich nicht, nachdem er ihr diesen Garten Eden geschenkt hat, den sie endlich dringend in Augenschein nehmen muss. Genau wie ihre Paradiesbewohner, auf die ist sie ebenfalls sehr gespannt. Viele dürften es nicht mehr sein. Im Schein von Engels' Taschenlampe sind ihr gestern Abend jede Menge verlassene Hüttchen und verwildernde Gärten aufgefallen. Die früheren Pächter sind verstorben, andere haben die Grundstücke nach Auftauchen der Bagger aufgegeben – teils gegen die Entschädigungssummen und Ersatzgärten, die dubiose Abgesandte irgendeines Bauspekulanten ihnen aufgedrängt haben.

Diese dreisten Betrüger hat – laut Engels – ein ehemaliger Vereinsvorsitzender angeschleppt. Sie jedenfalls hat nichts damit zu tun, nein, schüttelt sie den Kopf, wirklich nicht. Und den Rest dürfte ein Blick ins Grundbuch klären.

So, und jetzt erst mal Schuhe an. Ein Tässchen Kaffee wäre auch nicht verkehrt. Um diese Uhrzeit – sie tippt auf nach acht, weil es inzwischen taghell ist – kommt sie sonst nicht auf Betriebstemperatur.

Mal schauen, ob ihre Küchenzeile Kaffee hergibt und sie mit dem Gaskocher zurechtkommt. Kann so schwer ja nicht sein, wo sie dank Herrn Engels gestern professionelles Wasserkochen gelernt hat. Platte an und geduldig warten, bis es hörbar blubbert.

»Platte an, Platte an, Platte an«, wiederholt sie laut und tappt auf Socken zurück in die Laube und zu einem Hinkebeinstuhl. Sie setzt sich, wartet, bis Hinkebein ausgewackelt hat, und steckt die Füße in ihre davor bereitstehenden Wanderschuhe.

Schön sind die nicht, aber praktisch gegen Gänsedisteln und Brennnesseln, genau wie ihre Hightech-Wanderkluft, die sie mangels Schlafanzug über Nacht anbehalten musste. Gott sei Dank ist die Kluft knitterfrei und – wie sie nach kurzem Schnuppertest erleichtert feststellt – wirklich atmungsaktiv. Riecht blütenrein. Nach Herrn Engels' Lavendel im Kissen.

Dabei fällt ihr ein, dass es hübsche Gartenkleidung zu besorgen gilt. Es muss doch Alternativen zu der grünen Latzhose geben, die an der Tür baumelt. In so etwas werden sie und Nelly auf keinen Fall in die Brombeeren gehen oder Äpfel pflücken. Ha, Strohhüte brauchen sie auch!

Sie setzt flugs Strohhüte an die erste Stelle ihrer Liste. Sie hätte gern so einen, wie die Schemutat ihn sonntags beim Gottesdienst getragen hat. Mit Kirschen drauf. Wenn die Schemutat Kirschen trug, war immer Sonntag. Und Sommer. Ja, sie möchte »Kirschen auf dem Hut, um einen Sommer zu beschwör'n«, wie André Heller einmal gesungen hat.

Herberger wird in zünftigen Holzfällerhemden und Arbeitshosen mit Schlaufen, Taschen und einem Werkzeuggürtel natürlich fantastisch aussehen. Bei Männern stört Arbeitskleidung nicht, im Gegenteil. Eine schöne Kettensäge darf er sich auch aussuchen. Männer lieben ja gemeinhin Geräte, mit denen sie Krach veranstalten können.

Und Spaß muss sein bei der Arbeit. »Lebensfreude ist das Wichtigste überhaupt, bei allem, was wir tun«, hat sie von der Schemutat gelernt. »Min Röschen, für's Schuften und Wullackern achtet uns Gott, aber nur wenn wir uns freuen, liebt er uns.« Frau Schick schüttelt den Kopf. Das schaffen auf Dauer die Wenigsten, gerade bei der Arbeit. Ist ja auch eine Kunst.

Ob sie Nelly und Herberger jetzt mal wecken soll?

Nein, entscheidet Frau Schick. Sie muss ohnehin erst einmal ihr verflixtes Seniorenhandy wiederfinden. Nelly und Herberger sollen ordentlich auskuscheln. In den nächsten Wochen werden sie dazu kaum Zeit finden, denn ihre Kolonie muss von Grund auf neu gestaltet werden.

Aufs Gasöfchen gestützt kommt Frau Schick nach oben, setzt die Brille auf und wendet sich kaffeedurstig der sperrmüllreifen Küchenzeile zu. Von oben zwinkert der Gartenzwerg, der seine umhäkelte Klorolle mit wahrer Hagentreue begießt.

Frau Schick zwinkert zurück.

Nicht dass sie Gartenzwerge sonderlich schätzt, aber ihres Wissens sollen sie von Kobolden abstammen und als Kind und auf Pöhlwitz hat sie sich gerne mit Kobolden unterhalten. Soll der Gartenzwerg mal bleiben. Der Gipskopf muss irgendwem viel bedeutet haben, sonst stünde er nicht dort, obwohl sein Gesicht zersprungen ist und seine Ohren haargenau so abstehen wie Paulchens.

Gott hab ihn selig, denkt Frau Schick und tauft den Zwerg – in memoriam – Paulchen.

Sie öffnet einen Hängeschrank. Ein Flohmarkt aus angeschlagenem Geschirr und Töpfen ist vorhanden, sogar ein altmodischer Porzellanfilter von Melitta. Aber anscheinend keine Tüten dafür, stellt sie nach ausgiebigem Kramen in Schrank und Schubladen fest.

Na ja, Filtertüten sind nach monatelangem Leerstand der Laube wohl ein bisschen viel verlangt. Dann muss es eben Pröttkaffee mit Satz werden. Früher war sie darin ja auch nicht pingelig. Sie greift nach einer Kaffeedose mit Schnörkelschrift und klappt den Klemmbügel hoch.

Igitt!

Einmachgummis mit Mäusekötteln schmecken gefiltert wie ungefiltert grässlich. Sie notiert Filtertüten, Bohnenkaffee und Rattengift auf ihrer mentalen Liste. Hoffentlich gibt es da heutzutage noch etwas Vernünftiges. Mit Totenschädel und gekreuzten Knochen drauf, also beim Rattengift.

»Ein bisschen Gift wird ja wohl erlaubt sein«, trotzt sie laut auf, als die Schemutat in ihrem Kopf erzürnt mit dem Zeigefinger wackelt und etwas von gefährdeten Katzen flüstert.

»Ich brauche sofort einen Kaffee«, schmollt Frau Schick.

»Sollen Sie haben, meine Liebe«, dröhnt es zur Antwort fröhlich vom Laubeneingang herein. »Obgleich Kaffee wirklich Gift ist. Ich verwende ihn nur im Kampf gegen Nacktschnecken. Ein Tässchen frischer Ingwertee belebt weit magenfreundlicher! Darf ich eintreten?«

Frau Schick zuckt zusammen, stellt die Mäuseköttel weg und dreht sich um. In der Tür steht eine hennarote Walküre unbestimmbaren Alters. Ihr imposanter Leib ist in Flattergewänder, ein Klimbim aus Perlenketten und Chiffonschals gehüllt. Ein Ensemble, das nach Frau Schicks Erfahrung meist mit Gefühlsüberschwang, Mitteilungsdrang und esoterischem Sendungsbewusstsein einhergeht.

Etwas weniger exotisch hat sie sich ihre Koloniebewohner schon vorgestellt. Aber, nun ja, als Ziehkind der ollen Schemutat, geborene Freifrau von Todden aus Pöhlwitz, Freundin von Bettina Blauauge und Witwe einer rheinischen Frohnatur ist sie verrutschte Naturen gewohnt. Sie hat mit ihnen gute Erfahrungen gemacht. Ach was, die besten! Amüsante.

»Guten …«, setzt sie an.

Bis zum »Morgen« kommt sie nicht. Die Walküre spannt ihre Arme zu Windflügeln aus, wallt in die Hütte und reißt Frau Schick überschwänglich in ihre Arme.

»Herzlich willkommen, meine liebe, liebe Frau Schick. Wir sind ja so glücklich, dass sie Herrn Engels' Wald nun doch erhalten wollen und sein einzigartiges Projekt rückhaltlos unterstützen.«

Herrn Engels' Wald? Sein einzigartiges Projekt?

Unverschämt! So hat Frau Schick sich das nicht gedacht. Doch bevor sie die Besitzverhältnisse klarstellen kann, versinkt sie in einer weiteren Umarmung, Chiffonschals und einem Busen vom Ausmaß des Riesengebirges. Das wogende Gebirge riecht lockend nach Rosen, beraubt sie aber jedweder Möglichkeit zur freien Meinungsäußerung. Wer ist diese Person?

»Frau Pracht!«, beantwortet eine männliche Stimme mit strengem Hausmeisterton von der Tür her Frau Schicks stumme Frage. »Was fällt Ihnen ein, unsere Verpächterin so mir nichts dir nichts zu überfallen?«

»Oh, hallo, Detlev! Du hast die Neuigkeiten also auch schon gehört?«, flötet die Walküre und bewahrt Frau Schick im Klammergriff, als gälte es, ihre Lieblingspuppe zu beschützen. »Herr Engels hat mich gebeten, unsere Retterin herumzuführen, während er die Begrüßungsfeier im Vereinsheim vorbereitet. Er baut mit den anderen gerade das große Zelt für heute Abend auf. Unsere Heartland Travellers machen schon einen Soundcheck. Der Gitarrist braucht ja immer ein Weilchen zum Stimmen.«

»Mmpfest«, kämpft Frau Schick am atemberaubenden Prachtbusen um Gehör und Worte.

»Eine Gartenführung und ein Fest?«, wettert der erboste Detlev. »Ich habe diesem Unkrautzüchter weder das eine noch das andere genehmigt.«

»Ich wüsste auch nicht, mit welchem Recht.« Die Walküre presst Frau Schick unvermindert fest an sich. »Du Hasenfuß hast den Vereinsvorsitz doch niedergelegt, als der erste Bagger angerollt ist und sämtliche Pächter animiert, dasselbe zu tun. Jetzt hat Herr Engels das alleinige Kommando.«

Das wüsste ich aber, empört sich Frau Schick, ist allerdings so sehr damit beschäftigt, einen Chiffonschalzipfel und Kettenperlen aus ihrer Nase zu schnauben, dass sie auf eine dringend fällige Erklärung zum Regierungswechsel verzichten muss.

Detlev kommt ihr zuvor. »Die Zeiten von Anarchie und Chaotendiktatur sind vorüber. Ich nehme mein Amt als Vereinsvorsitzender unter den geänderten Bedingungen selbstverständlich wieder auf und verweise auf Paragraph zwölf, Absatz drei unserer Satzung: Das Betreten und Besichtigen der Gärten und Lauben ist ohne Zustimmung des jeweiligen Pächters und der Vereinsführung nicht erlaubt.«

Der Paragraph findet Frau Schicks spontanen Beifall, zumindest wenn es sich um ihre Laube handelt und sie die Vereinsführung innehat. Was ja wohl selbstverständlich ist.

»Um deinen Garten machen wir gern einen Bogen, da gibt es nichts Interessantes zu gucken.« Frau Pracht wirbelt zu Detlev herum und gibt Frau Schick so unvermittelt frei, dass die nach hinten taumelt.

Sie sucht Halt an ihrer Küchenzeile und erhascht schwer keuchend einen Blick auf einen Rentner von Napoleonstatur. Er trägt eine grüne Latzhose mit Bügelfalte, geputzte Gummistiefel und eine runde Brille. Auf den ersten Blick erinnert er sie an Pöhlwitzens Schuster Popesch in Sonntagsstaat. Nur diese Feldherrnmiene, die jedes Rasen-betreten-verboten-Schild erübrigt, passt gar nicht, genauso wenig wie Detlevs Kommandoton.

»Frau Schick! Sie kommen mit mir«, bestimmt er. »Gartenführungen obliegen allein dem Vereinsvorsitzenden, also mir. Und Sie, Frau Pracht, möchte ich daran erinnern, dass wir uns unlängst wieder auf ein Sie und Herr Töller geeinigt haben.«

»Dürfte … ich … jetzt … auch mal …«, bemüht sich Frau Schick, noch immer nach Luft ringend, um Mitspracherecht.

Vergeblich.

»Machen Sie Platz, Frau Pracht!«, herrscht Detlev Töller die Walküre an und tritt unter Missachtung des Besuchsparagraphen über die Schwelle.

Langsam wird es eng, ärgert sich Frau Schick. Sie versucht, sich am Rücken von Walküre Pracht vorbei nach draußen zu stehlen, aber da ist kein Durchkommen, zumal die Walküre beide Arme als Schranken gebraucht.

Japsend angelt Frau Schick am Gesäß von Frau Pracht vorbei nach ihrer Reitgerte. Dieser Besuch artet ja zur Geiselnahme aus!

»Beachten Sie ihn gar nicht«, raunt die Walküre über die Schulter in Frau Schicks Richtung und drängt sie vom Tisch wieder in die Küchenzeile ab. »Detlev ist nur eifersüchtig auf Herrn Engels und meine sehr blühfreudige *Clytemnestra gigantea*. Seine zickige *Carolin Reiber* mickert nämlich vor sich hin und riecht nach rein gar nichts.«

Frau Schick wagt einen erneuten Ausfall in Richtung Reitgerte und schafft es fast bis zum Tisch. Jetzt muss sie nur noch ihren rechten Arm weit vorstrecken, um die Gerte zu erreichen.

»Meine Rose mickert keineswegs«, zürnt Detlev, »*Carolin Reiber* ist eine speziell geruchsfreie Züchtung! Du hast sie mir doch selbst empfohlen, weil ich Allergiker bin.«

»Da wusste ich ja auch noch nicht, was für ein Stinkstiefel du bist.«

»Ich bin kein Stinkstiefel! Aber dein Herr Engels ist einer. Dank seiner Tipps riecht es bei dir mittlerweile ständig nach Brennnesseljauche.«

Frau Schick versucht, unauffällig die noch fehlenden Zentimeter zu ihrer Gerte zu überbrücken.

»Die Jauche braucht Herr Engels für seine Tomaten. *Clytemnestra* dünge ich nach seinen Anweisungen mit schwarzem Tee, Bananenschalen und Pferdemist«, empört sich Frau Pracht. »Das solltest du auch mal probieren. Herr Engels ist immerhin Professor.«

Wie bitte?

Völlig verblüfft zieht Frau Schick ihren Arm zurück. »Herr Engels ist tatsächlich *Professor*?«, will sie starr vor Staunen wissen. Darum also hat sie gestern Nacht an Einstein gedacht! Professor Engels. Das klingt nicht einmal schlecht. »Worüber hat er denn habilitiert?«, fragt sie, wird aber überhört.

Was seine Körperlänge betrifft, mag Detlev zu kurz gekommen sein, aber in Sachen Lautstärke ist er ganz groß. »Herrn Engels' Pferdemist ist mir scheißegal!«, blafft er in raumfüllender Lautstärke die Walküre an. »Von mir aus können du und dein bekloppter Professor Pinguinkacke auf *Clytemnestra* kippen, solange du sie ordnungsgemäß zurückschneidest und nicht auch noch meine Schubkarre klaust, um eure Mistfuhren auszubringen.«

Frau Schick wundert sich immer mehr. Es gibt doch wohl keine Lehrstühle für Pferdemist und Pinguindünger! Und von obdachlosen Professoren, die mit ihren Enkeln in Wäldern hausen müssen, hat sie eigentlich auch noch nie gehört. Irgendetwas stimmt da nicht. Dieser Einstein Engels muss ihr so einiges verschwiegen haben. Gespannt spitzt sie die Ohren. Mal hören, ob die beiden Kampfhähne im Eifer des Gefechts mehr über diesen Lügenbold verraten.

»Ich habe mir deine Schubkarre lediglich entliehen«, schnappt Frau Pracht in Richtung Detlev. »Früher hast du sie mir geradezu aufgedrängt und *Clytemnestra* selbst zurückgeschnitten.«

»Früher hast du mir ja auch Marmelade gekocht und mich

um Hilfe gebeten«, schnappt der zurück. »Aber ohne mich zu fragen war die Entwendung meiner Schubkarre ein Verstoß gegen Paragraph zwei unserer Gartenordnung, also Diebstahl. Hat dein Professor dich angestiftet? Das würde passen. Ich hätte nicht übel Lust, diesen Kleinkriminellen anzuzeigen.«

Die Walküre gerät kurz ins Wanken. »Professor Engels ist nicht kriminell!«

»Oh doch.«

»Er ist ebenso wenig kriminell wie ich!«

»Aha! AHA!«

Na jetzt wird es aber spannend, findet Frau Schick.

»Das dauerhafte Bewohnen einer Gartenanlage ist streng untersagt«, belehrt Detlev die Walküre. »Ich könnte natürlich auch auf eine Anzeige verzichten, wenn du endlich die Finger von diesem Kerl lässt.«

So ist das also, schließt Frau Schick und unterdrückt ein Lächeln. Hier geht es gar nicht um geklaute Schubkarren, sondern um Herzdiebstähle! Napoleon hat Liebeskummer und Herr Engels anscheinend ein Fistanöllchen mit der Walküre. Na, wer mit Pferdemist um Frauenherzen wirbt, hat nichts Besseres als Frau Pracht verdient. Ach, es macht sie ganz fuchtig, dass sie diesen Halunken im Traum beinahe geküsst hätte. Rein versehentlich natürlich. Trotzdem ärgerlich, sogar höchst ärgerlich. Beinahe so ärgerlich, wie die Walküre gerade klingt.

»Mich kannst du gerne anzeigen, ich schlafe schließlich auch oft hier, aber wage ja nicht den Professor anzugreifen! Der hat deine Schubkarre nicht einmal angeguckt. Was willst du Hasenfuß überhaupt noch hier? Du hast deinen Garten doch längst aufgegeben.«

»Meinen Garten verteidige ich unter Frau Schick wieder bis zur letzten Zucchini.«

»Ach, auf einmal!«, schäumt Walküre Pracht. »Ich will dir

mal was sagen, du elender Paragraphenpapagei: Dich will hier niemand mehr haben. Wer beim Anblick eines Baggers sofort die Vereinsauflösung anstrebt und diesen Wald im Stich lässt, ist nicht nur feige, sondern kriminell feige! Was hat man dir dafür eigentlich gezahlt?«

Detlev-Napoleon stürmt die Hütte. »Heidemarie, ich habe dich einmal sehr gemocht, aber seit du im Frühling deinen Professor angeschleppt hast, nachdem er sich jahrelang einen feuchten Kehricht um die Gärten und die Gemeinschaft gekümmert hat, spinnst du komplett! Du und dieser obdachlose Unkrautzüchter, ihr habt in meinem Verein nichts zu suchen.«

Jetzt langt's! Frau Schick nimmt den Kampf um ihre Reitgerte wieder auf, aber Walküre Pracht weicht keinen Millimeter und brüllt jetzt ebenfalls: »Professor Engels hat ein Recht, hier zu sein. Das Land hat, wie du weißt, über Generationen seiner Familie gehört, und das würde es noch, wenn er nicht in Finanznöte geraten wäre, du Schnürsenkelbügler!«

Walküre Pracht wallt drohend auf Detlev zu.

Na endlich! Frau Schick greift zu und hat ihre Reitgerte zurück. »Dürfte ich jetzt bitte SOFORT hier raus«, verlangt sie mit energisch erhobener Gerte. »Ich muss *meine* Kolonie einmal gründlich in Augenschein nehmen.«

Frau Pracht dreht sich erstaunlich behände und mit viel Schalgeflatter wieder von Detlev weg und zu ihr um. »Natürlich dürfen Sie *unsere* Kolonie besichtigen! Und danach trinken wir ein schönes Tässchen Ingwertee bei mir. Ich muss Sie meinen Rosen und Herrn Engels' Bienen vorstellen!« Beherzt will sie Frau Schick unterhaken, die – nicht minder behände und beherzt – Richtung Detlev ausweicht. Er hat zumindest ansatzweise ihre Hoheitsrechte verteidigt.

Leider weicht Detlev ihr nicht aus, sondern vertritt die Tür. »Frau Schick, wenn Sie Informationen über die Vereinssatzung wünschen – und die brauchen Sie dringend, wenn ich mir Ihren Garten so anschaue –, dann müssen Sie mit mir kommen. Frau Pracht hat hier genauso wenig zu bestimmen wie Herr Engels und seine Anhänger. Jetzt hat er sogar einen Esel angeschleppt! Seine Bienen sind Plage genug, aber Esel fallen eindeutig nicht unter erlaubte Kleintierhaltung.«

»Herr ...« Frau Schick will weder Ingwertee bei Frau Pracht trinken noch Vereinsinformationen von Feldherr Detlev. Sie will nur ins Freie. Aber wie? Zwischen Walküre und Napoleon eingezwängt, dämmert ihr, dass in ihrer Kolonie nicht nur der Waldfrieden zerbrechlich ist, sondern auch ihre Hoheitsrechte. Das muss sie schleunigst ändern. »Es kann der Frömmste nicht in Frieden leben, wenn sein böser Nachbar es nicht will«, wusste schon Schillers Tell. Aber der hatte eine Armbrust, um etwas dagegen zu unternehmen, und sie nur eine Reitgerte. Hätte sie mal besser eine Peitsche besorgt.

Nein, die würde ihr jetzt auch nichts nützen. Aber List und Tücke und ihr hohes Alter. Mit fast 78 Jahren ist ein kleiner Schwindelanfall eine hilfreiche Waffe. Und glaubwürdige Schwindelanfälle bekommt sie jederzeit hin.

18.

Herberger ist auf freiem Fuß. Das hat er Niklas und dem Eintreffen von mehreren stark betrunkenen Teilnehmern eines Kürbisfestes im Umland von Hürth zu verdanken. Nun dürfen sich die angeheiterten Kürbisköpfe am Vanilleduftbäumchen in der Arrestzelle erfreuen.

Sein Verhörexperte hat ihm zum Abschied sogar den Führerschein wieder ausgehändigt und die Jaguarschlüssel angeboten: »Damit Sie schneller zu Ihrem Sohn kommen.« Ein Verkehrsunterrichtsset für Schulanfänger samt Plastikkelle hat er ihm auch aufgedrängt. »Wo Niklas doch Geburtstag hat! Bestellen Sie Ihrem Jungen recht liebe Grüße. Der ist ein prachtvolles Kerlchen.«

Herberger hat den Führerschein und die Jaguarschlüssel entgegengenommen, den Wagen aber auf dem Polizeiparkplatz stehen gelassen. Niklas soll seinen Nicht-Geburtstag schön alleine weiterfeiern. Herbergers Bedarf an fremder Leuts Irrwitz ist ein für alle Mal gedeckt. So viel jedenfalls weiß er.

Was nun?, fragt er sich mit dem Rücken zur Polizeidienststelle und Blick auf eine sonntagsstille Gewerbeparkstraße.

Die Antwort ist einfach: Nichts wie weg, und zwar weit weg.

Er schultert seinen Rucksack und macht sich auf den Weg. Gehen ist gut, besser als Taxi fahren und erheblich besser, als den Jaguar von Frau Schick zu chauffieren. Gehen ist die beste Fortbewegungsmethode überhaupt, um Gedanken zu klären und sich frei zu fühlen. Ja, nickt sich Herberger ermutigend zu.

»Trau keinem Gedanken, der im Sitzen kommt«, empfahl schon Nietzsche.

Vor allem keinem, der mit Frau Schick zu tun hat, ergänzt Herberger im Stillen, oder mit Niklas. Und erst recht keinem, in dem der Name Nelly auftaucht. Nelly ist das reinste Nervengift. Nelly gehört ins hinterste Schließfach seines Gehirns. Er wird es erst öffnen, wenn es an der Zeit ist. Nicht jetzt.

Jetzt ist es an der Zeit zu gehen und dabei an nichts zu denken. Das braucht er, das kennt er. *Sanzaru* fällt ihm ein, die heiligen drei Affen, die Augen, Mund und Ohren verschließen, Japans Sinnbild für die buddhistische Tugend, über Schlechtes und Schmerz weise hinwegzusehen, um inneren Frieden zu erlangen. Den einzigen Frieden, dessen Dauer und Haltbarkeit man allein bestimmen kann. Zu jeder Zeit, an jedem Ort.

»The only way out, lies within«, hat ihn ein Zen-Meister in Kyoto schon vor Jahren gelehrt. Nicht mehr leiden und nicht mehr hoffen, nicht mehr hadern und nicht mehr urteilen. Weder über sich noch über andere, das ist der einzige Ausweg aus dem eigenen Gedankengefängnis. Zumindest eine Ahnung dieses Friedens hat Herberger in Asien vor Jahren einmal gefunden – nach Penelope, nach seinen australischen Minenabenteuern und nach gefühlten hundert Jahren Einsamkeit, in denen er zu viel getrunken hat, um zu vergessen.

Herberger quert die Straße und passiert ausgestorbene Bürokomplexe. In toten Fenstern wird für die provisionsfreie Anmietung von »Gewerbeflächen in Bestlage« geworben. Er schüttelt den Kopf. »Bestlage« ist die reinste Übertreibung. Hier müssen Makler wahrscheinlich noch draufzahlen, um Mieter anzulocken. Schäbig, die Welt, einfach nur schäbig.

Schluss mit dem Gedankenlärm, ermahnt er sich. »Wer ohne Freude meditiert, kommt vom Weg ab«, hat ihn der Meister in Kyoto oft ermahnt.

Herberger beschleunigt seinen Schritt und taucht in den Schatten wild wuchernder Schmetterlingsbäume ein. Die lilafarbenen Dolden rosten von Sonnenglut gekrümmt dem Herbst entgegen. Kohlweißlinge umtanzen das Gebüsch, angelockt vom süßlichen Duft der Blüten. Eine Ahnung von Freude steigt in Herberger auf, aber leider auch ein störender Gedanke: Auf einem ganz ähnlichen Brachgrundstück hat gestern Abend Niklas seinen heißgeliebten Zerberus entdeckt.

Verflixt noch eins: *Sanzaru!*

Soll sich Frau Schick gemeinsam mit dem kleinen Flunkerfuchs über den Esel freuen – wo auch immer sie stecken mag. Wahrscheinlich im Wald. Sie liebt Wälder, hält sie für magische Orte. Und nunmehr auch Schrebergärten.

Lass alle Gedanken los!, ruft Herberger sich in bester Zen-Manier zur Ordnung und löst sich vom Anblick des Baumes. Der wahre Buddhist meidet jede Anhaftung an Gefühle und Leidenschaften. Nein, Gefühle und Leidenschaften interessieren ihn nicht mehr. Ihn interessiert nur sein Weg zum inneren Frieden.

Und der Rückweg nach Köln. Danach eine Dusche, sein Bett und ab morgen wieder Tahiti. Tahiti? Nein, er braucht ein anderes Ziel. Am Schreibtisch hocken und vom Paradies fabulieren ist so ziemlich das Letzte, was ihm guttun würde.

Er entdeckt ein Hinweisschild, das ihm die Richtung von Köln verrät. Immer geradeaus geht's zu einer Bundesstraße. Linksabbiegern wird hingegen ein Erholungsgebiet empfohlen. Damit kann unmöglich die Gegend gemeint sein, die er gestern Abend kennengelernt hat. Dort sah es alles andere als erholsam aus. Frau Schick haben die Bagger und Baulaternen sogar an den Krieg erinnert.

Warum nur das schon wieder?

Und warum sah sie im Schein von Herrn Engels' Taschenlampe wieder einmal so verdammt schutzbedürftig aus? Das kennt er schon vom Jakobsweg. Ohne ersichtlichen Grund hat sich die dornige, drachengleiche Frau Schick auch dort bisweilen unvermittelt zurück in das verlassene Kind verwandelt, das sie einmal gewesen sein muss und das man einfach trösten will. Ein trotzig-tapferes kleines Mädchen. Was hat sie in diesem Wald nur erlebt? Und warum macht sie ein Schrebergarten glücklich?

Sanzaru!

Und nein, er wird nicht nach links abbiegen.

Er wird auch keine Esel mehr stehlen.

Oder einreiten.

Das auf gar keinen Fall.

Jedenfalls nicht sofort, nicht jetzt.

Er muss erst einmal zur Ruhe kommen, Nelly vergessen, wieder ganz er selbst werden. Ein Eckehart Gast, der besonnene Entscheidungen zu treffen vermag. Der Gleichmut und Gelassenheit zu seinen Stärken zählen darf und weiß, dass eine gesunde Portion Resignation die verlässlichste Wegzehrung für die Lebensreise ist.

Mit eiserner Entschlossenheit quert Herberger die Kreuzung in Richtung Bundesstraße, zwingt sich zu meditativer Entschleunigung, mindert das Gehtempo, übersteigt achtsam und in Gedanken ganz bei Sanzaru eine lästige Betonkante in der Fahrbahnmitte.

Es muss ihm – verflucht noch eins! – gelingen, nichts zu hören, nichts zu sehen und nichts zu denken.

Und das tut es, bis hektisches Geklingel seine recht flüssige Gehmeditation über einen Gleiskörper abrupt unterbricht. Von rechts rast eine Straßenbahn auf ihn zu, bremst kreischend ab. Herberger macht einen Rückwärtssatz über einen Gleisstrang und die Betonkante, rettet sich über die Fahrbahn zurück auf den Bürgersteig.

Die Bahn beschleunigt ruckelnd. In der Fahrerkabine schüttelt der Zugführer tadelnd den Kopf und lässt einen Zeigefinger in Stirnhöhe rotieren. Zwei dünn besetzte Waggons rauschen durch Herbergers Blickfeld. Leicht benommen registriert er Fahrgastschatten hinter getönten Scheiben. Und dann ...

Sein Herz setzt aus, will auf den Zug aufspringen, weil es für einen flüchtigen Moment die Umrisse eines Olivenbäumchens wahrnimmt, das seine kargen Ästchen flehend an eine Glasscheibe presst.

Schon ist er weg, und Herberger ahnt, dass ein langer Weg vor ihm liegt, bis sich die Freude am Meditieren wieder einstellen kann. Vom inneren Frieden ganz zu schweigen. *Lege dich nicht mit der Wirklichkeit an*, mahnt sein kluger Meister aus Kyoto freundlich. *Zen ist keine Weltflucht, sondern vollkommene Konzentration und Annahme von dem, was ist. In dir und in diesem Augenblick.*

19.

»Was machst du mit meinem Olivenbäumchen?«, fragt Nelly entsetzt und will Becky den Topf entreißen. »Davon, dass du ihn gegen die Scheibe schleuderst, wird er nicht schöner! Außerdem versperrst du mir den Blick auf die Haltestellenschilder.«

Becky klammert sich an das Bäumchen, presst dessen karg belaubte Äste ans Straßenbahnfenster und dreht ihrer Mutter mit schreckgeweiteten Augen den Kopf zu.

Richtig panisch sieht sie aus, findet Nelly. So, als habe sie ein Gespenst gesehen.

»Äh ... ich will nur, dass das Bäumchen ordentlich Sonne bekommt«, stammelt Becky, »wegen der Photosynthese und so. Vielleicht bekrabbelt er sich dann wieder.«

Nelly verzieht verärgert den Mund. Die Bahn nimmt nach einer Vollbremsung, die sie fast vom Sitz geschleudert hat, wieder an Fahrt auf. »Zu Hause warst du weniger besorgt. Es einfach in deinen Kleiderschrank zu sperren.« Sie schüttelt den Kopf und entwindet Becky das Bäumchen, streichelt ein paar zerdrückte Blättchen glatt. »Wirklich, Becky, ich hoffe, in Frau Schicks Garten lernst du endlich einmal ein paar vernünftige Dinge und praktischen Verstand. Das Bäumchen bedeutet mir viel.«

»Ja, Mama«, sagt eine bleiche Becky. Sie linst flüchtig aus dem Fenster und senkt brav wie ein Kommunionkind den Blick.

Wenigstens sieht es endlich so aus, als habe Becky einen Anflug von schlechtem Gewissen, denkt Nelly. Nach allem, was sich ihre Tochter gestern und in den Wochen zuvor geleistet hat, ist Zerknirschung angebracht und ein Anzeichen dafür, dass Becky nicht ganz auf ihren Vater kommt.

Jörg, dieser Ausbund an rücksichtsloser Selbstbegeisterung, hat sie daheim unnachgiebig mit Anrufen bombardiert. Zuletzt hat er sogar seinen Besuch angekündigt, mit dem Hinweis auf das millionenschwere Werbebudget, das »eine Marktpenetration mit *TrueLove*« erlaube und ihren Ausstieg aus der Kampagne verbiete.

Die *Marktpenetration* war mehr als zu viel für Nelly. Sie hatte den Werbepalaver endgültig satt und hat sich darum spontan zur Flucht und zu einem Besuch bei Frau Schick entschlossen.

Ricarda hat zwar gemosert und ihr vorgerechnet, wie viel Geld sie nun nicht bekommt, weil sie Jörgs Angebot und die Marktpenetration ausschlägt, hat Nelly und Becky aber dennoch nach Köln chauffiert. In Köln hat sich Ricarda dann jedoch energisch geweigert, die Kolonie Waldfrieden anzusteuern, weil Nelly dummerweise Frau Schicks Jobangebot erwähnt hat.

»Du willst von Beruf Schrebergärtnerin werden?« Ricarda hat vor Entsetzen beinahe die Kontrolle über ihr Auto verloren. »Nelly, jetzt spinnst du komplett!«

»Ich spinne keineswegs«, hat Nelly beharrt. »Frau Schick will mir eine Stelle als persönliche Referentin geben, die mit leichten gärtnerischen Tätigkeiten und Sanierungsarbeiten an ihrer Laube verbunden ist.«

»Wie interessant«, hat Ricarda geätzt. »Bislang habe ich geglaubt, dass nur frustrierte Hausmeister auf der Berufsbezeichnung *Facility Manager* bestehen und manche Müllmänner die Bezeichnung ›Experten für Abfallwirtschaft‹ schätzen, aber ›Schrebergartensekretärin‹ toppt alles. Könntest du mir dein komplexes Berufsbild – abgesehen von Unkraut jäten, Kompost verteilen und Hütte streichen – vielleicht näher erläutern?«

»Nun ... äh ... ich muss auch Diktate aufnehmen«, hat

Nelly hoheitsvoll, aber nicht minder schwammig als Frau Schick erläutert.

»Ach ja, über was denn? ›Tägliches Gießen und monatliches Düngen nicht vergessen‹?«

Nein, über Striegelbürsten und Entwurmungssalben für Esel, hat Nelly mit mulmigem Gefühl gedacht, aber selbstverständlich nicht gesagt.

»Das dürfte wohl kaum eine tagfüllende Beschäftigung sein«, hat Ricarda weiter rumgestänkert.

»Du brauchst dich gar nicht lustig zu machen«, hat Nelly empört geantwortet. »Frau Schick braucht eine Schreibkraft, weil sie zu kleinen Vergesslichkeiten neigt. Außerdem will sie mir ihre Memoiren diktieren.«

Ricarda hat außer sich vor Zorn einen Bordstein angesteuert. »Du willst die Memoiren einer Schrebergärtnerin verfassen?«

»Frau Schick ist die Witwe eines berühmten Kölner Bauunternehmers, wie du sehr wohl weißt!«

»Nelly, werde vernünftig!« Ricarda hat verbal hyperventiliert und eine Vollbremsung hingelegt. »Mit Jörgs Memoiren, die du nicht mal schreiben musst, bist du doch bestens bedient. *Bad boys need true love* wird sicher ein Bestseller, egal, was drinsteht.«

»Ein Bestseller, an dem er dich mit zehn Prozent vom Verkaufserlös beteiligen will, Mama«, hat sich Becky eifrig von hinten zugeschaltet. »Dazu kommen die Einnahmen für die Imagekampagne. Papas Angebot ist ein Volltreffer.«

»Ich will mit Jörg nichts mehr zu schaffen haben, hört ihr. Frau Schick hat mir ein sehr gutes Angebot gemacht. Wenn ihr wüsstet, was Sie mir allein dafür zahlen will, dass ich ihren Esel verpflege!«

»Welchen Esel?«

»Den Esel in ihrem Garten.«

»Die Frau hält einen Esel im Schrebergarten? Wenn du glaubst, dass ich dich zu einer Irren kutschiere, hast du dich geschnitten«, hat Ricarda gezürnt.

»Dann eben nicht«, hat Nelly zurückgezürnt, ist samt Rucksack, Olivenbaum und der zeternden Becky aus Ricardas Auto aus- und in diese Straßenbahn umgestiegen.

Nelly hätte sich selbst treten können. Den Esels zu erwähnen war natürlich ein Fehler. Wer Frau Schick nicht kennt, musste zu dem Schluss kommen, dass sie nicht recht bei Trost ist, aber Nelly weiß es besser. Glaubt sie zumindest. Nein, sie weiß es! Dank Frau Schicks vermeintlicher Verrücktheit hat sie auf dem Jakobsweg immerhin Herberger kennengelernt.

Ach, Herberger!

Die Aussicht, dass er bald aus Tahiti und zu ihr zurückkehrt, ist ein unschätzbarer Trost. Der beste Trost überhaupt.

Darum hat sie auch den Olivenbaum mitgenommen. Darum und weil er sich im Garten dringend von Beckys Pflege und Unvernunft erholen muss, genau wie sie. Die Kolonie »Waldfrieden« ist bestimmt der richtige Ort dafür, ermutigt sich Nelly. Sie linst über Beckys Kopf hinweg nach draußen, um das Haltestellenschild zu entziffern. Nein, hier müssen sie nicht raus. Nur gut, dass sie eine Google-Routenbeschreibung samt Straßenbahnstrecke und Erläuterung des Fußwegs ausgedruckt hat.

»Nächste Station Eff-e-ren«, buchstabiert eine weibliche Lautsprecherstimme mit rauchiger Whiskeynote, in der ein Hauch Kasernenhofton mitschwingt.

»In drei Stationen müssen wir raus«, verkündet Nelly. »Danach geht es zu Fuß weiter.«

»Und wie lange?«, stöhnt Becky, die schon jetzt völlig entkräftet ist.

»Hier steht was von dreißig Minuten. Oh, wir können sogar ein Stück Jakobsweg gehen, das dauert nur ein wenig länger!«

»Eine halbe Stunde zu Fuß bei der Hitze«, stöhnt Becky. »Kannst du kein Taxi rufen?«

»Ich habe kein Handy mit, und ein bisschen Photosynthese schadet weder dir noch meinem Olivenbaum«, entscheidet Nelly forsch. Ein Stück Jakobsweg wird ihrer Seele guttun. Zärtlich betrachtet sie den Olivenbaum. Oh ja, sehr gut sogar.

»Willst du die dämliche Topfblume etwa den ganzen Weg mitschleppen?«, will Becky wissen.

Nelly nickt. Sie streicht sacht über die silbernen Blättchen ihres Olivenbaums und gönnt ihrer Seele einen Abstecher zum spanischen Camino.

Am Anfang jeder Liebesgeschichte gibt es einen Augenblick, der für immer im Gedächtnis bleibt, einen Moment Ewigkeit, der kostbar ist. Manchmal ist es nur eine Geste, etwa wie er sorgfältig eine Decke auseinanderfaltet oder wie er sehr konzentriert einen Pfirsich zerteilt und ihr wortlos die Hälfte reicht – unter einem Olivenbaum.

Von solch einem Moment an möchte man, dass der andere nie mehr weint, nie mehr leidet, sich nie mehr wertlos fühlt. Man bekommt Angst, ihn könnte ein Regentropfen erschlagen, und weiß, dass man nichts von alldem wird verhindern können, aber man versucht trotzdem alles, um es zu verhindern.

Natürlich haben schon andere, besser aussehende, jüngere Männer Obst und andere Dinge mit Nelly geteilt, aber als Herberger ihr den Pfirsich anbot und zugleich durch ein leichtes Heraufziehen der Augenbrauen andeutete, sie könne ihn auch zurückweisen, hat sie gewusst, dass sie nicht nur den Pfirsich wollte, sondern weit mehr.

Es ist ein Geschenk, dass sie – ihrem fatalen Hang zu windigen Leichtmatrosen zum Trotz – einem Mann wie Herberger begegnen durfte. Ob Frau Schick etwas von ihm und aus Tahiti gehört hat?

20.

»Schön liegen bleiben und ausruhen, Frau Schick«, schallt es aus Frau Prachts Gartenhaus. »Ich muss nur noch den Ingwer reiben und Wasser aufsetzen, dann bekommen Sie ein schönes Frühstück und den Tee.«

Leider, denkt Frau Schick und lehnt sich widerwillig in einer Hängematte zurück, die zwischen zwei Birnbäumen aufgespannt ist. Frau Pracht hat ihr zum Zeitvertreib ein kleines Fernglas dagelassen.

»Damit können Sie Herrn Engels' Bienen beobachten, ein sehr, sehr beruhigendes Hobby. ›Wenn Bienen heim mit Schätzen fliegen, flieh'n die Minuten mit Vergnügen‹, sagt der Professor immer. Schön nicht? Stammt von einem schottischen Dichter.«

Viel lieber würde Frau Schick ein bisschen umherwandern, aber das kann sie sich nach ihrem gut markierten Schwächeanfall von vorhin noch nicht erlauben. Die Walküre schaut regelmäßig durchs Fenster, weil sie noch immer das Schlimmste befürchtet. Dabei hat Frau Schick diesmal auf ernsthafte Anzeichen einer Herzattacke verzichtet. Sie hat mit unklaren Symptomen gearbeitet. Nach einem Aufschrei ist sie taumelnd in den Knien eingeknickt, hat sich in Herrn Töllers Brustlatz gekrallt und krächzend an die Kehle gefasst.

Schon beim ersten Taumeln ist die Walküre hochgegangen wie ein Knallfrosch und losgejagt, um ein Fläschchen Notfalltropfen aus ihrem Garten zu holen. Detlev hat Frau Schick derweil mit einer Plastikkehrschaufel Luft zugefächelt, Frau

Pracht etwas von Rettungswagen nachgebrüllt und versucht, Frau Schick aufs Klappsofa zu hieven, um ihr dort eine stabile Seitenlage aufzuzwingen.

Daraufhin hat Frau Schick sich zu einer Spontanheilung entschlossen und war nach drei Notfalltropfen von Frau Pracht fix wieder auf den Beinen. Sie wollte doch nicht mit Tatütata und Leuchtreklame aus ihren Gärten abtransportiert werden. Fast schämt sie sich ein bisschen, wenn sie an die besorgten Gesichter ihrer Retter denkt. Aber nur fast.

Nach allem, was Frau Pracht über Herrn Engels' Wald und Herr Töller über seinen Verein und das Verbot von Eseln gefaselt haben, waren Notwehrmaßnahmen völlig gerechtfertigt.

Oh ja, nickt sie grimmig. Die beiden haben bemerkenswerte Probleme mit besitzanzeigenden Fürwörtern. Sollte der Weihnachtsmann ähnlich denken, dann kann er was erleben. Auf den ist Frau Schick besonders wütend, weil er ihr eine Menge verschwiegen haben muss.

Sie will endlich ihre Gärten in Besitz nehmen und aufklären, was es mit dem angeblichen Herrn Professor auf sich hat! Stattdessen sitzt sie bei Frau Pracht fest und muss so tun, als sei sie malade und gebrechlich.

Na ja, das ist immer noch besser, als sich von Herrn Töller über seine Erste-Hilfe-Pflichten als Vereinsvorsitzender belehren zu lassen. Detlev war zutiefst gekränkt, weil sie weitere Rettungsversuche in seinem Garten ausgeschlagen und eine Einladung in Frau Prachts Hängematte angenommen hat. Eben ist er losgetobt, um Herrn Engels eine nachträgliche Genehmigung für das abendliche Fest zu erteilen und ihr zu Ehren einen Akkordeonauftritt anzubieten. Er hat sogar nach ihren Musikwünschen gefragt und sah dabei erneut so rührend treuherzig wie Popesch und kein bisschen nach Feldmarschall und Napoleon aus.

Egal, genug geschämt, entscheidet Frau Schick. Sie setzt sich in der Hängematte auf und beginnt ihre fällige Gartenbesichtigung bei Frau Pracht. So viel ist auch ohne Fernglas klar, die Liebe der Walküre gilt vor allem ihren Rosen, und die Rosen lieben sie ekstatisch zurück. In Büschen und auf Holzbögen blühen sie dem Herbst entgegen. Sie wachsen als Stachelsträucher, als wilde Hecken und als dornenlose Hochstämmchen in Terrakottatöpfen. Andere ranken sich an einem Sammelsurium von Baumarktgöttinnen in wallenden Gewändern empor. Ein Himmelsstürmer in Weiß klettert gar über das Dach von Frau Prachts Laube hinweg und ringt rechts daneben eine Sichtblende zu Detlevs Grundstück nieder. Das muss *Clytemnestra* sein.

Dank ihrer Wuchsfreude gewährt *Clytemnestra* auch einen Einblick in Detlev Töllers Garten. Frau Schick greift zum Fernglas, stellt scharf und drückt es gegen ihre Brillengläser. Sie entdeckt sorgfältig gestutzte Johannis- und Stachelbeersträucher, dazu Erdbeerpflanzen und einen Rasen, der wie frisch gesaugt aussieht. Mitten darauf kümmert eine einsame Rose vor sich hin, für die der Beerenfreund kein Händchen zu haben scheint. Muss sich um *Carolin Reiber* handeln.

Frau Schick holt die Rose mithilfe des Fernglases näher heran. Ganz geknickt sieht sie aus, dabei hat Detlev eine Phalanx aus Pflanzgittern und Stäben ins Gras gerammt, um sie zu stützen. Das schaut nach sehr verzweifelten Rettungsmaßnahmen für ein Pflänzchen aus, das – bei aller Liebe – nicht angehen will.

Langsam tut Detlev Frau Schick leid; tief im Herzen ist er wohl tatsächlich ein zweiter Popesch. Sie nickt nachdenklich. Ja, das könnte hinkommen. So wie Pöhlwitzens Dorfschuster lebenslang vergeblich um die Liebesgunst der Schemutat geworben hat, scheint Detlev um Frau Pracht gebuhlt zu haben.

»Und? Schon was Schönes entdeckt?«, schreit Frau Pracht und beugt sich kurz durch das Fenster ihrer Laube.

Frau Schick reißt verärgert das Fernglas herunter. »Nein!«

»Sie gucken ja auch in die völlig falsche Richtung!«, ruft die Walküre unbekümmert. »Rechts bei Professor Engels gibt es viel mehr zu entdecken!«

Frau Schick wendet den Kopf nach rechts. Jenseits von einer außer Kontrolle geratenen Wildrosenhecke erkennt sie Engels Blockhütte. Ein breiter Heckendurchgang, der walkürentauglich ist, gibt einen Blick auf sein Gartenreich frei.

Frau Schick würde zu gern einfach hinübergehen und die Blockhütte durchsuchen. Irgend etwas müsste ihr dort doch verraten, wofür der Zauselbart Professor sein soll oder sein will. Sie schiebt entschlossen die Beine über die Hängemattenkante, um sich auf den Weg zu machen.

Frau Pracht schaut wieder durchs Fenster und befiehlt lautstark: »Hinlegen!«

Verdeckst!

Na, mal sehen, was der Garten per Fernglas über Herrn Engels verrät. Botanisch betrachtet herrscht er vor allem über Kraut und Rüben. Sie stellt das Fernglas nach und entdeckt im ersten Beet altmodische Nutzpflanzen wie Guter Heinrich, fuchsschwänzigen Amarant, und – ha! – diese Krautbüschel zeigen Pastinaken an. Die kennt sie als Hammelsmöhren und Viehfutter aus Pöhlwitzens Bauerngärten. Zerberus wird sie lieben.

Weiter geht's zu mannshoch gewachsenen Nachtkerzen. Ziemlich schäbige Blumen, die ihre gelben Blüten nur bei Dunkelheit öffnen, um für wenige Augenblicke balsamisch zu duften und Nachtfalter anzuziehen. Die Schemutat hat aus ihren Wurzeln gelegentlich Rapontika gekocht. Den hat Frau Schicks Mama, die Butzi, gern gegessen, weil er zu Goethes Lieblingsgemüsen zählte und der Dichterfürst neben Mozart zu ihren Göttern.

»Ohne Mozart und Goethe wäre das Leben ein Irrtum«, hat Butzi gemeint.

Aber nicht ohne Rapontika, beendet Frau Schick ihre Schwärmerei. Als Röschen hat sie das rettichscharfe Gemüse überhaupt nicht gemocht, nicht mal Goethe zuliebe. Rapontika und Hammelsmöhren rechtfertigen auch keinesfalls Herrn Engels' Vormachtansprüche in Sachen Gartengestaltung. So was gefällt der Rosennärrin Pracht? Liebe macht tatsächlich blind. Kopfschüttelnd setzt sie das Fernglas ab und wieder an.

Mal sehen, ob dieser Gemüsezüchter überhaupt was von Blumen versteht. Anscheinend nicht. Abgesehen von einem explodierenden Wildblumenbeet, in dem Bienen lila Dost und Feuerröschen umtanzen und kugeldicke Hummeln Scharfgarbe und Schaumkraut umtorkeln, sind Blumen für Herrn Engels nur Beiwerk in den Gemüsebeeten. Zwischen linealgeraden Rotkohlreihen leuchten Studentenblumen, die Tomaten hat er mit violettem Beinwell unterpflanzt, zu Füßen seiner Stangenbohnen wimmelt rot blühende Kapuzinerkresse, darunter reifen Kürbisse heran.

Wie im Tuschkasten sieht es in Herrn Engels' Garten aus. Und – Frau Schick muss hart mit sich und gegen die Wahrheit ankämpfen – das findet sie sehr schön so, weil es in Pöhlwitzens Küchengarten genauso aussah.

Aber egal, wie bunt und hübsch das sein mag, um so etwas anzulegen, muss man kein Professor sein. Die Schemutat hat das mit Dorfschulabschluss genauso gut hingekriegt. Nein, besser. Nie und nimmer wäre ihr der Gilbweiderich derart entglitten. Die sonnengelbe Färberpflanze ist quer durch den Garten ausgebüxt und wuchert neben der Blockhütte mit anderem Unkraut hoch. Was will der Mann mit dem Zeug? Ostereier und Wollstrümpfe für Niklas färben? Und warum steht mitten in diesem Blumendschungel eine Kamera? Ja, tatsächlich, eine

Kamera! Was soll denn das? Gilbweiderich ist doch kein Forschungsfeld. Oder doch?

Frau Schick setzt das Fernglas ab. Es macht sie ganz kribbelig, hier dumm rumzusitzen, wo es so viele Geheimnisse zu enträtseln gilt. Dumm rumsitzen war nie ihre Art, und zu Fuß denkt sie am besten. Sie schiebt sich von der Hängematte.

Der Teekessel aus Frau Prachts Laube pfeift sie gellend zurück. Verflixt noch eins. Mindestens so dringend wie Kaffee braucht sie morgens Bewegung, damit ihr Gehirn auf Trab kommt.

Ob ein bisschen schaukeln hilft?

Frau Schick stupst sich und die Hängematte mit der Reitgerte vom rechten Birnbaumstamm ab. Die Matte reagiert mit trägen Pendelbewegungen. Ihr Körper nimmt sie auf, als sei sie noch Pöhlwitzens Röschen. Frau Schicks Beine holen unwillkürlich Schwung. Zurück und wieder nach vorn und wieder zurück und vor.

»Nicht schaukeln, sonst wird Ihnen nur wieder schwindelig!«, ruft Frau Pracht entsetzt und eilt mit reich gefülltem Tablett vor der Brust auf sie zu.

»Papperlapp, an der frischen Luft wird mir nie schwindelig«, wehrt sich Frau Schick. »Sagen Sie mal: Wofür genau ist Herr Engels eigentlich Professor?«

»Darüber reden wir später.« Frau Pracht setzt das Tablett auf einem Gartentisch ab, stoppt die Hängematte und reißt ein Glas vom Tablett. »Sie stehen eindeutig noch unter Schock. Trinken Sie das. Ich habe noch mal eine Auswahl Bachblüten hineingetropft. *Rock Rose*, das ist das Sonnenröschen, hilft gegen Panik, und *Star of Bethlehem*, also doldiger Milchstern, ist eine sehr schöne Trostblüte nach allen erschütternden Erlebnissen.«

»Nein danke«, lehnt Frau Schick ab. Jeder Mensch hat natürlich ein Recht auf seinen eigenen Knall, und Glaube versetzt Berge, aber dieses esoterische Blumenwasser schmeckt nach rein gar nichts.

»Es hilft wirklich«, insistiert Frau Pracht. »Denken Sie nur daran, wie schnell meine Notfallmischung Sie vorhin auf die Beine gebracht hat. Sie scheinen für die feinstofflichen Schwingungen und Energien der Blüten einzigartig empfänglich zu sein. Ihre Aura hat sich schon ganz wunderbar harmonisiert.«

Wer's glaubt, wird selig, denkt Frau Schick und nippt aus Höflichkeit dann doch am Glas. Immerhin soll ein Hauch Brandy mit drin sein, zwecks Haltbarmachung vom Blumenwasser, hat Bettina Blauauge, die auch gern esoterisch entgleist, ihr erst kürzlich erklärt.

»Können wir jetzt über Herrn Engels reden?«, fragt sie.

Frau Pracht schüttelt den Kopf. »Erst wird lecker gefrühstückt. Sie werden es nicht bereuen, ich bin gelernte Köchin. Zurzeit bin ich zwar nur für unser Vereinsheim zuständig, aber bei mir schmeckt es allen.«

Frau Schick lässt sich widerstrebend zu einem Gartenstuhl führen. Völlig invalide kommt sie sich vor. Kissen werden ihr auch in den Rücken gestopft, fehlt nur noch eine Schnabeltasse. Sie muss ihre Schwindelanfälle demnächst genauer dosieren. Homöopathisch sozusagen.

»So«, gurrt Frau Pracht im schönsten Puppenmuttiton, »jetzt sitzen wir bequem.«

Nein, die Schaukel war besser, findet Frau Schick, aber das Frühstück sieht wirklich gut aus. Und das ist es auch.

Frau Pracht bestreicht Brot mit ordentlich Butter und schneidet es in kleine Streifen, die sie Reiterchen nennt. Jedes Reiterchen belädt sie mit einer anderen Marmelade und serviert sie zum Kranz geordnet Frau Schick, die hungrig zulangt.

In Sachen Marmelade ist die gelernte Köchin Pracht unschlagbar, stellt Frau Schick nach diversen Kostproben fest. Die

Erdbeermarmelade mit Rhabarber und Waldmeister ist köstlich, und die Honigreiterchen, die Frau Pracht nachlegt, sind schlicht göttlich.

»Das ist Rosenhonig«, verkündet die Walküre stolz. »Früher habe ich meine Wildrosen mit Detlevs Beeren zu Gelee gekocht, aber jetzt stelle ich sie selbstverständlich nur noch Herrn Engels' Bienen zur Verfügung! Er hat drei Stöcke mit Rückzüchtungen der echten *Apis mellifera mellifera.* Das ist die fast schon ausgestorbene dunkle europäische Honigbiene. Ihr Honig ist etwas ganz anderes als ordinärer Johannisbeergelee.«

Armer Popesch, denkt Frau Schick bestürzt, armer, armer Popesch. Aber der Honig ist so gut, dass sie der Walküre beinahe den Ingwertee verzeiht. Nach drei scharfen Schlucken kippt sie ihn allerdings heimlich unter dem Gartenstuhl aus. Frau Pracht schaut nicht hin, weil sie unter einer Schalwolke nach einem Insekt fahndet, das ihren Busen brummen und vibrieren lässt. Hoffentlich wird sie bald fündig. Frau Schick will ihr endlich Fragen zum Weihnachtsmann stellen. »Und jetzt zu Herrn Engels«, beginnt sie erneut.

»Pardon«, unterbricht Frau Pracht und zieht ein vibrierendes Handy aus einem perlenbestickten Brustbeutel, »ich muss da rangehen.« Die Empfangstaste drückend raunt sie: »Ist ein neuer Nebenerwerb. Ich will unserem Professor doch helfen.«

Na, da ist Frau Schick aber mal gespannt.

»*Tarot für alle!* Guten Morgen – Du sprichst mit Persephone«, schmettert Frau Pracht ins Handy. Merklich kleinlauter fährt sie fort. »Oh, Gundula, du mal wieder.« Sie angelt sichtlich nervös nach einem Kartenstapel, der sich auf dem Tablett hinter Marmeladengläsern versteckt hat.

Tarot? Ach du liebes Himmelchen. *Und Persephone?* Ein wenig anders hat sich Frau Schick die griechische Frühlings- und Fruchtbarkeitsgöttin, die dem halben Olymp, samt Zeus und seinem Bruder Hades, den Kopf mit ihrer sagenhaften Schönheit verdrehen konnte, schon vorgestellt. Die Walküre hat sich in den völlig falschen Götterhimmel verirrt. Mit ihrer Statur taugt sie allenfalls zu einer Rheintochter von Wagner. Woglinde, Floßhilde oder Wellgunde.

Persephone Pracht lauscht mit betroffenem Gesichtsausdruck in ihr Handy und beginnt, ihren Kartenstapel in kleine Häufchen aufzuteilen. Ein paar Karten trudeln vom Tisch.

Sieht man sofort, dass die eine Anfängerin ist, merkt Frau Schick. So was von ungeschickt!

»Verstehe, verstehe, liebe Gundula«, gurrt derweil Persephone Pracht. »Dann wollen wir mal sehen, wie ihr euren Ehestreit beenden könnt. Konzentrier dich ganz auf deine Frage. In aller Stille.« Sie schließt die Augen und lässt ihre linke, flach ausgestreckte Hand über den Kartenhäufchen kreisen.

Himmel, kann die laut atmen!, findet Frau Schick. Ein bisschen Hellsehen und Flunkerei scheint für die Walküre Schwerstarbeit zu sein. Da bekommt man ja glatt Mitleid!

»Gundula, langsam empfange ich deine Schwingungen«, murmelt Frau Pracht dramatisch, furcht die Stirn und lässt weiter die Hand kreisen.

Wie lange braucht die denn noch? Frau Schick will endlich über den Weihnachtsmann reden.

Frau Pracht patscht auf einen Kartenstapel, öffnet die Augen und dreht die oberste Karte um. »Oh!« Schieres Entsetzen flammt in ihrem Blick auf.

Frau Schick beugt sich vor und schielt nach der Karte. Hm, nach einem guten Blatt für Gundulas Eheglück sieht das nicht aus, was die Walküre auf der Hand hält. Das Kartenbildchen zeigt einen Mann, dem zehn blutige Schwerter im Rücken stecken. Auch wenn es eine Lösung sein könnte – angebracht wäre das bei einem Ehestreit sicherlich nicht.

»Da müssen Sie schummeln«, flüstert Frau Schick, die nichts über Gundula, aber alles über Herrn Engels' angeblichen Professorentitel und seine Waldprojekte wissen will. Rasch liest sie eine Karte aus dem Gras auf und dreht sie um.

Sehr gut, die Karte dürfte das Gespräch mit Gundula rasch beenden. Wenn sie selbst an so einen Schwachsinn glauben würde, wäre sie glatt begabt dafür.

Frau Schick legt die Karte triumphierend vor Frau Pracht auf den Tisch und raunt: »Drehen Sie die mal um!«

Das Gesicht der Walküre bewölkt sich, sie schüttelt den Kopf, zieht eine weitere Karte. Wieder Schwerter, diesmal durchbohren drei Klingen ein tränendes Herz. Frau Pracht ringt um Atem und stottert etwas über »unklare Schwingungen«.

Frau Schick verdreht die Augen. Das kommt davon, wenn törichte Frauen in Wallegewändern mit Karten rumalbern! Die Schemutat hat sie immer davor gewarnt. Gespensteraustreiben auf Dachböden und dem Teufel ins Handwerk pfuschen war erlaubt, aber dem »Herrjott in die Karten luschern« streng verboten. Erst recht gegen Geld. Orakelt hat die olle Schemutat allenfalls mit der Bibel und umsonst.

Frau Pracht starrt hilflos auf ihr bedenklich schlechtes Blatt und weiß nicht weiter. Frau Schick schiebt ihr energisch ihre Karte hin.

Zögernd dreht Frau Pracht sie um. »Meine liebe Gundula«, jubiliert sie ins Telefon. »Ich empfange gerade eine positive Nachricht. Nach, nun ja, gewissen Unstimmigkeiten in Ihrer Ehe steht Ihnen Liebe und nichts als Liebe ins Haus.« Sodann malt sie ein Paradies vollkommenen Friedens und unablässigen Glücks aus. Der reinste Märchenfunk. So zuckersüß, dass man Zahnschmerzen davon bekommt.

Die Gute war sicher nie verheiratet, mutmaßt Frau Schick und betrachtet noch einmal die zwei von ihr gezogenen Nackedeis. »Die Liebenden« heißt die Karte. Besoffen vor Seligkeit lustwandelt das Pärchen in einem Garten Eden, den es auf Erden niemals gab. Ein bisschen mehr als unbekleidet Blümchen zu pflücken gehört zur Liebe auf Dauer schon dazu, weiß Frau Schick. Sonst wird es arg langweilig. Außerdem sollte man niemandem verschweigen, dass eine Ehe kein Spaziergang ist. Das teilt sie Persephone auch mit, nachdem diese ihr Gespräch beendet und sich in Frau Pracht zurückverwandelt hat.

»Ich weiß, ich weiß, aber es ist beinahe unmöglich, als Hellseherin seriös zu arbeiten«, murmelt die Walküre betrübt. »Ich würde Gundula sehr gerne die Wahrheit sagen, aber sie ist ein ausgesprochen schwieriger Fall. Sie fantasiert ständig darüber, dass sie Ihren Mann demnächst ermorden wird, und wenn ich das Wörtchen ›Scheidung‹ auch nur erwähne, springt sie mir an die Gurgel. Dabei ziehe ich ständig Schwert-Karten, die eine Trennung nahelegen. Vor allem für Gundulas Ehemann.«

Frau Schick nickt unwillkürlich. Solche Gundulas kennt sie. Ohne einen Ehemann, der Schuld an ihrem Schicksal ist, kommen die nicht aus.

Frau Pracht starrt noch immer auf die Liebenden und gewinnt nach kurzem Grübeln ihr Lächeln zurück. »Jetzt weiß ich's. Die Karte muss etwas über *Sie* aussagen!«

»Über mich?«, fragt Frau Schick entsetzt. Die Walküre muss entschieden zu viel Blumenwasser getrunken haben, sie will doch nicht als vernarrter Nackedei durch ihre Gärten laufen.

»Oh ja«, beharrt Frau Pracht. »Sie haben die Liebenden gezogen, ohne Gundulas negative Schwingungen zu empfangen. Ich bin zwar eine Anfängerin im Kartenlegen, aber würden Sie mir verraten, an wen Sie gedacht haben, bevor Sie die Liebenden gezogen haben?«

Frau Schick schüttelt den Kopf. Das wird sie ganz sicher nicht. Ihre Zukunft malt sie sich lieber alleine aus oder besser gar nicht, weil diese in ihrem Alter äußerst begrenzt sein dürfte, und von unbekleidetem Blümchenpflücken will sie nichts mehr wissen. Sie hat dringlichere Fragen.

»Sagen Sie mal, was für ein Professor ist Herr Engels eigentlich?«

Frau Pracht hebt erstaunt die Brauen. »Er ist ein international bekannter Bienenökologe und Insektenkundler. Hat er Ihnen das nicht gesagt?«

Nein, das hat er nicht. Und Frau Schick wusste auch nicht, dass Bienen Professoren brauchen. »Ich ... ich dachte, um Honig kümmern sich Imker?«

»Oh ja, oh ja«, bestätigt Frau Pracht ihre Vermutung, »aber die Imkerei und die Nachzucht von *Apis mellifera mellifera* sind für Herrn Engels auch nur ein Hobby. Zu viele Honigbienen würden das Nahrungsangebot seiner eigentlichen Forschungsobjekte extrem gefährden.« Verzückt hebt sie die Augen. »Eine gefragte Koryphäe ist Herr Engels auf dem Gebiet der Zottel-, Schlürf- und Kegelbienen.«

Frau Schick schwirrt der Kopf. Eine Koryphäe für Kegelbienen? Das klingt nach ausgemachtem Schwindel.

Nicht für die vernarrte Frau Pracht. »Habilitiert hat er über die europäische Hosen- und Schenkelbiene. Eine wegweisende Arbeit im Kampf gegen ...«

»Von kegelnden und behosten Bienen habe ich noch nie gehört«, unterbricht Frau Schick in aller Schärfe. Diese minderbemittelte Hellseherin glaubt anscheinend jeden Käse.

»Meine Liebe, wer kennt schon Europas unzählige Wildbienen? Aber das wird sich ändern, das muss sich gewaltig ändern. Neben den Honigbienen verdanken wir den Wildbienen und Hummeln die Bestäubung von 80 Prozent unserer Nutzpflanzen und dazu eine enorme Blütenvielfalt.«

Grimmig lässt Frau Pracht ihre Blicke über ihre Rosen und

zu dem Garten des Professors schweifen. »Forschungsarbeiten wie die von Herrn Engels sind unverzichtbar. Oxford hat schon mehrmals angefragt, ob er nicht endlich seine Ehrendoktorwürde entgegennehmen wolle, aber eine Reise lehnt Herr Engels wegen Niklas ab. Dabei könnte der Professor das Preisgeld wirklich brauchen. *Tarot für alle* und meine Kochabende im Vereinsheim bringen leider viel zu wenig ein.«

Frau Schick kraust entrüstet die Stirn. Ehrendoktorwürde? Die hat dieser Schwindelprofessor vor allem im Fach in Dreistigkeit verdient. Von gefälschten Promotionen hat man ja schon einiges gehört, aber eine Ehrendoktorwürde für Hosenbienen, also wirklich! »Frau Pracht, das alles glauben Sie doch nicht im Ernst!«

»Das glaube ich nicht nur, das weiß ich«, behauptet Frau Pracht.

»Soso, und warum sollte ein international gefragter Experte als Obdachloser im Wald hausen?«, will Frau Schick wissen. »Noch dazu mit seinem Enkel!«

»Oh, hat er Ihnen das noch nicht erzählt?«, wundert sich Frau Pracht.

Frau Schick schüttelt den Kopf und setzt eine abwartende Miene auf.

»Herr Engels ist im Rahmen seiner wegweisenden Forschungen – völlig unverschuldet – in Not geraten. Darum forscht er mit einigen Studenten vorübergehend im Wald weiter. Wir haben Wildbienenhotels eingerichtet und viele verwaiste Gärten entsprechend bepflanzt. Vor allem für die seltene ölsaugende Waldschenkelbiene. Das Ganze ist natürlich nur eine vorübergehende Lösung. Wir alle hoffen, dass er seine Forschung bald offiziell wieder aufnehmen darf. Am besten in seinem Schloss.«

»Sein *Schloss*?«

Frau Schick kann es nicht glauben. Da hört sich doch alles

auf! Der reinste Baron Münchhausen ist dieser Schlawiner, und die törichte Frau Pracht hofft anscheinend darauf, von der Marmeladenköchin zu seiner Bienenkönigin befördert zu werden.

»Sie glauben mir wohl nicht?«, fragt Frau Pracht pikiert. »Nun, dann will ich Herrn Engels in seinen Erklärungen nicht weiter vorgreifen.« Unter Geklirr räumt sie Tassen und Teller ab.

»Menschen in Not sind meine Spezialität«, lenkt Frau Schick flugs ein, die – egal wie irre – Informationen möchte. »Vielleicht kann ich dem Professor außer mit meinem Wald ja auch mit Geld für seine Forschung aushelfen.«

»Würden Sie das wirklich tun?«

Frau Schick nickt.

Die Walküre zögert, dann schüttelt sie den Kopf. »Der Professor ist sehr eigen in seinen Privatangelegenheiten. Sie können versuchen, ihn heute Abend beim Fest darauf anzusprechen, aber ... Oh, da kommt ja Niklas!«

Frau Schick dreht den Kopf zum Gartentor.

Knirps Niklas bindet Zerberus an einem Zaunpfahl an. Auf nackten Füßen trottet er über die Steinplatten und den Rasen auf Frau Schick zu. Er bleibt ein, zwei Meter entfernt von ihrem Gartenstuhl stehen und schaut unschlüssig unter dem Hühnerhut hervor. Tiefer Seufzer. Dann zieht er ein Handy hinter dem Rücken vor. »Da.«

»Aber das ist ja meins«, ruft Frau Schick und federt aus dem Stuhl nach oben, um ihre Zauberflöte zurückzuerobern.

Niklas geht nicht näher auf die durcheinandergeratenen Besitzverhältnisse ein. »Sie müssen die Polizei noch mal anrufen.«

»Die Polizei?«, fragt Frau Schick entsetzt. »Was ist denn passiert?«

»Nichts«, sagt Niklas. »Sie sollen nur noch mal fragen, wann Herberger aus dem Gefängnis kommt. Sie müssen nur sagen, er ist in echt mein Vater.«

21.

Demonstrativ bleibt Becky stehen, zieht angewidert ihren rechten Ballerinaschuh aus einer Schlammfurche und setzt das Olivenbäumchen mitten in einer Pfütze ab. Nelly hat es ihr vor einer Viertelstunde in die Hand gedrückt, nachdem ihr selbst der Arm lahm geworden war.

»Mann, Mama! Das kann unmöglich der richtige Weg sein! Wir sind wegen deinem dämlichen Camino-Fimmel jetzt schon Stunden unterwegs und haben uns komplett verirrt. Noch dazu ohne Handy.«

»Ich fand den Umweg sehr schön«, murmelt Nelly.

Zumindest bis jetzt. Sie wirft einen irritierten Blick in ihren Google-Routenplan und gleicht die Beschreibung mit dem sie umgebenden Wald ab. Es ist ein sehr dichter und dunkler und ungemein feuchter Waldabschnitt aus Rotbuchen, Eichen und Eschen, in den sie nach einem Kreuz-und-quer-Spaziergang geraten sind. Zu Nellys Füßen wuchert finsteres Dickicht. Haselgestrüpp, Weidenpeitschen und Ahornschösslinge nutzen jeden Lichtstrahl aus, den das Kronendach der Bäume einlässt.

Der kühle Schatten dieses Waldstücks ist nach der Spätsommerhitze über den nackten Feldwegen, die sie in den letzten anderthalb Stunden gelaufen sind, ein Schock. Nelly stopft den nichtssagenden Routenplan zurück in den Rucksack und schlingt diesen wieder auf den Rücken.

»Irgendwo wird uns dieser Pfad hier schon hinführen«, verspricht sie zuversichtlich. Auf dem spanischen Camino hat sie sich weitaus gründlicher verirrt und doch immer einen Ausweg gefunden.

»Da ist kein Pfad«, entgegnet Becky patzig.

»Dann machen wir uns einen«, entscheidet Nelly. »Du warst es doch, die nicht über die Sperrgitter und Gräben auf dem Hauptweg klettern wollte.«

»Ich bin kein Springpferd!«

Nelly teilt Haselzweige und taucht ins Unterholz ab. »Frische Waldluft tut dir gut.«

Becky hebt angewidert den Kopf zu den Bäumen und saugt die Luft ein, als müsse sie Medizin schlucken. »Hier stinkt's nach Moder, faulem Laub und lauter Sachen, in die ich lieber nicht reintreten möchte.«

»Jetzt komm schon!«, ruft Nelly, während hinter ihr die Zweige zusammenschlagen, »oder willst du in der Pfütze Wurzeln schlagen?«

Ein Maulen und das saugende Geräusch von Schuhen, die durch zähen Morast waten, verraten ihr, dass Becky folgt. Ein wenig mulmig ist Nelly selbst, aber Munterkeit und Zuversicht sind in Fällen wie diesen Mutterpflicht. Und was soll ihnen schon groß passieren in einem Wald, der dicht bei einer Autobahn liegt? Bis vor einer Viertelstunde war das Fahrbahnrauschen noch deutlich zu hören. Allmählich verebbt es, und der Wald übernimmt die Geräuscheffekte.

Insekten surren, im Unterholz raschelt es, und über Nellys Kopf lacht »Klüklüklü« ein Grünspecht und nimmt pochend letzte Ausbesserungsarbeiten an seinem Winterquartier auf. Nelly watet durch hüfthohes Gestrüpp, stützt sich an Bäumen ab, um Wasserfurten zu queren, stapft über altes Astwerk. Hin und wieder flucht Becky hinter ihr »Scheiß Natur«.

Na endlich, freut sich Nelly und schaut auf. Vor ihr lichtet sich das Dickicht. Sie schiebt das Geäst beiseite und erspäht eine schwarzgrün schillernde Wasserfläche, die sich ins Endlose auszudehnen scheint. Ein vom Sturm gefällter Baum ragt wie ein melancholisches Krokodil aus dem Waldsumpf. Vor ihren Füßen steigen Sumpfgasblasen auf und zerplatzen geräuschlos an der Oberfläche. Mist! Da kommen sie im Leben nicht trockenen Fußes durch. Becky prallt in ihren Rücken, und Nelly macht sich auf ein Schimpfkonzert gefasst.

»Na endlich«, seufzt Becky erleichtert.

Nelly dreht verwundert den Kopf. Ihre Tochter macht mit der Hand Wedelbewegungen nach links. »Da hinten sitzt einer, den können wir nach dem Weg fragen!«

Nellys Augen tasten sich am Tümpelrand lang und finden in etwa zwanzig Metern Entfernung einen Ufersaum, an dem jemand hockt. Mit gebeugtem Rücken und in die Betrachtung gelb blühender Stauden versunken. Er hat einen Klapptisch in die Wildnis geschleppt, eine Thermoskanne, einen Kaffeebecher und – Nelly stutzt – einen niegelnagelneuen Laptop.

»Wow, ein Apple Macbook Air«, erkennt Becky aus der Entfernung und drängelt sich an Nelly vorbei.

»Hallo, hey!«, ruft sie so laut, dass es hohl von den Bäumen widerhallt. Der Rücken streckt sich. Ein junger Mann um die zwanzig reißt verärgert den Kopf nach oben, dreht sich flüchtig herum. Passend zu einer streitlustigen Düstermiene trägt er Combathosen, ein Muscle-Shirt und raspelkurz rasiertes, rabenschwarzes Haar.

Wegen seiner heftig tätowierten Arme teilen Nellys Augen ihn spontan jener Kategorie junger Mann zu, von der sie ihre sechzehnjährige Tochter fernhalten möchte. Sie ist ja nicht spießig, aber Becky soll es bitte, bitte sein oder werden – zumindest bis sie 25 oder 30 ist und sich ihre Begeisterung für tätowierte Freaks, die aus undurchsichtigen Gründen im Wald kampieren, gelegt hat.

Becky bringen derlei Bedenken nicht vom Kurs ab. Im Gegenteil. »Der kann bestimmt nach draußen telefonieren«, sagt sie und eilt Wasserlachen überspringend auf den Walderemiten zu. Nelly eilt schleunig hinterher.

»Hallo«, wiederholt Becky, als sie beim tätowierten Tümpelbesucher anlangen. Sie wirft einen Blick auf den Laptop und – als sie einen Internetstick in einer Laptopbuchse entdeckt – mit kokettem Schwung ihr Haar erst nach rechts und dann nach links, als posiere sie für eine Shampoowerbung.

Auch das noch, stöhnt Nelly innerlich auf.

»Cool hier!«, kiekst und zwitschert Becky dem Tätowierten zu. »Bis auf die Schmeißfliegen.« Sie wedelt einen Insektenschwarm fort, der aus den Sumpfblumen abhebt und vor ihrer Nase herumschwirrt.

Der junge Mann blickt kurz auf, schüttelt angewidert den Kopf und wendet sich wieder seinen Sumpfstauden zu.

Diese Reaktion ist reichlich unverschämt, findet Nelly. Hübscher und interessanter als das gelbe Gestrüpp und die Schmeißfliegen ist ihre Becky nun wirklich. Und hübscher als dieser Kerl ebenfalls. Schrecklich, diese mit Stahlstacheln gepiercten Brauen! Selbst wenn sie in einem Gesicht sitzen, das an Teenieschwarm Robert Pattinson erinnert, zwar nur entfernt, aber deutlich genug, um Becky magisch anzuziehen.

»Wahnsinn, die Stille«, bemüht sich ihre Tochter ein wenig lauter um Kontaktaufnahme. Sie schüttelt Nellys Hand ab und schlägt einen Brummer von ihrer Nase.

»Verdammt, kannst du dich nicht LEISER freuen«, schimpft der Sumpfblumenfan und wirbelt zu ihnen herum.

Nelly kann den Blick nicht von den gepiercten Brauen lassen. Über einer prangt ein Schmutzfleck, den sie spontan mit viel Spucke und einem Taschentuch entfernen möchte. Ach, nein, das ist gar kein Schmutzfleck, sondern eine weiteres Tattoo. Ist das zu glauben? Der Kerl trägt eine blaue Biene im Gesicht spazieren und auf seinen muskulösen Armen andere Vertreter aus Flora und Fauna.

Energisch zieht sie ihre Tochter beiseite. »Guten Tag, wir haben uns ein wenig verlaufen. Könnten Sie uns den Weg zur Schrebergartenkolonie Waldfrieden erklären?«, fragt sie betont höflich.

Der junge Mann federt mit gequältem Gesichtsausdruck aus der Hocke nach oben. »Mo-ment«, knurrt er und wendet sich mit einem Seufzer seinem Laptop zu, tippt Zahlen in eine Exceltabelle und fährt das Programm herunter.

»Zählen Sie die Blumen?«, erkundigt sich Becky und stiehlt sich an Nelly vorbei wieder in den Vordergrund.

»Nein, die Bienen«, brummt der junge Mann und klappt seinen Laptop zu. »Ist ein biophysikalisches Forschungsprojekt.«

»Oh, super!«, freut sich Becky. So viel Naturbegeisterung kennt Nelly bei ihr Tochter gar nicht. »Ich hab in Bio mal Fruchtfliegen auf einem verfaulten Apfel gezüchtet, war das eine Zählerei, ging in die ...«

»Meine Tochter und ich wollten Sie keinesfalls stören«, unterbricht Nelly schroff, um die Gespräche über Bienchen und Blümchen zwischen ihrer wie elektrisiert grinsenden Becky und dem gepiercten Waldschrat zu unterbinden. »Verraten Sie uns einfach den Weg zu den Schrebergärten, dann können Sie weiterzählen.«

»Kann ich nicht«, entgegnet der junge Mann unwirsch. »Ihre Tochter hat gerade einen Schwarm *Bombus terrestris* verscheucht und eine besonders schöne Ölbiene erschlagen. Ich hoffe, es war nur eine Drohne.«

»Oh, sorry. Bomben- und Ölbienen hatten wir in Bio noch nicht«, murmelt Becky betrübt.

»*Bombus terrestris* ist eine Erdhummelart«, knurrt der Bienenfreund.

»Tut mir ehrlich leid«, beteuert Becky.

Nelly hegt den Verdacht, dass die Zerknirschung ihrer Tochter weniger der toten Hummel als ihren verschmähten Flirtsignalen gilt. Und richtig: Becky versucht es gleich noch mal. Unter Verwendung ihrer schärfsten Waffe, die sie gegen Nelly meist zum Einsatz bringt, wenn sie mit ihr verhandelt, wie lange sie ausbleiben darf: Sie macht riesige Lemurenaugen wie E. T. bei seinem Versuch, nach Hause zu telefonieren.

Der Tümpelfreak verfängt sich in Beckys Bettelblick und lenkt halbwegs höflich ein. »Wo wollten Sie denn hin?«

»Wir werden von Frau Schick und Herrn Engels in Garten 102, Block 3 erwartet«, präzisiert Nelly, um klarzustellen, dass sie sich keinesfalls planlos in diesem Wald herumtreiben und Freunde haben.

Im Gesicht des jungen Mannes vollzieht sich eine Wandlung. Seine Miene hellt sich schlagartig auf. Die Bienenbrauen glätten sich, sein Mund entdeckt die Kunst des Lächelns. »Sie kennen Frau Schick und den Professor?«

Nelly kraust verwirrt die Stirn. »Welchen Professor?«

»Herrn Engels. Sie sagten doch eben, Sie wollen zu ihm?«

»Klar kennen wir den Professor«, beeilt sich Becky, die Gunst des Augenblicks zu nutzen. »Frau Schick hat uns um Unterstützung gebeten, weil es in der Kolonie wohl mächtig viel zu tun gibt, mit den vielen Bienen und den Blumen und allem. Meine Mutter ist Frau Schicks Sekretärin … und ich will mich um den Esel kümmern. Huftiere sind voll mein Ding, außerdem brauch ich einen neuen Praktikumsplatz.«

»Becky«, wirft Nelly ärgerlich ein. Huftiere kennt ihre Tochter allenfalls aus ihren alten Bilderbüchern.

»Ach, so ist das«, freut sich hingegen der junge Mann. »Na

dann, herzlich willkommen im Team. Wir können jede Unterstützung brauchen.« Er klopft erst Nelly und dann Becky anerkennend auf die Schulter. »Ich bin Tom. Unter Gleichgesinnten heiße ich Blogger.«

»Cooler Name. Ich bin Rebekka.« Nellys Tochter strahlt über beide Wangen. »Aber unter Gleichgesinnten bin ich Becky.«

Blogger Tom packt seinen Laptop in einen Rucksack und schiebt ihn sich über die Schultern. »Wir können gleich los, ist nicht weit«, sagt er. »Ich muss nur noch das Teil hier in Sicherheit bringen. Man weiß ja nie, wer sich im Wald so alles aufhält.«

Allerdings, denkt Nelly. Aber wenigstens kennt dieser Bienen- und Blumenfreak mit den Brauenstacheln den Weg. Oder doch nicht? Nanu, wo will der denn plötzlich hin?

Blogger zieht ein Seil so dick wie ein Glockenstrang hinter einem mächtigen Ulmenstamm hervor, zerrt daran, bis klappernd ein Klettergurt herabfällt, steigt hinein und erklimmt mithilfe eines Fallseils geschmeidig den Stamm.

»Wow, wie cool ist das denn!«, quiekt Becky. »Der hat da oben ein Haus!«

22.

Frau Schick reckt den Hals, späht Richtung Dachgeschoss und dirigiert mit erhobener Reitgerte eine Federkernmatratze und vier Füße. Das eine Paar gehört einem reizenden anatolischen Taxiunternehmer, der einen Mercedes mit Anhängerkupplung besitzt, weil seine Landsleute gern viel transportieren, das andere Paar Tom Blogger. Die Matratze gehört ihr. Das gute Stück muss vom Dachboden über drei Treppenfluchten in die Eingangshalle ihrer Villa hinabgeschleppt und in den Pferdeanhänger verladen werden.

Eine sehr nützliche Anschaffung, dieser Anhänger, denkt Frau Schick. Was da alles hineinpasst! Sogar ein Klappbett. Noch eine Nacht auf dem Laubensofa wäre ein bisschen viel verlangt für ihren Rücken, aber mit Matratze und Klappbett wird es hervorragend gehen.

Für Nelly und ihre Tochter hat sie auch schon ein leeres Gartenhäuschen samt Stockbett und Blümchentapete reserviert. Ja, langsam kommt wieder Leben in die Kolonie. Endlich.

Nellys Becky war ganz begeistert von der Idee, im Garten zu schlafen – allerdings erst, nachdem Blogger ihr Nachhilfe in Insektenkunde und seinen Schlafsack versprochen hat, was wiederum Nelly gar nicht passte. Der passt der ganze Blogger nicht. So was! Eine blaue Biene über dem rechten Auge ist doch kein Verbrechen und viel hübscher als diese gruseligen Schmisse, die Studenten einander noch zu Zeiten ihres seligen Herrn Papas mit Degen auf die Wange prügelten.

»Immer rechts halten, die Treppe macht im ersten Stock

eine Biegung«, unterbricht Frau Schick sich in ihren Erinnerungen.

Es klirrt und scheppert.

»Oh, Pardon, ich meinte links«, korrigiert sie sich. Zu spät. Der abrupte Richtungswechsel muss der Orchidee im oberen Flurfenster den Garaus gemacht haben. Blogger lugt betroffen über das Geländer. »Haben Sie eine Kehrschaufel?«

»Einfach weitergehen«, kommandiert Frau Schick. »Den Blumentopf kehrt morgen meine Haushälterin zusammen. Sie putzt sehr gern und gründlich.«

»Nee, das mach ich gleich«, ruft Tom Blogger und hebt ächzend wieder die Matratze an.

Wirklich sehr hilfsbereit der Junge. Schon dass er vorübergehend in einem ihrer alten Waldbäume lebt, um diesen und Engels' wilde Bienen vor Planierraupen und Holzfällern zu beschützen, zeugt von Charakter und Ritterlichkeit. Genau wie die Tatsache, dass er die verirrte Nelly samt Becky direkt zu ihr in den Garten gebracht hat.

Oh ja, ihren Koloniebewohner Blogger mochte Frau Schick auf Anhieb, und Blogger mag sie. »Unsere Waldfee«, wie er sagt. Prachtvoller Kerl! Kennt sogar Schopenhauer. »›Jeder dumme Junge kann einen Käfer zertreten, aber kein Professor der Welt kann einen herstellen‹«, hat Blogger Frau Schicks Lieblingsphilosophen vorhin im Garten fehlerfrei zitiert. Für Becky. Auch das passte Nelly nicht. Genauso wenig wie Beckys leidenschaftliches Interesse an Bloggers Vortrag über Wissenschaftler, die zwar keine Käfer zertreten, aber in Laboren am Genom der Bienen herumbasteln, um keimfreie, herbizidresistente Turbobestäuber zu züchten, und über Professoren, die Roboterinsekten entwickeln wollen, weil unter Honig- und Wildbienen weltweit ein Massensterben herrscht und die Bestäubung von Obstplantagen, Äckern und Gemüsefarmen gefährdet ist.

Blogger hat sich dem Kampf für echte Bienen und Nistplätze wie die Kolonie Waldfrieden verschrieben. Um das auch optisch zu unterstreichen, hat er sich diese martialischen Stacheln durch die Brauen gebohrt. Dabei ist er der freundlichste Mensch der Welt, wenn man ihn nur tüchtig über Bienen ausfragt. Er plaudert dann wie ein Wasserfall und anders als Frau Pracht nicht lauter Unsinn, den kein Mensch versteht.

Dank Blogger hat Frau Schick inzwischen ungefähr begriffen, was Öl- und Hosenbienen sind und warum die Welt sie so dringend braucht wie Honigbienen. Wirklich eine hochmoderne Wissenschaft! Herr Engels ist auch tatsächlich Professor dafür, und sein mysteriöses Schloss hat sich als ein privates Forschungsinstitut für ökologische Bienen- und Insektenkunde entpuppt. Dort werden keine Roboterinsekten gebastelt, sondern ihre wilden Vorfahren gehegt, gepflegt und erforscht.

Das Schloss gehört natürlich nicht Herrn Engels, aber er war dort jahrelang Professor und Frau Pracht die allseits beliebte Kantinenchefin. Wegen ihrer Frühstücksmarmelade, sagt Blogger. Das alles steht – von Frau Pracht und ihrer durchaus erwähnenswerten Marmelade abgesehen – sogar im Lexikon, wie Frau Schick soeben überprüft hat.

Dass ihr das früher niemand gesagt hat! Dann hätte sie vernünftig mitreden können und hätte sich von der Walküre nicht so verwirren lassen. Na, sie will nicht nachtragend sein. Schon Schopenhauer hat gewusst, dass ein jeder trotz gleicher Umgebung in seiner völlig eigenen Gedankenwelt lebt. Das hat sich einmal wieder bestätigt. Und in ihrem Kopf kullern und klackern die Gedanken gelegentlich ja auch so rege umeinander wie Lottokugeln im Glasballon. Zuletzt bei Doktor Grünschnabel.

Ihr Transportteam schwankt auf die letzte Treppenflucht zu. »Das machen Sie beide sehr schön«, lobt Frau Schick und schenkt Blogger ein Extralächeln.

Beim Fest heute Abend will Blogger seinen Professor überreden, ihr neben dem Wildbienenprojekt auch seine private Notlage zu schildern.

»Wer uns hilft, muss wissen, wie prekär die Lage für Professor Engels ist«, hat Blogger alle Einwände von Frau Pracht vom Tisch gewischt. Keine Frage, Tom Blogger ist der richtige Verbündete für ihr Weihnachtsmann-Verhör. Er hat ihr geraten, den Professor mit seinen Ölbienen aus der Reserve zu locken und dann behutsam in Richtung Niklas zu lenken, der ein fanatisches Interesse an Herbergers Rückkehr entwickelt hat.

Warum nur hat sich der Knirps bei der Polizei als Herbergers Sohn ausgegeben? Herberger wäre mit ein wenig Übung sicher ein passabler Vater, aber eine derart spontane Zuneigung von einem verschlossenen Kind wie Niklas ist erstaunlich. Ja geradezu beunruhigend, zumal er seinen Opa vergöttert und sicher nicht von ihm weg will.

»Vorsicht, der Schirmständer!«, warnt Frau Schick ihre Matratzenträger, die eben die letzten Treppenstufen bewältigen. »Jetzt ein Linksschwenk rückwärts und immer geradeaus, schon sind Sie draußen.«

Mit zufriedenem Nicken beobachtet sie, wie die beiden Männer über den Kiesweg knirschen und die Matratze verladen. »Eins, zwei, drei, vier«, zählt sie die Koffer durch, die draußen stehen und vom Taxifahrer in den Hänger gewuchtet werden. Blogger sprintet zurück ins Haus und fragt nach einer Kehrschaufel.

Frau Schick deutet zur offenen Kellertür und zieht eine von Nelly geschriebene Liste aus der Hosentasche. Mal sehen, ob sie nichts vergessen hat.

Kaffee
Kaffeefilter
Wandersocken
Bettsocken
Unterwäsche
Bettwäsche
Gebissreiniger
Rei in der Tube
Waschzeug
Pantoffeln
Ausgehschuhe
Schopenhauers Die Kunst, Recht zu behalten*!!!*
2 Flaschen Bärenfang für das Verhör mit Herrn Engels!!!!!
warmer Pyjama
luftiger Pyjama
zwei hübsche Kleider für das Fest

Frau Schick nickt zufrieden. Sie hat an alles gedacht. Eines der Kleider ist für sie, eins für Nelly. Sie haben beinahe dieselbe Größe, und Etuikleider von Givenchy kommen dankenswerterweise nie aus der Mode. Nelly wird in Givenchy und Taubengrau bestimmt hinreißend aussehen, ein wenig nach Audrey Hepburn, wenn sie die Augen so gekonnt aufreißt, wie ihre Becky das kann. Wird Zeit, dass Nelly mal etwas von ihrer Tochter lernt.

Sie faltet die Liste zusammen und steckt sie weg. Was sie vergessen haben, können sie später besorgen. Es ist höchste Zeit zurückzufahren.

Blogger hat seine Fegerei beendet und trägt behutsam eine entwurzelte Orchidee an ihr vorbei. »Darf ich die mitnehmen und für das Tropenhaus hochpäppeln? Ist eine Badewannenorchidee, ein echter Leckerbissen für südamerikanische Prachtbienen.«

Frau Schick nickt angetan. Ist mal was anderes, junge Männer mit Blumen glücklich machen zu können.

Sie dreht sich zur offenen Kellertür um. »Nelly, wir müssen los«, ruft sie die Treppen hinab. »Sind Sie fündig geworden?«

»Nein«, schallt es aus den Tiefen des Kellers zurück. »Hier gibt es nur meterweise alte Steuerordner aus den Jahren 1955 bis 1975, einige für Bewirtungsquittungen mit der Aufschrift ›Karneval & kölscher Klüngel bis 2003‹ und für ... ›Bahnhof- und Lokomotivankäufe‹?« Nelly taucht mit ratlosem Ausdruck in den Augen und einem Stapel Aktenordner, die sie zwischen Kinn und Armen einklemmt, am Fuß der Treppe auf. »Soll ich die mitnehmen?«

»Nein, die brauchen wir nicht, darin hat Paulchen nur seine Märklinbahnen aufgelistet. Davon konnte dieser Kindskopf gar nicht genug haben. Gibt es nichts mit der Aufschrift ›Wald, Garten, Grünzeug‹ oder ›Grundstücke‹?«

»Nein, tut mir leid«, bedauert Nelly.

»Macht nichts«, seufzt Frau Schick. »Es hätte mich, ehrlich gesagt, auch erstaunt. Paulchen hat sich immer einen Heidenspaß daraus gemacht, Geschenke an unmöglichen Orten zu verstecken und zu tarnen. Meine ersten Brillantohrringe hingen im Kronleuchter, und Paulchen sagte, ich solle suchen, bis mir ein Licht aufgeht. Zu Ostern hat er mal eine Nerzstola mit Gummibändern, zwei Knopfaugen und einem Gebiss in einen Hasen verwandelt und neben die Abfalltonnen gesetzt. Das Scheusal hätte ich vor Schreck beinahe mit dem Jaguar überfahren.«

Im Keller kichert es.

»Das war nicht witzig«, sagt Frau Schick. »Die Stola sah aus wie eine Riesenratte, und die Fabergé-Eier in der Mülltonne sind nie wieder aufgetaucht, weil Paulchen sie über meinen Unfall mit den Tonnen vergessen hat. Na, macht nichts, ich finde vergoldete Eier ohnehin albern. Reine Staubfänger, und um den Hals hängen kann man sie sich auch schlecht.«

»Der Notar Ihres Mannes wird uns morgen bestimmt mehr über die Schenkungsurkunde verraten«, ruft Nelly und balanciert die Akten zurück ins Dunkel.

Frau Schick wiegt zweifelnd den Kopf. Wenn Geheimniskrämer Paulchen etwas verstecken wollte, dann hat er das gründlich gemacht und ohne allzu offensichtliche Spuren in Aktenkellern, Schreibtischen oder bei Notaren zu hinterlassen.

Sie dreht sich kurz zu Paulchens Porträt im barocken Protzrahmen um. »Du altes Schlitzohr hättest mir wenigstens einen Tipp geben können«, tadelt sie sein Bild. Der verpatzte Paul mit den angelegten Ohren schweigt. Was sonst.

Schade, schade. Sie hätte heute Abend so gerne das Original ihrer Schenkungsurkunde präsentiert, um alle Unstimmigkeiten zu beseitigen und endgültig das Regiment zu übernehmen. Na, man kann nicht alles haben. Es wird auch so genug zu feiern geben. Vielleicht sogar eine öffentliche Verlobung von Herberger und Nelly? Wär das ein Fest!

Die Polizei hat ihr telefonisch versichert, dass ihr abgängiger Chauffeur samt Jaguar in den Garten kommen will, und sie hat der Polizei versichert, dass ihr Chauffeur bislang nicht als Autodieb auffällig geworden ist. Dafür hat er sich in der »Bond Bar« leider als Randalierer und Idiot präsentiert, der Nellys unfreiwilligen Reklamekuss für ein Shakespeare-Drama gehalten haben muss und sich für Othello! Immer dasselbe, schüttelt Frau Schick den Kopf: Liebe macht blind, und Eifersucht sieht in allem zu viel.

Na, diese Irrungen und Wirrungen werden sich klären lassen, wenn Herberger das Auto bringt und Nelly bei ihr findet. Hoffentlich noch heute Abend.

Bis dahin hat sie beschlossen, Nelly gegenüber in Sachen »Bond Bar« und Gefängnis lieber den Mund zu halten. Die Ärmste ist wegen des gestrigen Auftritts mit ihrem Ex-Hallodri Jörg Barfeld aufgewühlt genug. Wenn sie wüsste, dass Herberger als Zaungast dabei war, würde das ihre Gewissensbisse nur unnötig steigern. Nelly wähnt Herberger noch immer auf Tahiti, und da soll er in ihrem Kopf auch vorerst bleiben, alles andere würde nur Kummer bedeuten, ihren erfreulichen Arbeitseifer bremsen und die Überraschung verderben.

Nelly ist im Keller offenbar fertig und stapft die Treppe hoch.

»Ach herrje, Kindchen, Sie sind ja ganz staubig und verdreckt! Am besten Sie duschen erst einmal und schminken sich ein wenig. Ich will doch, dass sie hübsch aussehen.«

Nelly hebt abwehrend die Hand. »Später. Frau Pracht hat eine Gartendusche, und wir sollten schleunigst fahren, sonst steigen die Taxikosten ins Astronomische. Wo haben Sie eigentlich Ihren Jaguar?«

»Der wurde abgeschleppt«, sagt Frau Schick rasch. »War falsch geparkt.«

»Hoffentlich nicht von Ihnen«, sagt Nelly streng. »Sie dürfen mit Ihren Augen doch nicht mehr fahren.«

»Bin ich auch nicht, sondern ein etwas unzuverlässiger Bekannter.«

»Ich kann den Wagen morgen früh abholen«, bietet Nelly an. »Wir haben vielleicht einige Fahrten zu Ämtern vor uns.«

»Nein, der Wagen wird in den nächsten Stunden, spätestens morgen, zurückgebracht.«

Und falls nicht, wird sie einfach noch mal mit der Polizei telefonieren und Herberger als Auto- und Juwelendieb zur

Fahndung freigeben. Nellys Verlobungsring steckt schließlich auch noch in seiner Tasche. Der Opal hat den Gegenwert eines Kleinwagens, zwar nur eines japanischen, aber zusammen mit dem Jaguar fährt Herberger ein hübsches kleines Vermögen spazieren. Genug, um ihn im Notfall verhaften zu lassen. Ob man in Gefängnissen auch Verlobungen feiern kann? Ach was, das wird kaum nötig sein. Sie kann die Anzeige ja jederzeit zurückziehen und sich auf kurzfristige geistige Verwirrung herausreden. Doktor Grünschnabel wird ihren Hang zu gelegentlichen Aussetzern gewiss gern bestätigen.

Da sieht man es mal wieder! Selbst der leidige Besuch bei Grünschnabel war zu was gut. Gott macht eben keine Fehler.

23.

Zeit zum Aufbruch. Der Rucksack ist neu gepackt, die Wanderschuhe sind geschnürt. Herberger macht einen letzten Kontrollgang durch die stillen, ein wenig staubigen Räume seiner Wohnung. Das Parkett knarrt und seufzt ihm unter den Tritten seiner harten Profilsohlen einen Abschied hinterher.

In der Wohnungstür dreht Herberger sich ein letztes Mal um. »Willst du Frieden, putz deine Reisschale«, heißt es in China. Das hat er erledigt. Seine wichtigsten Auftraggeber sind informiert, die Abwesenheitsnotiz im E-Mail-Account ist aktiviert, die Ansage auf dem Anrufbeantworter erneuert. »Eckehart Gast ist unterwegs und vorerst nicht erreichbar.« Das sollte genügen. Wer ihn kennt, ist sein mitunter plötzliches Verschwinden gewöhnt. Auf diese Weise sind einige seiner größten Bucherfolge entstanden.

Herberger knipst das Licht aus, schließt ab, schultert den Rucksack und stapft die Treppe hinab. Nicht meditativ und entschleunigt wie heute Morgen, denn unten wartet ein Taxi. Seine wahre Pilgerschaft beginnt jenseits von Köln. Heute Nacht wird er – dank des nach wie vor aktiven Jetlags – sicher noch einige Kilometer schaffen. Ab morgen sollten es dann um die dreißig Kilometer täglich sein, wenn möglich mehr.

Mindestens einen Monat Zeit will er sich geben, in denen nichts zählen soll, nur Gehen, Gehen und nochmals Gehen. Er ist fest entschlossen, seinen Körper bis zur Schmerzgrenze zu fordern, sich zu piesacken und zu plagen, um seinem Gehirn die Selbstgespräche über Liebe und Verluste abzugewöhnen.

Schritt für Schritt wird er beim Wandern alle Erinnerungen an Nelly abschütteln. Schmerzende Muskeln und geschundene, zu Tode gekränkte Füße haben die erfreuliche Eigenschaft, den Geist in der Gegenwart festzuhalten und die Sehnsucht auf ein Fußbad und ein bequemes Bett zu reduzieren. Das kennt er, das kennt er gut.

Herberger steigt mit knappem Gruß ins Taxi, nennt sein Fahrtziel.

Das Taxi gleitet in die Nacht, am Kölner Rheinufer vorbei Richtung Mitte, dann immer geradeaus über die Stadtgrenze hinaus. Am dunklen Himmel klebt fein wie eine Wimper der Mond, Sterne funken sich Geheimbotschaften zu.

Herberger atmet erleichtert auf. Der Rückweg zu sich selbst hat begonnen.

Ein Monat sollte reichen, um wieder ein freier Mensch zu werden, für den nur ein Gefühl zählt, das allerwichtigste Gefühl überhaupt: Ich lebe.

Der Taxifahrer folgt den Hinweisschildern Richtung Hürth. Herberger erklärt den Weg zum Polizeiparkplatz. Seine Reisschale ist leider erst dann vollständig geputzt, wenn er den Jaguar abgeholt und bei Frau Schick abgegeben hat.

Er will das ohne Aufsehen und ohne großen Abschied von der verrückten Eselsdiebin erledigen, die noch immer im Garten zu weilen scheint. In der Villa hat vor einer halben Stunde niemand abgehoben, und an ihr Handy geht nach wie vor nur Niklas.

In Hürth steigt Herberger in den Jaguar um und lehnt sich in die Lederpolster zurück. Unglaublich, was er in diesem Auto und mit Frau Schick schon alles erlebt hat!

Die Pyrenäenfahrt zum Camino fällt ihm ein. Frau Schick, die zart wie ein Schneeflöckchen auf der Rückbank ein Nickerchen hält, um als Drache wieder aufzuwachen und ihn vom

Weg abzubringen. Gelegentlich unter Einsatz ihrer Nordic-Walking-Stöcke aus Titanstahl.

Herberger beugt sich unwillkürlich im Fahrersitz vor und näher zum Armaturenbrett. Kreuz und quer durch Spaniens Pampa hat Frau Schick ihn gejagt, damit er ihren Eingebungen folgt – hinein in baskische Wälder, über die Autobahnen der Meseta und als einsamen Nachtwanderer über Passhöhen bis zum Cruz de Ferro. Auf der Suche nach ... Nelly!

Na wunderbar. Schon ist er bei dem Thema, das er meiden will, bis er feste Erde unter den Füßen spürt und geht.

Verflixte Nelly!

Herberger startet den Jaguar, setzt zurück und fingert auf der Suche nach Ablenkung am Autoradio herum. Melancholisches Gitarrenklimpern dringt aus den Lautsprechern, eine Männerstimme setzt ein. Herbergers Finger zucken zurück, als habe das Radio ihn gebissen.

»*Ride on*«, raunt der irische Barde Christy Moore.

Das Lied hat Herberger seit Jahren nicht mehr gehört. Seit Jahrzehnten. Es war einmal eine seiner Hymnen, das besungene wie rastloses Weiterziehen sein Lebensprogramm.

»*Ride on*«, wiederholt Moore und summt sich in ihm fest.

Guter Song. Unglaublich passend.

»*Ride on*«, verabschiedet Moore sich nachdrücklich von der Liebe, weil Weiterreiten, ohne jemals anzukommen, sein Lebensziel ist.

Herberger nickt erleichtert und lenkt den Wagen auf die Ausfallstraße Richtung Schrebergarten.

Ride on.

Das hat ihm immer gutgetan und ihn vorangebracht. Er hat sich nie lange irgendwo zuhause gefühlt, von seltenen Momenten abgesehen. Seine Gedanken streifen einen Olivenbaum und Herberger beinahe eine Baustellenabsperrung.

Rattatong, Rattatong, heißt ihn nur fünfhundert Meter weiter ein wohlbekannter Streckenabschnitt willkommen. Und die rote Ampel inmitten von Nirgendwo. Seufzend schaltet Herberger auf Schneckentempo zurück und bremst.

Christie Moore gelangt zeitgleich ans Ende seines musikalischen Nachtritts. Irgendein Witzbold aus der Musikredaktion schickt den Soul-Klassiker *Stand by me* hinterher: »Für alle die kein Pferd, aber eine feste Freundin haben.« Wieherndes Lachen. *»Darling, please stand by me!«*

Herberger schaltet verärgert das Radio aus, lässt die Finger über das Lenkrad galoppieren. Leider kommt er ohne Musik und dank des Rendezvous mit der roten Ampel ins sinnlose Grübeln.

Gestern hat er noch hier gestanden und einen Esel für Frau Schick gestohlen. Gut, dass das vorbei ist!

Gestern hat ihm Niklas kurz vor dem Ampelstopp ein Bonbon zugeschoben. Und Stalin hat nach seiner Hand geschnappt! Gestern hat er hier ungeduldig auf Grün gewartet, weil er zu Nelly wollte. Unbarmherzig dreht sein Gedächtnis die Zeit um 24 Stunden zurück, bis zu dem Punkt, an dem noch Hoffnung auf ein völlig neues Leben vor ihm lag.

Zur Hölle mit Gestern! Wer seine Vergangenheit loslässt, ist sofort frei. Ja. Genau. So hat er das immer schon gemacht, so wird er es auch diesmal machen. Einfach loslassen und gehen. Hat sich stets bewährt.

Die Ampel gibt grünes Licht und den Weg zu den Schrebergärten frei. Herberger legt einen Gang ein und tritt aufs Gaspedal. Nichts wie weg vom Thema Nelly und der unangenehmen Frage, welche Vergangenheit genau er loslassen muss, um frei zu sein.

Die von Eckehart Gast oder Herbergers.

24.

»Heidewitzka, Herr Kapitän!«, pumpt und quetscht Herr Töller ins Schifferklavier. »Mer kann su schön im Dunkle schunkele.« Mit flinken Fingern hüpft er den Refrain über Tasten und Bassknöpfe. »Wenn üvver uns de Stäärne funkele«, singt er. Sein Altherrentenor zittert leicht und kennt auch schiefe Töne, aber das Akkordeon beherrscht er perfekt. Ein, zwei Kölsch verleihen dem Gesangsvortrag Flügel, und seine hingebungsvolle Freude an der Musik ist ansteckend.

Klingt eindeutig nach Popesch, freut sich Frau Schick, die sich das Stimmungslied »in memoriam Paulchen« als Auftakt gewünscht hat. Nach drei Strophen *Heidewitzka* steht fest: Vereinschef Detlev Töller ist ein alter Hase, wenn es darum geht, ein Festzelt musikalisch anzuheizen.

Darauf einen Bärenfang!

Frau Schick prostet in Richtung Bühne und nippt damenhaft. Popesch prostet zurück und kippt sein drittes Kölsch.

Gegen Bier, Bärenfang und *Heidewitzka* hat die Kühle der Nacht keine Chance, unter Planen und Gestänge zu kriechen. Zumal das Zelt gesteckt voll ist.

Einige Gäste und Engels' Studenten mussten nach nebenan ins Vereinsheim »Gießkännchen« ausweichen. Sie trösten sich dort mit Frau Prachts Schnittchenbuffet und Nellys reizender Bedienung. Nelly will lieber für ihr Gehalt arbeiten, als zu feiern. Blogger zapft auf Bitte von Frau Schick das Bier. Becky wollte ihm dabei helfen, muss aber zunächst samt Zerberus und Niklas die Pfütze finden, in der sie Nellys Olivenbaum heute

Nachmittag abgestellt und vergessen hat. Stalin ist als Wach- und Spürhund mit von der Partie.

Diese Becky, so jung und schon so vergesslich, also wirklich! Frau Schick konzentriert sich wieder aufs Bühnengeschehen. Sie hat den Ehrenplatz bekommen, direkt vis à vis von Popesch. Der bringt gerade mit der *Fiesta Mexicana* all jene Pächter auf seine Seite, die Frau Pracht verächtlich als »hörgeschädigte Rex-Gildo-Fraktion« abtut.

»Im Wald wär es sehr still, wenn nur die Nachtigallen sängen«, weist Frau Schick sie zurecht und kippt klammheimlich ein Schlubberchen Bärenfang in Frau Prachts alkoholfreies Ingwerbier.

Zugegeben, Frau Schick kann *Heidewitzka* und deutsche Schlager auch nur begrenzt ertragen, aber sie ist heilfroh, dass Popesch per Telefonkette seine Rex-Gildo-Pächter zum Fest geladen hat und zur Rückkehr in ihre Gärten bewegen will.

»Wir können jede Hilfe brauchen, um meine Kolonie wieder zu bevölkern und Professor Engels' Bienen vor feindlichen Baggerangriffen zu schützen«, erklärt sie Frau Pracht, die mit finsteren Kommentaren die Gäste durchgeht.

»Töllers unbelehrbare Rentnerbande hilft uns garantiert nicht! Einige benutzen noch Nitrat als Dünger und Nervengift gegen Schnecken«, zischt sie quer über den Bierzelttisch, während Popesch auf der Bühne ein Potpourri der deutschen Hitparade aus Dieter Thomas Hecks goldenen Jahren zum Vortrag bringt.

Ein Zug bricht auf nach Nirgendwo, macht Zwischenstopp in Mendocino und kommt in einem Bett im Kornfeld zu stehen, durch das barfuß im Regen Chris Roberts tanzt, während Wencke Myrrhe ihr knallrotes Gummiboot rausholt. Die Stimmung im Zelt könnte besser nicht sein. Vom Erfolg ermutigt, lässt Popesch Töller – mit Sehnsuchtsblick auf Frau Prachts

Rücken – Hilde Knefs rote Rosen von der Bühne regnen. Sie stoßen bei der Walküre auf taube Ohren.

Dafür tanzen mehr und mehr Festgäste zum Flackern einer betagten Lichtorgel, die Herr Engels bedient. In seinem Cordanzug sieht er heute Abend tatsächlich wie ein Professor aus. Na ja, mehr wie ein Betteldozent mit Ellbogenflicken, aber immerhin, Cord steht ihm. Genau wie die Baskenmütze, unter der sein Haar hervorquillt wie ein Glorienschein.

Frau Schick lächelt ihm zu und hebt einladend ihre Flasche Bärenfang, weil sie zu gern mit ihrem Privatverhör beginnen würde. Herr Engels macht eine bedauernde Geste, die auf Probleme mit der Lichtorgel hindeuten, und fummelt Kabel zurecht.

Frau Schick muss sich daher vorerst mit Lästerschwester Pracht begnügen, die beharrlich Töllers Fans und Freunde auseinandernimmt.

»Bei Kalle steht sogar noch Unkrautex im Schuppen«, verrät sie Frau Schick mit aufgebrachtem Blick auf ihren Nebenmann. »UN-KRAUT-EX!«

Das klingt zwar albern, aber nützlich, findet Frau Schick. Wenn Sie sich recht entsinnt, hat einer ihrer früheren Gärtner auch darauf geschworen und war sehr traurig, als es irgendwann verboten wurde.

»Mit diesem Teufelszeug kann man Bomben bauen«, schäumt die Walküre.

»Tatsächlich? Wofür braucht Kalle die denn?«, fragt Frau Schick und wirft dem Sitznachbarn der Walküre einen interessierten Blick zu.

Kalle ist ein Rentner in weißen Großraumjeans, nabeltief geöffnetem Hawaiihemd über grauem Brusthaargekringel und mit einem Schnauzbart, der so dick wie eine Schuhputzbürste ist. Scheint ein treuer Fan von Tom Selleck zu sein. Rein modisch betrachtet ist das sicher ein Verbrechen, aber Magnum war doch immer einer von den Guten und kein Bombenleger!

»Er setzt das Zeug nur gegen Löwenzahn und Disteln ein«, wischt Frau Pracht die Bomben widerwillig vom Tisch.

»Ach, und das hilft?«, will Frau Schick wissen. Vielleicht kann das Teufelszeug ja auch gegen ihre wuchsfreudigen Gänsedisteln etwas ausrichten. »Auf der Suche nach einer Leiter ist Nelly hinter meinem Geräteschuppen vorhin in eine wahre Distelplantage geraten«, erklärt sie. »Die muss weg. Nellys bemerkenswerten Beine sehen seitdem nämlich aus wie nach einem sehr hässlichen Rasierunfall! Passt gar nicht zu Givenchy.«

»Unkrautex ist Tier- und Pflanzenmord«, giftet Frau Pracht und entzieht sich einer Schunkelavance von Kalle.

Frau Schick seufzt innerlich. Die Walküre hat wirklich ein beachtliches Talent, sichtlich interessierte Verehrer abzuschrecken, dabei wirkt der von ihr angehimmelte Engels kaum gewillt, dieses dicke Dornröschen wach zu küssen.

Wirklich ärgerlich. Frau Pracht ist vollkommen blind für wahre Liebe. Sehr unvernünftig. Ihre Zeiten als »Knalleffekt der Natur« – wie Schopenhauer junge Frauen zu bezeichnen pflegte – sind schließlich vorbei, sie sollte endlich einen Mann erhören, der ausgereifte Prachtleiber zu schätzen weiß.

Wie zur Antwort stöhnt die Walküre verächtlich auf, als Rosenkavalier Popesch das in Köln unverzichtbare Stimmungslied *In unserm Veedel* anstimmt. »Auch das noch! Der soll endlich die Bühne freigeben. Ich will die Heartlander hören.«

Frau Schick schmuggelt mehr Bärenfang ins Glas der Walküre und singt und schunkelt demonstrativ mit. *In unserem Veedel* ist in Popeschs Textversion nämlich ein Friedensangebot an alle Koloniebewohner und eine Lobeshymne auf die Gärten.

»Et Schönste, wat m'r han, schon all die lange Johr, sind uns're Gaade, denn he hält m'r zosaaaaaamme!« Kurze Pause, dann stimmt das gesamte Zelt mit ein. »En uns're Gaade!«

»Von wegen zusammenhalten!«, schnaubt die Walküre und erhebt sich erbost. »Von so was hat dieser Verräter doch gar keine Ahnung.«

»Nun seien Sie doch nicht immer so misstrauisch«, schimpft Frau Schick. »Pop... ich meine Herr Töller, bemüht sich in meinen Ohren aufrichtig um eine Ende aller Kleinkriege!«

»Sie kennen den Schuft, der in ihm steckt, noch nicht!«

»Meine liebe Frau Pracht, Gott kann auch auf krummen Linien gerade schreiben.« Bist doch selber eine, setzt sie im Stillen aufgebracht hinzu.

»Ich geh mal nach meinen Schnittchen gucken«, blafft die Unbelehrbare. »Nelly braucht bestimmt Nachschub.« Mit wagnerianischer Grandezza durchpflügt Frau Pracht schunkelnde Tisch- und Bankreihen und wendet sich zum Zeltausgang. Applaus für Popesch begleitet ihren Abgang.

Herr Töller kündigt eine Ansprache und eine Zugabe speziell für die »Retterin von Waldfrieden« an. »Liebe Gartenfreunde und Gartenfreundinnen. Ich bin glücklich, euch wieder in unserer Kolonie willkommen zu heißen, und freue mich, euch mitteilen zu können, dass ich noch heute Abend über die Rückgabe eurer Ersatzgärten und Entschädigungssummen verhandeln werde. Es steht für mich außer Frage, dass mein Verhandlungspartner aufgrund der geänderten Situation und Frau Schicks Entscheidung, unsere geliebte Anlage am Leben zu erhalten und zu sanieren, günstige Konditionen anbieten muss...« Es folgt ein Exkurs über Rückerstattungsmodalitäten und Ratenzahlungen.

Frau Schick hört nicht hin. Als Musikant ist Herr Töller ein echter Popesch, als Vereinschef und Redner ein gnadenloser

Langeweiler. Sie verrenkt den Hals und reckt sich in Richtung Zelteingang. Hoffentlich kommt die Walküre zur musikalischen Zugabe zurück. Wo bleibt sie nur?

»...kämper zugesagt. Als Dank für unsere Retterin komme ich nun zu meiner musikalischen Zugabe«, geht Herr Töller wieder zum gemütlichen Teil des Abends über. »Unsere Retterin hat sich etwas von Marlene Dietrich gewünscht.«

Wie dumm, die Walküre ist und bleibt verschwunden. Frau Schick dreht sich zur Bühne und Herrn Töller um. Aus Marlenes Text hätte Frau Pracht eine Menge lernen können! Darum hat Frau Schick den alten Gassenhauer doch ausgewählt. Darum, und weil Pöhlwitzens Popesch ihn so gern gesungen hat. Das Lied war in den Dreißigern pickfrisch, und die erste Strophe passt hübsch zu Gartenfesten.

»Ich hab' den ganzen Nachmittag geübt«, erklärt Detlev verlegen. »Das Lied ist recht flott, aber ihr müsst euch bitte alle vorstellen, dass jetzt der blaue Engel singt, also die fesche Lola, also keinesfalls ich!«

»Wieso?«, grölt Kalle aufgeräumt. »Blau bist du doch auch gleich.«

»Aber bestimmt kein Engel«, scherzt es aus einer anderen Zeltecke zurück.

»Leg los, Lola«, fordert Kalle.

Frau Schick nickt und verbirgt artig ihre Verärgerung.

Popesch setzt ein:

Frühling kommt, der Sperling piept,
Duft aus Blütenkelchen!
Bin in einen Mann verliebt
und weiß nicht, in welchen!

Kalle grölt, Popesch singt mit strafendem Blick weiter.

Könnte das nur Frau Pracht hören!, denkt Frau Schick.

Schwungvoll leitet Popesch zum schmissigen Refrain über.

Kinder, heut' Abend, da such ich mir was aus,
einen Mann, einen richtigen Mann!
...
Einen Mann, dem das Herz noch in Lieb' erglüht,
einen Mann, dem das Feuer aus den Augen sprüht ...

So wie jetzt Popesch. Wirklich zu dumm, dass Frau Pracht gerade Schnittchen schmiert.

»Kurz, einen Mann, der noch küssen will und kann«, singt Popesch sich Kalles Gelächter zum Trotz in Rage.

Frau Schick nickt, haargenau so einen braucht Frau Pracht. Ein Popesch in Rage küsst bestimmt sehr ordentlich.

»Möchten Sie zu Ihrem Lied nicht tanzen?«, erkundigt sich in ihrem Rücken sehr höflich der Professor.

Überrascht dreht Frau Schick sich zu ihm um. »Mit wem?«

»Ich dachte an mich«, schlägt Herr Engels mit durchaus charmantem Lächeln vor.

Wie kommt der darauf? Sie ist nun wirklich keine fesche Lola und er kein Professor Unrat.

»Nein, danke«, lehnt sie höflich ab. Sehr höflich, denn sie hat ja noch was vor mit dem Professor.

»Schade«, bedauert Herr Engels.

»Aber ich würde mich gern bei einem Gläschen Honiglikör über die Bedeutung von Hosenbienen unterhalten«, nutzt Frau Schick die günstige Gelegenheit. »Soweit ich es dank Ihrem reizenden Studenten Blogger verstanden habe, betreiben Sie ein Forschungsprojekt in Zusammenhang mit Öltankerhavarien. Ich hätte gerne genauere Erläuterungen zum faszinierenden Borstenhaarsystem Ihrer Ölbienen.«

Das Gesicht des Professors verrät grenzenloses Erstaunen und einen Hauch Entzücken. »Sie interessieren sich ernsthaft für meine Ölbienen«, freut er sich.

Sehr gut. Egal, auf welchem Gebiet man Männer zu Helden erklärt, es funktioniert immer. Ihr Paulchen ist nur so dahingeschmolzen, wenn sie ihn über Neuerungen in der Parkautomatentechnologie hat plaudern lassen.

»Aber natürlich«, verspricht Frau Schick jetzt Herrn Engels. »Wollen wir uns einen ruhigen Platz im ›Gießkännchen‹ suchen? Hier wird es gleich – wie ich befürchte – etwas zu laut, als dass ich Ihnen angemessen zuhören könnte.«

»Davon ist auszugehen«, bestätigt Engels mit Blick auf die Bühne.

Popesch tritt gerade ab und macht Platz für die Heartland Travellers. Die siebenköpfige Band hebt zu einem ohrenbetäubenden Soundcheck mit einem sehr großen Bassverstärker, einer elektronischen Fiedel, Gitarren, Flöten und einem Heer aus Trommeln an. »Test, Test, Test«, schallt es von zwei Sängerinnen über Mikrofone.

Das klingt stark nach Schönbergs ersten Versuchen mit atonaler Musik, findet Frau Schick und zuckt unter einer infernalischen Rückkopplung zusammen. Sie legt flugs ihre linke Hand in Engels' dargebotene rechte. Ganz Kavalier hilft ihr der Professor, die schmale Bierbank zu übersteigen. Frau Schick staunt gewaltig, wie beweglich sie noch sein kann und wie galant Herr Engels ist. Der legt wirklich fabelhafte Manieren an den Tag. Fast wäre ihr doch nach einem Tänzchen. Muss am Cordanzug liegen. Oder am Bärenfang. Nein, sie hatte erst ein, zwei Schlückchen.

Es liegt an der einsetzenden Musik, entscheidet sie kurzerhand. Die Band stellt sich mit einem schwungvollen schottischen Reel vor. So flott, so laut und lebhaft, dass ihr der Rhythmus glatt in die Beine fährt. Es fällt ihr bei dem Tempo, das der Springtanz vorgibt, richtig schwer, sittsam und ganz Dame die Bank- und Tischreihen abzuschreiten. Aber Hüpfen verbietet sich, denn Frau Schicks Abgang entwickelt sich zu einem kleinen Defilee.

Zurückgekehrte Pächter erheben grüßend ihre Gläser, andere sogar sich selbst, um der »Retterin von Waldfrieden« Respekt zuzuprosten und Dank zu bekunden. Dem Weihnachtsmann an ihrer Seite scheinen sie auch nicht feindlich gesinnt zu sein.

»Gut gemacht, Herr Professor«, brüllen ihm einige Gäste über das Dröhnen und Wirbeln von Trommeln und Bongos hinweg zu.

Engels' Tätigkeit an der Lichtorgel kann mit dem Lob nicht gemeint sein, die fällt nämlich gerade aus. Sie scheint schottischen Springtänzen nicht mehr gewachsen zu sein. Macht nichts. Frau Schick wird eine neue spendieren, gefeiert wird in ihrem Verein sicher noch oft. Sogar sehr oft, wenn es nach ihr geht, und in jedem Fall mit Musik und Tanz.

25.

Leise fluchend setzt Herberger seinen Rucksack bei einem Müllcontainer neben dem Vereinsheim ab. Er hat einen strammen Waldmarsch mit Taschenlampe absolviert und ist – wie er soeben entdeckt hat – einen vollkommen unnötigen Umweg gelaufen. Das Vereinsheim hätte er sehr gut mit dem Wagen anfahren können. Ohne Rattatong und sinnlose Ampelpausen. Es gibt direkt davor eine sauber geteerte Zufahrt, einen breiten Hauptweg und freie Parkplätze.

Schöner Blödsinn! Jetzt steht der Jaguar sinnlos bei den Planierraupen am hinteren Waldeingang und er ratlos neben einem überquellenden Müllcontainer.

Herberger weiß nicht, wohin mit den Autoschlüsseln. Ob er sie im Vereinsheim abgeben kann? Er tastet nach einem Briefumschlag in seiner Outdoorjacke. Der dumme Verlobungsring steckt auch drin. Beides muss er loswerden, aber in das Festzelt auf dem Vorplatz kriegen ihn keine zehn Pferde. Dort wird nämlich gerade Frau Schick lautstark zur »Retterin von Waldfrieden« ausgerufen und zum Akkordeon beginnt ein Mann mit brüchiger Stimme und unter großem Gejohle, Marlene Dietrich zu parodieren. Das alles ist Frau Schick gegönnt, aber zum Mitfeiern will er sich keinesfalls verdonnern lassen. Festveranstaltungen mit Musik, Tanz und ein Laientransvestit sind das Letzte, was er jetzt ertragen könnte.

Darum hat er sich beim Anblick des Zelts auch rasch in die Büsche geschlagen und ist erst am Müllcontainer wieder aufgetaucht. Kein Ort, der zu meditativem Verweilen einlädt.

Vielleicht lässt sich im Vereinsheim ein vertrauenswürdiger Mensch entdecken, dem er den Briefumschlag mit Schlüssel und Ring aushändigen kann? Herr Engels wäre eine Möglichkeit. Zur Not auch Niklas, wobei er sich lieber nicht ausmalt, was der kleine Strolch mit Frau Schicks Jaguarschlüsseln anstellen könnte.

Herberger schlängelt sich hinter den Container, um einen Blick ins »Gießkännchen« zu wagen. Aus einem kleinen Gitterfenster schallen Stimmengewirr und Gelächter. Herberger reckt den Hals und lässt seine Augen durch ein Saalrechteck mit Schummerbeleuchtung wandern. Kurz verweilen sie an einem rustikalen Biertresen und erspähen dahinter einen tätowierten Jüngling. Angestrahlt von einem Jägermeistergeweih füllt er Kölschstangen im Akkord.

Herberger sucht die umdrängte Theke nach Herrn Engels ab. Vergeblich. Sein Blick tastet sich weiter auf einen reich bestückten Buffettisch zu. Dahinter schneidet eine beleibte Kaltmamsell eifrig Brot, prüft Salatschüsseln und ruft nach einer Kellnerin, die flugs aus einer Tischnische auftaucht. Herberger prallt zurück, ihm stockt der Atem, sein Herz schlägt Alarm, pumpt in fliegendem Wechsel sinnlos Freude, Wut und Höllenschmerz in jede Körperzelle.

Die Kellnerin ist Nelly.

Eine scherzende Nelly, eine geschäftige Nelly, eine bildhübsche Nelly in einem schlichten grauen Kleid, das sie zu einer Erscheinung macht, die sich spontan in seine Netzhaut einbrennen will. Nelly nimmt zwei Schnittchenteller entgegen und balanciert sie mit kessem Hüftschwung direkt auf ihn zu. Nein, natürlich nicht auf ihn, sondern auf einen Tisch direkt beim Fenster.

Herberger geht spontan in die Hocke. Was macht sie hier?

Egal, das geht ihn nichts an. In jedem Fall wäre es unerträglich, im Schatten einer Abfalltonne von Nelly entdeckt zu werden. Er ist doch kein durchgeknallter Stalker! Er zwingt sich zum Luftholen und atmet Mülltonnengeruch.

Zum Teufel! Es ist unvernünftig, beschämend und erbärmlich, sich so verletzt, so betrogen und so niedergeschlagen zu fühlen, nur weil eine Frau seine Gefühle nicht erwidern will. Gefühle hat man, oder man hat sie eben nicht. Einreden kann sie einem keiner.

Ausreden allerdings auch nicht.

Verflixte Nelly!

Herberger schüttelt unwillig den Kopf. Sich im Schatten eines Abfallcontainers Gedanken über Liebe zu machen ist so sinnvoll wie ein Fahrplan ohne Eisenbahn und so erfreulich wie Musik vom Blatt zu lesen, statt sie zu hören. Nelly ist erwachsen, sie muss wissen, was sie tut, und hat wie jeder Mensch ein Recht darauf, ihre eigenen Fehler zu machen. Jörg Barfeld ist einer davon, da ist sich Herberger ziemlich sicher.

Und Nelly war seiner. Ein weit größerer wäre es allerdings, sie deshalb zur Rede zu stellen.

Er muss hier weg, bevor er eine Dummheit begeht. Nur, wie wird er Frau Schicks Autoschlüssel vorher los? Ein Eselwiehern lenkt Herbergers Blick nach links. Unter einer Laterne klappert Zerberus mit Niklas heran. Geführt wird er von Nellys Tochter Becky. Fehlt nur noch der Herr Papa.

Bellend löst sich ein zotteliges Fellknäuel von Zerberus' Hufen, saust auf die Mülltonnen zu und wuselt sich an ihn heran. Stalin. Auch das noch. Herberger arbeitet sich in gebücktem Krebsgang seitwärts hinter der Mülltonne entlang, auf der Suche nach einem besseren Versteck. Stalin drängt und schnuppert interessiert hinter ihm her.

»Pfui Stalin!«, ruft Niklas. »Komm da raus.«

Das Fellknäuel zögert kurz und schießt davon. Herberger

flüchtet sich in ein Holunderdickicht. Gerade noch geschafft! Leider versperrt ein Bretterzaun den weiteren Fluchtweg. Das Hufklappern in seinem Rücken wird lauter. Becky bringt Zerberus irgendwo beim Müllcontainer zum Stehen.

»Soll ich dir vom Esel runterhelfen?«, fragt sie.

»Nee«, antwortet Niklas. »Ich bring Zerberus in Opas Garten, der braucht Möhren, sonst pupst er. Nimm mal den Gemüsebaum.«

Geraschel.

»Vorsicht, sonst beißt Zerberus wieder was ab, der hat Hunger.«

»Ist nicht schlimm, der Baum is eh hinüber«, sagt Becky. »Ich bin dann bei Blogger. Oh, Moment noch, kannst du mir kurz das Handy borgen?«

»Geht nicht, das gehört Frau Schick«, erwidert Niklas. »Die wird böse, wenn ich's diesmal nicht sofort zurückbringe.«

»Ich bring's ihr. Sie hat es doch uns beiden mitgegeben!«

»Nur für Notfälle«, wehrt Niklas ab.

»Jetzt mach schon, kriegst auch einen Kaugummi.«

»Welche Sorte?«

»Orbit Erdbeer.«

»Bääh. Der ist mit ohne Zucker und ohne Blasen.«

»Ich kauf dir morgen 'ne ganze Packung Hubba Bubba«, verhandelt Becky hartnäckig.

»Nee, sofort!«, verlangt Niklas. »Hubba Bubba kann man im ›Gießkännchen‹ bei Frau Pracht kaufen. Ich will zwei Päckchen rote mit Himbeer. Nicht die grünen mit Melone.«

»Von mir aus, aber dann rück endlich das Handy raus.«

Der Deal scheint perfekt zu sein. Frau Schicks Telefon muss den Besitzer gewechselt haben, und Niklas klappert auf Zerberus mit einem munteren »Sag meinem Opa, ich bin gleich zurück« davon.

Zu Herbergers Leidwesen verschwindet Becky nicht im Vereinsheim. Sie öffnet unter kreischendem Geräusch den Müllcontainer und lässt die Klappe mit einem würgenden »Pfui, stinkt das« wieder zurückschnappen. Was auch immer sie wegwerfen wollte, setzt sie neben dem Abfallbehälter ab. Kurze Pause, dann beginnt ihr Telefonat. Offenbar erreicht sie nur eine Mailbox. Das hört man am hastigen Tonfall, in dem Becky eine Textnachricht aufsagt.

»Hi Dad, wollte nur sagen, wir schlafen paar Tage bei 'ner Freundin im Garten. Ziemlich komische Tante, aber ist krass cool hier. Mama ist noch immer voll hin und weg wegen eurer Küsserei. Rest klären wir später. Wir sehen uns. Tschüssi.«

26.

»Ich habe Ihnen hinten eine sehr gemütliche Tischnische frei gehalten«, begrüßt eine erhitzte Nelly ihre Arbeitgeberin Frau Schick, die am Arm von Herrn Engels soeben das »Gießkännchen« betreten hat. Nelly deutet in eine Ecke des Saals. »Wäre die recht?«

»Sehr schön, genau das, was wir brauchen«, lobt Frau Schick. »Ach übrigens, ist schon jemand mit meinen Jaguarschlüsseln aufgetaucht?«

Nelly verneint.

»Merkwürdig, sehr merkwürdig«, findet Frau Schick und kraust flüchtig die Stirn. »Na, das kläre ich später. Könnten Sie uns erst einmal etwas zu essen bringen?«

»Was hätten Sie denn gern?«

»Eine Auswahl von Frau Prachts Buffet. Ich möchte gerne probieren, was sie außer Marmelade so zu bieten hat«, bestellt Frau Schick.

»Lauter Wunderwerke der Kochkunst«, schwärmt Herr Engels, der im rechten Arm eine Flasche Bärenfang spazieren führt und mit dem linken Frau Schick untergehakt hat. »Heidemaries Kochkünste sind einzigartig. Alles, was ich selbst am Herd fabriziere, habe ich von ihr gelernt. Die Führung des Vereinsheims ist eine bedauerliche Unterforderung ihrer Talente.«

Frau Schick entzieht dem Professor spontan ihren Arm. »Zu trinken haben wir selbst«, erklärt sie Nelly. »Ich hoffe, für zwei Likörgläser verlangt Frau Pracht kein Korkgeld«, ergänzt sie und bahnt sich resolut einen Weg zur Tischnische.

Nanu, wundert sich Nelly, warum klingt Frau Schick mit einem Mal so angespannt und leicht verschnupft?

»Ich hätte außer dem Bärenfang gerne ein Bier und für Frau Schick einen Sekt von der Hausmarke. Ihr bekommt der Likör anscheinend schlecht«, raunt der Professor und folgt seiner Tischdame.

Nelly kämpft sich durch das Gedränge vor der Theke, gibt bei Blogger die Getränkewünsche auf und arbeitet sich weiter zum Buffet vor.

»Zweimal Kölner Platte für den Vereinsstammtisch und zwei Teller ›Quer durch den Garten‹ für Frau Schick und Herrn Engels«, ordert sie bei Frau Pracht.

»Sagen Sie dem Vereinsstammtisch, Kölner Platte gibt's heute nicht«, knurrt Frau Pracht. »Blutwurst ist aus.«

»Oh«, bedauert Nelly, »der nette Akkordeonspieler hat sich so darauf gefreut. Er erwartet außerdem noch einen wichtigen Gast, der Ihre Kölner Platte besonders schätzt, sagt er.«

»Pah! Der reizende Akkordeonspieler bekommt ein Käsebrötchen und sein wichtiger Gast, was übrig ist«, brummt Frau Pracht. Sie knallt Nelly einen Teller mit einem sehr einsamen Brötchen hin. Ohne Butter, Beilage und Dekoration, dabei sind Dekorationen Frau Prachts Leidenschaft, wie Nelly heute Abend lernen durfte. Keine Frikadelle geht hier ohne Petersiliensträußchen, Tomatenschnitz und Eischeibchen raus.

Für Frau Schick und Herrn Engels legt sich die Buffetchefin gerade wieder mächtig ins Zeug, schneidet Radieschenrosen und bettet kleine Wiener Schnitzelchen wie Juwelen in ein köstliches Salatbett. Die Gurkenblättchen sind so hauchfein gehobelt, dass man eine Zeitung durch sie lesen könnte, und der Gurkensalat, der weltweit gewöhnlich nach nichts schmeckt, ist dank Frau Prachts Künsten ein samtiger Zungenschnalzer.

Nelly nimmt den Brötchenteller, löffelt heimlich Kartoffel-

und Nudelsalat daneben, legt noch zwei Würstchen dazu und macht sich auf den Weg zu Tisch drei. An der Tür kommt sie kurz vom Kurs ab. Becky steht im Windfang und tuscht sich die Wimpern.

»Weniger ist mehr, Süße. Du siehst bereits aus wie ein Pandabär«, mahnt Nelly. »Hast du eigentlich mein Olivenbäumchen wiedergefunden?«

»Äh ... nein, ist leider weg.«

»Oh Becky! Wie soll ich Herberger je erklären, wo er hingekommen ist?«

Becky lässt verblüfft das Tuschbürstchen sinken. »Wer ist *Herberger?*«

Mist! Nelly beißt sich auf die Lippen. So zwischen Tür und Angel wollte sie Becky ihre große Liebe nun wirklich nicht offenbaren. »Das erkläre ich dir später.«

»Wer ist Herberger?«, insistiert Becky.

»Blogger wartet. Er braucht dringend deine Hilfe«, lenkt Nelly flugs ab. Mit Erfolg. Becky verwüstet ihr Haar mit den Fingern zu einer Art Raubkatzenfrisur und steuert mit der Geschwindigkeit einer ferngesteuerten Lenkrakete die Theke an.

Seufzend serviert Nelly das Käsebrötchen.

»Bekomme ich keine Kölner Platte?«, seufzt noch lauter der Akkordeonspieler und betrachtet sein trostloses Käsebrötchen.

Oh nein!, denkt Nelly ganz betroffen, es schimmert in den Altmänneraugen sogar feucht. Es sieht ganz so aus, als bedeute dem Musikanten eine Kölner Platte von Frau Pracht so viel wie ihr Herbergers Olivenbäumchen.

»Ich werde versuchen, die Chefin umzustimmen«, sagt sie und eilt zurück zum Buffet. Leider ist Frau Pracht gerade unterwegs.

Nelly greift nach den vorbereiteten Tellern für Frau Schick und Herrn Engels und bittet Blogger auf dem Weg zu deren

Tisch um ein großes Kölsch für einen einsamen Akkordeonkünstler.

Es scheint, als käme er hier nie mehr ungesehen weg, ärgert sich Herberger im Holundergebüsch. Der Abfallcontainer hat sich in der letzten Viertelstunde als die Raucherecke des Vereins entpuppt, und jetzt kippt die Kaltmamsell aus dem Vereinsheim polternd Müll in den Container. Ob er sie wegen der Schlüssel ansprechen soll?

Herberger überlegt kurz. Sie sah vorhin am Buffet ganz vertrauenerweckend aus. Fürsorglich. Er zieht den Briefumschlag aus seiner Jacke, befühlt den Inhalt und teilt das Gebüsch. Zu spät, die Küchenfee enteilt mit einem Mülleimer in der linken Hand und einem Blumentopf im rechten Arm um die Ecke zum Haupteingang. Dafür macht sich im Schatten der Tonne jemand an seinem Rucksack zu schaffen. Das ratschende Geräusch, mit dem sich Klettverschlüsse voneinander lösen, ist unverkennbar. Herberger stürzt aus dem Gebüsch hervor.

Knirps Niklas springt ertappt hinter dem Container vor. »Du bist wieder da«, jubelt der Kleine, stößt den Rucksack mit dem Fuß zurück ins Dunkel und lässt beide Hände hinter dem Rücken verschwinden. »Zerberus schläft aber schon!«

»Was machst du da?«, will Herberger wissen, scheucht den herbeitobenden Stalin von seinen Füßen weg und eilt zu seinem Rucksack. Er bückt sich, zerrt ihn hinter dem Abfallcontainer vor und entdeckt eine aufgerissene Seitentasche.

»Das war Stalin«, behauptet Niklas. »Hast du da Wurst drin?«

»Nein, und du musst dir dringend abgewöhnen, in fremder Leuts Sachen herumzustöbern, Freundchen«, sagt Herberger, während er die Seitentasche kontrolliert. »Meine Taschenlampe bitte«, fordert er mit ausgestreckter Hand von Niklas.

»Links oder rechts«, fragt Niklas mit spitzbübischem Grinsen und aufgeregtem Gefummel hinter seinem Rücken. Stalin springt schwanzwedelnd an ihm hoch.

»Beide Hände, aber flott!«

Herbergers schroffer Tonfall zeigt zumindest Wirkung auf Stalin. Der Kläffer zieht sich stumm hinter die Tonne zurück.

»Beide Hände gilt nicht«, erläutert Niklas gänzlich unbeeindruckt die Spielregeln.

Herberger seufzt. »Links.«

»Treffer«, entscheidet Niklas, rückt die Taschenlampe heraus und zeigt bedauernd seine leere Rechte vor. »Wozu brauchste die und den Rucksack?«

»Ich mache eine Wanderung«, bescheidet Herberger ihm knapp und verstaut die Taschenlampe wieder.

»Wohin?«, will das Elfenauge wissen.

Herberger schaut rasch weg und schließt die Rucksacktasche. »Irgendwohin«, sagt er.

»Kann ich mitkommen?«

»Hör mal, Niklas, ich hatte ziemlich viel Aufregung in letzter Zeit und will einfach mal eine Weile allein sein.«

Niklas nickt begeistert. »Ich auch. Zu zweit macht Alleinsein bestimmt mehr Spaß.«

»Nein.«

»Wann kommst du denn wieder?«

»Niklas, es ist wirklich sehr nett, mit dir zu plaudern, aber ich muss jetzt weg.«

»Wenn du nicht wiederkommst, muss ich ganz doll weinen.« Niklas macht vor, wie doll.

»Niklas! NIKLAS! Schscht, bitte!«

»Ich kann noch viel, viel doller«, unterbricht Niklas seine Vorstellung. »Versprich, dass du zurückkommst.«

Herberger kämpft mit sich und verliert. Nicht gegen sich

selbst, sondern gegen Niklas, der sein Zögern nutzt, um nun auch seine Augen unter Wasser zu setzen. Er sieht wieder einmal aus, als leide er an verheerendem Heimweh, wie alle Kinder, die kein Zuhause haben. Aber verflucht, er hat doch eins, beruhigt sich Herberger. Bei seinem Großvater.

Er kramt ein Taschentuch hervor. »Ist gut, ich verspreche es dir. Ich komme zurück.«

»Mit Schwören«, verlangt Niklas schniefend, schließt die Tränenschleuse und seufzt wie ein Kind, dem gerade eine Strafe erlassen wurde.

»Also gut, ich schwöre.«

»Nee, das reicht nicht. Wir brauchen eine Schnecke.«

»Eine Schnecke?«

Niklas geht auf die Knie, linst unter den Müllcontainer und tastet den Unterboden ab. »Hab eine.« Er zieht die Hand wieder hervor. »Fass an, bevor die den Deckel draufmacht.«

Herberger starrt auf eine gigantische Weinbergschnecke in Niklas' Handfläche, die ihre Fühler einfährt, den Saum ihres Kriechfußes kräuselt und ihren Spindelmuskel anspannt, um unter beträchtlichem Schleimausstoß in ihr Gehäuse zu flüchten.

Niklas hält ihm erfreut die Schnecke unter die Nase. »Du musst nur umdrehen und zwei Finger drauflegen.«

»Niklas, du kannst mir auch so glauben.«

»Nee, ohne Schneckenschleim bleibt der Schwur nicht an dir kleben.«

Herberger tippt mit dem rechten Zeige- und Mittelfinger auf den Kriechfuß, macht mit der linken ein Schwurzeichen in die Luft. »Ich schwöre.«

Unter Absonderung von blasigem Abwehrschaum verschwindet die Schnecke im Kalkgehäuse. Herberger zieht die Finger zurück.

»Nicht abwischen«, befiehlt Niklas. Erfüllt von jenem heiligen Ernst, den nur Kinder in Vollendung beherrschen, legt er seinen rechten Zeigefinger auf Herbergers, kneift kurz die Augen zu und murmelt etwas von »Hotzenplotz und Schneckenrotz«. Dann setzt er die Schnecke wieder unter dem Müllcontainer ab, zupft ein paar Löwenzahnblätter ab und schiebt sie hinterher.

»Man muss nämlich Danke sagen«, erklärt er.

»Hör mal, Niklas, jetzt, wo ich dir etwas versprochen habe, kannst du mir bitte auch einen Gefallen tun!« Herberger federt nach oben und zieht den Briefumschlag aus seiner Jacke. »Gib das bitte Frau Schick. Aber nur ihr, hörst du? Und nicht vor morgen! Es ... äh ... soll eine Überraschung sein.«

»Soll ich drauf schwören?«, fragt Niklas feierlich und tastet schon nach der Schnecke.

»Das Tier hat eine Pause verdient. Ich glaube dir ausnahmsweise auch so«, sagt Herberger. Er legt dem Knirps zum Abschied kurz die Hand auf die Schulter. Dann dreht er sich um und geht, passiert das lärmende Festzelt, verharrt kurz unter einer Laterne und wirft einen Blick zurück zum Container.

Die Kaltmamsell ist mit einem weiteren Abfalleimer beim Container aufgetaucht und beugt sich zu Niklas herab, der Stalin streichelt.

Ein sehr beschaulicher Anblick, findet Herberger. Bei der Küchenfee ist Niklas bestimmt in besten Händen. Der Kleine hebt vertrauensvoll den Kopf und hat ihn allem Anschein nach bereits vergessen. Erleichtert atmet Herberger auf. Endlich frei. Und völlig ungebunden. Von dem Schneckenschleim an seinen Fingern einmal abgesehen. Klebt wirklich gewaltig. Wohin jetzt? Erst mal den Hauptweg lang und dann in den Wald zurück. Bei der Planierraupe soll seine Pilgerschaft endgültig anfangen.

»Was hast du denn da?«, fragt Frau Pracht beim Container. »Na so was, ein Buch!«

»Lag hinter der Mülltonne. Hat Stalin gefunden«, behauptet Niklas. »Kannste mir was draus vorlesen?«

Frau Pracht hebt bedauernd die Brauen. »Jetzt nicht, Liebelein. Außerdem musst du in die Falle, es ist neun Uhr.«

»Nur den Titel«, bettelt Niklas. »Ich glaub, es geht um Nikoläuser und Muscheln, is' nämlich eine drauf.«

Frau Pracht gibt nach und nimmt das Buch entgegen, beschaut sich das Cover. »Der Mann mit dem Stab ist nicht Nikolaus, sondern ein Pilger, Niklas.« Sie kneift die Augen zusammen und entziffert den Titel. »*Der Jakobsweg zwischen Köln und Trier von Dr. Eckehart Gast*. Komisch, was die Leute hier alles so wegwerfen. Erst das arme Olivenbäumchen und jetzt auch noch einen Wanderführer. Na, wahrscheinlich taugt der nichts. Hier ist doch nicht der Jakobsweg.«

»Wo denn dann?«, will Niklas wissen und nimmt ihr das Buch aus der Hand.

Frau Pracht leert polternd ihren Eimer. »Überall und nirgendwo, soviel ich weiß. Enden tut er jedenfalls in Spanien. Da fällt mir ein, direkt hinterm Waldeingang verläuft auch ein Stück. Erkennt man an blauen Wegweisern mit gelben Muscheln.«

»Die da, wo die Bagger stehen?«

Frau Pracht nickt. »So, und jetzt ab ins Bett, junger Mann. Vorher kannst du Opa noch schnell einen Gute-Nacht-Kuss geben.«

»Nee, mach du mal. Stalin muss Gassi. Ich bring mich selbst ins Bett.«

»Aber nicht schummeln! Ich weck dich dann wie immer zum Frühstück.«

Das »Gießkännchen« füllt sich, die Band macht offenbar Pause. Getreu dem Motto »Das Schönste an der Gartenarbeit ist das Gießen« werden Bierbestellungen durch den Saal gebrüllt. Frau Prachts Buffet ist hart umkämpft, an den Tischen und im Gewimmel vieler Grüppchen werden das Musikprogramm, eine drohende Kürbisschwemme, störende Fremdgewächse in Hecken und Obstbaumschnitte so lautstark wie kontrovers diskutiert.

Ein Disput über winterfestes Mulchen mit Grünabfall oder sauberes Freiräumen von Gemüsebeeten droht kurz zu eskalieren. Die vom Müllcontainer zurückkehrende Frau Pracht kann die Auseinandersetzung jedoch mit einem kostenlosen Nachschlag Kartoffelsalat klären.

»Ich brauche mehr Teller, Nelly!«

Nelly schrickt hoch. Nur unwillig löst sie den Blick von ihrem wiederentdeckten Olivenbäumchen, das Frau Pracht von draußen mit hereingebracht hat. Jetzt setzt sie es behutsam vor ein Gitterfenster. Am Ende des beleuchteten Hauptwegs entdeckt sie den Schattenriss eines einsamen Wanderers, der mit gesenktem Haupt und langen Schritten in den Wald strebt.

Ach, Herberger!, durchfährt es sie. Ähnlich selbstversunken wie die zwischen Bäumen abtauchende Gestalt sah er auf dem Camino auch oft aus. Sie gönnt sich einen Moment stiller Begleitung. Alles an ihr sehnt sich nach Herberger. Wenn er nur endlich aus Tahiti zurückkehren würde! Als ihr Olivenbaum heute Nachmittag plötzlich verschwunden war, hat sie das einen Moment lang für ein schlechtes Omen gehalten. Aber jetzt ist der Baum wieder da, und Herberger wird sicher bald folgen. Ganz sicher.

»Nelly!«, mahnt ein zweites Mal Frau Pracht.

»Komme sofort«, ruft sie und schnappt sich ihr Tablett, um

voll besetzte Tische frei zu räumen. Zwei Festteilnehmerinnen bieten ungefragt Unterstützung an, servieren Brote, Bier und Salate, während Nelly Geschirrberge abträgt und zur Küche schleppt, sich zwei, drei Poklapse einfängt und sich zwischen Saal und Küche auch noch die Lebensbeichte des einsamen Akkordeonspielers anhört.

»Soll ich beim Spülen aushelfen?«, fragt er schüchtern zum Dank bei ihr an und stellt sich als Vereinsvorsitzender Töller vor. »Mein Gast hat Verspätung. Bis er kommt, hätte ich Zeit.«

Nelly nimmt dankend an, geleitet den alten Mann zur Küche und bewaffnet ihn mit Gummihandschuhen, Spülbürste und Spüli. Wirklich ein toller Verein, in dem sogar der Chef mitspült. Überhaupt sind die Kleingärtner unglaublich freundlich und hilfsbereit.

In ihrer Tischnische hat Frau Schick derweil ihre liebe Not mit der Hilfsbereitschaft von Kalle Unkrautex. Er will ab morgen ihren Garten auf Vordermann bringen. Unentgeltlich.

»Zuerst nehm ich mir mal Ihre Hecken und das lästige Gestrüpp vor«, verspricht der tatendurstige, aber deutlich schwankende Kalle und führt mit imaginärer Heckenschere einen Radikal- und Wellenschnitt vor, der den Professor sichtlich verstimmt. »Aber gegen Ihren Giersch hilft nichts, außer umziehen oder wegsprengen. Salzsäure wäre natürlich auch eine Lösung.«

Der Professor räuspert sich streng, sagt aber nichts.

»Wenn Sie wirklich zum Wiederaufbau von Waldfrieden beitragen wollen, fangen Sie am besten gleich jetzt damit an«, beendet Frau Schick Kalles Gärtnervortrag. Langsam reicht es ihr.

»Was soll ich tun?«

»Bestellen Sie Blogger, alle Getränke gehen auf mich, und überwachen Sie den reibungslosen Ausschank. Am besten, Sie setzen sich direkt an die Theke und neben den Zapfhahn.«

»Wird gemacht, Chefin.« Kalle wankt entzückt davon. In der Nische kehrt wieder etwas Ruhe ein, wenn auch keine angemessen akademische Stille.

»Bitte fahren Sie fort, Herr Engels«, bittet Frau Schick.

»Langweilen Sie meine Bienen tatsächlich nicht?«, erkundigt sich der Professor und greift nach einem Piccolo, um seiner Tischdame Sekt nachzuschenken.

Frau Schick legt die flache Hand über ihr Glas. »Der würde mich nur von Ihrem Vortrag ablenken, und das wäre schade. Sie langweilen mich nämlich kein bisschen!«

Zu Frau Schicks eigenem Erstaunen ist das die reine Wahrheit. Nie im Leben hätte sie geglaubt, dass sie einem Vortrag über Biotechnik – kurz Bionik – und die Borsten-, Kamm- und Fiederbehaarung an Bienenbeinen einmal so gebannt folgen würde wie dereinst den Gutenachtgeschichten von der Schemutat. Also jenen, bei denen an Einschlafen nicht zu denken war. Doch genau so ist es. Professor Engels hat zwar einen bedauerlichen Hang zu esoterisch überspanntem Küchenpersonal und eine noch bedauerlichere Abneigung gegen ein Gläschen Honiglikör, dafür kann er erzählen wie kein Zweiter. Lebhaft, faszinierend, manchmal komisch, immer spannend. Kein Wunder, dass seine ehemalige Kantinenchefin den treuen Popesch verschmäht und nicht von Engels loskommt. Frau Schick geht es – rein wissenschaftlich betrachtet – ebenso.

Der Professor hat sie in die Welt von Leonardo da Vinci entführt, der es als Universalgenie und eine Art Urvater der Bionik verstanden hat, der Natur neben ihrer Schönheit auch geniale Konstruktionspläne abzuschauen.

Danach ging es im Zeitraffer weiter zu Otto Lilienthal, der

seine ersten Prototypen von Flugzeugen baute, nachdem er sich die Gleittechnik von Schwalben und Raubvögeln abgeguckt hatte. Der Schweizer Ingenieur de Mestral erfand den Klettverschluss, während er hakelige Klettenfrüchte aus dem Fell seines Jagdhundes Fredor ziepte.

Engels kennt Forscher, die dank der Flugsamen der Pusteblume den Fallschirm erfanden und von der Lotusblüte lernten, wie man selbstreinigende Waschbecken und Gebäudefassaden konstruiert. Andere haben selbstschärfende Messer nach dem Vorbild von Nagerzähnen entwickelt, durch Beobachtung der Jagdwasserspinne einen nie nässenden Stoff entdeckt, der die Bademode revolutionieren wird, oder Sonnenkollektoren entwickelt, die kuscheligem Eisbärpelz nachempfunden sind, das aus wärmespeichernden Haarröhrchen über schwarzer Haut besteht.

»Und damit ist die Trickkiste der Natur längst nicht ausgeschöpft«, schwärmt der Professor.

Von Lianen hoffen Biologen in Zusammenarbeit mit Physikern und Technikern zu lernen, wie man Wasser ohne Pumpen in Wüsten transportieren kann, und von seinen Ölbienen, die statt Nektar das Blütenöl seines Gilbweiderichs sammeln, wie man Schmier- und Fettstoffe hundertprozentig tropffrei aufsaugen und ohne Kleckerei wieder abstreifen kann.

»Das würde meine Haushälterin aber sehr freuen«, wirft Frau Schick ein.

»Sie wird solch ein Tuch bald kaufen können. Erste Tests mit Polyesterfasern, die die dreidimensionale Bienenhaarstruktur nachempfinden, sind erfolgreich verlaufen«, verspricht Herr Engels.

Seine große Vision, die er mit vielen Bionikern teilt, sind allerdings mehrschichtige Riesenteppiche, die im Bienenprinzip eine Ölpest im Wisch-und-weg-Verfahren von den Meeren entfernen. Ohne Chemie, ohne Vogel-, Pinguin- und Fischsterben.

»All diese Entdeckungen beweisen«, so Engels' Fazit, »dass es sich nicht allein aus diffus romantischen oder sentimentalen Gründen lohnt, den Artenschwund bei Tieren und Pflanzen zu stoppen. Die Natur hält die besten Erfindungen für uns bereit. Ihre Tricks funktionieren im Original allerdings immer weit besser als all unsere Kopien. Am Beispiel der Bienen können wir lernen, wie komplex alles Naturgeschehen ist und wie sinnvoll eines vom anderen abhängt.«

Eine Erkenntnis, die Frau Schick die schöne Gelegenheit gibt, Schopenhauers Anmerkungen über zertretene Käfer und Professoren, die keinen nachbauen können, ins Spiel zu bringen. Herr Engels nickt bestätigend und antwortet mit einem Gegenzitat von Morgenstern über die unfassbaren Mysterien der Natur. »Wer die Welt nicht von Kind auf gewohnt wäre, müsste über ihr den Verstand verlieren. Das Wunder eines einzigen Baumes würde ihn vernichten!«

Nein so was, lyrisch ist er auch! Und so charmant.

Herr Engels schiebt seine rechte Hand unter die linke von Frau Schick, hebt sie voll Zartgefühl an, neigt den Kopf und deutet – so wie es sich gehört – einen altmodischen Handkuss an. Ohne Lippenberührung.

»Aber Herr Professor!«

»Frau Schick, Sie haben mir einen anregenden Abend beschert. Ich hatte über all die Sorgen der vergangenen Monate vergessen, welch ein Vergnügen es sein kann, über meine Bienen zu sprechen. Es ist mir eine große Beruhigung, dass Sie die Gartenkolonie und damit ein kleines, aber einzigartiges Habitat für seltene Pflanzen, Bienen und andere Tiere erhalten werden. Anlagen wie der Waldfrieden sind heutzutage ein unschätzbares Gegengewicht zur industrialisierten Landwirtschaft.

Jeder Rückzugsort, den wir für eine mannigfaltige Bienenwelt und Wildpflanzen schaffen und erhalten, ist kostbar. Sie sollten allerdings Kalle und seine Heckenschere nur bedingt auf Ihrem Grundstück einsetzen.«

Frau Schick ist entzückt, wie viel romantischen Enthusiasmus ein wenig Interesse an Bienen, Wissenschaft und Technik in diesem Mann auslösen kann. Am Tisch herrschen nunmehr ein ermutigendes Wir-Gefühl und die richtige Stimmung, um von Poesie und Landwirtschaftspolitik auf Privates wie persönliche Notlagen und Niklas überzuleiten.

»Ihre Forschungsziele sind überaus faszinierend und bei Weitem zu wichtig, um sie in *unserem* Wald zu verfolgen«, tastet sie sich behutsam und unter großzügigem Verzicht auf Mein-oder-dein-Fragen an das Thema heran. Nicht behutsam genug, wie es scheint. Sie muss den Verlust von Herrn Engels' Hand in Kauf nehmen, die er in ihrer linken vergessen hatte.

»Worauf wollen Sie hinaus?«, fragt er herausfordernd.

»Wäre es nicht sinnvoll, eine Rückkehr in die offizielle Forschung zu erwägen?«, wagt Frau Schick unerschrocken einen weiteren Vorstoß. »Auch wegen Niklas. Sein Bauwagen ist natürlich recht hübsch, aber auf Dauer wohl kaum eine angemessene Bleibe. Blogger hat mir auch die wunderbare Wohnung geschildert, die Sie im Schloss besitzen, und als ehemaliger Mitbegründer haben Sie doch sicher ein Recht darauf, dort Ihre Forschung weiter zu betreiben.«

»Eine Rückkehr ins Schloss ist ausgeschlossen«, lehnt Herr Engels kategorisch ab.

»Aber warum?«

»Meine Entscheidung hat rein private Gründe«, antwortet der Professor mit ausdrucksloser Stimme, die unmissverständlich signalisiert: Halt dich raus.

»Ihre Bienen sind keine Privatsache«, kehrt Frau Schick

flugs und wie von Blogger empfohlen zu Engels' Forschungsinteressen zurück. »Ein Mann wie Sie gehört an die Öffentlichkeit und zurück in die Lehre, oder wollen Sie die Bienenkunde Kollegen überlassen, die Roboterinsekten bauen? Blogger hat mir empörende Geschichten über kommerzielle Hummelzucht und Hochleistungsbienen aus Genlaboren erzählt, die wie Kunstdünger an Landwirte verkauft und in Paketen durch die Welt verschickt werden – zum Einmal- und Wegwerfgebrauch in Gewächshäusern und Obstplantagen. Das kann ein leidenschaftlicher Bienenfreund wie Sie wohl kaum gutheißen.«

»Es gefällt mir ebenso wenig wie moderne Hühnerzucht oder Massentierhaltung, aber noch weniger gefällt mir Bloggers Art der Empörung, die wenig zweckdienlich und schon gar nicht in meinem Sinn ist.«

»Er hat mir versichert, dass Sie sein größtes Vorbild sind.«

»Das ist einer der Gründe, warum ich mich aus dem Schloss endgültig zurückgezogen habe. Ich tauge nicht als Vorbild. Im Gegenteil.«

»Die kleine Vorlesung, die Sie mir soeben gehalten haben, beweist das Gegenteil«, widerspricht Frau Schick. »Selten habe ich einen Menschen mit solcher Begeisterung von seiner Arbeit sprechen hören, und Bloggers Einsatz für Sie und Ihre Bienen in diesem Wald sind doch mehr als ein Hobby!«

»Ich sorge lediglich dafür, dass einige begabte Studenten ihre Diplomarbeiten unter meiner Anleitung abschließen können«, widerspricht der Professor.

»Was beweist, dass Sie Ihre Arbeit nach wie vor sehr ernst nehmen und ein außerordentlich verantwortungsvoller Mensch sind.«

Engels schweigt einen Moment. Scheint so, als trage er einen schweren Kampf mit und gegen sich aus. Seine Brauen spiegeln ein inneres Scharmützel zwischen Zorn und Verzweiflung. Wirklich seltsam, wie nah diese beiden Empfindungen bei ihm beieinanderliegen. Diesmal trägt maßloses Bedauern den Sieg davon.

»Ich bin alles andere als verantwortungsvoll, und darum werde ich – so leid es mir tut – demnächst auch diesen Wald verlassen müssen.«

Also so was, wo gehen die Reise und das Gespräch denn jetzt nur wieder hin?

»Nicht, wenn es nach mir geht«, protestiert Frau Schick verwirrt.

»In diesem Fall geht es nicht nach Ihnen und auch nicht nach mir. Sie selbst haben eben ganz richtig erkannt, dass Niklas auf Dauer unmöglich in einem Bauwagen leben kann. Ich bin froh, dass Sie den Wald erhalten, aber er ist für Niklas und mich nur eine Zwischenlösung, bis ich einen geeigneten Rückzugsort finde und ...« Auch dieser Satz bleibt unvollendet. Engels' Blick flüchtet sich zu einem Apothekenkalender, der Bronchialpastillen mit Panoramablick auf Matterhorn und koloriertes Alpenglühen bewirbt.

Für Frau Schick sieht es aus, als male er sich gerade einen Lebensabend als depressiver Alm-Öhi aus. Das sind doch keine Zukunftsperspektiven für einen Forscher wie Professor Engels und schon gar nicht für Niklas!

»Ach, Papperlapapp«, sagt Frau Schick barsch. »Warum sollten Sie sich zurückziehen? Sogar Oxford ist doch noch an Ihnen interessiert. Ein Ehrendoktor ist als Dozent und Forscher bestimmt immer gefragt. Und denken Sie nur an das Preisgeld!«

Die Furchen auf der Stirn des Professors gleichen zunehmend denen eines Bluthundes, der seine Fährte verloren hat. Ja, der Vergleich passt. Ihr Vater hat seine Bluthunde stets als die Gentlemen unter den Hunden bezeichnet, sanft, gutmütig und treu wie keine andere Rasse, aber sehr unleidlich und unglücklich, wenn sie ihrem ausgeprägten Beschäftigungsdrang nicht folgen können.

»Eine Reise nach Oxford ist unmöglich«, wehrt Engels trotz alledem energisch ab. »Ich kann mich dort unmöglich zeigen. Ich kann mich in meiner momentanen Lage nirgends zeigen.«

Himmel, so schlimm sieht der Cordanzug doch nun wirklich nicht aus! »Wenn Ihnen – warum auch immer – die Mittel für die Reise oder eine andere Garderobe fehlen, helfe ich gerne aus«, schlägt Frau Schick vor.

»Ein für alle Mal: Ich gehe nicht nach Oxford.«

Frau Schick kämpft unbeeindruckt weiter. »Am Camino betreibe ich bereits ein Hundeasyl, und Ihre Bienenrettung scheint mir mindestens ebenso dringlich zu sein. Wir könnten die Kolonie Waldfrieden noch ein wenig umgestalten. Ein schönes Labor hätte sicher noch Platz, und im Winter kann ich Sie und Niklas gern in meiner Villa aufnehmen.«

»Frau Schick, es gibt Schwierigkeiten, die mit Geld nicht zu lösen sind. Das habe ich selbst vergeblich versucht.«

»Jetzt ist es aber genug«, unterbricht ein ärgerlicher Aufschrei der Walküre Frau Schicks mühsam angebahnte Wahrheitsfindung. »Du verschwindest SOFORT aus meiner Küche!«

Frau Pracht schiebt und schubst den beschürzten Detlev an Frau Schicks Tischnische vorbei in Richtung Ausgang.

»Heidemarie, bitte, Sie müssen Herrn Töller nun wirklich verzeihen«, mahnt der Professor und windet sich aus seiner Sitzbank. »Dank Frau Schick sind die Baupläne doch jetzt vom Tisch.«

Sein Einwurf bremst weder den Zorn noch die Schubkräfte der Walküre.

»Ich verzeihe niemandem, der unseren Wald verhökern wollte, Herr Professor!«

»Ich wollte dir doch nur helfen, Heidemarie«, klagt Detlev, der im Rückwärtsgang vor ihr ausweicht. Zum Beweis hebt er eine tropfende Spülbürste.

»Raus hier!«, schnaubt Frau Pracht.

Der ist nicht zu helfen, empört sich still Frau Schick. Also wirklich! Einen Mann, der freiwillig seine Spüldienste anbietet, aus der Küche zu vertreiben – wie töricht und lieblos kann man denn noch sein? Dieser Frau gehört der Hintern mit der Spülbürste versohlt! Vor allem, weil sie den Professor von seinem längst fälligen Geständnis ablenkt. Jetzt muss sie gleich noch mal ganz von vorne anfangen, und die vertraute Stimmung ist völlig dahin.

»Heidemarie«, fleht Detlev, »Ich mache alles rückgängig! Es war doch nur ein Missverständnis!«

Frau Pracht will davon nichts hören. Zeternd und von einem begeisterten Saalpublikum verfolgt, drängt sie den wehrlosen Detlev weiter zum Ausgang. Im Windfang kommen beide abrupt zum Stehen. Detlev hat von hinten überraschend Rückendeckung erhalten, die er schüchtern willkommen heißt. Köpfe werden gereckt, Stille legt sich über den Saal, so als hielten alle Gäste kollektiv den Atem an.

Frau Schick muss auf die Zehenspitzen steigen, weil Herr Engels ihr die Sicht auf den überaus faszinierenden Neuankömmling versperrt. Alles Recken und Strecken hilft aber nichts, der Professor ist einfach ärgerlich groß. Frau Schick muss sich bücken, um einen Blick auf den späten Gast zu erhaschen.

Durch Herrn Engels' in die Hüfte gestemmte Cordarme erspäht sie Hosenbeine aus nachtblauem Edelzwirn. Die Hosenbeine kommen ihr irgendwie bekannt vor. Ihr Blick fährt nach oben, aber da versperrt wieder Professorencord die Aussicht. Ihr Blick gleitet zurück nach unten und zu den blauen Hosenbeinen.

Sie enden über einem Paar glanzpolierter Budapester, verziert mit Lochmuster und aus feinstem Kalbsleder handgenäht.

Lackaffenschuhe!

»Pottkämper«, zürnt sie in die Stille hinein.

»Gnädige Frau, wir müssen reden«, antwortet der Grüßaugust geschmeidig und schiebt Herrn Töller achtlos in die Arme der Walküre. »Ihr angekündigtes Engagement für den Wiederaufbau der Kolonie Waldfrieden hat in unserer Firma – gelinde gesagt – beträchtliche Verstörung ausgelöst, um nicht zu sagen: Verärgerung. Dieser Wald gehört Ihnen nicht, und Sie behindern mutwillig und unter Vortäuschung falscher Besitzverhältnisse einen längst unterzeichneten Millionendeal.«

Pottkämper garniert seine Worte mit einem Triumphlächeln, das seine Augen ausspart.

Im Saal steht die Luft still. Alles wendet den Kopf zu Frau Schick und wartet auf ein fälliges Donnerwetter. Als Letzter dreht sich Herr Engels mit fragendem Blick zu Frau Schick um.

Sie starrt stumm in Pottkämpers Gesicht. Er starrt aus Augen zurück, die toten Knöpfen gleichen und von bemerkenswert abstehenden Ohren flankiert werden. Es ist für Frau Schick immer wieder ein Schock, dass ihr Paulchen diesem Kuckucksei ausgerechnet seine markanten Ohren vermacht hat.

Aber nicht meine Firma!, erwacht sie aus ihrer Erstarrung. Die nicht. Und schon gar nicht meinen Knolli-Brandy-Wald!

»Was haben Sie in meiner Kolonie verloren?«, herrscht sie Pottkämper an. Nicht laut und ungehalten, sondern so ruhig, dass man hinhören muss. Als geborene Freifrau lernt man früh, so schneidend scharf zu sprechen, dass man auf beliebige Entfernung an einem beliebigen Platz gehört wird, ohne dabei Contenance oder Beherrschung zu verlieren.

Pottkämper wankt kurz, weicht aber nicht, sondern steuert – in eine Wolke aus Rasierwasser und Empörung gehüllt – Frau

Schicks Tischnische an. »Gnädige Frau, wir beschädigen Ihren Ruf als ehemals recht fähige Geschäftsführerin nur ungern, aber eine Räumungs- und Schadensersatzklage wegen unzulässiger Bauverzögerungen scheint dem Vorstand geboten, falls Sie sich nicht umgehend zurückziehen und Ihre merkwürdigen Waldbesetzer mitnehmen.«

27.

Am nächsten Morgen dringt ländlich anmutender Morgenlärm durch das auf Kipp gestellte Laubenfenster von Frau Schick. In den umliegenden Gärten werden Riegel von Schuppentüren geschoben, Blecheimer scheppern, krachend werden Gartengeräte auf Schubkarren verladen und auf Kieswege gezerrt. Doch die Idylle trügt. Sie trügt ganz fürchterlich, wie herzhafte Flüche beweisen.

Frau Schick kneift fest die Augen zu und bedauert, dass das mit Ohren unmöglich ist. Draußen beginnt kein Gartentag, sondern der Exodus. Ihr Paradies wird geschlossen, der Untergang des Knolli-Brandy-Waldes ist besiegelt.

Für den Nachmittag haben sich bereits Landvermesser angesagt, um die Bauwerksgrenzen quer durch die Gärten noch einmal zu prüfen und gemäß den Bebauungsplänen abzustecken – Bebauungspläne für ein Villenviertel, wie es der Professor prophezeit hat, und sie kann nichts dagegen tun.

Frau Schick kneift doppelt fest die Augen zu, um die trostlosen Bilder von heranrollenden Baggern, von Untergang und Kahlschlag, die in ihr emporsteigen, zu vertreiben. Hilft nichts, sie sieht sie doch. Frau Prachts Rosen haben diesen Sommer zum letzten Mal geblüht, Popeschs Johannisbeeren werden nie mehr reifen, ihre Apfelbäume, von denen jeder eine eigene Persönlichkeit hat, müssen Kettensägen weichen, und Professor Engels' Bienen dürfen nicht mehr schwärmen. Und damit nicht genug! Niklas wird den Esel verlieren, Blogger muss aus seiner Ulme ausziehen und Kalle Unkrautex dem »Gießkännchen« Adieu sagen und seine Hawaiihemden fortan in trostlose Kaschemmen ausführen. Dabei gehört ein Kerl wie Kalle genauso unter Artenschutz wie Hosenbienen. Wie kann Pottkämper all das mit ein paar Blättern Papier zerstören? Und wie konnte sie ihre Koloniebewohner nur so enttäuschen?

Eine riesige Faust umschließt ihr Herz. Wenn sie doch einfach weiterschlafen könnte, damit dieser Tag nicht anbricht! Vom Leben blaumachen – wie es ihr Patensohn Johannes in ganz anderem Zusammenhang geraten hat – und alles vergessen möchte sie, einfach alles vergessen. Aber da macht ihr dummes, allzu verlässliches Gehirn nicht mit. Es erinnert sich detailgetreu an gestern Abend und an Pottkämpers Katasterauszug, der belegt, dass weder die Schrebergärten noch der Knolli-Brandy-Wald ihr gehören.

Der unverbesserliche Spar- und Steuerfuchs Paul hat ihren Wald auf Firmenkosten gekauft, als Firmengrundstück eintragen lassen und vor seinem Tod offensichtlich keine Zeit mehr gefunden, eine offizielle Schenkungsurkunde auf ihren Namen zu hinterlegen. Es ist bei der schönen Absicht und dem Entwurf geblieben, den Herr Engels ihr gestern Nacht gezeigt hat.

Falls es doch ein Original dazu gibt, dann hat Paulchen es so raffiniert versteckt, dass es unauffindbar ist oder – weit wahrscheinlicher – so schlecht, dass Pottkämper es in der Firma finden und in einem Aktenvernichter zu mikroskopischen Papierschnitzel zerschreddern konnte.

Der hinterhältige Grüßaugust hat Paulchens letzten Grundstückskauf schlichtweg vor ihr verheimlicht, und zwar zugunsten eines Millionendeals mit dem Kölner Baulöwen Tönnheiß, der den Wald gut brauchen kann. Im Gegenzug hat der der Schick und von Todden GmbH neben einer lächerlichen Geldsumme einen Großauftrag für lukrative Innenstadtparkhäuser und die unterirdische Waldgarage zugesagt.

Ausgerechnet Tönnheiß, den Paulchen nie, nie, nie leiden konnte, weil der ein richtig krummer Hund ist und Paulchen Anfang der Sechzigerjahre mal die Rolle des Prinzen im Karneval mit unanständig hohen Bestechungssummen vor der Nase weggeschnappt hat. Fortan war Tönnheiß für sie und Paulchen nur »der Tünnes«, und Prinz wollte Paulchen nie mehr werden, dabei hätte das so schön zu ihm gepasst.

Ob ihr Patensohn von dem Waldverkauf gewusst hat? Wahrscheinlich nicht, aber selbst wenn er informiert wurde, was sollte Johannes dagegen haben, dass die Firma ohne sein Zutun ganz herrlich floriert? Er selbst hat Pottkämper und dem Geschäftsvorstand schließlich Prokura erteilt, wohl wissend, dass in den Köpfen dieser Lackaffenbande statt Gehirnen Taschenrechner sitzen, die den Preis von allem und den Wert von nichts kennen.

Neben dem Katasterauszug hat Pottkämper gestern eine Bauskizze zurückgelassen, die das Ausmaß der Verwüstungen verdeutlicht. Was von diesem Wald übrig bleiben soll, ist allenfalls eine Karikatur von Natur. Am Waldeingang sind sogar Schrankenhäuschen geplant, und falls der Grundwasserspiegel es zulässt, soll unter Zerberus' Weide eine Tiefgarage entstehen, damit der Ausblick auf einen schäbigen Rest Waldsaum nicht von Autos verstellt wird.

Frau Schick seufzt. Um und um wird Paulchen sich im Grabe drehen, weil seine Firma mit Röschens Wald und dem Tünnes Geschäfte macht, aber der Verkaufsvertrag zwischen der Schick und von Todden GmbH und Tönnheiß ist juristisch kaum noch anfechtbar. Schon gar nicht bis Mittwoch, wenn Planierraupen und Baumsägen ihr genehmigtes Zerstörungswerk beginnen und eine Zufahrt für Kräne und Bagger in den Wald fräsen. Bis mitten hinein ins Herz der Kolonie.

Kein Wunder, dass die Schrebergärtner Sack und Pack zusammentragen, ihre Lauben räumen und Schuppen leeren, um sich dem Anblick der unaufhaltsamen Zerstörung ihrer jahrelangen Arbeit zu entziehen. Für die Mehrzahl war der Garten ihr ganzer Stolz, nicht selten ein Lebenswerk.

Die Entschädigungssummen, die einige im Namen der Schick und von Todden GmbH erhalten haben, sind zum Schämen niedrig. Der arglose Popesch hat sich von einem überaus arglistigen Pottkämper gehörig über den Tisch ziehen lassen. Einen Ersatz für diesen unbezahlbaren Wald werden die Koloniebewohner ohnehin nirgends finden.

Höchst bedrückt und bedröppelt haben die geprellten Pächter gestern das Fest für die »Retterin von Waldfrieden« abgebrochen. Mit einer Mischung aus unerträglichem Mitleid für sie und unverhohlener Verachtung für Pottkämper sind sie auf einen stummen Wink von Herrn Engels hin aus dem Vereinsheim geströmt.

Der Professor sah besonders zornig aus und war hellauf entsetzt, als Blogger auf die Theke sprang, um den abziehenden Pächtern einen Aufruf zu »sofortiger Gegenwehr mit allen Mitteln« nachzubrüllen. Einzig Kalle Unkrautex hat dem Aufruf Folge geleistet und dem »Fottgeseech von Kammerpott« eine Ohrfeige verpasst. Beinahe verpasst. Es war ein Fehler, ihm Getränke auf Kosten des Hauses anzubieten. 18 Kölsch taugen leider nicht als Zielwasser. Darum ging der Hieb ins Leere und Kalle zu Boden. Lediglich sein Mageninhalt, der sich dank Bauchlandung über Pottkämpers Budapester ergoss, roch nach erfolgreicher Gegenwehr.

Die war Herrn Engels alles andere als recht. Mit einem Prankenhieb hat er erst Blogger von der Theke gezerrt, sodann mit einem Klammergriff Kalle aufgelesen und beide aus dem »Gießkännchen« geschleift. Verfolgt von einer protestierenden Becky und einem ungeschlagenen Pottkämper, der erfreut eine sofortige Anzeige wegen tätlicher Bedrohung und Beleidigung in Tateinheit mit erheblicher Sachbeschädigung ankündigte.

Nur Popesch und Frau Pracht sind bei Frau Schick geblieben, um schreiend ihre Kampfhandlungen wiederaufzunehmen, während Nelly nach lieb gemeinten Trostversuchen den Saal geputzt und Frau Schick hernach mit Frau Pracht in die Laube gebracht hat.

Die Walküre hat Blumenwasser verordnet, während Nelly ihr das Bett aufgeschlagen hat. Beide waren rührend bemüht, Frau Schick aufzumuntern, und haben das Gegenteil bewirkt: Frau Pracht hat ihre Tarotkarten rausgefummelt und einen explodierenden Turm gezogen, was kaum als ermutigende Aussicht gedeutet werden kann. Sie sollte diesen Kokolores wirklich lassen, solange es keine Karten mit gesprengten Baggern gibt.

Nellys eindringliche Versicherung, Frau Schick habe in ihr und Herberger treue und verlässliche Freunde, war auch kein Trost. Es hat Frau Schick lediglich daran erinnert, dass Herberger anscheinend immer noch den Othello mimt und sich alles andere als verlässlich verhält. Nicht mal den Jaguar bringt er zurück.

Wenn Nelly wüsste, dass er längst aus Tahiti zurück und bereits wieder abgängig ist ... Oh nein, oh nein, das mag sich Frau Schick jetzt nicht auch noch ausmalen!

Sie holt tief Luft, um all die Traurigkeit, die ihre Kehle füllt und eng macht, zu verdünnen. »Wenn die Wahrheit unerträglich wird, gibt irgendwann das Gedächtnis nach«, hat Nietzsche behauptet. Schön wäre das, stimmt aber leider nicht. Frau Schick öffnet widerstrebend die Augen, um der Wahrheit ins Gesicht zu sehen und ihrer Laube Lebewohl zu sagen.

Ach Paulchen, mein Paulchen, klagt es in ihr mit wehmütigem Blick auf sein Ebenbild in Gartenzwergformat. »Dieses eine Mal hast du dich leider gründlich verrechnet«, murmelt sie dem Gipskopf auf dem Küchenschrank zu. Frohgemut gießt er seine alberne Klopapierrolle mit Häkelmütze, während Frau Schicks Gedanken weiter Rosen welken lassen und Apfelbäume fällen. Unter hässlichem Getöse und Explosionsgeräuschen.

Explosionsgeräuschen?

Moment mal. Was sie da hört, sind doch keine Axthiebe! Frau Schick schreckt hoch und lauscht verwundert nach draußen statt in sich hinein.

Tatsächlich: Es kracht und knallt und knattert nicht in ihrem Kopf, sondern im Wald! Klingt in etwa so wie ihre Geisteraustreibung im Keller. Erneut knallt und pufft es. Gleich zweimal hintereinander. Will da jemand den Wald wegsprengen?

Das geht zu weit. Das geht entschieden zu weit! Frau Schick schießt zeitgleich mit der nächsten Explosion in die Höhe. Es ist die letzte.

Sie schlägt die Decke zurück und steigt mit grimmiger Entschlossenheit aus dem Bett. Einfach vom Leben blaumachen gilt nicht. Trotzdem weitermachen heißt die Zauberformel. »Trotzdem« ist überhaupt ein wunderbares Wort. Ohne Trotz und diese Laube hätte sie ihr ganzes langes Leben nicht überlebt.

Frau Schick greift nach Reitgerte und Wanderkluft. Waschen kann ausfallen, entscheidet sie, es geht ja nur in den Wald. »Fix, fix«, kommandiert sie sich aus dem Pyjama heraus und in frische Unterwäsche, Hemd, Hose und Socken hinein. Dann sucht sie am Boden nach den Schuhen. Vergeblich. Ach ja, die stehen doch auf dem Küchentisch, damit das lästige Bücken einmal wegfällt. Sie stellt den rechten Schuh auf dem Boden zurecht und steigt hinein. Ordentlich zubinden, geschafft. Kurzes Päuschen, dann geht's weiter.

»Aufstehen, meine Liebe!«, unterbricht sie durch die geschlossene Laubentür ein Weckruf der Walküre. »Ich habe eine Überraschung für Sie, und Ihr Kaffee ist fertig!«

Frau Schick fehlen noch der linke Wanderschuh und die Reitgerte. Egal, Kaffee und Verstärkung von Frau Pracht wären nicht schlecht. Sie muss hellwach sein und kann jede Hilfe brauchen, wenn sie sich einem Sprengkommando entgegenstellen will. Und das wird sie, jawohl, das wird sie. Frau Schick humpelt zur Tür und reißt sie auf.

»Guten Morgen«, grüßt mit strahlendem Lächeln im Gesicht Frau Pracht. Sie ist in ihrem blauen Drillich-Overall kaum wiederzuerkennen.

»Guten Morgen«, murmelt Frau Schick und studiert verblüfft die neue Gewandung der Küchenfee. Sie sieht ein bisschen nach dem großen Vorsitzenden Mao Tse-tung in seinen ganz dicken Jahren aus. Nur die tarnfarbene Kappe auf Frau Prachts hennaroten Haaren passt nicht. Laut ihrer Beschriftung gehört Frau Pracht den Woodland Rangers der US Army an. Äußerst unkleidsame Kopfbedeckung, findet Frau Schick, vor allem die riesigen Ohrschutzklappen stören.

»Den Anzug benutze ich normalerweise beim Kompostumsetzen, und die Mütze habe ich mir von Detlev geliehen«, beendet Frau Pracht hastig die kritische Musterung.

»Von Popesch?«, fragt Frau Schick verdutzt.

»Wer ist Popesch?«, fragt nicht minder verdutzt Frau Pracht.

»Ich meine Herrn Töller.«

»Ach, Detlev«, sagt Frau Pracht und tätschelt zärtlich ihre Tarnkappe. »Darf ich reinkommen?«, fragt sie und betritt die Hütte, bevor Frau Schick verneinen kann.

Die starrt noch immer auf die Mütze und kommt nicht mehr mit. »Seit wann sind Sie Ihrem Erzfeind wieder hold?«

»Seit er sich gestern Nacht entschieden hat, sich unserer

Widerstandsgruppe rückhaltlos anzuschließen. Es handelt sich natürlich nur um einen taktischen Waffenstillstand. Detlev ist als ehemaliger Lkw-Fahrzeugschlosser nun mal ein unverzichtbarer Mitstreiter im Kampf gegen die Bagger. Sein Deckname ist ›Automarder‹.« Frau Pracht senkt, ohne ihren Redefluss zu unterbrechen, die Stimme. »Nelly konnte ihm sehr schöne Tipps über unscheinbare Kabel geben, die für die Hydraulik der Schaufeln unverzichtbar und mit einem Schnitt durchtrennt sind!«

»Welche Widerstandsgruppe?«, verlangt Frau Schick zu wissen und muss sich setzen.

»Das«, bestimmt Frau Pracht, »erklären wir Ihnen alles bei einem Tässchen guten Bohnenkaffees im ›Gießkännchen‹. Nelly gießt ihn gerade auf. Per Hand. Sie sagt, so mögen Sie ihn am liebsten. Ich habe mein Vereinsheim selbstredend als Kommandozentrale und Kantine zur Verfügung gestellt. Machen Sie sich auf eine gewaltige Überraschung gefasst!«

»Was für eine Überraschung?«

»Eine Überraschung ist eine Überraschung, sonst wäre es keine Überraschung«, feixt die Walküre und klingt ein wenig nach Gertrude Stein und ihrem weltberühmten Vers von der Rose, die eine Rose, die ein Rose ist. Frau Schick fand ihn nie sonderlich einfallsreich oder lyrisch.

Die Walküre greift nach Frau Schicks linkem Wanderschuh, kniet sich hin und will ihr hineinhelfen.

»Lassen Sie das!«, wehrt Frau Schick ab. »Ich bin nicht Aschenputtel. Verraten Sie mir wenigstens, was da vorhin im Wald so entsetzlich geknallt hat!«

Frau Prachts Lächeln verbreitert sich. »Oh, das war Kalle. Er experimentiert ein wenig mit Unkrautex und Zucker.« Sie seufzt kurz. »Knallen tut die Mixtur recht schön, aber die Löcher, die er gesprengt hat, sind bescheiden. Da will er noch nachbessern. Im Verein war er immer für unser Sylvesterfeuerwerk zuständig, es gibt also durchaus noch Hoffnung.«

»Aber *weshalb* sprengt er Löcher in den Wald?«

»Das erfahren Sie alles im ›Gießkännchen‹«, verspricht die Walküre und zieht Frau Schick vom Stuhl.

28.

Herberger rollt mit geübten Griffen seinen Polarschlafsack ein, wischt Tau von der Außenhaut, presst Luft heraus, wickelt ihn in eine Isomatte und schnallt beides auf seinen Rucksack. Aus einem nahen Tal wehen das Geläut von Kirchenglocken und Verkehrslärm zu ihm herauf.

Es ist acht Uhr und höchste Zeit aufzubrechen, um eine angemessen stramme Tagesetappe zu bewältigen, die ihn in die ersehnte Stille führen soll.

Gestern ist er beim Pilgern trotz freundlich ausgestirnter Nacht nur stotternd und lustlos in Gang gekommen. Sein Zwischenstopp in den verflixten Schrebergärten hat ihn zurückgeworfen und die überschießende Jetlag-Energie verpuffen lassen. Der Streckenbeginn durch das Gewerbegebiet von Hürth war ihm zudem dank seiner Nacht im Polizeigewahrsam sattsam bekannt. Eine heransingende späte Straßenbahn bot die günstige Gelegenheit, der Betonansiedlung von Baumärkten, Parkettanbietern und Bettenlagern gen Westen zu entfliehen. Mit anderen Worten: Er hat gestern ein wenig gepfuscht und am Ende nicht viel mehr als einen Spaziergang über einen Vorgebirgsrücken absolviert.

Über einen Friedhof hat er einen bewaldeten Höhenzug erstiegen, ist vorbei an sauber gestapelten Holzpoltern, verwitterten Heiligenhäuschen mit Feldblumensträußen und flackernden Grablichtern, Pferdekoppeln und Ameisenhügeln zu einer Lichtung gelangt, auf der gelb angestrahlt ein verwaister Glockenturm und sein Gewölbevorbau als Nachtlager lockten.

Für ein wenig Spannung unterwegs sorgten lediglich Käuzchengeschrei sowie Geraschel und Geschuffel im Unterholz. Das recht urwüchsige Waldstück ist für Muffelwild- und Schwarzkittelplagen bekannt.

Nach sechs, sieben Kilometern hatte Herberger genug von seiner Tippeltour und von seinen Gedanken, die hartnäckig um die kellnernde Nelly, Frau Schick und Niklas im Hühnerhut kreisten. Am Ende hat sein überreiztes Gehirn dessen Elfenaugen sogar in einem Brombeerhain entdeckt und den imaginären Knirps über die Holzpolter balancieren lassen, die Kinder bekanntlich magisch anziehen.

Herberger schüttelt über sich selbst den Kopf und wischt seine gestern zum Rückkehrschwur benutzten Finger unwillkürlich an der Wanderhose ab. Er will nicht zurück, sondern endlich voran.

Heute könnte er es bis Bad Münstereifel schaffen. Noch besser darüber hinaus. Er braucht jetzt echte Einsamkeit und zumindest eine Ahnung von Natur, in der ihn nichts bedrängt und alles daran erinnert, dass die Welt ein Ort ist, der entdeckt werden will.

Münstereifel liegt an keiner Durchfahrtsstraße zu größeren Zielen. Es ist ein Ort, in den man wollen muss, um ihn zu erreichen. Demnächst soll das Kurörtchen dank Fashion-Outlet im idyllischen Kern zwar ein weiteres Disneyland für Wochenendshopper werden, aber kaum zehn Kilometer entfernt liegt das verschwiegene Genfbachtal mit Erlen-, Eschen- und Weidengalerien, Bachauen, blühfreudigen Wildwiesen, seltenen Sumpforchideen und Heuschobern, die sich traumstill zwischen Weißdorn und Hundsrosen wegducken und wie aus der Zeit gefallen zu sein scheinen.

Er hat das Tal vor Jahren einmal zu einem der schönsten Wiesentäler der Eifel erkoren. Bleibt nur zu hoffen, dass es das geblieben ist. Zumindest ist dort endgültig Schluss mit dem Chemie-, Gewerbepark- und Industriegürtel, der Köln von Westen her einkesselt und ihn als qualmender und lodernder Horizont durch die Nacht begleitet hat.

Es ist eine Weile her, dass er hier unterwegs war. Vielleicht sollte er sich Notizen für eine Neuauflage seines Wanderführers machen? Etwa über die reichlich überdimensionierte Pilgerschlafhütte, die ein rühriger Heimatverein am Rand der Lichtung erbaut hat. Sie ist nicht nach Herbergers Geschmack. Er zieht – wenn es die Witterung zulässt und trocken ist – Nächte unter freiem Himmel vor. Zumindest darin ist er seinem inneren Abenteurer heute Nacht treu geblieben.

Herberger öffnet eine Seitentasche seines Rucksacks, um die heutige Strecke anhand seines Outdoorführers zu überprüfen. Natürlich weiß er, wo es langgeht, zumal die rheinischen Jakobswege mittlerweile geradezu obsessiv beschildert und sogar Stromkästen und Ampelmasten mit gelben Muscheln auf blauem Grund bebildert sind, aber er liebt es, seine Wege auf Wanderkarten vorwegzunehmen, so wie er es als Kind geliebt hat, mit den Fingern auf dem Leuchtglobus die Welt zu vermessen, Kontinente zu überspringen und sich ein Leben als rastloser Abenteurer auszumalen.

Allerdings nicht in der Eifel.

Nun, er ist älter geworden und weiß, dass wahre Entdeckungsreisen nicht darin bestehen, ständig neue Landschaften zu suchen, sondern darin, sie mit neuen Augen zu sehen.

Aber nanu? Wo steckt das Büchlein? Nicht im Rucksack. Merkwürdig, er hat gestern noch Wegmarkierungen darin eingetragen und es eingepackt. Nein, anscheinend doch nicht. Na, wenigstens an Powerriegel und Trinkflasche für ein kurzes Frühstück hat er gedacht.

Herberger tritt unter dem bedachten Vorbau des weiß getünchten Turmes hervor, der die Waldlichtung bewacht. Wie er von früheren Recherchen weiß, ist es der verbliebene Turm einer mittelalterlichen Wallfahrtskirche. Sie gehörte zu einem Bauernweiler, der vor Hunderten von Jahren ins Tal verlegt wurde und zu einem gesichtslosen Schnellstraßendorf mit verklinkerten Fachwerkhäusern und donnerndem Schwerlastverkehr verkommen ist. Der Turm krönt den Westhang des Höhenzuges. Im Untergeschoss wird er von drei im Rheinland sehr beliebten heiligen Jungfrauen hinter Panzerglas bewacht. Herberger gönnt ihnen keinen Abschiedsblick.

Er ist nicht in der Stimmung, um wohlwollend über Fides, Spes und Caritas nachzudenken, die hier in Stellvertretung eines heidnischen Göttinnen-Trios für gesundes Vieh und haltbares Erntewetter zuständig sind. Unter anderem. Dass Eifeler Bauernmägde hier über Jahrhunderte um treue Knechte oder die Rückkehr von treulosen Gesellen gebetet haben, interessiert ihn im Moment nicht.

Herberger quert rasch die Lichtung und nimmt zum Frühstück Platz auf einer Bank mit Aussicht auf Rübenfelder und die pappelbestandenen Wiesentriften einer Flussniederung. Am Horizont der Talsenke locken die ersten Höhenzüge der Eifel.

Es tut gut, allein zu sein, still die Platanen zu betrachten, sich zu besinnen, mit einem Powerriegel zu bescheiden und ins Gedächtnis zu rufen, dass man nie so klar denken und so sehr man selbst sein darf wie auf Wanderreisen und vor allem allein.

Nur leider ist er das anscheinend nicht. In der Pilgerhütte regt sich was, und auf dem Parkplatz am Fuß des Hangs öffnet ein Reisebus mit hydraulischem Zischen die Türen. Schwatzlustige Wanderfreunde mit roten Kappen erobern den Hügel. Die Kreissparkasse Euskirchen macht, angeführt von einem Eifeler Heimatkundeexperten, offenbar einen sehr frühen Betriebsausflug. Kühltaschen werden auf Picknicktischen platziert, Thermoskannen aufgeschraubt, die Aussicht ausführlich bewundert.

Herberger erhebt sich eilig, schultert seinen Rucksack und hastet im Laufschritt eine steile Lindenallee Richtung Tal hinab.

29.

Nellys Filterkaffee ist vorzüglich und ganz nach Frau Schicks Geschmack. Belebt ungemein, genau wie das geschäftige Treiben rings um sie. Sie sitzt in der Tischnische unter den Kalenderalpen, sinniert über ihr gestriges Tête-à-Tête mit Herrn Engels und schaut Popesch und anderen Koloniebewohnern beim Möbelrücken zu. Sie schieben in der Mitte des Saals Tische und Stühle für eine Konferenzrunde zusammen, die der Professor anberaumt hat. Frau Pracht und Nelly eilen mit Geschirr herbei und decken zum Frühstück auf.

Becky und Blogger sind an der Theke in einen Laptop vertieft, machen sich eifrig Notizen, streichen andere und debattieren über Wechselkröten, Juchtenkäfer und Mopsfledermäuse.

Ganz erstaunlich, was die Jugend heute alles über Tiere weiß, freut sich Frau Schick. Von vielen hat sie noch nie etwas gehört, und die meisten davon findet sie – ehrlich gesagt – auch unappetitlich, aber laut Blogger können sie zur Rettung ihrer Kolonie beitragen, und von der ollen Schemutat hat sie nicht umsonst gelernt, dass »unser Herrjott sich bei jedem Geschöpf was bei jedacht haben muss«.

Außer bei Pottkämper, da muss Gottes Widerpart Luzifer oder eine überforderte Aushilfe die Hände im Spiel gehabt haben, setzt sie grimmig hinzu.

Kurzfristig keimt an der Theke ein Disput über Waschbären auf, die Becky »süüüüüß« findet, Blogger aber als »eingeschleppte Landplage« abtut, woraufhin Becky in Verhandlungen über Feldhamster eintritt.

»Wir brauchen was Pelziges mit großen Kulleraugen«, verlangt sie, macht zu Demonstrationszwecken selbst welche und zoomt auf dem Bildschirm einen Hamster groß, der in einem Kornfeld Männchen und dicke Backen macht.

Frau Schick kramt ihre Brille raus. Becky hat recht. Der ist tatsächlich hinreißend.

»Mit Feldhamstern wären wir unschlagbar«, ereifert sich Becky. »Die sind als Kampagnenlogo hundertmal fotogener als Sumpfkröten oder deine komischen Ekel-Käfer, die auf Bäumen wohnen.«

»Diese Ekelkäfer haben in Frankreich sechs Jahre lang einen Autobahnbau verhindert«, kontert Blogger hitzig. »Sie sind extrem selten, und wenn es dich beruhigt, sie scheiden einen angenehmen Aprikosengeruch aus und verlassen ihre Baumhöhlen höchst selten. Ich schlafe in meiner Ulme seit Wochen ungestört direkt neben einer.«

»Als Logo für massentaugliche PR sind schwarze Riesenkäfer total daneben«, winkt Becky ab. »Ein Hamster ist besser und darunter ein Spruch wie ›Wir retten den Waldfrieden‹. Eine gute Werbeagentur strickt uns daraus einen Knaller. Wir können die Hamster auch auf Tassen oder Mauspads drucken, in Fußgängerzonen als Plüschtiere verteilen und ein paar Hip-Hopper in Hamsterkostümen einen Flashmob tanzen lassen. Ich hab da Kontakte.«

»Keine Flashmobs, Becky«, mahnt Nelly, die mit zwei Kannen auf dem Weg zur Küche ist, um mehr Kaffee aufzubrühen.

»Halt die Füße still«, knurrt auch Blogger und erntet einen nahezu dankbaren Blick von Nelly. »Feldhamster gibt's hier nicht.«

»Aber man kann sie doch im Internet bestellen«, nörgelt Becky.

Nein, was es alles gibt!, wundert sich Frau Schick. Nun,

sollte man Feldhamster tatsächlich kaufen können, wird sie gleich zwei Dutzend nehmen. Ein paar Hamster würden sich in den nicht genutzten Schrebergärten sehr hübsch machen, falls Herr Engels ein wenig Getreideanbau für unbedenklich hält.

Verträumt starrt sie auf die Kalenderalpen, in die Herr Engels sich gestern Abend geflüchtet hat. Pah, wer braucht schon Berge, noch dazu so hohe. Ein kleines Weizenfeld würde ihr weit mehr zusagen, mit Klatschmohn und Kamille und vielen blauen Kornblumen drin, versteht sich. Da kommt die alte Ostpreußin in ihr durch.

»Wir sind so weit«, winkt die Walküre Frau Schick aus ihrer Sitznische an die Frühstückstafel und weist ihr den Ehrenplatz an der Stirnseite zu.

»Sie übernehmen die Konferenzleitung, bis der Professor zurück ist«, sagt sie und stellt eine Vase mit prachtvoll blühenden Abkömmlingen von *Clytemnestra* neben Frau Schicks Gedeck. »Die haben Detlev und ich heute Morgen frisch für Sie geschnitten. Im Auftrag von Herrn Engels.«

Höchst geschmeichelt nimmt Frau Schick Platz. Dabei gebühren Rosen und der Ehrenplatz doch einzig dem Professor! Dieser alte Geheimniskrämer steckt wirklich voller Überraschungen. Gestern Abend hat er die feiernden Kleingärtner, den randalierenden Blogger und Kalle Unkrautex keineswegs aus dem Vereinsheim gelotst, um jeglichen Widerstand gegen Pottkämper zu unterbinden, sondern um diesen in seiner Blockhütte zu organisieren.

Popesch, Nelly und die Walküre sind später zu der Nachtsitzung dazugestoßen, und nun versammelt sich der harte, wenn auch übermüdete Kern der Kleingartenguerilla am Tisch, um Frau Schick Bericht zu erstatten und das weitere Vorgehen zu planen.

»Möchten Sie den Sitzungsbeginn einläuten?« Popesch alias

Töller bietet ihr mit feierlicher Stimme und unter heldenhaftem Verzicht auf seine Führungsrolle ein Messinggießkännchen mit Klöppel an.

Frau Schick lehnt dankend ab. »Eine Glocke ist bei einem musikalischen Mann wie Ihnen besser aufgehoben, außerdem bin ich in Fragen der Geschäftsordnung sicher auf Sie angewiesen.«

»Sein Läuten ist in der Tat recht melodisch«, lobt eine nach wie vor versöhnliche Frau Pracht. »Mit fünf Glocken und einem Gartenschlauch bekommt Detlev sogar den *Frühlingsstimmenwalzer* hin.«

»Ich denke, ein Kännchen und meine Reitgerte genügen für unsere Zwecke«, versichert Frau Schick, die von Gartenschlauchwalzern nicht sonderlich viel hält.

»Ganz, wie Sie wünschen«, sagt die Walküre und deutet Herrn Töller, sich samt Glocke auf den Stuhl neben Frau Schick zu setzen.

»Oh, das ist sehr zuvorkommend, liebe Heidemarie«, bedankt sich brav Herr Töller.

»Keine Ursache, Detlev«, antwortet nicht minder artig die Walküre. »Aber geläutet wird nur auf Anweisung von Frau Schick! Ein paar Festgäste haben noch Kopfschmerzen. Die Heartlander waren gestern mal wieder zu laut. Ich gehe mal nach Zerberus und Niklas schauen, der Junge hat genug geschlafen.«

»Wecken Sie doch auch den Professor«, bittet Frau Schick. »Ich meine, wo das Ganze doch seine Idee war.«

»Der ist schon unterwegs«, erklärt die Walküre, bestückt ein Frühstückstablett für Niklas und kommandiert Blogger zwecks näherer Erläuterungen an die Seite von Frau Schick. Herr Töller greift eifrig zum Messingkännchen.

»Erst wenn Frau Schick es erlaubt«, ermahnt ihn die Walküre und enteilt mit ihrem Tablett, während Blogger neben Frau Schick Platz nimmt.

»Herr Engels ist noch in der Nacht aufgebrochen, um einen guten Bekannten aufzusuchen, der bei ihm über Bienen promoviert hat und jetzt ein hohes Tier im Amt für Landschaftspflege ist«, berichtet Blogger. »Der Professor ist zuversichtlich, dass sich Dr. Kubuleit zu einer Waldinspektion und einem Eilgutachten über bedrohte Pflanzen- und Tierarten bewegen lässt. Damit könnten wir die Bagger am Mittwoch vorerst stoppen. Vielleicht sogar auf Dauer, falls Sie bereit sind, den teuren Behördenkrieg und zusammen mit Dr. Kubuleit die medienwirksame Außendarstellung unserer Initiative zu übernehmen. Sie wissen ja, Herr Engels scheut die Öffentlichkeit.«

»Natürlich bin ich dazu bereit, obwohl Professor Engels das bei Weitem bessere Aushängeschild für die Initiative wäre. Vor allem auf T-Shirts. Denken Sie nur an die weltberühmten Fotos von Einstein! Herr Engels hat einen ebenso schönen Charakterkopf und, wenn ich mich nicht täusche, noch mehr Haare!«

»Für die T-Shirts nehmen wir die Hamster«, wirft Becky trotzig ein. »Weihnachtsmänner sind zu saisonal.«

»Hamster sind hübsch, aber austauschbar, Herr Engels nicht«, verteidigt Frau Schick Herrn Engels. »Und sein Professorentitel macht auch mehr her.«

»Nur, wenn er sich mit einem Feldhamster abbilden lässt«, findet Becky.

»Wir haben verdammt noch mal keine Hamster«, geht Blogger mit entnervtem Augenrollen dazwischen. »Und Professor Engels möchte weder genannt noch«, er verdreht die Augen und spricht in Kursivbuchstaben weiter, »*auf T-Shirts abgebildet werden*. Er ...«

Popesch läutet so eigenmächtig wie energisch mit dem Gießkännchen.

Frau Schick erteilt ihm nachträglich die Erlaubnis dazu und überlässt ihm die Anmerkungen über ordnungsgemäße Antragstellung, die allen am Tisch die willkommene Gelegenheit geben, sich Frau Prachts Frühstück zu widmen.

Nachdenklich nippt Frau Schick an ihrem Tässchen Nellykaffee. Der geradezu paranoiden Öffentlichkeitsscheu von Herrn Engels muss sie endlich auf den Grund gehen, genau wie seiner absonderlichen Vorliebe für nächtlich Besuche. Erst bei ihr und jetzt sogar bei Grünflächenbeamten. Na, eins nach dem anderen. Die Hauptsache ist, dass er wieder den Rebellen in sich entdeckt hat und seinen Verbleib im Wald plant. Sehr erfreulich, höchst erfreulich.

Sie stellt die Tasse ab und konzentriert sich auf Detlevs Vortrag über Baggersperren, an denen einige Koloniebewohner unter Kalles Kommando bereits im Wald herumtüfteln. Daher das morgendliche Lärmen mit Gartengerätschaften und die Knallgeräusche.

»Das ist zwar nicht im Sinne des Professors«, flüstert Blogger, der sich eifrig Marmeladenbrötchen streicht, »aber er meinte, es sei Ihnen wichtig, alle Koloniebewohner in unseren Widerstand gegen das Bauprojekt einzubinden.«

Frau Schick nickt. »Das ist richtig. Ich hoffe allerdings, dass Kalle es mit den Sprengversuchen nicht übertreibt.«

»Keine Bange«, unterbricht sich Popesch in seinem Vortrag. »Ich habe ihn auf unsere Mittagsruhe zwischen 13 und 15 Uhr verpflichtet und mit dem Unkrautex in eine metertiefe Kiesgrube geschickt. Mehr als ein paar Steine kann er da nicht in die Luft jagen.«

»Auch nicht sich selbst?«, fragt besorgt Frau Schick.

Blogger schüttelt den Kopf. »Unser Kalle war mal bei den Pionieren. Er weiß, was er tut. Als ich mal eine alte Panzerfaust aus dem Sumpf gefischt habe, hat er die problemlos entschärft.«

Popesch nickt. »Und sie sogar wieder zusammengesetzt. Bei historischen Handwaffen ist er unschlagbar. Sie sollten ihn mal erleben, wenn wir beim Beete-Umgraben auf alte US-Munition und Blindgänger stoßen. Es besteht nur die Gefahr, dass Unkrautex und Zucker ihm auf Dauer zu harmlos sind.«

Frau Schick wird etwas unbehaglich zumute. Was, wenn …

»Immer mit der Ruhe«, wirft Blogger ein. »Der Professor hat für Kalle bereits andere Einsatzgebiete ersonnen. Als Pionier kann er uns mit weiteren Baumhäusern am Waldeingang ausrüsten und darin einen Spähposten übernehmen, der absolute Ruhe verlangt. Herr Engels hat Kalle außerdem ein Nachtsichtgerät geliehen und ihn in ein Forschungsvorhaben über die Bestäubungskapazitäten von Mopsfledermäusen eingebunden.«

»Sehr schön«, lobt Frau Schick und erteilt Herrn Töller die Erlaubnis, zu läuten, um Blogger offiziell das Wort zu erteilen.

Der legt sofort los. »Becky und ich haben die Rote Liste der im Rheinland stark bedrohten Tier- und Pflanzenarten, die ein Bauverbot ermöglichen könnten, mit dem Bestand in diesem Waldstück abgeglichen. Von unseren wertvollen Wildbienen und Wildpflanzen einmal abgesehen, können wir im Tümpel mit Kamm-Molchen und Wechselkröten aufwarten, die in mehreren Bundesländern erfolgreich gegen Autobahntrassen und Transrapidstrecken ins Feld geführt wurden. Der Juchtenkäfer …«

Seine nun folgenden Informationen verderben Frau Schick und weiten Teilen der Tischrunde trotz Aprikosenduft den Appetit aufs Frühstück. Dass die trüb-gelblichen Larven des Juchtenkäfers sich Kokons aus ihren Exkrementen basteln, will nun wirklich niemand hören.

Blogger mag sich mit Kröten, Molchen, Käfern und sonstigem Gekribbel und Gekrabbel auskennen, aber wie man Zuhörer dafür begeistert, weiß er nicht. Da hat er vom Professor noch allerhand zu lernen.

Sie bringt Engels' Lieblingsstudenten mit einem Blick zum Schweigen, den sie – dank ungezählter Konferenzen mit gockelnden Geschäftsführern – vollendet beherrscht. Eine Prise Überheblichkeit gepaart mit der Gewissheit, dass ihr Wunsch Befehl ist, zeigt das gewünschte Ergebnis. Blogger bricht verdrossen ab.

»Kommen wir endlich zu gut sichtbaren und beliebten Säugetierarten«, fordert Frau Schick. »Als Schirmherrin und Tierpatin eines bedauerlich überfüllten Kölner Wildparks könnte ich vorübergehend einige unserer Sorgenkinder in unserem Wald ansiedeln. Etwa den dauerbrünftigen Rudolf von Hitzleben – ein etwas ungezogener Keiler, der alle Bachen für sich beansprucht, obwohl er sie längst nicht mehr umfassend beglücken kann. Ein wenig zölibatäre Abgeschiedenheit täte Rudolf sehr gut.«

»Cool. Wir könnten ihn Obelix nennen, der Name sorgt bei Google und Facebook für ordentlich Fans und Treffer«, begeistert sich Becky. »Hat er hübsche Augen?«

»Ausgesprochen hübsche Augen, sonst wäre er bei den Bachen kaum so erfolgreich«, sagt Frau Schick. »Genau wie weiland der echte Rudolf von ...«

»Wildschweine sind nicht vom Aussterben bedroht«, protestiert Blogger heftig.

Auch Popesch schüttelt energisch den Kopf. »Wir sind froh, die Schwarzkittel endlich los zu sein«, warnt er unter dem Beifallsnicken erfahrener Vereinsmitglieder. »Die wühlen über Nacht ganze Wiesen und Beete um. Erst recht, wenn sie brunftig sind und nichts Entsprechendes zu tun haben.«

Frau Schick gibt nicht auf. »In meinem Garten könnte sich Rudolf mit Umgrabearbeiten ausgesprochen nützlich machen. Ich plane nämlich die Anlage eines kleinen Kornfeldes. Für

Winterroggen dürfte es noch nicht zu spät sein. Zerberus freut sich darüber bestimmt. Kommen wir zu den Hamstern. Wie war das mit den Bestellmöglichkeiten im Internet, Becky?«

»Es gibt da die Seite Feldhamsterverleih.de, die bietet Blockier-Tiere im Paket an. Juchtenkäfer sind aus, aber stark bedrohte Feldhamster, Biber und Fischotter wären im Postversand zu kriegen, sogar *overnight* und ...«

»Becky«, geht Blogger mit zornfunkelndem Blick und gesträubten Brauenstacheln dazwischen. »Die Seite ist eine Satire, eine Verarsche gegen Blockierer! Hör endlich auf, jeden Quatsch zu glauben, der sich im Internet findet. Wir haben hier verdammt noch mal genug extrem gefährdete Tierarten. Allein die grüne Wechselkröte–«

»Wie sieht die aus?«, verlangt Frau Schick zu wissen.

»Moment, das kann ich Ihnen zeigen.« Becky lässt ihre Finger virtuos über Tastatur und Touchpad des Laptops hüpfen und dreht ihn zu Frau Schick. Eine Kröte füllt überlebensgroß den Bildschirm.

»Igitt!« Frau Schick schnappt entsetzt nach Luft. »Hat die eine Hauterkrankung?«

»Nö, die Schleimbläschen und die Warzen gehören dazu«, sagt Becky. »Krass oder? Gegen Feldhamster ist so ein Viech komplett chancenlos.«

»Verdammt, wir suchen hier nicht Germanys Next Topmodel!«, schreit Blogger und springt auf.

»Da hätten deine Kröten und Käfer auch null Chancen«, giftet Becky.

»Aber bei Doktor Kubuleit, verdammt noch mal! Er ist Bienenkundler und leidenschaftlicher Koleopterologe. Seine Handbücher über bedrohte Käferarten ...«

Popesch läutet Sturm. »Wenn Frau Schick Wert auf Feldhamster legt, könnte ich welche besorgen.«

»Welche, die Männchen machen?«, will Becky wissen.

Blogger schnaubt, aber Popesch nickt. »Genaugenommen tun sie nichts anderes mehr, aber wenn man sie im Schatten postiert und nicht zu nah herangeht ...«

Weiter kommt er nicht. Die Tür zum »Gießkännchen« wird aufgerissen. Im Rahmen steht schreckensbleich und schwer keuchend die Walküre.

»Heidemarie, was ist passiert?« Popesch lässt entsetzt Glocke und Stuhl im Stich und stürzt an ihre Seite. Er ist zwar kein Atlas mehr, aber als Stütze für eine vollkommen gebrochene Walküre wächst er über sich hinaus. Behutsam führt er sie zum Tisch. Frau Pracht nimmt stöhnend Platz.

»Nelly, wir brauchen Kaffee!«, ruft Frau Schick in Richtung Küche. »Und bringen Sie auch was von Frau Prachts Blumenwasser mit. Das gelbe Fläschchen. Es handelt sich anscheinend um einen Notfall.«

Frau Pracht schluchzt und nickt und kämpft mit einem Schluckauf, den Popesch energisch wegklopft. Die Walküre fasst sich.

»Niklas ist weg«, stößt sie nach Atem ringend hervor. »Ich hab ihn überall gesucht. Er steckt in keinem seiner Lieblingsbäume, Zerberus hat er auch nicht gefüttert, und in seinem Bett habe ich dann das hier entdeckt! Er hat es gestern angeblich hinter der Mülltonne gefunden und wollte unbedingt wissen, was drinsteht. O Gott, und ich habe ihm auch noch die Sache mit den Muschelwegweisern erklärt!«

»Welche Muscheln?«, fragt Popesch verwirrt.

Frau Pracht zieht wortlos ein gelbes Büchlein aus ihrem blauen Anzug und legt es auf den Tisch. »Muss irgendein Wanderer verloren haben.«

Frau Schick tastet die Taschen ihrer Hose nach der Brille ab. Verflixt, die hat sie wieder einmal irgendwo liegenlassen.

»*Der Jakobsweg zwischen Köln und Trier* von Dr. Eckehart Gast«, liest Popesch ratlos den Titel vor und lässt ein paar Seiten über seinen Daumen flippen. »Irgendwer hat sich Wegmarkierungen gemacht und Notizen reingeschmiert. Das kann unmöglich Niklas gewesen sein.«

»Natürlich nicht«, kombiniert mühelos Frau Schick. »Das war mein Chauffeur. Ich habe mich den ganzen Abend gewundert, wo er mit meinen Jaguarschlüsseln bleibt. Hinter einer Mülltonne hätte ich Herberger allerdings zuletzt vermutet.«

In ihrem Rücken geht mit reichlich Geklirr eine Kaffeekanne zu Bruch. Das hört sich ganz nach einem weiteren Notfall an.

Frau Schick dreht sich um. Richtig geraten.

Der Notfall heißt Nelly, steht in einem Scherbenhaufen und unter Schock. Dagegen helfen jetzt weder Blumenwasser noch Kaffee, sondern eine längst fällige Erklärung, ein Paar feste Wanderschuhe und Herbergers Streckennotizen.

30.

Zerberus' Weide ist von Männern in Arbeitshosen bevölkert, die mit Richtungsmessern, Klappstativen, Flatterbändern, Vermarkungsmaterial und komplizierten Präzisionsinstrumenten hantieren. Ein Bauingenieur mit deutlich strapazierten Nerven treibt sie zur Eile an, scheucht Praktikanten mit rot-weißen Latten über die Wiese, gibt barsche Anweisungen zu Messpunkten und zieht sich an einen aufgebockten Kartentisch zurück.

Frau Schick richtet sich in ihrem Liegestuhl auf und zoomt den Tisch mithilfe von Frau Prachts Fernglas näher an ihre Laubenterrasse heran. Dahinter steht der penetrante Pottkämper, mimt den Überwacher des Vermessungsteams und heuchelt technisches Interesse. Sein Ohrfeigengesicht schmückt ein fabrikneuer Bauhelm, die Lackaffenschuhe hat dieser groteske Parvenü gegen flaschengrüne Hunter-Boots getauscht, in denen Englands Queen gern das Hochland rings um Schloss Balmoral abschreitet. Das Siegerlächeln vom gestrigen Abend trägt Pottkämper unverändert zur Schau. Paul Schicks verschmähter Firmenerbe genießt jede Sekunde seines späten Triumphes.

Frau Schick schwenkt das Fernglas zum Ingenieur. Der studiert mit angestrengtem Tunnelblick Kartenmaterial und Grundstückaufrisse, schiebt einen Winkelmesser darauf herum und Pottkämper beiseite. Offensichtlich möchte er diesen Dauergrinser in königlichen Gummistiefeln so gründlich ignorieren wie das grimmige Publikum in seinem Rücken und rasch fertig werden. Mit gutem Grund.

Bereits vor Beginn der Messtätigkeiten haben einige fliegende Harken – unter anderem abgefeuert von Walküre Pracht im Mao-Dress – und der kampfeslustige Zerberus, der seine Frühstücksweide nicht teilen wollte, ein friedliches Miteinander vereitelt. Auf Spaten, Sauzähne und Grabgabeln gestützt verfolgt das unvermindert feindselige Trüppchen Schrebergärtner nun die Vermessungsarbeiten. Weitere Kampfhandlungen hat Frau Schick nach der Rückkehr von Professor Engels strikt unterbunden, und Heißsporn Zerberus frisst an einen Apfelbaum gebunden in ihrem Garten Gänsedisteln statt rotweißem Flatterband.

Rache ist ein Gericht, das man besser kalt genießt, hat Frau Schick entschieden. Vor allem angesichts der Aussicht, Pottkämper und Konsorten binnen 48 Stunden mit gepfefferten Eilanträgen und einstweiligen Verfügungen bombardieren zu können. Und danach sieht es – gelobt sei Herr Engels! – dank dessen Nachtspaziergang aus. Es sieht sogar sehr gut aus. Frau Schick gönnt sich ein Siegerlächeln, das Pottkämpers Grinsen so konkurrenzlos überstrahlt wie die Sonne den Mond.

Dr. Kubuleit will gleich morgen den Wald inspizieren und ist einem sofortigen Baustopp positiv gesinnt. Er hat seine Doktorarbeit beim Professor nämlich über *Das Verschwinden der Habitate artbedrohter Solitärbienen und Stechimmen im Rheinland* geschrieben. Mit *summa cum laude*. Im Zweitfach hat er Käfer studiert. Wäre ja gelacht, wenn Engels' Ölbienen, Bloggers Aprikosenkäfer und ihre Feldhamster diesem Mann keinen Eilantrag wert wären, zumal Kubuleit erst vor wenigen Wochen einen Wald an den Quarzkiesabbau verloren hat, was er sehr persönlich nimmt, wie Engels sagt.

Frau Schick seufzt leise. Der Professor hätte schon längst zu diesem Kubuleit gehen sollen, statt sich in der Kolonie zu verkriechen.

Popesch hat die schönen Neuigkeiten per Flüsterpost unter

den Koloniebewohnern verbreitet und sie auf Waffenruhe eingeschworen. Jetzt fahndet er mit Hochdruck und mit Bloggers Hilfe nach Kalle, der seine Sprenggrube mit unbekanntem Ziel verlassen hat. Steht zu hoffen, dass ihm Unkrautex und Zucker ausgegangen sind. Weitere Explosionen wären äußerst kontraproduktiv, zumal Pottkämper wiederholt mit der Polizei gedroht hat – das erste Mal, nachdem er mit seinen Hunter-Boots in einen heimtückisch platzierten Rechen getreten ist, das zweite Mal, als Walküre Pracht ihm mit einem Zierkürbis und der Wurfkraft einer Brünhilde den Bauhelm vom Kopf geschossen hat.

Frau Schick sucht per Fernglas den Waldrand nach Kalle ab. Kein Kalle in Sicht, nur ein junger Forstwirt, der mit neongrüner Kreide Fällungskreuze auf Bäume malt. Hoffentlich geht das Geschmier wieder ab. Na, egal, soll der mal machen. Sie setzt das Fernglas ab. Die Heldentaten des Professors machen Fällmarkierungen gänzlich überflüssig.

Entspannt lehnt Frau Schick sich im Liegestuhl zurück, den Herr Engels – ganz Kavalier – für sie vor ihrer Laube aufgeklappt hat. Direkt neben seinem. Stolz betrachtet sie den abgekämpften Streiter, der eben aus einem wohlverdienten Nickerchen erwacht.

Herr Engels räkelt sich mit einem Gähnen und setzt sich auf. »Wollen wir uns nicht lieber in meine Blockhütte zurückziehen?«, schlägt er nach einem kurzen Blick auf die Landvermesser jenseits der Hecke vor. »Ich habe noch einiges zu erledigen, und dieser Pottkämper muss für Sie ein abstoßender Anblick sein. Sie sollten Aufregung und Menschen wie ihn meiden.«

»Ich liebe Aufregung«, versichert Frau Schick.

Der Professor kraust in milder Besorgnis die Stirn. »Es wäre mir lieb, wenn Sie mehr auf sich achtgeben. Die Kolonie braucht bald Ihren vollen Einsatz.«

Sie schenkt Herrn Engels ein Lächeln. Nein, wie reizend, der Mann versteht es wirklich, Komplimente zu machen. Baut richtig auf.

Das Gesicht des Professors bleibt ernst. »Heidemarie hat mir gestern Nacht Ihren besorgniserregenden Schwächeanfall von Sonntag geschildert!«

Diese dumme Petze Pracht!, ärgert sich Frau Schick. Mit einem Mann wie Professor Engels möchte sie nun wirklich nicht über Herzgeschichten reden, schon gar nicht im medizinischen Sinne.

»Ich fühle mich sehr wohl«, protestiert sie. »Ihre Mission bei Dr. Kubuleit war schließlich ein Erfolg. Bitte erzählen Sie mir mehr über darüber. Was genau erwartet Kubuleit von uns?«

»Später. Erst einmal muss ich nach Niklas schauen. Wir haben uns seit gestern Abend nicht gesehen.« Engels macht Anstalten, sich aus seinem Liegestuhl zu erheben.

Verdeckst! Dieses Problem hat Frau Schick über die Aufregung mit den Landvermessern und die wundervollen Nachrichten von Dr. Kubuleit glatt vergessen.

»Sie müssen nicht nach ihm schauen«, beeilt sie sich, Herrn Engels zurückzuhalten. »Niklas ist ... bei Nelly.«

Jedenfalls bald, wie Nellys erster Anruf von unterwegs hoffen lässt. Sie ist Herbergers Streckennotizen zunächst mit Bloggers Van gefolgt, dann hat sie zu Fuß weitergemacht und eine mehr als eindeutige Spur entdeckt. Den Hühnerhut. Niklas hat ihn in einer Pilgerhütte bei irgendeinem Turm vergessen, und ein Wandertrupp konnte Nelly von einem Mann mit Rucksack berichten, der es sehr eilig hatte, von dort wegzukommen. Genau wie neben ihr gerade der Professor.

»Hilft Niklas im ›Gießkännchen‹ aus?«, erkundigt sich Herr Engels noch immer aufbruchbereit.

Also wirklich. Sie hat die Nase gründlich voll von Kerlen

und Kindern, die nichts anderes im Sinn zu haben scheinen, als stiften zu gehen.

»Nein, ich habe die zwei auf einen Spaziergang geschickt«, improvisiert Frau Schick. Abgesehen davon, dass Nelly und Niklas noch ein paar Kilometer trennen dürften, stimmt es ja auch fast. »Mir schien es ratsam, Niklas von den kleinen Scharmützeln mit den Landvermessern fernzuhalten. Wir wollen das Kind ja nicht in Gefahr oder auf dumme Gedanken bringen.«

Zu ihrer Erleichterung scheint das Thema damit pädagogisch wertvoll abgehandelt zu sein. Herr Engels wirkt jedenfalls bereit, zu bleiben.

Flugs beginnt sie wieder über die Rettung der Kolonie zu plaudern. »Dr. Kubuleit muss Sie sehr schätzen.«

»Scheint so. Vor allem war er mir was schuldig«, seufzt Engels. »Nun, in jedem Fall ist er der richtige Mann für Ihr Vorhaben. Kubuleit ist ein äußerst listiger Verschleppungstaktiker.«

Das dürfte er vom Professor gelernt haben, der ihr noch so einige Wahrheiten schuldet, findet Frau Schick. »Warum sind Sie dann nicht schon viel eher zu ihm gegangen?«, greift sie so harmlos wie möglich ihre gestern Abend gescheiterten Verhörversuche wieder auf.

»Sie wissen, dass mir öffentliche Spektakel zuwider sind«, erklärt Herr Engels unwirsch, »und dank Kubuleit dürften die nicht lange auf sich warten lassen. Er hat exzellente Kontakte zu Medien und konfliktfreudigen Umweltverbänden. Sein Name hat Gewicht.«

»Ihrer doch auch«, wagt Frau Schick sich weiter vor. »Sogar in ...« Nein, das Stichwort »Oxford« verkneift sie sich besser. Das hat gestern nirgendwo hingeführt.

»Mein Name und meine Person«, fährt der Professor geringschätzig fort, »wären für Ihre Initiative das denkbar schlechteste Aushängeschild. Vertrauen Sie auf Kubuleit. Er wird einen Riesenwirbel veranstalten, um Ihre Gartenkolonie zu erhalten.«

»*Unsere* Gartenkolonie«, korrigiert Frau Schick. Also wirklich, jetzt hat selbst der Professor Probleme mit den Possessivpronomen. Das muss am ständigen Umgang mit der Walküre liegen.

Herr Engels schüttelt bedächtig den Kopf. »Die Kolonie Waldfrieden gehört allein Ihnen. Niklas und ich müssen weg sein, bevor der Medienrummel losgeht. Sobald er zurück ist und ich gepackt habe, brechen wir auf. Am besten schon heute Abend, spätestens morgen in aller Frühe. Betrachten Sie meine Intervention bei Dr. Kubuleit als Abschiedsgeschenk und Dank für das einzigartige Vergnügen, Sie kennengelernt zu haben.«

Frau Schick ist für einen Moment sprachlos. Bei Gott, dass meint der ernst, sogar todernst.

»Und natürlich Zerberus«, versucht Engels mit Blick auf den grasenden Esel die Stille wegzuscherzen.

»Sie können doch jetzt nicht gehen«, ruft Frau Schick empört.

»Ich muss«, sagt Engels und steht zum Beweis endgültig auf.

Frau Schick erwägt flüchtig eine erneute Herzattacke. Das dumme Ding macht ohnehin gerade Anstalten, außer Takt zu geraten. Nein, beschließt sie rasch, zweimal ist einmal zu viel, und diesmal würde sie damit garantiert im Krankenhaus landen. Der Professor ist sicher kein Anhänger der Blumenwassertherapie. Es hilft also nur ein resoluter Frontalangriff, um ihn festzuhalten.

»Die Schrebergärten habe ich von meinem Paulchen bekommen«, begehrt sie kampflustig auf. »Von Ihnen erwarte ich als Dank ein anderes Geschenk!«

Das Wort Abschied lässt sie selbstverständlich weg.

»Was sollte ein Mann wie ich Ihnen groß schenken können? Sie sehen doch, wie es finanziell im Moment um mich steht!«

»Die Wahrheit kostet keinen Cent! Raus mit der Sprache: Warum haben Sie sich im Wald versteckt?«

»Ein langwieriger Rechtsstreit hat meine Mittel weitgehend erschöpft, mein Schrebergarten war die letzte Zufluchtsmöglichkeit. Näher möchte ich meine Lage nicht schildern. Das Ganze ist mir unangenehm genug.«

»Und wo in drei Teufels Namen wollen Sie ohne Geld und Freunde jetzt hin?«

Herr Engels senkt den Blick und glättet mit fahriger Geste den Bart, während sich zeitgleich seine Stirn in tiefe Kummerfalten legt. »Ich bleibe Ihnen die Antwort nur ungern schuldig, Frau Schick, aber hier wissen bereits mehr Menschen, als mir lieb ist, von Dingen, die nur mich und Niklas etwas angehen. Mein nächster Aufenthaltsort muss geheim bleiben.«

»Ich bin mir sicher, dass Niklas an Ihrer Art von Versteckspielen kein Interesse hat«, entgegnet Frau Schick scharf. Sonst würde der Knirps ja wohl kaum weglaufen.

»Sie täuschen sich«, sagt der Professor kopfschüttelnd. »Der Wald war seine Idee, er mag das Leben hier, sonst wäre ich niemals so lange geblieben. Ich hielt diesen Ort für sicher, und das war er auch …«

Eine minderschwere Explosion auf der Weide beendet Engels' Satz. Pottkämper krakeelt etwas von Polizei und »alle verhaften«. Auf Frau Schicks Wiese zerrt Zerberus mit Zorngebrüll an seinem Strick. Das ist eindeutig zu viel Radau für einen Mann, der öffentliche Spektakel hasst. Der Professor hastet über den Rasen zum Plattenweg in Richtung Gartentor.

Verflixter Kalle! Frau Schick stemmt sich aus ihrem Liegestuhl, um die Verfolgung aufzunehmen. »So bleiben Sie doch stehen!«, ruft sie Herrn Engels hinterher.

»Wer war das mit dem Chinakracher?«, markiert Pottkämper auf der Weide den starken Mann. »Flucht ist zwecklos! Ich kenne sämtliche Personalien aus den Vereinsakten.«

»Herr Engels! Denken Sie an mein armes Herz«, markiert in ihrem Garten Frau Schick zeitgleich die schwache Frau, weil der Professor in wenigen Sekunden den Plattenweg erreichen wird und der dumme Spruch über alte Damen und D-Züge den Tatsachen entspricht. Leider hält ihr Herz Herrn Engels nicht auf. Frau Schick probiert sich an einem dramatischen und durchdringenden Stöhnen. Klingt nicht gerade damenhaft, sondern ein wenig nach ostpreußischer Elchkuh, dafür zeigt es Wirkung.

Zerberus antwortet mit inbrünstigem »I-aaaah!«, reißt sich vom Apfelbaum los, wirft mit einem Bocksprung den flüchtenden Professor zu Boden, erreicht im Galopp den Plattenweg und passiert mit einem Satz das Gartentor.

»Halten Sie den Esel zurück!«, schreit Sekunden später Pottkämper. »Die Polizei ist gleich hier.« Das Jaulen eines Martinshorns im Wald gibt ihm Recht. Scheint so, als habe die Bangbüchs die Staatsmacht bereits nach den Harkenwürfen alarmiert.

Der Professor rappelt sich unter einem Apfelbaum auf. Frau Schick klammert sich flugs an ein rostiges Rankgitter, stöhnt erneut und greift sich ans Herz, um glaubwürdig Schwäche demonstrieren zu können, sobald Herr Engels sich zu ihr umdreht. Tut er aber nicht.

Der Professor steht nur da wie ein gefällter Riese und starrt Zerberus hinterher, der seine Weide im Sturm erobert und befeuert vom Knallen weiterer Sylvesterkracher die Jagd auf Pottkämper beginnt. Wie immer im Kreis.

Gelernt ist gelernt. Ihr Zirkusesel ist ein Goldstück, freut sich Frau Schick, ohne das Ziel ihrer eigenen Verfolgungsjagd aus dem Auge zu verlieren. Engels verharrt wie angewurzelt unter dem Apfelbaum, anstatt sich zu ihr umzudrehen.

Er ist wohl doch nicht ganz der Kavalier, für den sie ihn gehalten hat. Entschlossen krallt sie sich ins Rankgitter und überwindet sich beim nächsten Böllerknallen zu einem expliziten Hilfeschrei. Liegt ihr gar nicht, so was, aber immerhin: Herr Engels dreht den Kopf, wenn auch sehr, sehr langsam.

Bei Gott!, erschrickt Frau Schick. Nicht sie, dieser Mann braucht dringend Hilfe, am Besten einen Notarztwagen. Sein Gesicht ist aschgrau und so verzweifelt, als entstamme es dem düsteren Spätwerk von Goya. Eine derart ungesunde Gesichtsfarbe hat sie noch nie gesehen. Schon gar nicht bei einem Mann von solch robuster Statur.

Professor Engels' Gesichtsfarbe wechselt von Aschgrau zu Totenbleich, als in den Weg zwischen ihrem Garten und der Weide zwei Streifenwagen einbiegen und unmittelbar vor ihrer Hecke anhalten. Türen werden aufgerissen. Zwei Beamte spurten los, um Gärtner und Vermessungstechniker von der Weide zu holen.

Engels sucht Halt und Stütze am Apfelbaum, der unter seinem Gewicht ins Schwanken gerät. Als ein Apfel neben ihm ins Gras plumpst, fällt bei Frau Schick der Groschen. Das darf nicht wahr sein! Muss es aber. Der Professor steht so wenig wie sie selbst kurz vor einer Herzattacke, sondern vor einer Verhaftung!

Engels' merkwürdige Vorliebe für Nacht-und-Nebel-Aktionen, seine panische Furcht vor einem Polizeieinsatz bei Zerberus' Entführung, seine unsinnige Weigerung, nach Oxford zu reisen oder über den Winter mit Niklas in ihre Villa zu ziehen, sein gestriges Einschreiten gegen den rebellischen Blogger auf der Theke, alles, alles spricht dafür, dass Engels nicht nur Professor ist, sondern leider auch kriminell.

Himmel, wie konnte sie nur derartig blind für seinen wahren Charakter sein?

Ihre Beine warten die Antwort nicht ab. So schnell Frau Schick die Füße tragen – und das ist mächtig schnell –, ist sie beim Professor. »Sie können hinten durch die Hecke verschwinden, Ludwig!«

Der Professor sagt nichts.

»Nun machen Sie schon!«, fleht Frau Schick verzweifelt. »Ich werde Sie bestimmt nicht verraten. Ich bin sehr, sehr vergesslich, und Namen kann ich mir schon gar nicht merken. Das hab ich sogar schriftlich!«

Der Professor steht nur da wie angewachsen. Plopp, plopp, plopp gehen die Äpfel neben ihm nieder.

»Haben Sie Pottkämper nicht gehört?«, sagt er endlich tonlos. »Er kennt unsere Personalien aus den Vereinsakten. Es ist aus und vorbei.«

»Nicht, wenn Sie sofort abtauchen«, beschwört ihn Frau Schick mit Blick auf die Polizeiwagen.

Engels schüttelt den Kopf. »Ohne Niklas hat eine Flucht überhaupt keinen Sinn.«

»Hier geht es nicht um Niklas«, drängt Frau Schick und will den Professor vom Baum und aus dem Blickfeld eines Polizisten wegzerren, der per Funk einen Tierarzt mit Betäubungsgewehr anfordert. Pottkämper absolviert auf der Flucht vor Zerberus noch immer einen Marathon in Gummistiefeln. »Hier geht es erst einmal um Sie!«

»Frau Schick«, entgegnet Engels mit verzweifeltem Blick und krallt sich weiter an den Baum, »es geht hier einzig und allein um Niklas! Das Jugendamt ...«

»Um den Jungen kümmern wir uns schon«, unterbricht Frau Schick ihn resolut und zerrt entschlossener an Engels Arm. Anscheinend zu entschlossen. Der Professor löst sich unvermittelt heftig vom Baum, umklammert ihr Handgelenk mit eisernem Griff.

»Au!«, entfährt Frau Schick ein spitzer, nicht gespielter Schmerzlaut.

Noch schriller fällt ihr Entsetzensschrei aus, als Engels sie im selben Moment mit sich zu Boden reißt und eng an sich presst. Soll das eine Geiselnahme werden?, fragt sie sich an seine breite Brust gedrückt verwirrt und leicht benommen.

31.

Mit seiner Kilometerleistung ist Herberger keineswegs zufrieden, denn die Eifel liegt nach wie vor in weiter Ferne. Immerhin hat er vor etwa einer halben Stunde einen Rhythmus gefunden, in dem er gut vorankommt. In strammem Marschtempo geht es vorbei an einem Flüsschen, das sich durch endlose Felder und kleine Waldabschnitte schlängelt, in denen sich hie und da Ferienblockhütten verbergen. Herberger schaut nicht hin, sie erinnern ihn zu fatal an sorglose Idylle oder Frau Schicks Gartenkolonie.

Seine Gedanken hat er seit der Flucht vom Turmhügel auf stures Schrittezählen abkommandiert, damit diese unzuverlässigen Gesellen nicht in der Vergangenheit mit Nelly herumstromern oder in eine düstere Zukunft ohne sie entfliehen. Es erfordert Konzentration und Aufmerksamkeit, jeden Schritt korrekt nachzuhalten, wenn man bei Zahlen im Fünftausenderbereich angelangt ist. Aber es lohnt, wenn die schiere Lust am Wandern partout nicht einsetzen will.

Bei Schritt 5230 gönnt Herberger sich im Schatten eines Birkenwäldchens eine kurze Rast und einen weiteren Powerriegel. Den letzten hat er beim Turm vorhin kaum angebissen, sein Magenknurren ist nicht wegzuzählen. Er nimmt den Rucksack ab, kramt den bescheidenen Proviant hervor.

Die Zweige der Birken heben und senken sich im Wind, vergilbende Blätter flirren im Sonnenlicht. Ein unvermitteltes Zwischenhoch löst sein Stimmungstief ab. Erfreut stellt Herberger fest, dass er nunmehr 5230 Mal einen Fuß vor den nächsten gesetzt hat, ohne an Nelly zu denken. Sehr gut. Endlich kommt er auch innerlich voran.

Nein, doch nicht, ärgert sich Herberger. 5231, verflucht nochmal. 5232. »Jemanden vergessen wollen, heißt, an ihn zu denken«, drängt sich eine abgegriffene Spruchweisheit auf. 5233, 5234 …

Herberger lässt das Birkenwäldchen trotz Powerriegel in eher schleppender Gangart hinter sich, erreicht eine Wegkreuzung. Bei einer Bank vor ausladendem Dornengestrüpp kommt er erneut zum Stillstand.

Auch die verflixte Zählerei hält einen Teil seines Hirns nicht mehr davon ab, die idiotischen Fragen unglückselig Verliebter zu stellen: Wäre es nicht möglich, umzukehren und einen zweiten Versuch mit Nelly zu wagen? Hätte er nicht um sie kämpfen sollen oder zumindest ihrem Exmann, an den er sich auf immer in Clark-Gable-Pose und mit Nelly im Arm erinnern wird, eine reinhauen?

Seine Rechte ballt sich kampflustig zur Faust. Zorn wallt in ihm hoch, eine nie gekannte Mordlust erfüllt ihn – Lust, diesen unerträglichen Schönling zu packen und seinen Kopf gegen die Wand zu schlagen.

Schluss damit!, ruft Herberger sich zähneknirschend zur Ordnung, du bist keine zwanzig mehr.

Doch leider schmerzt eine Trennung mit 54 Jahren nicht weniger heftig, und das vorübergehende Irresein, das mit jeder Verliebtheit einhergeht, fragt nicht nach dem Alter des Betroffenen. Das Alter macht die Sache sogar schlimmer, denn im Steigflug der Jugend hat seine unbezwingbare Ungeduld, das Abenteuer Leben und die Welt zu entdecken, unter Penelopes Verrat weit weniger gelitten als jetzt.

Mit 54 Jahren weiß Herberger zudem, dass er keinen Kampf um Nelly oder gar mit Jörg Barfeld auszufechten hat, sondern ausschließlich mit sich selbst. Und diesem Kampf um den eigenen Seelenfrieden durch Gewaltmärsche oder Faustkämpfe auszuweichen ist ähnlich aussichtsreich wie eine Flucht vor dem eigenen Schatten.

Ein angenehm kühler Wind streicht vom Fluss herauf. Herberger sinkt erschöpft auf die Bank vor dem Dornengebüsch und beschließt, sich statt aufs Zählen und Marschieren oder sonstige Ablenkungen wieder in Zen zu üben.

Sitzen und atmen und annehmen, was ist. Egal, wie schäbig oder schmerzhaft. Gleichmut üben. Mehr braucht es eigentlich nicht, um in Zukunft klüger mit der verbliebenen Lebenszeit hauszuhalten, das hat er in Kyoto einmal gelernt.

Was klingt wie eine Übung für Idioten, ist höllisch kompliziert, kommt einem Kampfsport mit sich selbst gleich und bedarf beharrlicher Übung. Egal, man kann jederzeit, an jedem Ort und bei jeder Gelegenheit wieder damit anfangen, die Kunst der Gelassenheit einzuüben. Zengeist ist Anfängergeist, und nichts hilft verlässlicher gegen unsinnige Gedankengefechte und alle Anwürfe des Lebens.

Herberger richtet sich entschlossen auf, schließt die Augen, atmet tief aus und wieder ein, wieder aus und wieder ein. Flussluft steigt ihm in die Nase. Von hinten stiehlt sich süßlich herber Brombeergeruch dazu. Halt, nein! Er runzelt die Stirn. So riechen keine Brombeeren, sondern Himbeeren.

Himbeer! Mag ich, wispert es in seinem Kopf.

Herberger öffnet resigniert die Augen und erhebt sich von der Bank, um sich auf die Suche nach einem möglichst geruchsneutralen Platz für seine Atemmeditation zu machen. Niklas besitzt ähnlich wie Nelly geradezu bemerkenswerte Fähigkeiten, ihn von einer Rückkehr zu sich selbst abzubringen. Und vom Jakobsweg, der laut dem windschiefen Wegkreuz links weitergeht.

Nelly schwenkt vergnügt den Hühnerhut. Er ist neben Herbergers Outdoorführer, etwas Geld und Frau Schicks Handy ihr einziges Gepäck. Gehen mit leichtem Gepäck und noch leichterem Herzen tut so unendlich gut. Niklas' Hutscheusal in ihrer Rechten hat die schlimmsten Sorgen um den Knirps zerstreut und ihre Hoffnung auf ein schnelles Wiedersehen mit Herberger in Gewissheit verwandelt.

Direkt nach ihrem Einstieg in den Jakobsweg hat sie das gefiederte Scheusal in einer Pilgerhütte entdeckt. Neben einem Apfelkitsch, einem Häufchen Bonbonpapier und einem leeren Aluschälchen Hundefutter. Eine Busladung Betriebsausflügler, denen ein Eifelexperte gerade Fides, Spes und Caritas erläuterte, konnte Nelly zudem von einem Wanderer mit Narbenkinn berichten, der knapp eine Stunde vor ihrer Ankunft den Hügel hinabgestürmt ist.

Herberger folgt somit seinen Streckennotizen und Niklas ihm sowie den gelben Muscheln auf blauem Grund, die den Weg kinderleicht beschildern. Zwei, drei Kilometer, vielleicht weniger, dürften sie nach ihren Berechnungen noch von dem kleinen Ausreißer trennen. Von Herberger wahrscheinlich ein paar mehr, aber selbst wenn es zwanzig, dreißig oder fünfzig wären, sie wird ihn schon aufspüren und dann ...

Ach, Herberger!

Was auch immer er über sie und ihren unfreiwillige Auftritt in der »Bond Bar« gedacht haben muss, wird sich klären lassen. Genaugenommen sollte ein einziges Wort genügen, um alle dummen Missverständnisse zu beseitigen und sein »*Casaté conmigo?*« zu beantworten.

Sì!

Nelly lächelt versonnen, ihr Herz jagt ihr voraus und findet einen Weg zu einem nicht näher definierbaren Traualtar, neben dem – so viel ist sicher – Olivenbäumchen stehen werden.

Durch Beckys Beichte hat sie endlich von Herbergers Briefchen erfahren. Kopfschüttelnd passiert Nelly einen Weidezaun. Schönes Früchtchen, ihre Tochter! Lässt einfach Heiratsanträge verschwinden und Olivenbäume verdorren.

Und wie konnte Herberger je an ihrer einzig möglichen Antwort zweifeln? Anstelle von Erklärungen hätte er eigentlich eine Standpauke verdient. Becky hat die ihre bereits in knapper, aber eindeutiger Version erhalten. Das hintertriebene Verhalten ihrer Tochter muss wirklich gründlich korrigiert werden. Beckys Motive entschuldigen zwar einiges und die Tatsache, dass sie Herberger für Javier gehalten hat, woran Nelly nicht ganz unschuldig ist, ebenfalls, trotzdem: Strafe muss sein.

Frau Schick hat – praktisch wie immer – bereits den ausführlichen Einsatz bei der Apfelernte und der Neuanlage ihres Küchenbeetes vorgeschlagen. Becky wollte sich auf ihr Engagement für den Waldfrieden als läuternde Buße herausreden, aber leider deuten ihre bisherigen Rettungsvorschläge für die Kolonie, insbesondere der Kauf von bedrohten Tierarten per Internet und Flashmobs mit tanzenden Feldhamstern, keine positiven Lerneffekte an.

Nun, zumindest stößt sie mit ihrem Intrigeneifer bei Blogger nicht auf Gegenliebe, denkt Nelly. Der junge Mann mit den Stachelbrauen könnte sich noch als hilfreicher Beistand in Erziehungsfragen entpuppen.

Kleine, feuchte Fußstapfen und die Abdrücke von Hundepfoten im staubigen Feldweg reißen Nelly aus ihren pädagogischen Betrachtungen. Sie geht in die Hocke und prüft mit tastenden Fingern, wie feucht die Spuren sind. Sehr feucht, und das trotz kräftigem Sonnenschein. Stalin und Niklas müssen erst kürzlich die Böschung zum Fluss hinab- und mit nassen Füßen wieder heraufgestapft sein. Vielleicht hatte Stalin Durst?

Nelly federt aus der Hocke nach oben, beschattet ihr Gesicht mit dem Hühnerhut und sucht die Landschaft vor sich ab. Eine Wegbiegung und ein Wäldchen behindern knapp fünfhundert Meter vor ihr die freie Sicht auf den weiteren Streckenverlauf. Sie beschleunigt ihren Gang, ruft fragend »Niklas?« und verfällt in Laufschritt.

Minuten später steht sie atemlos unter flirrenden Birken, sucht den Boden nach weiteren Spuren ab. Es finden sich keine. Das Einwickelpapier eines Dextro-Energy-Riegels flattert vor ihre Füße. Nelly holt kurz Luft und rennt weiter. Vorbei an dem Flüsschen, das sie durch Felder und Weiden begleitet hat, hinaus aus dem Wald. Der Weg nimmt eine weitere Biegung, führt auf ein Wegkreuz zu. Darunter steht von Himbeerbüschen überwuchert eine Bank.

Auf der Bank hockt klein und ganz in sich versunken Niklas. Ein tief betrübter, schniefender Niklas, wie Nelly feststellt, als sie nach einem kurzen Sprint bei ihm ankommt. Unter der Bank liegt hechelnd Stalin. Niklas schaut nicht sonderlich verblüfft zu ihr auf. Er ist zu überwältigt von akuten Kümmernissen.

»Ich hab Herberger verloren«, murmelt er und zieht laut die Nase hoch. »Wegen dem Fluss und den Himbeeren.« Er deutet mit einem kleinen, rot verschmierten Daumen hinter sich. »Ich hatte so Hunger, und Stalin tragen kann ich nicht.«

Nelly geht vor dem Jungen in die Hocke, legt Niklas' Hühnerhut auf der Bank ab, eine Hand auf seine Knie und schaut ihn fest an. »Das mache ich«, sagt sie. »Und jetzt essen wir erst einmal was.« Sie weiß, dass es am klügsten ist, für Kinder – vor allem für todmüde und hungrige – zunächst das Naheliegende zu tun und jeden Wunsch nach Erklärungen auf später zu verschieben.

»Was hast du denn zu essen?«, will Niklas, ebenfalls am Naheliegenden interessiert, wissen.

»Nichts, aber im Führer steht etwas von einem Ausflugslokal, das nicht weit weg sein kann.«

Und hoffentlich geöffnet ist. Nun, irgendetwas wird sich schon finden. Zur Not hat sie Frau Schicks Handy in der Tasche und kann ein Taxi herbeirufen. Das wird sie ohnehin tun müssen, um Herberger später einzuholen.

Sie lockt Stalin unter der Bank hervor, schiebt behutsam eine Hand unter sein flaumiges Trommelbäuchlein und hievt ihn an ihre Brust. Niklas schiebt sich von der Bank und setzt seinen Hühnerhut auf. Nelly streckt ihm ihre freie Hand hin.

Verflixt noch eins. Das ist nicht mehr der Jakobsweg!

Mit grimmig gerunzelter Stirn steht Herberger vor einer Wandertafel, die antike Aquädukte und den weiteren Verlauf des Lehrpfades »Römische Wasserleitungen in Eifel und Rheinland« erläutert. Ein weiteres Stimmungstief bahnt sich an.

Kreuzdonnerwetternochmal! Ein promovierter Geograf und Geologe, der sich auf einem ausgeschilderten Wanderweg verläuft, den er selbst einmal beschrieben hat, ist kein Zenschüler auf der Suche nach dem goldenen Pfad der Achtsamkeit, sondern ein Volltrottel. Nicht einmal die Himmelsrichtung stimmt, er ist statt gen Westen in nördlicher Richtung unterwegs. Ärgerlich wendet Herberger den Kopf, um die Strecke abzuschätzen, die er von der Bank beim Himbeerbusch bis hierher zurückgelegt hat. Dürften an die drei Kilometer sein.

Sein Blick gleitet wieder zur Wandertafel. Wenn er in etwa einem Kilometer eine Schleife zieht und es querfeldein versucht, müsste er wieder auf den Jakobsweg treffen. Vielleicht lässt sich sein Umweg sogar als Abkürzung nutzen. Entschlossen kehrt er der Wandertafel den Rücken und macht sich an die Streckenkorrektur.

Nelly hat Niklas nicht zu viel versprochen. Nach einem kurzen Schweigemarsch, den Stalin mit einem gelegentlichen Bellen kommentiert, taucht linker Hand und höchst idyllisch auf einer Anhöhe gelegen ein Fachwerkhaus auf, das sich per Hinweisschild mit gemalten Pfannkuchen und einer Aussichtsterrasse empfiehlt. Ein Muschelemblem weist es zudem als Pilgerherberge aus.

»Magst du Pfannkuchen?«, fragt Nelly, während sie den Hügel hinaufsteigen.

»Nur mit ohne Apfelmus«, sagt Niklas zaudernd.

Aha, er mag sie also nicht, will aber brav und höflich sein. Solch heroische Selbstverleugnung kennt Nelly noch von Becky, wenn die etwas ausgefressen hatte.

»Kann ich auch Bockwurst kriegen?«, setzt Niklas nach ein paar Schritten schon ungenierter hinzu. »Ich meine, für Stalin.«

»Wenn er möchte, kriegt er sogar zwei«, verspricht Nelly.

»Und Kartoffelsalat?«, fragt Niklas lebhaft nach.

»Und Kartoffelsalat.«

Sichtlich erfreut sprintet Niklas bis zur Terrassentreppe vor.

Nelly freut sich ebenfalls. Allerdings nicht auf Kartoffelsalat, sondern über zwei Olivenbäumchen, die sie willkommen heißen. Wenn das kein gutes Omen ist! Gemeinsam mit Niklas erklimmt Nelly die Stufen.

Stalin entwindet sich – von vielversprechenden Küchendüften spontan gestärkt – Nellys Armbeuge und springt auf die Terrasse. Sie ist noch menschenleer, aber bereits für das Mittagessen gedeckt. Stalin übernimmt die Tischauswahl. Ganz Connaisseur schnüffelt er sich in unmittelbare Küchennähe vor, macht Platz und klopft auffordernd mit dem Schwanz.

Nelly verharrt auf der letzten Treppenstufe, um die Flussebene nach einem einsamen Wanderer abzusuchen. Niklas tut es ihr nach und beschattet seine Augen in Indianermanier mit der flachen Hand.

»Siehst du was?«, fragt er hoffnungsvoll und meint ganz offensichtlich Herberger.

»Nein.« Nelly schüttelt leise seufzend den Kopf.

Niklas lässt bedröppelt die Hand sinken und seufzt mit.

»Wir finden ihn schon«, versichert Nelly ihm und kann sich eine erste von vielen Fragen nicht länger verkneifen. »Du magst ihn wohl sehr?«

»Das is' nich' so wichtig«, murmelt Niklas schulterzuckend.

»Was denn dann?«, forscht Nelly verblüfft nach. Immerhin hat der Knirps einen überaus abenteuerlichen Nachtausflug unternommen, um Herberger zu folgen.

»Mein Opa braucht ihn, weil ...« Er bricht ab, schaut misstrauisch auf und beißt sich auf die Unterlippe.

»Weil ...«, will Nelly ihn so behutsam wie möglich zum Weitersprechen ermuntern.

»Oh, guck mal, da hängt der Kartoffelsalat«, reißt Niklas vor einer Antwort aus und flitzt auf einen großformatig bebilderten Aushang des Speiseplans zu.

Verwundert schüttelt Nelly den Kopf. Was liegt diesem unternehmungslustigen Knirps und anscheinend auch Herrn Engels nur an Herberger? Sie zückt Frau Schicks Handy, um im »Gießkännchen« Bescheid zu geben, dass Niklas gesund und in Sicherheit ist. Es klingelt zwölf Mal durch, bevor eine völlig aufgelöste Frau Pracht abnimmt, die Nachricht von Niklas Rettung entgegennimmt und sodann im Telegrammstil verzweifelte Instruktionen von Frau Schick in den Hörer stottert. Nelly lauscht verwirrt, erbleicht und dreht sich kurz zu Niklas um. Herrje, das arme Kerlchen!

Das arme Kerlchen wird gerade von einer gemütlich dreinblickenden Kellnerin begrüßt.

Nelly beendet hastig das Gespräch und eilt hinzu.

»Das ist aber mal ein lustiger Hut«, findet die Kellnerin und fragt den Knirps nach seinen Wünschen. Niklas tippt zweimal auf den Kartoffelsalat mit Würstchen. Lässt den Zeigefinger über einem Eisbecher kreisen und wendet sich mit fragenden Augen an Nelly.

Nelly nickt.

»Darf Stalin auch eins?«

Nelly nickt wieder. Die Bedienung kritzelt brav mit.

»Und was möchte die Mama?«

»Die is' doch nich' mei…«, hebt Niklas zum Widerspruch an.

»Ich nehme nur einen Kaffee«, unterbricht ihn Nelly hastig und drängt Niklas hinter ihren Rücken. »Sie wissen ja, wie das ist: Der Mund ist immer größer als die Augen, und mein Sohn schafft regelmäßig nur die Hälfte! Den Rest darf ich dann essen.«

»Nee, der is' doch für Stalin!«, empört sich Niklas hinter ihr.

Die Kellnerin nickt Nelly verständnisvoll zu. »Ich kann Ihnen gern einen Räuberteller und Extrabesteck bringen.«

»Und Limonade für meinen Jungen«, bestellt Nelly, zerrt Niklas energisch zu dem von Stalin ausgesuchten Tisch und setzt ihn auf einen Stuhl.

»Zieh den Hühnerhut tiefer ins Gesicht«, befiehlt sie.

»Warum?«

»Wegen der Sonne.«

»Aber dann seh ich nichts.«

Hauptsache, dich sieht keiner, denkt Nelly und verabschiedet sich schweren Herzens von der Vorstellung eines baldigen Wiedersehens mit Herberger. Niklas' Rettung geht erst einmal vor. Herberger würde gewiss genauso denken… Moment mal… Ob Herberger genauso denkt wie sie, ist zweitrangig. Viel wichtiger ist das, was er für den Jungen tun könnte! Sie kraust die Stirn und sortiert im Stillen, was Frau Pracht ihr gerade in wirren Worten mitgeteilt hat.

Ihr Kaffee kommt und wird kalt, während sie einen Plan schmiedet und Niklas zweimal Bockwurst mit Kartoffelsalat gerecht unter sich und Stalin aufteilt. Mit dem Eis ist er ein wenig geiziger.

Am Ende ist Nelly sicher, dass Herberger der Richtige ist, um Niklas und Herrn Engels zu helfen. Man muss es nur richtig anstellen und das heißt in diesem Fall mit dem Geschick von Frau Schick. Also mit viel List und etwas Tücke.

Querfeldein kommt Herberger recht gut voran. Es gilt lediglich, den Sonnenstand im Blick zu behalten, eine Quarzkiesgrube zu umrunden, versumpfte Wiesen zu durchwaten, Weidezäune zu überklettern und offene Abwassergräben zu überspringen. Solch abwechslungsreiche Übungen liegen ihm momentan weit mehr als schnurgerade Strecken.

In weniger als zwanzig Minuten hat Herberger seinen Umweg wieder wettgemacht und einen neuen Einstieg in den Jakobsweg gefunden, wie eine gelbe Muschel unter einem Schild mit ungelenk gemalten Speckpfannkuchen beweist.

Er ist kein Freund von Pfannkuchen, trotzdem bekundet sein Magen mit wildem Knurren Interesse. Herberger wirft einen prüfenden Blick auf das Ausflugslokal, das eine kleine Anhöhe krönt, und konsultiert seine Uhr. Halb zwölf. Er könnte sich eine Mittagspause durchaus gönnen und es heute trotzdem noch bis in die Eifel schaffen. Zur Not bei Nacht. Seine Wasserflasche sollte er in jedem Fall nachfüllen.

Am Fuß der Terrassentreppe bereut Herberger den Entschluss bereits. Ausgerechnet ein Olivenbaum, nein, gleich zwei stehen zu beiden Seiten in einem Kiesbett Spalier.

Der Schmerz über Nellys wort- und umstandslose Trennung macht sich zu einem heimtückischen Spontangriff bereit und Herberger auf dem Absatz kehrt. Das muss er sich nicht antun. Gleichgültig, wie intensiv er sich den Trennungsschmerz auch ausgemalt hat, es gibt Aspekte, die man nicht vorhersehen kann. Vor allem die körperliche Seite der Angelegenheit ist erschreckend lästig.

Übelkeit, Pulsjagen und Gliederzittern könnten auch auf akute Unterzuckerung hindeuten, riskiert seine Vernunft – unterstützt von seinem knurrenden Magen – einen Gegenangriff.

Zum Teufel mit den blöden Bäumen!, gibt Herberger Verstand und Magen recht. Er kehrt zur Treppe zurück, nimmt mit grimmig gesenktem Kopf die Stufen. Oben angekommen hebt er den Blick. Die Terrasse ist leer. Wenigstens das.

Auf einem Tisch stehen lediglich die Reste einer Mahlzeit. Darunter sitzt – nanu! – ein Huhn mit vier Beinen, das Wurstzipfel bewacht.

32.

Ein Musikwecker surrt und brummt in Professor Engels' Blockhaus. Frau Schick erwacht zum emsigen Violinengesumm von Rimski-Korsakovs *Hummelflug*. Sinn für Humor hat der Professor also auch.

Nein, was für ein Mann.

Und erst sein Bett!

Es ist – anders als ihr seit gestern sperrmüllreifes Klappsofa – wunderbar breit und rückenschonend konstruiert. Abgesehen von dem Schnarchkonzert neben sich, das die Geigenhummeln momentan gnädig übertönen, hat sie gut geruht. Das war nach den Aufregungen, die hinter und denen, die noch vor ihr liegen, dringend nötig.

Die Hummeln machen Pause, das Schnarchen verebbt, und Frau Schick streckt wohlig ihre Glieder, um sich noch fünf Minütchen Träumerei zu gönnen, bevor ihr umfangreiches Tagwerk beginnt und die Poesie des Herzens sich der Prosa der Vernunft beugen muss. Mit beinahe 78 Jahren und einem gewissen Hang zur Vergesslichkeit sind romantische Reminiszenzen in bequemen Betten zu kostbar, um sie durch jähes Aufstehen zu beenden.

Ach, was für ein Mann, was für ein einzigartiger Mann, Herr Engels – nein Ludwig! – doch ist. Und alles andere als ein feiger Geiselnehmer oder eine Bangbüx. Das hat er gestern unter ihrem Apfelbaum bewiesen. Kaum auszudenken, was ihr ohne sein beherztes Eingreifen hätte zustoßen können! Oder ihm.

Ihr Gedächtnis zündet spontan noch einmal Kalles letzte

Feuerwerksrakete, lässt sie durch ihre Gedanken und die Äste ihres Apfelbaums zischen. Früchte prasseln herab, und …

Ein Schnorcheln und Röcheln neben ihr unterbricht den Raketenflug. Himmelherrgottnochmal! Wie kriegt ein einzelner Mensch nur derartige Geräusche mit dem Gaumensegeln und einem Zäpfchen hin? Klingt nach einem Tiefseetaucher, dem die letzten Sauerstoffreserven ausgehen.

Schaudernd zieht sich Frau Schick ihre – nein Ludwigs! – Decke über den Kopf und steckt beide Finger in die Ohren, um das Schnarchen aus ihren seligen Erinnerungen auszusperren. So. Jetzt noch mal ganz von vorn und zurück zu ihrem Held und Lebensretter.

Frau Schick kneift die Augen fest zu, um ja nichts zu verpassen. Der Professor greift noch einmal nach ihrer Hand, umklammert sie mit hartem Griff. Was für ein zupackender Mann! Anders als gestern geht sie willig unter ihrem Apfelbaum zu Boden und kommt – diesmal in Zeitlupe, weil es so schön und viel zu kurz war – an seiner breiten Brust zu liegen. Gott, ist ihr Gedächtnis gut! Wie neugeboren. Sie spürt sogar das Kitzeln seiner Barthaare und rauen Cord an ihrer linken Wange.

Seufzend schmiegt Frau Schick den Kopf in Ludwigs Kissen, macht eine Cordjacke daraus und verweilt über seinem wild schlagenden Herzen. Ihr eigenes nimmt angeregt den Rhythmus auf; währenddessen zündet ihr Gedächtnis Kalles Feuerwerksrakete zum zweiten Mal, jagt sie todesmutig auf ihren Garten zu und lässt sie krachend in ihr Laubenfenster einschlagen. Glas zerbirst, es regnet Scherben. Frau Schick zuckt zusammen. Nur keine Panik, beruhigt sie sich. Nur keine Panik.

Der Professor und ihr Gedächtnis legen schützend den Arm um sie und sie den ihren vertrauensvoll um sein Kissen. Die Umarmung fühlt sich leicht und richtig an, dabei ist es Jahre her, dass sie einen Mann derart innig in die Arme genommen hat oder ein Mann sie. Es war ganz wie im Ringelnatzgedicht vom späten, unverhofften Glück.

Sinnlos, arm erscheint das Leben dir,
Längst zu lang schon ausgedehnt. –
Und auf einmal – steht es neben dir,
An dich angelehnt
Was?
Das, was du so lang ersehnt.

Sie widersteht mit eiserner Entschlossenheit der Verlockung, an dieser Stelle abzublenden und einfach in den Armen des Professors unter dem Apfelbaum liegen zu bleiben. Das Leben ist leider kein Gedicht. Weiter geht's – mit einer vernichtenden Detonation im Inneren ihres Häuschens und dem Geräusch zersplitternden Holzes und dem Klirren von Porzellan.

Herr Engels schließt seine Arme noch fester um sie. »Schau nicht hin«, raunt er heiser. »Schau nicht hin!«

Ach, Ludwig! Ihr unter solch dramatischen Umständen das Du anzubieten, das will schon etwas heißen. Hingeschaut hat sie natürlich trotzdem. Und tut es jetzt noch mal.

Das Bild der Verwüstung, die das Feuerwerksgeschoss angerichtet hat, ist unvergesslich.

Frau Schick schluckt. Jetzt heißt es tapfer sein, weil es wehtun wird, wehtun muss: Kalles letzte Sprengübung mit einer Silvesterrakete, Unkrautex und Zucker war ein durchschlagender Erfolg. Ihre Laube steht zwar noch, aber die Einrichtung ist ein Trümmerfeld. Klappsofa, Küchentisch und sicher auch Paulchen Gartenzwerg sind für immer verloren. Aber was zählt das alles gegen Engels' Verhaftung? Noch dazu, wo sie gerade beim Du angekommen sind!

Frau Schicks Herz setzt kurz aus, ihre Kehle wird eng. Es ist kaum auszuhalten, wie schön und wie grausam zugleich das Leben und die Welt mitunter sein können.

Ludwigs Heldentat hat ihn nach einer polizeilichen Überprüfung sämtlicher Personalien tatsächlich die Freiheit gekostet und zur sofortigen Vollstreckung eines gegen ihn vorliegenden Haftbefehls geführt. Wegen weiterer Flucht- und Verdunklungsgefahr. Da gab es kein Pardon, weil Engels sich bereits monatelang im Wald versteckt hatte. Wie einen Schwerverbrecher haben die Beamten Frau Schicks Lebensretter abgeführt.

Die Luft unter der Decke wird knapp. Frau Schick fühlt sich wie ein Kanarienvogel im Bergwerkschacht, der weiß, dass er gleich ersticken wird. Rasch zieht sie die Decke vom Kopf, holt Luft, öffnet die Augen. Mit dem Zeigefinger streichelt sie ein Pfützchen Licht, das die Morgensonne auf ihr Kissen malt, als sei es Ludwigs Wange. Ist es aber nicht. Wie schrecklich, so allein und ganz verlassen dazuliegen.

Schsschrrrrr, Pfff und Ratzepühhh, kommt es von links.

Nun ja, fast allein.

Neben ihr schnarcht unvermindert laut Walküre Pracht. Sie war partout nicht davon abzubringen, die Nacht mit ihr zu verbringen: »Falls Sie schlecht träumen oder einen weiteren Schwächeanfall haben. Der Professor hat mich gebeten, gut auf Sie aufzupassen.«

Fürsorglich bis zuletzt, denkt Frau Schick traurig. Der Professor mag in den Augen des Gesetzes zwar kriminell sein, aber vor allem ist er ein Lebensretter und Gentleman! Seine Verbrechen fallen ihrer Ansicht nach eindeutig unter Kavaliersdelikte. Ludwig hat schließlich niemanden ermordet, außer …

Die Hummeln heben zu einem weiteren Rundflug ab. Sie tastet nach ihrer Brille, die sie neben einem Glas Blumenwasser von Frau Pracht und dem Wecker abgelegt hat. Himmel, schon halb acht! Jetzt aber raus aus den Federn. Hummelflink wie die Geigen schwingt sie die Beine über die Bettkante. Sie hat heute und in den kommenden Tagen schließlich allerhand zu erledigen. Nellys Hilfe wäre ihr dabei weit willkommener als die von Schnarchliese Pracht, aber Nelly muss Niklas verstecken. Das vor allem. Glücklicherweise scheint es so, als habe sie auf ihrer gestrigen Wanderung genau den richtigen Ort gefunden, um den kleinen Ausreißer so lange unsichtbar zu machen, bis eine Lösung für das dringlichste Problem von allen gefunden ist. Der Professor hatte gestern nämlich ganz recht: Die Hauptsorge muss seinem Enkel gelten.

So was aber auch! Da will man ihrem armen Ludwig einfach den Enkel wegnehmen und den Kleinen in eine Pflegefamilie stecken, nur weil sein Opa eine lächerliche Haftstrafe abzubüßen hat. Und was für eine lächerliche! Darüber darf sie jetzt gar nicht nachdenken, sonst platzt sie vor Zorn. Ludwig, dieser Sturkopf, übertreibt es mit seinem Hang zur Fürsorgepflicht gelegentlich gewaltig!

Nun, ihre Anwälte sind bereits informiert und arbeiten mit Hochdruck und gegen astronomische Honorarversprechen an einem Antrag auf Wiederaufnahme des Strafverfahrens und Haftaufhebung, aber bis der durch ist, ist Ludwig leider im Gefängnis.

Frau Schick verbietet ihrer regen Fantasie, sich Bilder von einem bis auf die Knochen abgemagerten Professor mit Eisenkugeln am Fußgelenk und einem Bart bis zu den Knien vorzustellen. Sie tröstet sich mit ein paar Hoffnungsfunken, während sie aus dem Bett und in frische Kleidung schlüpft.

Nelly hat bereits eine recht hübsche Idee, wie Niklas zu helfen ist. Könnte glatt von mir stammen, findet Frau Schick und tappt über einen federnden Holzboden zu ihren Schuhen.

Nun, streng genommen stammt die Idee natürlich von Niklas.

Der Junge besitzt nicht nur Mumm, wie sein Nachtausflug bewiesen hat, sondern auch Talent für vorausschauendes Handeln und fantasievolle Lösungsstrategien. Seine schauspielerische Begabung nicht zu vergessen! Damit lässt sich arbeiten.

Nelly muss dem Knirps lediglich seinen Hang zu betrüblichen Alleingängen und übertriebener Verschwiegenheit abgewöhnen. Den hat Niklas eindeutig von seinem Opa geerbt! Genau wie die Furcht vor unbelehrbaren Amtsschimmeln. Pah, so stur und tückisch wie Deutschlands Bürokratie und Justiz ist sie gleich dreimal.

Nun, eins nach dem anderen, bremst sich Frau Schick. Sie darf nichts überstürzen, sonst gerät sie völlig durcheinander und vergisst die Hälfte. Sie schnürt sich die Schuhe zu und runzelt, um äußerste Konzentration bemüht, die Stirn, um die lange Liste aller heute anstehenden Aufgaben zu memorieren.

Also: Für neun Uhr hat sich Dr. Kubuleit zur Waldinspektion angesagt. Hoffentlich hat Popesch bis dahin seine Hamster und das andere Getier in Stellung gebracht. Bloggers Juchtenkäfer sind nämlich leider partout nicht aus ihren Baumhöhlen hervorzulocken. Kein Wunder, dass die dummen Dinger auch Eremitenkäfer genannt werden. Von den Männchen heißt es sogar, dass sie ihre Höhle lebenslang überhaupt nicht verlassen.

Die Weibchen sollen etwas unternehmungslustiger sein, aber in Bloggers Baumhaus leben, wie es scheint, nur hartnäckige und paarungsunwillige Junggesellen, die nicht genügend Aprikosenduft absondern, um als Verführer punkten zu können. Becky hat ihr gestern Abend noch Internetbilder von den Käfern gezeigt und mit ihrer Hilfe einen Geheimplan B entwickelt, in dem ein entzückender Häkelmini die Hauptrolle spielt.

Im Bett von Herrn Engels bebt das Deckengebirge. Walküre Pracht schießt schlaftrunken in die Höhe.

»Sie sind ohne mich aufgestanden?«, fragt sie erstaunt und sichtlich beleidigt.

»Das mache ich seit beinahe 78 Jahren so«, biestert Frau Schick, die sich mit dem Anblick der schlaftrunkenen Frau Pracht in Ludwigs Bett nicht versöhnen mag. Die Walküre gehört da eindeutig nicht rein! Und ihre Idee, den Professor zu heiraten, um dann Niklas' rettende Omi zu spielen, behagt ihr schon gar nicht. Auf was für dumme Gedanken die Walküre immer kommt! Kein Wunder, dass der arme Popesch so vergrätzt und traurig war.

»Ich mach dann mal Frühstück«, kündigt ihre Bettgenossin an und erhebt sich ächzend.

»Nichts da«, entscheidet Frau Schick. »Ein Kaffee genügt. Nur eine hungrige Armee ist eine gute Armee!« Da Frau Pracht sehr enttäuscht guckt, setzt Frau Schick gnädig hinzu: »Aber Sie dürfen eine Tarotkarte ziehen.« Mit der Karte vom gesprengten Turm lag die Walküre vorgestern immerhin erstaunlich richtig.

»Schauen Sie mal nach, was über Dr. Kubuleit in den Karten steht!«, befiehlt Frau Schick und ist mit dem Ergebnis sehr zufrieden: Frau Pracht zieht Karte null, den Narren.

33.

Dr. Kubuleit spaziert durch den Wald wie ein Hans-guck-in-die-Luft. Nach einem Narren sieht er dabei jedoch nicht aus, eher wie eine verdrießliche Eule, die lange keine Maus mehr abbekommen hat. Das bebrillte Haupt in den Nacken gelegt, begutachtet der drahtige Landschaftsschutzbeamte die Bäume, nimmt mit Akribie Eichenrinden unter die Lupe, klopft mit strenger Miene Totholz ab und fachsimpelt mit Blogger über sein Lieblingsthema Käferkunde und Mulmhöhlen. Leider haben sie bislang noch keine entdeckt.

Das betrübt selbst Frau Schick tief. Mit Frau Prachts Fernglas bewaffnet, forscht sie eifrig nach Mulmhöhlen, obwohl sie nach einer wenig appetitlichen Angelegenheit klingen.

Soweit sie es verstanden hat, handelt es sich bei Mulmhöhlen um Löcher im Baum, die mit verwesten Insekten, faulenden Baumpilzen, viel Bakterien und Käferkot gefüllt sind und somit die Traumbehausung für männliche Juchtenkäfer darstellen.

Kein Wunder, dass die Aprikosenduft absondern müssen, um Weibchen anzulocken! In ihren Junggesellenhöhlen muss es entsetzlich müffeln. Kubuleit ist trotzdem ganz wild darauf, denn Mulmhöhlen sind in Europas Wäldern rar geworden und sein Favorit für einen Eilantrag auf Baustopp.

Frau Schick klemmt ihre Reitgerte unter den Arm und presst das Fernglas dicht vor ihre Brillengläser, um eine hochbetagte Buche auf Löcher zu prüfen. Ha, da ist eins, das vielversprechend wirkt. Unter der kreisrunden Öffnung wuchern terrassenförmig gelbe Baumpilze und tabakbraune Schwämme hervor, die dumpfen Modergeruch verströmen. Das muss doch ein Palast für Juchtenkäfer sein!

»Hierher! Hierher!« Sie winkt entzückt nach Kubuleit und Blogger, die ein paar Meter vor ihr über einem Ameisenhügel kauern. Kubuleit lässt sich von Blogger eine Lupe aus seinem Gerätekoffer reichen.

»Herr Doktor, ich glaube, ich habe eine Mulmhöhle entdeckt!«, ruft sie.

Kubuleit hebt kurz den Kopf und schüttelt ihn. »Nein. Da wohnt ein Eichhörnchen.«

Frau Schick verzieht enttäuscht das Gesicht. Mist! In ihrem letzten Baumloch hat ein Sperling gehaust und in dem davor nur tote Fledermäuse. Diese dummen Käfer sind aber auch zu wählerisch. Genau wie Griesgram Kubuleit, der viel strenger hinguckt als angekündigt. Anscheinend zählt der jetzt sogar die Ameisen ab, um zu prüfen, ob es auch genug sind. Blöder Pingelbruder! Die Nachricht von Engels' Verhaftung hat den Bürokraten in ihm geweckt und sein Wohlwollen arg gedämpft.

»Es war ausgemacht, dass Professor Engels verschwunden ist, wenn ich komme, und dass über seinen vorübergehenden Aufenthalt in diesem Wald nichts bekannt wird«, hat Kubuleit zu Beginn seiner Inspektion merklich verstimmt festgestellt. »Sein Name ist in seriösen Umweltschützerkreisen verbrannt. Eine Zusammenarbeit mit ihm ist tabu!«

Alles nur wegen der albernen Vorstrafe und ein paar zerzauster Felder. Also wirklich! Frau Schick gibt den hässlichen Terrassenpilzen am Buchenstamm einen missmutigen Klaps.

»Frau Schick«, mahnt empört Herr Kubuleit. »Von diesem Baumpilz leben ein paar ausgesprochen seltene Totholzinsekten und Pilzbesiedler!«

»Oh, Verzeihung«, ringt sich Frau Schick eine Entschuldigung ab. Leider braucht sie den Kerl noch. »Stehen die auf der roten Liste?«

»Nein«, sagt der Doktor unbeeindruckt und zählt, unterstützt von Blogger, weiter Ameisen.

Pah, dann können ihr die Pilzkäfer gestohlen bleiben! Hoffentlich kommt Becky bald. Geheimplan B, ihr Häkelmini und Popeschs Hamster scheinen ihre letzte Chance zu sein, diesen Griesgram für sich einzunehmen. Ihr selbst kommt die Begeisterung für die Rettung von Natur und Waldfrieden langsam abhanden.

Frau Schick nimmt – erschöpft von der Mulmhöhlenforschung – auf einem Baumstumpf Platz. Ihre Gedanken kehren zu ihrem Professor hinter Gittern zurück. Ludwig, ihren Lebensretter, wegen ein paar Hundert herausgerupfter und zertrampelter Maispflanzen einzusperren, ihm dann den Enkel zu klauen und ihn schließlich auch noch als Wissenschaftler derart zu diskreditieren, das gehört sich nicht. Das gehört sich ganz und gar nicht. Ein paar dumme Versuchspflanzen abzupflücken, die die Welt nicht braucht, ist doch kein Schwerverbrechen!

Wer braucht schon Mais und Gemüse mit irgendwelchen Genen oder mörderisch giftigen Insektenvernichtern drin, die von Natur aus gar nicht reingehören und abgesehen von Ludwigs Bienen auch so ziemlich alles andere bedrohen könnten, was in Feld, Wald und Wiesen sonst noch wächst und fleucht und kreucht, wie Blogger sagt.

Überhaupt hat der Professor die dummen Maisfelder ja nicht mal selbst niedergemacht!

Nein, das waren – angestachelt von Ludwigs leidenschaftlichen Vorlesungen über die Bedeutung von Bienen, Blumen-, Gemüse- und Obstbestäubung – Blogger und ein paar Kommilitonen.

Das Ganze nennen sie »Feldbefreiung«; sie soll Menschen und Insekten vor Killergemüse bewahren und klingt in Frau Schicks Ohren allenfalls nach einem Dumme-Jungen-Streich.

Der fürsorgliche Ludwig hat die ordnungswidrigen Maisernten nachträglich zu botanischen Forschungsexkursionen erklärt, um seine Studenten vor dem Arm des Gesetzes zu schützen. Standhaft hat er sich geweigert, irgendwelche Teilnehmerlisten herauszurücken. Leider ist er deswegen nach jahrelangen Straf- und Zivilprozessen gleich an zwei Strohköpfe von Richtern geraten, die ihn nach Maos Motto »Bestrafe einen und erziehe Hunderte« zu einer exorbitanten Schadensersatzsumme und sechs Monaten Gefängnis verurteilt haben. Ohne Bewährung.

Und darum will Kubuleit nicht einmal Engels' wundervolle Bienen ins Gutachten aufnehmen. »Das klänge zu sehr nach Sympathie und Vetternwirtschaft«, meint er. Mit einem habilitierten Umweltschützer, der »strafbare Guerillataktiken gutheißt«, mag er nichts zu tun haben.

»Ich bin schließlich Beamter.« Und das will er bleiben.

Mürrisch betrachtet Frau Schick den Ameisenzähler. Verdammt, wo bleibt bloß Becky?

34.

Anfahren. Abbremsen. Anfahren.

Berufspendler und Lkw-Verkehr quälen sich auf Köln zu. Abrupt flammen rote Bremslichter vor Herberger auf. Er bremst ab und schaltet krachend auf Schneckentempo herunter. Getriebe und Kupplung von Bloggers Klappervan lassen stark zu wünschen übrig. Sein Reaktionsvermögen ebenfalls. Die Nacht war kurz. Viel zu kurz. Nicht nur für ihn.

Herbergers Augen streifen so glückstrunken wie sehnsuchtsvoll den Rückspiegel. Hinter ihm sitzt wahrhaftig Nelly, seine Nelly! Am liebsten würde er sie einen ganzen Tag lang nur anschauen und festhalten. Einfach nur neben ihr sitzen oder noch besser liegen und schauen und sein Glück einatmen.

Aber dafür haben sie jetzt keine Zeit.

Nelly telefoniert sich seit Fahrtbeginn so störrisch wie energisch durch Amtsstuben und Behördendschungel, vereinbart Termine und fordert Formulare an. Auf ihrem Schoß ruht links Niklas' Kopf und rechts der von Stalin. Beide müssen eine Menge Schlaf nachholen. Er sei ihnen – genau wie der Platz an Nellys Seite – gegönnt. Vor allem dem Hund. Zumindest vorübergehend.

Manchmal nimmt Amor höchst erstaunliche Gestalten an und erscheint als Hühnerhut auf vier Pfoten. Wäre Stalin nicht gewesen, hätte Herberger das Ausflugslokal gestern womöglich nur für eine hastige Rast genutzt und ahnungslos wieder verlassen.

Allein Stalins Vorliebe für Wurstzipfel ist es zu verdanken, dass Herberger stattdessen hineingegangen ist, um im Gastraum nach Niklas zu fahnden und Nelly zu finden. Zunächst hat er die nervöse Frau, die beim Kücheneingang dringlich flüsternd über ein Zimmer für die Nacht verhandelte, weil ihr Sohn nach zu viel Kartoffelsalat Magenschmerzen habe, nicht registriert. Als sie sich umgedreht hat, hat er seine überreizten Nerven und seine akute Unterzuckerung dafür verflucht, ihm einen grausamen Streich zu spielen. Stumm und ungläubig hat er dagestanden, bis Nelly die erlösenden Worte gefunden hat.

»Geht's nicht ein bisschen schneller?«

»Wie bitte?«

Nein, das hat sie gestern natürlich nicht gesagt, obwohl es gepasst hätte, grinst Herberger. Er wechselt auf Nellys Geheiß forsch auf die linke Fahrspur und gibt Gas.

Nellys gestriger erster Satz entstammte freilich auch keiner klassischen Verssammlung für Verliebte. »Zum Teufel, wo warst du so lange?«, lautete ihre Frage, und erst nachdem sie ihm ausführlich ihre akuten Sorgen um Niklas und knapp Beckys »Bond Bar«-Intrige erläutert hat, fiel das lange überfällige Wörtchen »Sì«.

Hinter ihm beendet Nelly ein weiteres Telefonat, beugt sich, um Niklas und Stalin nicht zu wecken, vorsichtig im Sitz vor und legt eine Hand auf seine Schulter. »Wir müssen so schnell wie möglich in Köln sein, ja?« Sie starrt gebannt nach vorn.

Herbergers Schulter begrüßt die Berührung ihrer Hand enthusiastisch, der Rest seines Körpers verlangt hitzig nach mehr. Doch das muss leider warten.

So wie schon gestern Nacht. In einem Doppelbett mit Blümchenhimmel durften er und Nelly lernen, was körperliche Sehnsuchtsqualen sind und wie man sich mit Blicken möglichst unauffällig ausziehen und verschlingen kann, ohne dabei ein Kind und einen Hund zu stören, die es mitten im Bett sagenhaft gemütlich finden und ohne Gutenachtgeschichte nicht einschlafen wollen.

Herberger musste mit einigen seiner Reiseabenteuer nachhelfen, wiewohl ihn die entzückende Mulde über Nellys Schlüsselbein – die Gott eigens für ihn geschaffen haben muss – gewaltig von einer Opaljagd in Australiens Juwelenminen oder seiner Pirsch nach sibirischen Yetis ablenkte. Satiriker Karl Kraus hatte ja so recht mit der Feststellung, dass das Familienleben ein Eingriff in das Privatleben ist!

»Wir werden um halb zehn im Jugendamt erwartet«, fordert Nelly wie zur Bekräftigung seine Rückkehr in die Gegenwart. »Gerade habe ich Frau Pracht im ›Gießkännchen‹ erreicht. Sie will über die Anwälte von Frau Schick den Professor erreichen, bevor er etwas Falsches zu Protokoll gibt.«

Das Falsche ist in diesem Fall die Wahrheit, die schlecht zu Nellys Plänen passt. Weder Polizei noch Jugendamt dürfen erfahren, dass Herrn Engels der letzte Liebhaber seiner verstorbenen Tochter und somit Niklas' Vater trotz minutiöser Nachforschungen unbekannt ist.

»Und du glaubst wirklich, dass dein Plan funktionieren kann?«, fragt Herberger nach wie vor skeptisch und fingert auf der Suche nach einem Verkehrsfunksender am Autoradio herum. Vor ihm sieht es gewaltig nach Stau aus.

Nelly nickt grimmig. »Du warst jahrelang auf Reisen, vom Alter kommt die Sache gut hin, in Niklas' Geburtsurkunde steht ›Vater unbekannt‹, und flüchtige Bettgeschichten hattest du doch reichlich.«

Herberger verzieht halb verlegen, halb verärgert das Gesicht. Nellys pragmatischer Umgang mit seinen erotischen Gepflogenheiten behagt ihm nicht wirklich.

»Da kann man leicht mal den Überblick verlieren«, macht

Nelly ungerührt weiter. »Von deinem ersten Sohn hast du in den ersten Jahren ja auch nichts gewusst.«

Also, bitte! Wenigstens einen Anflug von Eifersucht und Besitzanspruch könnte seine künftige und erste Ehefrau schon zeigen.

Nelly denkt jedoch gar nicht daran und fährt unbekümmert in ihrer fantasievollen Familienplanung fort: »Ich habe dank Beckys Papa und dem Kampf um staatliche Unterhaltsvorschüsse reichlich Erfahrung mit dem Jugendamt. Glaub mir, die werden froh sein, wenn wir ihnen einen zahlungswilligen und zahlungskräftigen Vater anbieten, der sich um die Betreuung seines unehelichen Kindes reißt!«

»Traust du mir das denn überhaupt zu?«, fragt Herberger.

»Ich bin mir sicher, du wirst ein ganz fantastischer Vater!«

»Aber nur, solange mein Opa im Knast ist«, meldet sich in ihrem Schoß Niklas zu Wort. »Dann will ich zurück in den Garten! Und zu Zerberus.«

Pause, dann schrickt Niklas plötzlich hoch.

»Den hat die Polizei doch nicht verhaftet, oder?«

»Nein«, sagt Nelly, »der Esel gehört nach wie vor Frau Schick.«

Niklas lässt den Kopf in ihren Schoß zurücksinken. Ganz zufrieden scheint er noch immer nicht zu sein. »Das findet Zerberus aber nicht.«

35.

Kubuleit und Blogger machen einen Rechtsschwenk in Richtung Waldsumpf. Der Doktor will die Wechselkröten und Ohrschlammschnecken sehen.

»Wann kommen Popeschs Hamster?«, fragt Frau Schick mit eindringlichem Flüstern bei Becky an, die sich der Waldinspektion endlich angeschlossen hat.

»Blogger und Kubuleit sollen sich erst mal mit den Käfern und Sumpfkröten austoben«, flüstert Becky zurück. »Danach übernehme ich die Führung.«

»Sehr klug, mein Kind«, lobt Frau Schick. »Man sollte Männern in solchen Dingen immer den Vortritt lassen, damit sie keinen Verdacht schöpfen. Ahnt Blogger was von Plan B?«

»Nö, er findet nur mein Outfit seltsam.«

»Das kommt davon, wenn man zu lange nur mit Kröten und Käfern Umgang hat«, mutmaßt Frau Schick. »Man verliert den Blick für das Wesentliche und die eigene Natur.«

Becky vertieft mit energischem Zupfen den Ausschnitt von Nellys »Bond Bar«-Kleid. Von hinten schließt die Walküre zu ihnen auf, tut es Becky nach und lockert ihr Wallegewand über dem Busen ein wenig.

Frau Schick bleibt stehen und rollt entnervt mit den Augen. »Meine Liebe, Sie sollten sich keine Blöße geben«, sagt sie streng. Frau Pracht überschätzt die Wirkung ihrer Reize dank Rubensfreunden wie Popesch und Kalle Unkrautex wirklich gewaltig. Apropos. »Wo steckt eigentlich Kalle?«

»Der will Ihre Laube aufräumen und entrümpeln.«

»Ich hoffe, nicht mit ähnlich brachialen Methoden wie gestern!«

»Er geht sehr bedächtig vor und will retten, was zu retten ist«, versichert Frau Pracht. »Der Ärmste schämt sich sehr.«

Dazu hat er auch allen Grund, findet Frau Schick. Anders als ihr Ludwig ist Kalle gestern nämlich nicht verhaftet worden. Er konnte sich auf eine misslungene Generalprobe für ein genehmigtes Feuerwerk zum Erntedankfest in der Kolonie herausreden. Einer der Hürther Gesetzeshüter, die die Weide geräumt und den Professor festgenommen haben, war zudem Mitglied im selben Schützenverein wie Kalle, und da hält man noch fester zusammen als in kölschen Veedeln.

Frau Schick gerät vor lauter Empörung kurz aus dem Tritt und ins Stolpern. So ungerecht kann die Welt sein, ganz fürchterlich ungerecht. Der eine kommt mit der Sprengung ihrer Gartenlaube davon, der andere muss wegen vorgeblichen Pflanzenmords hunderttausend Euro Strafe zahlen und sechs Monate ins Gefängnis.

Frau Pracht greift ihr beherzt unter die Arme. »Kalle bekommt Ihre Laube bestimmt wieder hin«, sagt sie aufmunternd. »Er hat noch sehr schönes altes Küchenmobiliar für Sie. Von seiner Schwiegermutter. Alles in Eiche rustikal. Das hält ewig. Ich könnte es für Sie bunt anmalen.«

Nicht sonderlich getröstet legt Frau Schick einen Schritt zu, um Kubuleit nicht aus dem Blick zu verlieren. Vorbei an Kalles Sprenggrube, die Frau Schick einen Seufzer entlockt, geht es in immer dichteres Gestrüpp und über viel Morast auf den Waldsumpf zu. Bei Bloggers Baumdomizil ist Endstation.

Dr. Kubuleit geht am Tümpelsaum in die Knie. »Hm«, macht er. »Ein recht bemerkenswertes Feuchtwaldbiotop.«

Blogger nickt begeistert. »Im Wasser siedeln allein vier verschiedene Armleuchteralgen!«

Himmel, wer denkt sich nur solche Namen aus?

Kubuleit verlangt nach einem Käscher und fischt ausgiebig im braunen, blasigen Wasser herum. »Könnte sich tatsächlich um ein Habitat von *Bufo viridis* handeln«, murmelt er. Unter den gespannten Blicken aller Anwesenden wirbelt er mächtig Schlamm auf, findet aber leider keine Wechselkröten.

Kubuleit zückt ein Notizbuch. »Eine Verifizierung durch Fotomaterial, Video- und Tonaufnahmen der Wechselkröten ist unabdingbar. Im Frühjahr wird die Beurteilung dank Laichablagerungen sicher möglich sein.«

»Bis zum Frühjahr können wir keinesfalls warten«, empört sich Frau Schick.

»Die wollen morgen mit den Baggern loslegen«, ergänzt Frau Pracht. »Und die Baustellenzufahrt soll mitten durch den Sumpf gehen.«

Kubuleit klappt ungerührt das Notizbuch zu und gibt Blogger den Käscher zurück. »Sie können zusammenpacken«, sagt er. Ganz so, als sei es das gewesen.

»Die *Caltha palustris* stehen in vielen Bundesländern längst auf der roten Liste«, weist Blogger ihn mit hilfloser Geste auf einen prächtigen Sumpfdotterblumenhorst hin.

»Nicht in Nordrhein-Westfalen«, bescheidet Kubuleit knapp. »Nun, ich will sehen, was sich machen lässt.« Er sieht nicht aus, als sei das sonderlich viel. »Für zwei Wochen Baustopp kann ich sorgen, aber dann ...« Er zuckt mit den Schultern.

»Oben auf meiner Plattform gibt es wirklich mehrere Mulmhöhlen«, verspricht Blogger verzweifelt und holt seine Kletterausrüstung hinter der Ulme hervor.

»Ich halte überhaupt nichts von Ihrem Hang zu Baumbesetzungen«, schimpft Kubuleit.

»Wir brauchen die Hamster«, raunt im Hintergrund Frau Schick der Walküre zu. »Sofort!«

»Die sind doch erst später dran«, flüstert die zurück.

»Später ist zu spät«, wispert Frau Schick. »Suchen Sie Popesch, er muss die Hamster hier in Stellung bringen! Herr Kubuleit scheint ein entschiedener Gegner von Leibesübungen und nicht schwindelfrei zu sein.«

Frau Pracht nickt und schlägt sich heroisch ins Gebüsch, während Frau Schick mit wildem Handgewedel Becky zu einem Vorstoß in Kubuleits Richtung auffordert.

»Ich hab da hinten in Bodennähe einen interessanten Käfer gesehen«, drängelt sich Becky neben Kubuleit, der mit zunehmend abweisendem Gesichtsausdruck Bloggers Ulme und die Kletterausrüstung betrachtet. »Einen Riesenbrummer mit Hörnern«, lenkt sie seine Aufmerksamkeit auf sich und zeigt – knapp über ihrem entzückend gefüllten Dekolleté – mit Daumen und Zeigefinger die beachtliche Größe des Insekts an. »Sie müssen mir unbedingt sagen, was das ist, Herr Doktor«, bittet sie mit einem Blick voll jugendlichem Forscherdrang und unverhohlener Bewunderung für Kubuleit. »Blogger sagt, Sie seien *der* Fachmann für Käferkunde.«

Das Häkelkleidchen macht wirklich eine Menge her, freut sich Frau Schick. Kubuleit zeigt eindeutige Anzeichen von Wohlgefallen, und Becky schnappt ihn dem verdutzten Blogger wie einen Koffer vom Gepäckkarussell vor der Nase weg. Sie zerrt den Doktor zu einer Eiche, die ihre besten Jahre hinter sich zu haben scheint. Krumm und bucklig wie eine alte Gewitterhexe aus längst vergangenen Jahrhunderten steht sie da, übersät von rostfarbenen Flechten und in Moospelz gehüllt.

Frau Schick folgt Becky voll Erwartungsfreude, Blogger mit skeptisch gerunzelten Brauen. Bei der Eiche angekommen, beugt Becky sich mit strategischem Kalkül über einer Eichenwurzel und unter Kubuleits Augen so gewagt vor, dass unmissverständlich klar wird, wo es für ihn etwas zu gucken gibt.

Manche Tricks kommen nie aus der Mode, freut sich Frau Schick. Mit dieser Kombination aus etwas Busenblitzen und großen Unschuldsaugen hat schon sie als junge Frau gearbeitet. Natürlich nicht, um Umweltschutz zu betreiben, sondern um heikle Parkhausverträge unter Dach und Fach zu bringen, die Paulchen Kummer bereiteten.

Doch was macht Kubuleit? Schaut gar nicht hin, sondern grabbelt im Moosbewuchs herum.

»Ich kann hier nichts Ungewöhnliches entdecken«, sagt er kopfschüttelnd.

Banause!, zürnt Frau Schick. Einen derart betriebsblinden Beamten wie diesen Käferfreund hat sie noch nie erlebt.

»Ich glaube, er ist nach oben abgeschwebt«, gibt Becky nicht auf und reckt sich mit aufreizend rutschendem Rocksaum in die Höhe, um auf einen Ast zu deuten, der sich über ihr in den Himmel krümmt.

Na endlich, Kubuleit gerät in Wallung.

»Das ist wirklich bemerkenswert«, bestaunt er nicht Beckys Beine, dafür aber das Astwerk. Er schiebt die Brille in die Stirn, kneift die Augen zusammen, schiebt die Brille wieder vor die Augen. »Mein Fernglas, bitte«, wendet er sich an Blogger. »Das Nikon Monarch.«

»Tut mir leid, das muss ich beim Ameisenhügel vergessen haben«, wehrt Blogger ab, der direkt hinter Kubuleit nach oben starrt.

»Das ist ausgesprochen ärgerlich«, erwidert Kubuleit vergrätzt. »Solch ein prachtvolles Exemplar des *Lucanus cervus* habe ich seit Jahren nicht gesehen! Ein wahres Wunder. Er gilt als so gut wie ausgerottet. Ich muss ihn dringend näher in Augenschein nehmen.«

Frau Schick greift nach ihrem Fernglas, um Kubuleit auszuhelfen. Blogger schüttelt mit gesträubten Stachelbrauen den

Kopf und macht ihr Zeichen, es schleunigst verschwinden zu lassen. Was ist der denn mit einem Mal so widerspenstig?

»Tolles Geweih, oder?«, fragt Becky.

»Ganz ausgesprochen gut ausgeprägt«, bestätigt Kubuleit begeistert. »Ich muss es dringend vermessen.«

Geweih? Frau Schick setzt rasch das Fernglas an, zoomt sich ganz nah ran. Ach so, *Lucanus dingsbums* ist ein Hirschhornkäfer. Kopfunter hängt er an seinem Ast und ist tatsächlich ein scheußlich dicker Brummer von fast zehn Zentimetern Länge. Dass der da nicht runterfällt? Oh, ach so, geht ja gar nicht. Rasch lässt sie das Fernglas hinter ihrem Rücken verschwinden.

»*Lucanus cervus* ist Käfer des Jahres 2012«, doziert Kubuleit sich in Rage. »Eine merkbare Vermehrung wäre höchst wünschenswert, braucht jedoch Jahrzehnte. Falls sich hier eine Population nachweisen lässt, müssen wir die Habitate dringend schützen!«

Aufgeregt weist er Becky an, die Stellung zu halten, um jede Bewegung des Käfers im Auge zu behalten, und macht sich höchstselbst auf den Rückweg zum Ameisenhaufen, um sein Fernglas zu suchen.

»Das ist nicht witzig«, herrscht Blogger Becky an, kaum dass Kubuleit außer Hörweite ist.

»Jetzt stell dich nicht so an«, wehrt Becky sich. »Ich hab gestern den ganzen Nachmittag gegoogelt, um einen Käferzuchtshop aufzutreiben, der solche Scheusale per Übernachtkurier verschickt.«

»Sag mal, für wie blöd hältst du Kubuleit eigentlich? Der ist wirklich Experte!«

»Er ist nicht blöd, aber total kurzsichtig und …«

»Becky! Es ist europaweit verboten, mit echten *Lucanus cervus* zu handeln! Egal, ob tot oder lebendig.«

»Das stand nicht auf der Shopseite«, verteidigt Becky sich mit trotzig vorgerecktem Kinn.

»Lern verdammt noch mal endlich, ein Händlerimpressum zu lesen und Seitenabsender zu prüfen! Das Internet ist kein Bonbonladen.«

»Mach du lieber, dass du auf den Baum kommst und das Viech runterholst, bevor Kubuleit zurück ist.«

Widerwillig, aber sehr behände besteigt Blogger die Eiche. »Habt ihr noch mehr solcher Überraschungen parat?«, will er verärgert wissen, zupft dem Käfer die Präpariernadel aus dem Rücken und löst die Beinchen behutsam aus Klebetröpfchen.

»Feldhamster«, sagt Frau Schick. »Herr Töllers Jagdfreund hat sie geschossen, als sie noch als Plage galten, und sehr lebensecht ausge...«

»Feldhamster mitten in einem Wald!«, schreit Blogger und lässt vor Schreck den Käfer fallen.

Lucanus cervus landet vor Frau Schicks Füßen. Igitt! Schopenhauers Weisheiten zum Trotz will sie spontan drauftreten.

»Nicht«, ruft Becky, »sonst kann ich den im Leben nicht mehr umtauschen!«

Mit vor Wut funkelnden Augen springt Blogger von der Eiche. »Wo sind die dämlichen Hamster?«

»Junger Mann, beherrschen Sie sich«, weist Frau Schick ihn zurecht. »Ein paar kleine Kriegslisten werden ja wohl erlaubt sein, nachdem Ihre Wechselkröten solch ein Reinfall waren. Was wir hier tun, geschieht ganz in Ihrem Sinn! Professor Engels' Projekt und die Kolonie müssen mit allen Mitteln gerettet werden.«

»Das nennen Sie eine Rettung?« Blogger tritt drohend an sie heran. »Wenn Kubuleit Beckys Käfer oder Ihre verdammten

Hamster je zu Gesicht bekommt, ist alles aus und Engels' Ruf endgültig ruiniert. Wollen Sie den Professor nach allem, was er hinter sich hat, auch noch der Lächerlichkeit und dem Spott sämtlicher Kollegen preisgeben?«

Frau Schick schüttelt entsetzt den Kopf, will sich verteidigen, aber Blogger ist noch nicht fertig.

»Verdammt nochmal, Frau Schick! Es reicht. Dank Ihrer Einmischung sitzt der Professor bereits im Knast.«

»Das ist nicht wahr«, wagt Frau Schick schwachen Protest, doch ein Teil von ihr gibt Blogger insgeheim recht.

Es ist ja wahr. Hätte sie Ludwig nicht in die Sache mit Pottkämper hineingezogen und Kalles gestrige Sprengungen energischer unterbunden, statt Engels mit albernen, neugierigen Verhören in ihrem Garten aufzuhalten, dann wäre er entkommen oder hätte sich zumindest in seiner Blockhütte verstecken können.

Betreten senkt sie den Kopf. Ihr Herz zieht sich zusammen wie ein Knäuel Aluminiumpapier.

»Halten Sie sich ab sofort aus allem raus«, herrscht Blogger sie an. »Ich werde versuchen, Kubuleit von weiteren Entdeckungen abzuhalten und den Eilantrag zu retten.« Er dreht sich um und nimmt im Sprinttempo die Verfolgung des Beamten auf.

Becky zögert kurz. »Tut mir echt leid«, murmelt sie und setzt Blogger nicht minder schnell hinterher.

»Falsche Richtung!«, ruft Frau Schick den beiden heiser hinterher. Ein Rascheln im Gebüsch hat ihr verraten, dass die Hamster längst hinter ihr in Stellung gegangen sind. Ach, was soll es. Die Schlacht um Waldfrieden ist mit einem Gegner wie Blogger in den eigenen Reihen und Feldhamstern nicht zu gewinnen.

»Herr Töller, Sie können rauskommen«, befiehlt sie traurig dem Gebüsch. »Wir brauchen keine Hamster mehr.«

»Ich bin nicht Töller«, antwortet das Gebüsch und teilt sich unter großem Geraschel. »Aber ich hab was gefunden, das Sie vielleicht ein bisschen tröstet, Frau Schick.«

Kalle Unkrautex steht vor ihr und streckt ihr seine flache Hand entgegen. Darauf ruhen eine Häkelmütze samt den sterblichen Überresten von Paulchen Gartenzwerg und seiner Gießkanne.

Und das soll ein Trost sein?

»Momentchen, das ist nicht alles«, sagt Kalle und kramt in der Brusttasche seiner grünen Latzhose. »Unter der Häkelmütze steckte kein Klopapier, sondern das hier!«

36.

»Geht's nicht schneller?«

Herberger hebt entnervt die Brauen. »Nein!«

Langsam geht ihm diese Frage – auch wenn sie aus Nellys Mund kommt – ein wenig auf die Nerven. Genau wie das sattsam bekannte »Rattatong, Rattatong«, mit dem er schon wieder die schlecht verfugten Betonplatten queren muss. Immerhin, die Baustellenampel zeigt grün. So ungehindert hat er den Wald und die Kolonie noch nie erreicht.

»Als frischgebackener Vater könntest du ruhig ein wenig glücklicher dreinschauen«, neckt ihn eine ausgesprochen gut gelaunte Nelly. Sie sitzt jetzt auf dem Beifahrersitz. Nach dem Besuch beim Jugendamt hat Herberger auf den Kauf eines Kindersitzes bestanden, weil Kinder im Auto nach hinten gehören und nicht als Dauergast auf Nellys Schoß.

»Herberger ist nicht mein echter Vater«, quengelt Niklas von hinten. »Nur auf dem Papier.«

Vorhin beim Jugendamt hat er sich deutlich kooperativer gezeigt und so oft und treuherzig »Papa« zu ihm gesagt, dass Herberger ganz mulmig dabei wurde. Am Ende hat sich sein schlechtes Gewissen ganz täuschend echt angefühlt. Zumal die zuständige Sachbearbeiterin, befeuert von Niklas' Elfenaugen, beim Thema flüchtige und verantwortungslose Kindsväter nicht immer sachlich geblieben ist.

Herbergers Part bestand darin, Reue und Zerknirschung zu zeigen und hilflos zu betonen, er habe von Niklas' Existenz jahrelang ganz einfach nichts gewusst. Was so ziemlich das einzig wahre Wort aus seinem Mund war, von den Angaben zu seiner Adresse, seinen Geburtsdaten – und nicht zu vergessen – seinen Einkommensverhältnissen einmal abgesehen. Nun ja. Seinen dringenden Wunsch nach Sesshaftigkeit und einem ruhigen, geregelten Leben konnte er ebenfalls glaubwürdig vortragen.

Den Eignungstest als künftiger Sorgeberechtigter und talentierter Familienvater musste freilich Nelly für ihn bestehen. In höchsten Tönen hat sie Herbergers Engagement für Becky gelobt, die er angeblich seit mehr als drei Jahren vorbildlich miterzogen hat. Gott, war er dabei gut! Laut Nelly.

Ein krummes Lächeln stiehlt sich in sein Gesicht.

»So ist es schon besser«, lobt Nelly von rechts und schiebt Stalin energisch von ihrem Schoß, um ihren Kopf mit einem Seufzer des Entzückens an Herbergers Schulter zu lehnen.

Ja, so ist es wirklich besser, findet auch Herberger, löst die rechte Hand vom Lenkrad und legt den Arm um Nelly, während Bloggers Van über den Feldweg auf den Waldeingang zuschaukelt.

Ein Fax von Frau Schicks Anwälten hat das Lügengebäude juristisch untermauert. Herr Engels – so die Anwälte – habe bestätigt, dass Herberger vor sieben Jahren zwecks Recherche zu einer Geschichte über Südamerikas Bienen mehrere Wochen in seiner Wohnung verbracht und seine Tochter intensiv kennengelernt habe. Auf Wunsch könne gern ein privater Gentest zur Verfügung gestellt werden, der dank geeigneter Hinterlassenschaften Herbergers – einer Bürste und einer Nassrasurklinge mit zwei Barthaaren – genaue Auskunft über sein Erbgut erlaube und einen Abgleich mit dem von Niklas.

»Solche inoffiziellen Gentests ohne Einwilligung des Betroffenen sind natürlich unzulässig«, hat die Sachbearbeiterin mit einem Unterton der Empörung festgestellt. »Und in Ihrem Fall wirklich gänzlich überflüssig.«

Herberger bringt Bloggers Van zum Stehen, kuppelt mit der linken Hand aus, zieht Nelly an sich heran und gibt ihr einen Kuss. So viel Zeit muss sein.

»Hör mal!«, mischt sich Niklas ein. »Ich hab was vergessen.«

»Später.« Herberger will nicht wissen, was. Nelly zu küssen und dabei Stalin von ihrem Schoß zu schubsen erfordert seine volle Konzentration.

»Es ist wegen dem Jaguar«, kommt es in dringlichem Ton von hinten.

Herberger hört nicht hin.

»Ich hab vergessen, Frau Schick den Brief zu geben.« Auf dem Rücksitz herrscht für eine Weile Ruhe, abgesehen von Sitzgurtklicken, Papierknistern und Hosentaschengeklimper. Ein Umschlag wird aufgerissen.

»Oh!«, staunt Niklas. »Da is' ja noch was außer dem Schlüssel drin. Kann ich das haben?«

Herberger hat keine Zeit für eine Antwort, doch Nelly nimmt sie sich für eine Atempause und eine Frage. »Was denn?«, will sie mit verliebtem Blick in Herbergers Augen wissen.

»Der hier«, sagt Niklas und hält stolz den rechten Daumen in die Höhe. »Toll, oder? Guck doch mal!«

Nelly dreht kurz den Kopf und schenkt ihm einen klassischen Mutterblick, der mit staunender Begeisterung über vollständige geistige Abwesenheit hinwegtäuscht. »Oh, das ist aber ein hübscher Ring.«

Herberger schnellt im Sitz hoch. »Gib sofort den Ring her!«

Niklas zieht die Hand zurück. »Nee, der gehört Frau Schick.« Er stößt die Wagentür auf und entwischt pfeilschnell in den Wald.

Mit einem energischen »Jetzt reicht es!« entriegelt Herberger die Fahrertür. Mist, klemmt! Er hilft mit einem Tritt nach.

»Jetzt sei doch nicht so aufgebracht«, mahnt Nelly. »Der Kleine hat ein bisschen Trost verdient.«

»Aber nicht deinen Verlobungsring!«

»Meinen *Verlobungsring* ...«

Herberger nickt und will sie an sich ziehen, um ihrem ungläubigen Staunen mit einem Kuss ein Ende zu setzen. Nelly hat recht: Der Ring ist völlig unwichtig, es kommt allein auf einen gefühlvollen Antrag an.

Den wehrt sie wie seinen Kuss ab. »Kauf gefälligst selbst einen Ring«, schimpft sie streng. »Ich will mich doch nicht mit Frau Schick verloben! Es reicht, dass sie unser Hochzeitsfest bezahlt und wir danach zu ihr ziehen werden, um ...«

»Wir werden was?«, schreit Herberger entsetzt.

»Sie hat gesagt, du seist einverstanden«, sagt Nelly.

»Das bin ich mitnichten!«

»Es ist doch nur vorübergehend. Solange Niklas bei uns ist«, wirbt Nelly – seine Nelly! – für die aberwitzige Idee.

Das kann nicht wahr sein. Völlig fassungslos schüttelt Herberger den Kopf. »Nie und nimmer ziehe ich mit Frau Schick zusammen.«

»Sie stellt uns lediglich vorübergehend ihr altes Pförtnerhaus zur Verfügung. Dadurch kann ich die Arbeit an ihren Memoiren morgens möglichst früh in Angriff nehmen. Becky muss natürlich die Schule wechseln, aber der alten trauert sie ohnehin nicht hinterher. Und überleg doch mal, wie viel mehr Zeit wir für uns haben, wenn Frau Schick abends auf Niklas aufpasst!«

»Das kann doch ein Babysitter machen oder Becky«, wirft Herberger verzweifelt ein.

»Ach, Eckehart, das Risiko möchte ich lieber nicht eingehen. Was die beiden zusammen anstellen könnten, will ich mir lieber nicht ausmalen. Glaub mir, du wirst Frau Schick noch dankbar für das Angebot sein. Es heißt nicht umsonst: ›Um ein Kind zu erziehen, braucht es ein ganzes Dorf!‹ Ich weiß, wovon ich rede. Frau Pracht will auch regelmäßig aushelfen. Niklas braucht vertraute Menschen um sich.«

Herberger sinkt erschöpft im Fahrersitz zusammen. So früh und noch vor der Hochzeit hat er mit dem ersten Ehekrach nicht gerechnet, aber der ist eindeutig fällig. Frau Schick als Vermieterin, Niklas' Oma und selbsternannte Schwiegermutter ist eindeutig zu viel Patchworkglück.

EPILOG

Nur gut, dass Herr Professor Ludrikeit seinen Weihnachtsurlaub bereits angetreten hat, freut sich Frau Schick. Der Mann ist zwar reizend, aber leider hält er ihr Hirn für kerngesund, und das passt ihr so kurz vor Heiligabend ganz und gar nicht. Sie hat schließlich ein Hochzeitsfest vorzubereiten, und dabei darf der Weihnachtsmann in keinem Fall fehlen. Hoho, Weihnachtsmann passt wirklich ausgezeichnet! Sie muss ein heftiges Kichern unterdrücken.

»Fehlt Ihnen was?«, fragt mit forschendem Blick Dr. Grünschnabel, der schon wieder die Vertretung übernommen hat. Halt, nein, so heißt der nicht. Frau Schick konsultiert kurz ihren Spickzettel. *Dr. Kleinemann!*, steht da in Nellys Schrift. Mit Ausrufezeichen. Den Namen muss sie sich dringend merken, sie darf Grünschna...

»Nein, Herr Kleinemann«, antwortet sie hastig, bevor der Name ihr entfällt. »Ich meine, doch natürlich fehlt mir was«, setzt sie hinzu. »Sonst hätte ich Sie ja nicht um einen Termin gebeten! Sie haben sich beim letzten Mal so ausnehmend freundlich mit mir beschäftigt.«

Sie will den Grünschnabel heute keinesfalls beleidigen, sondern in mildtätige Stimmung versetzen.

Der junge Doktor vertieft sich erneut in ihr Patientenblatt und seine eigenen Notizen vom letzten Termin. Er tut glatt so, als sei ihre Krankengeschichte ihm gänzlich neu. Oder hat er das bemerkenswerte Gespräch über Gespenster, Hühnerhüte, Gott und Stalin tatsächlich vergessen? Scheint fast so.

Also wirklich! Und so einer darf Gutachten über anderer Leuts Gedächtnislücken verfassen! Hat statt Hirn ein Sieb im Kopf und ist ... Halt! Aus! Schluss mit der Empörung, befiehlt Frau Schick sich. Wenn sie sich empört, wird sie gern ausfallend, und das darf sie sich heute ausnahmsweise nicht erlauben.

Sonst stellt Grünschn... *Doktor Kleinemann* am Ende auf stur und erklärt sie für vollkommen zurechnungsfähig. Ein bisschen plemplem und vor allem akut betreuungsbedürftig muss sie aber sein. Zumindest über die Feiertage. Dazu haben ihre Anwälte geraten, damit Ludwig Aussicht auf ein, zwei Wochen Hafturlaub hat. Und den soll er bekommen. Ob er will oder nicht!

Schlimm genug, dass dieser sture Hund sich gegen eine Wiederaufnahme seines Verfahrens sträubt und seine Strafe ordnungsgemäß absitzen will – für seine Bienen, seine Blumen und vor allem für Fernsehen und Presse.

Der Hummelprofessor im Knast erfreut sich eines erstaunlichen Medienechos, und Ludwig, dieser unverbesserliche Rebell, möchte die Chance nutzen, um vom Gefängnis aus so viele Menschen wie möglich für Bienen, Hummeln, Stechimmen und Naturschutz zu begeistern.

Blogger hat mit Becky eine entsprechende Homepage installiert. Das Nutzerforum wimmelt nur so von Solidaritätsadressen aus aller Welt, aus Oxford kommen Kollegengrüße und Durchhalteparolen, dazu Einladungen zu internationalen Kongressen, und der Spendenbutton in Form einer schwirrenden Ölbiene wird emsig gedrückt. Außerdem gibt es T-Shirts, Kaffeebecher, Handyklingeltöne wie Korsakovs *Hummelflug* und den ausgezeichneten Wildblütenhonig »Popeschs Auslese« von Frau Pracht. Die Postkarten von Zerberus im Weihnachtsstall und Niklas als Weihnachtsbiene werden auch gern genommen, obwohl Blogger entschieden dagegen war.

»Es gibt keine Weihnachtsbienen!«

»Die Biene Maja gibt es auch nicht«, hat Becky ungerührt widersprochen. »Trotzdem war sie ein Welterfolg. Wir müssen auch an die Kleinen denken.« Darum hat sie Plüschbienen und schwarz-gelb geringelte Gummistiefel ins Programm genommen. Damit kommt einiges zusammen für den Erhalt von Bienenhabitaten und des allgemeinen Waldfriedens.

Sturkopf Ludwig will seine Geldstrafe nämlich weiter selbst abstottern und seine Projekte aus eigenen Mitteln finanzieren, anstatt von Frau Schick Geld anzunehmen. So was von starrsinnig, der Mann. Er will sogar Pacht für seinen Garten an sie entrichten. Also wirklich! Sie möchte doch kein Geld mit ihrer schönen Kolonie verdienen. Das hätte Paulchen nicht gewollt.

In seiner Geschenkurkunde, die Kalle Unkrautex aus der Häkelmütze hervorgezaubert hat, ist ausdrücklich von einer gemeinnützigen »Natur- und Schrebergartenstiftung Waldfrieden« die Rede. Da drängen sich Engels' Bienen doch geradezu auf und ...

Grünschnabel Kleinemann hat die Prüfung ihrer Patientenakte abgeschlossen und hebt irritiert den Blick. »Noch mal von vorn, Frau Schick, verstehe ich Sie richtig? Sie möchten von mir eine Bescheinigung darüber, dass Sie vorübergehend eine vierundzwanzigstündige Betreuung benötigen?«

Frau Schick nickt charmant. »Das haben Sie sehr schön zusammengefasst.«

Dr. Kleinemann schüttelt trotzdem den Kopf. »Für einen Betreuungsbedarf spricht laut dem Gutachten von Professor Ludrikeit rein gar nichts!«

Frau Schick senkt verschwörerisch die Stimme. »Wir beide wissen doch, dass Herr Ludrikeit nicht mehr ganz auf dem neuesten Stand der Diagnosetechnik ist. Vielleicht hat er sich geirrt?«

»Die Kernspin-Aufnahmen Ihres Gehirns sind völlig unauffällig«, erwidert Kleinemann. Ein leiser Unterton des Bedauerns schwingt in seiner Stimme mit.

»Das mag ja sein, aber das spricht doch nicht gegen andere Formen des Schwachsinns, oder?«

Der Doktor hält sich eisern an seine ärztliche Schweigepflicht. Verflixt und zugenäht. Er muss einen Rüffel von Ludrikeit erhalten haben. Es wäre wohl besser gewesen, sie hätte nach ihrem letzten Termin keinen gepfefferten Beschwerdebrief über ihn an Ludrikeit verfasst.

»In unserem ersten Gespräch«, tastet sich Frau Schick weiter vor, »haben Sie doch leicht wahnhafte Wahrnehmungsstörungen und einen Hang zur Trunksucht bei mir festgestellt.« Frau Schick kippt ein imaginäres Schnapsglas. »Zu viel Meschkinnes, Sie wissen schon! Heiligabend sind wir Ostpreußen in dieser Hinsicht so unberechenbar wie hundert Russen.«

Kleinemann runzelt skeptisch die Brauen. Sein Gesichtsausdruck ist alles andere als aufgeschlossen.

»Herr Grünemann«, verlegt sich Frau Schick aufs Flehen, »Sie sind meine letzte Hoffnung! Haben Sie doch ein Herz. Gibt es nicht irgendeine Möglichkeit, mich aufgrund einer seelisch-geistigen Störung für akut betreuungsbedürftig zu erklären? Wenigstens für 14 Tage!«

Kleinemann verschränkt die Arme vor der Brust.

»Wie wäre es mit plötzlichen Panikattacken?«, schlägt Frau Schick vor.

Keine Reaktion.

»Ein depressiver Schub und Selbstmordgefahr? Sie kennen doch die Statistiken: Über die Festtage ist es immer am schlimmsten!«

Noch immer keine Reaktion. Außer einem strafenden Blick.

Herrje, langsam gehen ihr die Diagnosen aus. »Herr Kleinemann, ich *könnte* natürlich auch eine Bedrohung für andere sein.«

»Das sind Sie aber nicht«, sagt dieser Starrkopf.

»Erlauben Sie mal, ich habe auf der Jagd nach einem Gespenst beinahe meine Villa in die Luft gesprengt! Mit einem Feuerzeug und Putzmitteln!«

»Ist das bei der Polizei aktenkundig?«, fragt der Grünschnabel spitz.

»Nein! Das Feuer wurde rechtzeitig gelöscht dank ...«

»Frau Schick«, unterbricht sie der Doktor verärgert. »Falls Sie ein Bedürfnis nach Gesellschaft über die Feiertage verspüren, gibt es andere Möglichkeiten, etwa Seniorentreffs, Altenclubs oder eine Feier im Hotel. Sie haben wahrlich genug Geld, um entsprechende Dienstleister zu bezahlen. Die Erschleichung einer Pflegestufe oder ambulanter Betreuung werde ich in keinem Fall mit einem falschen Gutachten begünstigen!«

»Junger Mann. Hier geht es doch nicht um Pflegestufen oder Geld!«

»Ach nein?«

»Nein! Es geht um eine Familienzusammenführung und meine Hochzeit mit Lu..., also mit dem Weihnachtsmann!«

»Eine Hochzeit mit dem ... *Weihnachtsmann*?«

Ha, endlich das richtige Stichwort.

Der Mann wühlt nach einem Kugelschreiber, greift nach einem Block und macht Klick-klick. »Den ... äh ... gibt es immer noch?«, fragt er mit einem vorsichtigen Anzeichen von Interesse.

»Natürlich gibt es den noch«, bestätigt eifrig Frau Schick.

»Und Sie wollen ihn heiraten?«

»Nein, er mich! Gleich bei meinem ersten Besuch im Gefängnis hat er darum gebeten. In unserem Alter ist nun einmal eine gewisse Eile geboten, sagt er.«

»Der Weihnachtsmann sitzt im Gefängnis?«

»Eine Schande, ich weiß, auch wenn man ihn dort wirklich gut behandelt. Trotzdem, ich weigere mich, ihn im Gefängnis zu heiraten! Fehlen nur noch Handschellen statt Trauringen und eine Hochzeitsnacht auf der Pritsche. Niklas ist von der Idee natürlich begeistert ...«

»Wer ist Niklas?«

»Das Gespenst aus meinem Kleiderschrank!«

»Das gibt es auch noch?«

»Oh ja«, bestätigt Frau Schick erleichtert, weil sie nun endlich beim eigentlichen Thema sind. »Aber den Hut hab ich ihm abgenommen!«

Dank

Frau Schick und ich möchten uns an dieser Stelle bei allen Freunden und Freundinnen bedanken, die die Entstehung dieses Buches liebevoll begleitet haben:

Peter Kruse aus Dessau, Andreas Neumann aus Köln und Michael Schweitzer aus Lüdenscheid haben viele Szenen aus dem Schrebergarten gegengelesen, kommentiert und dabei hoffentlich viel Spaß gehabt. Auch René Weihrauch aus Hamburg hat bisweilen mitgeschmökert.

Danke für Mails, Gespräche und Tipps, für Kritik, Ermutigung und vor allem Inspiration.

Iris und Jupp Dünnwald und der Familientreff der evangelischen Kirche Köln Lindenthal haben auf unnachahmlich tatkräftige Weise dazu beigetragen, dass Frau Schick ihr verdientes Happy End erleben durfte und mein Kühlschrank in einigen Stressphasen gefüllt blieb.

Maicke Mackerodt danke ich für wundervolle und stärkende Telefonate in kreativen Krisenzeiten.

Das Musizieren mit den Heartland Travelleres war ein unverzichtbarer und ausgleichender Genuss. (Thanks to Andreas, Gesa, Jochen, Romy, Udo und Ulrike.)

Veit T. und unsere unbeschreiblich tolle Tochter haben mir in der entscheidenden Schlussphase den Rücken gestärkt und freigehalten.

Meiner Lektorin Stefanie Heinen vom Lübbe-Verlag danke ich für ihre professionelle Unterstützung und noch mehr für ihre Freude am Projekt.

Bei meinem Schrebergarten möchte ich mich für eine gewisse Nachlässigkeit beim Heckenschneiden, Brennnesselrupfen und Gierschzupfen während der Schreibarbeiten entschuldigen. Dem Himmel und allen Bienen- und Hummelschwärmen sei Dank scheint eine umfangreiche Rapontika- und Zucchiniernte dennoch gesichert zu sein. Danke dafür an die wundervolle Martina Mille-Peters und Jonathan.

Köln, 14. Juli 2012